吉林全書

雜集編

㉗

吉林文史出版社

圖書在版編目（CIP）數據

足本嘯亭雜録；足本嘯亭續録：上下册 /（清）昭槤撰. -- 長春：吉林文史出版社, 2025. 5. --（吉林全書）. -- ISBN 978-7-5752-1134-5

Ⅰ. I242.1

中國國家版本館 CIP 數據核字第 2025FX3400 號

ZUBEN XIAO TING ZA LU　ZUBEN XIAO TING XU LU（SHANG XIA CE）

足本嘯亭雜録　足本嘯亭續録（上下册）

撰　者　［清］昭　槤
出版人　張　强
責任編輯　王　非　李　鷹　闞雅琪
封面設計　溯成設計工作室
出版發行　吉林文史出版社
地　址　長春市福祉大路5788號
郵　編　130117
電　話　0431-81629356
印　刷　吉林省吉廣國際廣告股份有限公司
印　張　59
字　數　163千字
開　本　787mm × 1092mm　1/16
版　次　2025年5月第1版
印　次　2025年5月第1次印刷
書　號　ISBN 978-7-5752-1134-5
定　價　300.00圓（上下册）

總序

『長白雄東北，嵯峨俯塞州。』吉林省地處中國東北中心區域，是中華民族世代生存融合的重要地域，素有『白山松水』之地的美譽。歷史上，華夏、濊貊、肅慎和東胡族系先民很早就在這片土地上繁衍生息，高句麗、渤海國等中國東北少數民族政權在白山松水間長期存在，以契丹族、女真族、蒙古族、滿族融合漢族在内的多民族形成的遼、金、元、清四個朝代，共同賦予吉林歷史文化悠久獨特的優勢和魅力，決定了吉林文化不可替代的特色與價值，具有緊密呼應中華文化整體而又與衆不同的生命力量，見證了中華民族共同體的融鑄和我國統一多民族國家的形成與發展。

提到吉林，自古多以千里冰封的寒冷氣候爲人所知，一度是中原人士望而生畏的苦寒之地，一派肅殺之氣。再加上吉林文化在自身發展過程中存在着多次斷裂，致使衆多文獻湮没、典籍無徵，一時多少歷史文化精粹『明珠蒙塵』，因此，形成了一種吉林缺少歷史積澱，文化不若中原地區那般繁盛的偏見。實際上，在數千年的漫長歲月中，吉林大地上從未停止過文化創造，自青銅文明起，從先秦到秦漢，再到隋唐直至明清，吉林地區不僅文化上不輸中原地區，還對中華文化産生了深遠的影響，爲後人留下了衆多優秀古籍，涵養着吉林文化的根脉，猶如璀璨星辰，在歷史的浩瀚星空中閃耀着奪目光輝，標注着地方記憶的傳承與中華文明的賡續。我們需要站在新的歷史高度，用另一種眼光去重新審視吉林文化的深邃與廣闊，通過豐富的歷史文獻典籍去閲讀吉林文化的傳奇與輝煌。

吉林歷史文獻典籍之豐富，源自其歷代先民的興衰更替、生生不息。吉林文化是一個博大精深的體系，從左家山文化的『中華第一龍』，到西團山文化的青銅時代遺址，再到二龍湖遺址的燕國邊城，都見證了吉林大地的文明在中國歷史長河中的肆意奔流。早在兩千餘年前，高句麗人的《黄鳥歌》《人參贊》以及《留記》等文史作品就已在吉林誕生，成爲吉林地區文學和歷史作品的早期代表作。高句麗文人之《新集》，渤海國人『疆理雖重海，車書本一家』之詩篇，金代海陵王詩詞中的『一咏一吟，冠絶當時』，再到金代文學的『華實相扶，骨力遒上』，皆凸顯出吉林不遜文教、獨具風雅之本色。

吉林歷史文獻典籍之豐富，源自其地勢四達并流、山水環繞。吉林土地遼闊而肥沃，山河壯美而令人神往，吉林大地可耕可牧、可漁可獵，無門庭之限，亦無山河之隔，進出便捷，四通八達。沈兆禔在《吉林紀事詩》中寫道，『肅慎先徵孔氏書』，印證了東北邊疆與中原交往之久遠。早在夏代，居住於長白山脚下的肅慎族就與中原建立了聯係。一部《吉林通志》，『考四千年之沿革，挈領提綱；綜五千里之方輿，辨方正位』，從時間和空間兩個維度，寫盡吉林文化之淵源深長。

吉林歷史文獻典籍之豐富，源自其民風剛勁、民俗絢麗。《長白徵存録》寫道，『日在深山大澤之中，伍鹿豕、耦虎豹，非素嫻技藝，無以自衛』，描繪了吉林民風的剛勁無畏，爲吉林文化平添了幾分豪放之感。清代藏書家張金吾也在《金文最》中評議，『知北地之堅强，絶勝江南之柔弱』，足可見，吉林大地與生俱來的豪健英杰之氣。同時，與中原文化的交流互通，也使邊疆民俗與中原民俗相互影響、不斷融合，既體現出敢於拼搏、鋭意進取的開拓精神，又兼具脚踏實地、穩中求實的堅韌品格。

吉林歷史文獻典籍之豐富，源自其諸多名人志士、文化先賢。自古以來，吉林就是文化的交流彙聚之地，從遼、金、元到明、清，每一個時代的文人墨客都在這片土地留下了濃墨重彩的文化印記。特别是，清代東北流人的私塾和詩社，爲吉林注入了新的文化血液，用中原的文化因素教化和影響了東北的人文氣質和文化形態；至近代以『吉林三杰』宋小濂、徐鼐霖、成多禄爲代表的地方名賢，以及寓居吉林的吴大澂、金毓黻、劉建封等文化名家，將吉林文化提升到了一個全新的高度，他們的思想、詩歌、書法作品中無一不體現着吉林大地粗狂豪放、質樸豪爽的民族氣質和品格，滋養了孜孜矻矻的歷代後人。

盛世修典，以文化人，是中華民族延續至今的優良傳統。我們在歷史文獻典籍中尋找探究有價值、有意義的歷史文化遺産，於無聲中見證了中華文明的傳承與發展。吉林省歷來重視地方古籍與檔案文獻的整理出版。自二十世紀八十年代以來，李澍田教授組織編撰的《長白叢書》，開啓了系統性整理、組織化研究吉林文獻典籍的先河，贏得了『北有長白，南有嶺南』的美譽；進入新時代以來，鄭毅教授主編的《長白文庫》叢書，繼續肩負了保護、整理吉林地方傳統文化典籍，弘揚民族精神的歷史使命，從大文化的角度折射出吉林文化的繽紛异彩。隨着《中國東北史》和《吉林通史》等一大批歷史文化學術著作的問世，形成了獨具吉林特色的歷史文化研究學術體系和話語體系，對融通古今、賡續文脉發揮了十分重要的作用。正是擁有一代又一代富有鄉邦情懷的吉林文化人的辛勤付出和豐碩成果，使我們具備了進一步完整呈現吉林歷史文化發展全貌，淬煉吉林地域文化之魂的堅實基礎和堅定信心。

當前，吉林振興發展正處在滚石上山、爬坡過坎的關鍵時期，機遇與挑戰并存，困難與希望同在。站在這樣的歷史節點，迫切需要我們堅持高度的歷史自覺和人文情懷，以文獻典籍爲載體，全方位梳理和展示吉林政治、經濟、社會、文化發展的歷史脉絡，讓更多人瞭解吉林歷史文化的厚度和深度，感受這片土地獨有的文化基因和精神氣質。

鑒於此，吉林省委、省政府作出了實施《吉林全書》編纂文化傳承工程的重大文化戰略部署，這不僅是深入學習貫徹習近平文化思想、認真落實黨中央關於推進新時代古籍工作要求的務實之舉，也是推進吉林優秀傳統文化保護傳承、建設文化强省的重要舉措。歷史文獻典籍是中華文明歷經滄桑留下的最寶貴的東西，是吉林優秀歷史文化『物』的載體，彙聚了古人思想的寶藏、先賢智慧的結晶。對歷史最好的繼承，就是創造新的歷史。傳承延續好這些寶貴的民族記憶，就是要通過深入挖掘古籍蘊含的哲學思想、人文精神、價值理念、道德規範，推動中華優秀傳統文化創造性轉化、創新性發展，作用于當下以及未來的經濟社會發展，更好地用歷史映照現實、遠觀未來。這是我們這代人的使命，也是歷史和時代的要求。

從《長白叢書》的分散收集，到《長白文庫》的萃取收録，再到《吉林全書》的全面整理，以歷史原貌和文化全景的角度，進一步闡釋了吉林地方文明在中華文明多元一體進程中的地位作用，講述了吉林人民在不同歷史階段爲全國政治、經濟、文化繁榮所作的突出貢獻，勾勒出吉林文化的質實貞剛和吉林精神的雄健磊落、慷慨激昂，引導全省廣大幹部群衆更好地瞭解歷史、瞭解吉林，挺起文化脊梁、樹立文化自信，不斷增强砥礪奮進的恒心、韌勁和定力，持續激發創新創造活力，提振幹事創業的精氣神，爲吉林高品質發展明顯進位、全面振興取得新突破提供有力文化支撑，彙聚强大精神力量。

爲扎實推進《吉林全書》編纂文化傳承工程，我們組建了以吉林東北亞出版傳媒集團爲主體，涵蓋高等院校、研究院所、新聞出版、圖書館、博物館等多個領域專業人員的《吉林全書》編纂委員會，并吸收國内知名清史、民族史、遼金史、東北史、古典文獻學、古籍保護、數字技術等領域專家學者組成顧問委員會，經過認真調研、反復論證，形成了《〈吉林全書〉編纂文化傳承工程實施方案》，確定了『收集要全、整理要細、研究要深、出版要精』的工作原則，明確提出在編纂過程中不選編、不新創，尊重原本、致力全編，力求全方位展現吉林文化的多元性和完整性。在做好充分準備的基礎上，《吉林全書》編纂文化傳承工程於二〇二四年五月正式啓動。

爲高質量完成編纂工作，編委會對吉林古籍文獻進行了空前的彙集，廣泛聯絡國内衆多館藏單位，尋訪民間收藏人士，重點以吉林省方志館、東北師範大學圖書館、長春師範大學圖書館、吉林省社科院爲收集源頭開展了全面的挖掘、整理和集納；同時，還與國家圖書館、上海圖書館、南京圖書館、遼寧省圖書館、吉林省圖書館、吉林市圖書館等館藏單位及各地藏書家進行對接洽談，獲取了充分而精准的文獻信息。同時，專家學者們也通過各界友人廣徵稀見，在法國國家圖書館、日本國立國會圖書館、韓國國立中央圖書館等海外館藏機構搜集到諸多珍貴文獻。在此基礎上，我們以審慎的態度對收集的書目進行甄别、分類、整理和研究，形成了擬收録的典藏文獻名録，分爲著述編、史料編、雜集編和特編四個類别。此次編纂工程不同於以往之處，在於充分考慮吉林的地理位置和歷史變遷，將散落海内外的日文、朝鮮文、俄文、英文等不同文字的相關文獻典籍一并集納收録，并以原文搭配譯文的形式收於特編之中。截至目前，我們已陸續對一批底本最善、價值較高的珍稀古籍進行影印出版，爲館藏單位、科研機構、高校院所以及歷史文化研究者、愛好者提供參考和借鑒。

『周雖舊邦，其命維新』，文獻典籍最重要的價值在於活化利用。編纂《吉林全書》并不意味着把古籍束之高閣，而是要在『整理古籍、複印古書』的基礎上，加强對歷史文化發展脉絡的前後貫通、左右印證，更好地服務於對吉林歷史文化的深入挖掘研究。爲此，我們同步啓動實施了『吉林文脉傳承工程』，旨在通過『研究古籍、出版新書』，讓相關學術研究成果以新編新創的形式著述出版，借助歷史智慧和文化滋養，通過創造性轉化、創新性發展，探尋當前和未來的發展之路，以守正創新的正氣和鋭氣，賡續歷史文脉、譜寫當代華章。

做好《吉林全書》編纂文化傳承工程是一項『汲古潤今，澤惠後世』的文化事業，責任重大、使命光榮。我們將秉持敬畏歷史、敬畏文化之心，以精益求精、止於至善的工作信念，上下求索、耕耘不輟，爲實現文化種子『藏之名山，傳之後世』的美好願景作出貢獻。

《吉林全書》編纂委員會

二〇二四年十二月

凡例

一、《吉林全書》（以下簡稱《全書》）旨在全面系統收集整理和保護利用吉林歷史文獻典籍，傳播弘揚吉林歷史文化，推動中華優秀傳統文化傳承發展。

二、《全書》收録文獻地域範圍，首先依據吉林省當前行政區劃，然後上溯至清代吉林將軍、寧古塔將軍所轄區域内的各類文獻。

三、《全書》收録文獻的時間範圍，分爲三個歷史時段，即一九一一年以前，一九一二至一九四九年，一九四九年以後。每個歷史時段的收録原則不同，即一九一一年以前的重要歷史文獻，收集要『全』；一九一二至一九四九年間的重要典籍文獻，收集要『精』；一九四九年以後的著述豐富多彩，收集要『精益求精』。

四、《全書》所收文獻以『吉林』爲核心，着重收録歷代吉林籍作者的代表性著述，流寓吉林的學人著述，以及其他以吉林爲研究對象的專門著述。

五、《全書》立足於已有文獻典籍的梳理、研究，不新編、新著、新創。出版方式是重印、重刻。

六、《全書》按收録文獻内容，分爲著述編、史料編、雜集編和特編四類。

著述編收録吉林籍官員、學者、文人的代表性著作，亦包括非吉林籍人士流寓吉林期間創作的著作。作品主要爲個人文集，如詩集、文集、詞集、書畫集等。

史料編以歷史時間爲軸，收録一九四九年以前的歷史檔案、史料、著述，包含吉林的考古、歷史、地理資料等；收録吉林歷代方志，包括省志、府縣志、專志、鄉村村約、碑銘格言、家訓家譜等。

雜集編收録關於吉林的政治、經濟、文化、教育、社會生活、人物典故、風物人情的著述。

特編收録就吉林特定選題而研究編著的特殊體例形式的著述。重點研究認定『滿鐵』文史研究資料和東北亞各民族不同語言文字的典籍等。關於特殊歷史時期，比如，東北淪陷時期日本人以日文編寫的『滿鐵』資料作爲專題進行研究，以書目形式留存，或進行數字化處理。開展對滿文、蒙古文，高句麗史、渤海史、遼金史的研究，對國外研究東北地區史和高句麗史、渤海史、遼金史的研究成果，先作爲資料留存。

七、《全書》出版形式以影印爲主，影印古籍的字體版式與文獻底本基本保持一致。

八、《全書》整體設計以正十六開開本爲主，對於部分特殊内容，如，考古資料等書籍采用一比一的比例還原呈現。

九、《全書》影印文獻每種均撰寫提要或出版説明，介紹作者生平、文獻内容、版本源流、文獻價值等情況。影印底本原有批校、題跋、印鑒等，均予保留。底本有漫漶不清或缺頁者，酌情予以配補。

十、《全書》所收文獻根據篇幅編排分册，篇幅適中者單獨成册，篇幅較大者分爲序號相連的若干册，篇幅較小者按類型相近或著作歸屬原則數種合編一册。數種文獻合編一册以及一種文獻分成若干册的，頁碼均單排。若一本書中收録兩種及以上的文獻，將設置目録。各册按所在各編下屬細類及全書編目順序編排序號，全書總序號則根據出版時間的先後順序排列。

足本嘯亭雜録
足本嘯亭續録

上

〔清〕昭槤 撰

提　要

《足本嘯亭雜録》十卷，《足本嘯亭續録》三卷。［清］昭槤撰。昭槤，滿洲正紅旗人。清宗室，姓愛新覺羅，字汲修，號汲修主人，又號檀樽主人。清太祖努爾哈赤第二子代善之後人，清朝第三位禮親王。生於乾隆四十一年（一七七六），卒於道光九年（一八二九）。曾任宗人府候補主事。好學，尤其精於清朝典故，勤於著述。以其親歷見聞，用筆記形式寫成此書。記録清朝政治、經濟、軍事、文化、典章制度、官吏逸聞與民情風俗等。間記東北先清史事，内容豐富，足資掌故。此書見於著録的有《嘯亭雜録》十卷，《續録》十卷，但未見傳世。又有著録《續録》五卷者，也有著録《續録》三卷者。《吉林全書》乃據東北師範大學圖書館所藏宣統元年（一九〇九）上海圖書公司鉛印本影印，凡《嘯亭雜録》十卷，《續録》三卷，是稱『足本』。一九八〇年北京中華書局校點本，《續録》作五卷，乃據宣統元年（一九〇九）上海圖書公司鉛印本爲底本，又據啓功先生藏抄本第四卷、第五卷，湊足五卷之數整理出版。

爲盡可能保存古籍底本原貌，本書做影印出版，因此，書中個別特定歷史背景下的作者觀點及表述内容，不代表編者的學術觀點和編纂原則。

目録

重刊足原本嘯亭雜録序

嘯亭雜録一書原板久毀舊印罕見滬上曾有活字本則脱誤累累不足依據近得精鈔本文寔篋衍適中國圖書公司議蒐集　本朝掌故諸書爲近世史佐參考之用因以藏本授之排印既竣乞爲弁言惟我　聖清家法凡近支王公均經列　聖妙簡師傅令入上書房讀書故凡公族公姓類皆淵雅鴻碩抗跡開平禮親王承　名德之後於　文襄　武烈闇知見知自開國以來名臣哲相所建樹故家遺族所傳說則又左右采獲求其是而折其衷故其入録

者靡不原原本本詳實不誣又善於敘述無支辭無溢語信乎哉　朝史部一大家也明李瀚序洪容齋隨筆有曰可勸可戒可喜可愕可以廣見聞可以證謬誤可以祛疑惑如此書者足以當之矣

宣統紀元正月初吉浭昜端方序於上海行次

嘯亭雜錄一書禮親王汲修主人所輯也王諱昭槤性嗜學而善下遇名儒宿學輙愛敬退值讀書於古義之歧疑品類之純駁務裔訂精確而求其所安士有一得不妨反覆辯論採納折衷焉王固好善忘勢而時賢亦樂從之游尋以馭下嚴獲譴益謙抑韜晦不欲以名見平生所作詩文甚夥卒散逸無存者此篇又其隨手編輯益聽其散漫而不惜矣乙亥春

醕邸得此篇厭其蕪雜凌躐盡失其眞復求諸其邸又得若干篇細加釐正並原稿而刪節之編次之凡五閱月而成完書嗚呼王不欲以名見而不能禁贗本之流傳是名之終不可掩也贗本之流傳而仍歸於

醰邸之釐正又實之必不容沒也殆亦王嗜學愛士之苦心有默相之者歟當

醰邸編輯時按次序任鈔錄者德院卿鍾松銓部齡之責編既成詳校對付剞劂者則年與潘觀察駿德之事也工竣爰敘其顛末如左

光緒六年歲在上章執徐臯月

賜同進士出身內閣學士兼禮部侍郎銜蒙古耀年謹書

嘯亭雜錄目次

卷一

卷二

卷七

卷八

卷九

荆州礮　　　　稗史

季教諭　　　　謝鄉泉

嘯亭續錄目次

卷一

大戲節戲
御前大臣
金黄蟒袍
朝服龍團
大臣賜紫
穿朝馬
花翎藍翎定制
雙眼花翎
賜奠
賜宅

端午龍舟
紅絨結頂冠
香色定制
四團龍補褂
宗室公賜紫
黄馬褂定制
親郡王　賜三眼花翎
外官　賜花翎
賜宅羅經被
清字經館

卷二

卷三

轉庵和尚　王奮威

佛言須彌山　和相後裔

名臣論識　湯義仍製曲

以羊運糧

嘯亭雜錄卷之一

汲修主人著

太宗伐明

天聰己巳文皇帝欲伐明先與明巡撫袁崇煥書申講和議崇煥信其言故對莊烈帝有五載復遼之語實受文皇紿也　帝乃因其不備假科爾沁部道自喜峯口洪山入明人震驚薊遼總督劉策潛逃　帝率八旗勁旅抵燕圍之匝月諸將爭請攻城　帝笑曰城中痴兒取之若反掌耳但其疆圉尚强非旦夕可潰者得之易守之難不若簡兵練旅以待　天命可也因解圍向房山謁金太祖陵返下遵化四城振旅而歸偉哉　帝言雖周武觀兵孟

津何以異哉明人罔知深謀如姚希孟輩反謂　本朝夙無大志眞蠡測之見也

太宗讀金史

太宗天資敏捷雖於軍旅之際手不釋卷曾命儒臣翻譯三國志及遼金元史性理諸書以教國人嘗讀金世宗本紀見其申女眞人學漢人衣冠之禁心偉其語曾御翔鳳樓傳諭諸王大臣不許褒衣博帶以染漢人習氣凡祭享明堂必須手自割俎以昭其敬諄諄數千言詳載　聖訓故　純皇帝欽依　祖訓凡八旗較射處皆立臥碑以示警焉

設間誅袁崇煥

本朝自攻撫順後明人望風而潰無敢攖其鋒者惟明巡撫袁崇煥固守寧遠攻之六月未下　高皇拂然曰何戇兒乃敢阻我兵力因罷兵歸故　文皇深蓄大仇必欲甘心於袁己巳冬　大兵既抵燕崇煥千里入援自恃功高　文皇乃擒明楊太監監於帳中密飭鮑承先在帳外作私語曰今日　上退兵乃袁巡撫意不日伊即輸誠矣復陰縱楊監歸明莊烈帝信其間乃立磔崇煥舉朝無以爲枉者殊不知中　帝之間也

用洪文襄

松山既破擒洪文襄歸洪感明帝之遇誓死不屈日夜蓬頭跣足罵詈不休　文皇命諸文臣勸勉洪不答一語　上乃親至洪館

解貂裘與之服徐曰先生得無冷乎洪茫然視　上久之歎曰眞命世之主也因叩頭請降　上大悅即日賞賚無算陳百戲以作賀諸將皆不悅曰洪承疇一羈囚　上何待之重也　上曰吾儕所以櫛風沐雨者究欲何爲衆曰欲得中原耳　上笑曰譬諸行者君等皆瞽目今獲一引路者吾安得不樂也衆乃服乃毛西河謂洪初不降繼命優人誘惑洪故閩人夙習好男寵因之失節何厚誣之甚故明帝初聞其死設壇以祭非無因也

收孔耿二王

皮島自誅毛文龍後衆皆解體孔有德等據登萊叛爲明將擊敗逃入海嶠流離無所歸　文皇帝聞之乃命達文成公等往相撫

綏招孔耿二王至　盛京　上親迎至都門賞賚甚厚卽日授都招討印命其兵爲天祐故其將卒皆用命尙平南沈續順等相繼歸降明皮島遂墟

世祖問喀爾喀使者

章皇卽位時甫七齡時喀爾喀使者來朝隨班祝賀拜跪失儀上卽宣問祠臣答以遠方使者未嫺禮節　上乃悦時　上在冲齡卽聰慧若此

世祖勤政

大兵入關時明臣迎降睿忠王權宜任之故勝國弊政未盡釐正世祖親政後任法嚴肅凡大臣專擅如陳名夏譚泰陳之遴劉

正宗輩無不立正典刑故人知畏懼夙弊盡革以成一代雍熙之治也

世祖善禪機

章皇帝冲齡踐祚博覽書史無不貫通其於禪語尤爲闡悟嘗召玉琳木陳二和尚入京　命駐萬善殿機務之暇時相過訪與二師談論禪機皆徹通大乘惟王文靖麻文僖孫學士諸文臣扈從互相問難有遠公虎溪之風眞天縱夙悟也

世祖畫牛

章皇勤政之暇尤善繪事嘗賜宋商邱冢宰牧牛圖筆意生動雖戴嵩莫過焉王文簡公士禎嘗紀以詩云

親定　陵寢

章皇嘗校獵遵化至今　孝陵處停轡四顧曰此山王氣葱鬱非常可以爲朕壽宮因自取佩韘擲之諭侍臣曰韘落處定爲佳穴即可因以起工後有善青烏者視邱驚曰雖命我輩足遍海內求之不克得此吉壤也所以奠我　國家萬年之業也

聖祖拏鰲拜

余嘗聞參領成文言　國初鰲拜輔政時凡一時威福盡出其門因正白旗圈地事以直隸總督朱公昌祚巡撫王公聯登戶部尚書蘇公納海與之齟齬乃將三公立加誅夷　聖祖不預知也嘗託病不朝要　上親往問疾　上幸其第入其寢御前侍衛和公

託見其貌變色乃急趨至榻前揭席刃見　上笑曰刀不離身乃滿洲故俗不足異也因即返駕以弈棋故召索相國額圖入謀畫數日後伺鰲拜入見日召諸羽林士卒入因面問曰汝等皆朕股肱耆舊然則畏朕歟抑畏拜也衆曰獨畏　皇上　帝因諭鰲拜諸過惡立命擒之聲色不動而除巨慝信難能也

論三逆

國初既定雲貴因命吳三桂耿繼茂尚可喜等世守邊圉以爲藩鎮後漸跋扈擁兵自重　聖祖欲除之召諸大臣謀畫惟富察尚書米思翰首言其兵可撤明相國珠和之餘皆嘿然　上曰吳尚等蓄彼兇謀已久今若不及早除之使其養癰成患何以善後況

其勢已成撤亦反不撤亦反不若先發制之可也因立下移藩之諭三逆果叛時爭咎首謀者　上曰此出自朕意伊等何罪故明相感　上恩竭力籌畫以致成功也

愛惜滿洲士卒

國初自定中原後復遭三逆之亂故八旗士卒多爭先用命效死疆埸丁口稀少　上嘗憮然曰吾廿年之久始得獲一滿洲士卒之用何可不厚恤也故當時時加賞恤至爲之代償債務凡撫字之術無不備施雖一時不無濫溢而滿洲士卒感戴如天凡征討之所爭先致死焉

崇理學

仁皇夙好程朱深談性理所著幾暇餘編其窮理盡性處雖夙儒耆學莫能窺測所任李文貞光地湯文正斌等皆理學耆儒嘗出理學眞僞論以試詞林又刊定性理大全朱子全書等書特命朱子配祠十哲之列故當時宋學昌明世多醇儒耆學風俗醇厚非後所能及也

解易占

噶爾丹叛時侵犯烏闌布通其勢甚急　上命李文貞公占易得復之上六文貞變色　上笑曰今噶爾丹背天犯順自蹈危機兆乃應彼非應我也因立下親征詔果大捷焉

優容大臣

仁皇天資純厚，遇事優容，每以寛大爲政，不事谿刻。厚待儒臣，如張文端英、高江村士奇等，朝夕談論，無異友生。與李文貞光地談易，每至子夜，諸侍從多枕戈以待。又枉法諸臣，苟可宥者，必寛縱之。如明相雖貪擅，　上念其籌畫三逆之功，時加警策，終未置之極典。徐健菴乾學昆仲與高江村比昵，時有「九天供賦歸東海，萬國金珠獻淡人」之謠，　上知之，惟奪其官而已。嘗諭近臣曰：「諸臣爲秀才，皆徒步布素，一朝得位，便高軒駟馬，八騶擁護，皆何所來貲？可細究乎？」其明通下情若此。

善天文算法

自明中葉泰西人入中國，而算法天文精於中土，中土因大統法係許魯齋所定故終扼其說不行　仁皇天縱聰明夙習算法特命靈臺皆以西法爲主惟置閏用中法以合堯典千年錯失定於一旦然後乾象昭明千歲可坐而定乃知　聖人御世故天預令西法傳入中土使　上因之懸象布命億萬年之景運固先兆於是矣

不改常度

仁皇臨御六十餘年凡一切起居飲食自有常度未嘗更改雖酷暑燕處從未免冠見　純皇帝詩註中

拜明孝陵

仁皇帝六巡江浙每至江甯必幸明孝陵拜謁如儀嘗曰明太祖

一代人傑不可褻慢其他如遼金諸陵亦皆如謁明陵制其雅慕先代如此

世宗居藩大度

世宗居藩邸時一切外間人情物理無不通徹凡藩屏外任者上皆命將其省封域産殖豐庶貧嗇等情具載一小册呈覽是以天下利弊如指諸掌理密親王時爲儲位　上事之最敬而王先受宵小言待　上甚薄及王被罪　聖祖將王縛置空廬不許人謁見　上親持湯羹以進守者遏之　上曰吾惟知盡昆弟之情不知顧己之利害也　聖祖聞而善之

世宗不興土木

憲皇在位十三載日夜憂勤毫無土木聲色之娛余嘗聞內務府司員觀豫言查舊案檔雍正中惟特造風雲雷雨四神祠以備祈禱雨暘外初無特建一離宮別館以供遊賞故當時國帑豐盈人民富庶良有以也

理足國帑

康熙間仁皇寬厚以豫大豐亨以馭國用故庫帑虧絀日不暇給憲皇即位後綜覈名實罷一切不急之務如河防海塘等巨費皆罷不修體恤民力特置封樁庫於內閣之東凡一切贓款羨餘銀兩皆貯其內至末年至三千餘萬國用充足每令直省將天下正供糴米隨漕以入故倉庾亦皆充實積貯可供二十餘年之

用眞善爲政理也

寵待大臣

世宗夙知大臣祿薄不足歲用故特定中外養廉銀兩以濟其用其外歲時尙賞上方珍物無算以通上下之情鄂文端公召入時上特命海司空望爲之起第於大市街北凡器用物具無不備置張文和嘗小疾及病痊後上告近侍曰朕股肱不快數日始愈衆爭來問安上笑曰張廷玉有疾豈非朕股肱耶其優待也如此陳中丞時夏宦籍滇南上因其母老特命雲貴有司置傳送其母至其任所岳威信公鍾琪以邊勳置高位或謗其係岳武穆後欲復宋金世仇之語上特封其奏以示岳公後公出征西

域　上特命其子濬送至玉門關以慰之其體下情若此故一時將相感　上威德無不效力用命以成一代郅隆之化也

用顧天成當作成天

上以蔡宗丞嵩依附年黨因籍其家得顧太史天成詠星星草詩稿疑其語涉譏諷命蔡索其全集進呈見恭挽　聖祖詩云已過虞舜巡方日尚少唐堯在位年之句　上因之淚下曰草莽之間乃有此忠臣耶因　召入特賜編修命值上書房以示寵云

賞花釣魚

世宗馭下嚴肅然每假以辭色以聯上下之情丙午秋特宴文武大僚于乾清宮賦詩飲酒每佳時令節必賜諸王大臣遊讌泛舟

福海賞花釣魚竟日乃散故當時堂廉之間歡若父子無不可達之情也

察下情

雍正初　上因允禩輩深蓄逆謀傾危社稷故設緹騎邏察之人四出偵詗凡閭閻細故無不上達有引見人買新冠者路逢人問之告其故次日入　朝免冠謝恩　上笑曰愼勿汚汝新帽也王殿元雲錦於元旦同戚友爲葉子戲忽失一葉次日趨　朝　上問夜間何以爲歡王以實對　上笑曰不欺暗室眞狀元郎因袖中出葉示之卽王夜間所失葉王制府士俊出都張文和公薦一健僕供役甚謹後王將　陛見其僕預辭去王問何故僕曰汝數

年無大咎吾亦入京面聖 以爲汝先容地始知爲侍衛某 上遣以偵王劣蹟也故人懷畏懼罔敢肆意爲也

硃批諭旨

上於卽位後慮本章或有所漏洩故一切緊要政典俱改命摺奏皆可封達 上前無能知者 上於幾暇親加批覽或秉燭至丙夜未罷所批皆動輒萬言無不洞徹窾要萬里之外有如覿面獎善服奸無不感浹肌髓後付刻者祇十之三四其未發者貯藏保和殿東西廡中積若山岳焉

善禪機

憲皇舊邸與柏林寺相近故 上同迦陵上人朝夕談禪頗通釋

理臨蒞後嘗告近臣曰朕欲治世法十載然後開明釋法故於十一年稍講禪理所著悅心集及諭諸寺院等諭皆直達上乘非浮泛之士所可解者又謂木陳頗通世法非禪宗正眼黜其法派又以皓月所宗以袈裟傳派實爲魔道併着撤其鐘版以辨邪正又以張紫陽雖道教其悟眞外篇實通禪理并着歸入釋藏中以廣法門皆隻眼正見直達如來之眞諦也

杖殺優伶

世宗萬幾之暇罕御聲色偶觀雜劇有演繡襦院本鄭儋打子之劇曲伎俱佳　上喜賜食其伶偶問今常州守爲誰者（戲中鄭儋乃常州刺史）上勃然大怒曰汝優伶賤輩何可擅問官守其風實不可長

因將其立斃杖下其嚴明也若此

禁抑宗藩

國初入關時諸王多著勞績故酬庸錫類之典甚爲優厚下五旗人員皆爲王等僚屬任其差遣承平日久諸王皆習尙驕慢往往御下殘暴任意貪縱如兩廣總督楊琳爲敦郡王屬下王曾遣閹人赴廣據其署內搜索非理楊亦無如之何　上習知其弊即位後禁抑宗藩不許交通外吏除歲時朝見外不許私謁邸第又將所屬値宿護軍撤歸營伍以殺其勢故諸王皆凜然奉法罔敢爲矩外之行自今上下安便皆　上之威德所致也

純皇初政

純皇帝即位時承　憲皇嚴肅之後皆以寬大爲政罷開墾停捐納重農桑汰僧尼之詔累下萬民歡悅頌聲如雷吳中謠有乾隆寶增壽考乾隆錢萬萬年之語一時輔佐之臣如鄂文端爾泰楊文定名時朱文端軾趙泰安國麟史文靖貽直孫文定嘉淦皆理學醇儒見識正大故爲一代極盛之時也

聖祖識純皇

純皇少時天資凝重六齡即能誦愛蓮說　聖祖初見於藩邸牡丹臺喜曰此子福過於余乃命育諸禁庭朝夕訓迪過於諸皇孫嘗扈從之木蘭　聖祖鎗中熊仆命　純皇往射欲初圍即獲熊之名耳　純皇甫上馬熊復立起　聖祖復發鎗殪之歸諭諸妃

嬪曰此子誠爲有福使伊至熊前而熊立起更成何事體由是益加寵愛而燕翼之貽謀因之而定也

西苑門習射

乾隆初上每月朝孝聖憲皇后於暢春園者九因於討源書室聽政己巳秋天氣肅爽上乃習射門側發二十矢中者十九侍從諸臣無不悅服齊侍郎召南曾紀以詩上賜和其韻即命鐫諸壁上以示武焉

殺訥親

上即位初以果毅公訥親爲勤愼可托故厚加信任訥人亦敏捷料事每與上合以清介持躬人不敢干以私其門前惟巨獒終

日縛扉側初無車馬之跡然自恃貴胄遇事每多谿刻罔顧大體故耆宿公卿多懷隱忌戊辰春金川蠢動張制軍（廣泗）率兵攻之因其地勢險阻不獲克捷　上命訥往爲經略訥自恃其才蔑視廣泗甫至軍限三日克刮耳崖將士有諫者動以軍法從事三軍震懼極力攻擊多有損傷訥自是懾服不敢自出一令每臨戰時避於帳房中遙爲指示人爭笑之故軍威日損有三千軍攻碉遇賊數十人鬨然下擊其軍即鳥獸散　上知其不足恃然欲其稍有捷音然後召還以全國體訥乃毫無舉措惟日乞增兵轉餉至有欲乞達賴喇嘛終南道士爲之助戰之語　上大怒立褫其職初尚令其往塞外効力後因其匿敗事聞立封其祖遏必隆之刀

即於中途斬之故衆皆悚懼每遇戰伐無不致命疆場罔敢懷苟安之念也

平西域

乾隆初既命傅閣峯尚書鼐等與準噶爾議和互通市易甲子歲噶爾丹策零既沒不數年間篡弒相仍辛未春酋長薩喇爾來降上素諳蒙古語已悉知其篡弒之情甲戌秋輝特長阿睦爾撒納欵關請降欲請兵收復四衛拉時諸耆舊狃習辛亥敗兵事皆以不納爲便　上深悉其情謂天與人歸時不可失乃內斷於衷立主用兵（事詳後卷）三載之間拓地二萬餘里天山雪窟無不隸我版圖其間雖有成功賞賚之費然視往昔邊防轉餉十不一二足見

上之貽謀宏遠非人臣所及也

聽報

上自甲戌後平定西域收復回疆以及緬甸金川諸役每有軍報上無不立時批示洞徹利害萬里外如視燎火無不輙中每逢午夜　上必遣內監出外問有無報否嘗自披衣坐待竟夕直機密近臣罔敢退食其勤政也若此

重經學

上初即位時一時儒雅之臣皆帖括之士罕有通經術者　上特下詔命大臣保薦經術之士輩至都下課其學之醇疵特拜顧棟高爲祭酒陳祖范吳鼎等皆授司業又特刊十三經註疏頒布學

宮命方侍郎苞任宗丞啟運等裒集三禮故一時耆儒夙學布列朝班而漢學始大著齷齪之儒自蹶足而退矣

不忘本

本朝初入關時一時王公諸大臣無不彎强善射國語純熟居之既久漸染漢習多以驕逸自安罔有學勩弓馬者　純皇習知其弊力爲矯革凡有射不中法者立加斥責或命爲羽林諸賤役以辱之凡鄉會試必須先試弓馬合格然後許入場屋故一時勳舊子弟莫不熟習弓馬金川臺匪之役如明將軍亮奎將軍林皆以椒房世臣用命疆場一代武功於斯爲盛　上嘗曰周家以稼穡開基我　國家以弧矢定天下又何可一日廢武再滿洲舊族其

命名如漢人者　上深厭之曾諄諄降　旨不許盜襲漢人惡習曾有漢人以鈕鈷祿氏爲郎者蓋鄙之爲狼之諭言雖激切亦深恐忘本故也

重讀書人

上雖厭滿人之襲漢俗然遇宿儒耆學亦優容之鄂剛烈公容安不諳　國語　上雖督責然厚加任使未嘗因一眚以致廢棄國太僕柱習爲迂緩當校射　禁庭國褒衣大冠侍衛有望而笑者上曰汝莫姍笑彼爲儒士今乃能持弓較射不忘舊俗殊爲可嘉也其優容如此

普免天下租稅漕糧

上自奉儉率深惜物力初即位不許街市用金銀飾禁江浙組繡代以刻絲御膳房日用五十金　上屢加核減至末年歲用僅二萬餘金近侍雖告匱不顧也然攸關民間大計者則豁然不計有無西域金川用兵至一萬萬零四千餘兩河工海塘以億萬計曾於丙寅丁酉乙卯普蠲天下正供租稅三次辛卯庚戌丙辰普蠲五省漕糧四次每舉率以億萬計而　上初不爲之吝惜也

善待外藩

蒙古生性强悍世爲中國之患雖如北魏元代皆雄起北方者然當時柔然海都之叛未嘗罷絕　本朝威德布揚凡氈裘月竁之士無不降服執殳效順無異世臣　純皇恢廓大度尤善撫綏凡

其名王部長皆令在　御前行走結以親誼托諸心腹故皆悅服駿奔西域之役如喀爾沁貝子扎爾豐阿科爾沁額駙索諾木巴爾珠爾喀爾喀親王定北將軍成袞扎布其弟郡王霍斯察爾阿拉善郡王羅卜藏多爾濟無不率領　王師披堅執銳以爲一時之盛其子孫亦屢登膴仕統領　禁軍以爲誇耀故　上宴蒙古王公詩註其令入宴者率皆兒孫行輩其親誼也若此故　上崩時諸蒙古部落皆躃踊痛哭如喪考妣新降都爾伯特汗某幾欲以身殉葬其肫摯發於至誠不可掩也

土爾扈特來降

準噶爾本元太尉也速後（與徐達戰於通州見明史）以元綱不整遂遁居伊犁

分四部落曰衛拉特曰都爾伯特曰和碩特曰土爾扈特各立可汗以爲輔車之計後土爾扈特部落以噶爾丹不道故率本部落遷入俄羅斯彼國以其愚戇時加欺凌　大兵既定伊犂威布遐邇土爾扈特部長聞之曰吾儕本蒙古裔今俄羅斯種類不同嗜好殊異又復苦調丁賦席不暇暖今聞　大皇帝普興黄教奚不棄此就彼亦良禽擇木智也遂率其全部涉河而歸繞道行萬餘里始達哈薩克失道入行郭壁復斃數萬人抵邊者十之三　上聞之命舒文襄公攝伊犂將軍篆往爲安置或疑其中有叛人舍楞請　上勿納　上曰遠人來降豈可拒絶況俄羅斯亦大國彼既棄彼而南而又挑釁於此進退無據黠者必不爲也舒既抵邊

察其心實恭順乃受其降厚加撫綏彼旣窮窘欲絶今獲意外之惠乃誠心感化然後四部落皆爲我　大淸有也

書無逸

上於勤政殿扆間　御書無逸一篇以示自警凡别宫離館其聽政處皆顔勤政以見雖燕居遊覽無不以莅政之要後暮年少寢乃默誦無逸七鳴呼以靜心見　御製詩註

不用内監

自　世祖時殷鑒前代宦官之禍乃立鐵牌於　交泰殿以示内官不許干預政事　純皇待之尤嚴稍有不法必加箠楚又命内務府大臣監攝其事以法周官冢宰之制凡有預奏事者必改易

其姓爲王以其姓衆多人難分辨其用心周詳也若此有內監高雲從素與于相交善稍洩機務　上聞之大怒將高立置磔刑其嚴明也如此

繙譯

上夙善國語於繙譯深所講習然嘗謂　國初惟以清語爲本繙譯爲後所增飾實非急務故屢停繙譯科目自戊寅至戊戌凡二十年未嘗舉行後阿文成公桂因旗籍出身無所始奏請開繙譯鄉塲以勉旗人上進之階然非　上之意也

不喜朋黨

上之初年鄂張二相國秉政嗜好不齊門下士互相推奉漸至分

朋引類陰爲角門　上習知其弊故屢降明諭引　憲皇朋黨論戒之胡閣學中藻爲西林得意士性多狂悖以張黨爲寇仇語多譏刺　上正其罪誅之蓋深惡黨援非以語言文字責也故所引用者急功近名之士其迂緩愚誕皆置諸閒曹冷局終身不遷其官雖時局爲之一變然多獲奇偉之士有濟於實用也

至誠格天

純皇敬天法祖乾健不息踐位六十年間命親臣代郊者二餘皆親裹祭祀己夘夏旱至六月不雨　上親自齋宫步禱　圜丘未竟日甘霔大沛壬子夏旱既甚　上宣召九卿科道召對於勤政殿下罪己詔言　本朝並無强藩女謁宦官權臣佞倖之弊惟上

木繁興引爲己責命羣臣直言以匡捄其失是日申酉時卽雷雨大作四郊霑足又丙辰丁巳間邪匪叛亂糜爛川楚三省　上於內寢設几夜間叩禱籲天求延國祚故逆氛日漸孱乏以底滅亡

友愛昆仲

上卽位後優待和果二王每陪膳侍宴賦詩飲酒殆無虛日然必時加訓迪不許干預政事保全名譽和恭王少時驕抗　上每多優容嘗命王監試八旗子弟於　正大光明殿日已晡　上尚未退朝恭王請　上退食　上以士子積習疲玩未之許王激烈曰上疑吾買囑士子心耶　上怡然退傳文忠責王曰此豈人臣之所宜語王始悔悟次日免冠請罪　上方云昨朕若答一語汝

身應粉蘺矣其言雖戇心實友愛故朕恕之然他日怡諆勿作此語也友愛如初果恭王因救火遲悞復交通外吏事發　上惟給戍其賓客降王爲貝勒事不深詰以保全之王慚恧病發　上往視疾執手痛曰朕以汝年少故稍如拭拂以格汝性何期汝愧恧之若此即日復王爵慰諭者再其厚待天性也若此

孝親

純皇侍奉　孝聖憲皇后極爲孝養每巡幸木蘭江浙等處必首奉　慈輿朝夕侍養　后天性慈善屢勸　上減刑罷兵以免蒼生屠戮　上無不順從以承歡愛　后喜居暢春園　上於冬季入宮之後遲數日必往問安視膳以盡子職　后崩後　上於

后燕處之地皆設寢園凡巾櫛梳枷沐盆吐盂無不備陳如生時上時往叅拜多至失聲又於園隙建恩慕寺以資　后之冥福焉

用傅文忠

上既誅訥親知大權之不可旁落然國無重臣勢無所倚以傅文忠恒爲椒房懿親人實勤謹故特命晚間獨對復賞給黃帶四團龍補服寶石頂雙眼花翎以示尊寵每遇事必獨攬大綱文忠承志行旨毫不敢有所專擅　上尚時加訓迪一日　御門文忠後至踉蹌而入侍衛某笑曰相公身肥故爾喘吁　上曰豈惟身肥心亦肥也文忠免冠叩首神氣不甯者數日故當時政治寬厚無

侵擅之弊焉

殺高恒

兩淮鹽政高恒以侵貪匣費故擬大辟勾到日　上惡其貪暴秉筆欲下傅文忠代爲之請曰願　皇上念慧哲皇貴妃之情姑免其死　上曰若皇后弟兄犯法當如之何傅戰慄失色　上即命誅恒

惡章攀桂

淮揚道章攀桂以吏員起家人工獻納　上南巡章司行宮陳設欲媚　上歡以鏤銀絲造吐盂設坐側　上見之矍然曰此與孟鋹之七寶溺器何異心甚惡之終其身未遷其官

食魚羹

金川用兵時累歲未得進至乙未冬始克勒烏圍阿文成公桂以捷書進　上方用膳因念將士用命潸然淚下適落魚羹中　上即命封魚羹以賜文成並申明其故文成泣曰臣敢不竭死以報上之眷也

用福文襄

福文襄王康安荷父庇蔭威行海內　上亦推心待之毫無肘掣臺灣之役福戚宗室恒瑞以逗遛失機　上命入京訊質福以戚故故緩其行乃於戰陣時首列瑞功以希免罪　上諭福云使恒瑞果將材何以汝未至時並未覩其專戰而一旦勇健若此豈以

戚，畹而祖庇乎朕深爲汝惜也福文襄承命之下戰慄失色花翎動搖竟日

誅伍拉納

伍制軍拉納繼傳文襄督閩惟以貪酷用事至倒懸縣令以索賄故貪吏充斥盜賊縱横魁將軍倫劾之　上大怒並巡撫浦霖罷斥檻解入京時和相擅柄故緩其行以解　上怒　上計日不至立命乾清門侍衛某飛騎召入於豐澤園　庭訊伍浦皆服罪立置於法和亦無能爲力是日冬月天氣和暖人皆以爲刑中故也

雪睿王寃

大兵平定中原睿忠王方攝政定鼎規模多所裁定薨後議罪革

爵饒餘郡王阿巴泰父子略定河北征討吳逆累功封安親王以其後嗣依附廉親王允禩故　世宗特斥其封　純皇夙知二王功高於乾隆戊戌特復睿王封爵令其五世孫湻穎襲封並命配享太廟安王嗣封輔國公以承其祀實盛德事也

定恩騎尉

國初定世爵自公至雲騎尉凡二十四級以爲賞功之次然雲騎尉甫襲三次又陣亡後裔與戰績加者無所區別　上軫念殉節之員未易代即停封甚爲憫惻故特定恩騎尉之職凡陣亡人員其封爵襲替者皆賞給恩騎尉以世其家眞曠典也

緑營定世爵

國初定制凡旗員陣亡者廕以世爵漢員猶沿明制惟廕以難廕官及其身而已　純皇念一體殉節而有等差其制不無偏袒之勢下　詔命凡漢員文武各員如有陣亡者皆廕以世職雖微員末吏亦得廕雲騎尉故人皆感激用命三省教匪之役殉難以數千計蓋　上之恩澤淪浹之深也

哨鹿

上蒐獮木蘭時於黎明親御名駿命侍衛等導引入深山疊嶂中尋覔鹿羣　命一侍御舉假鹿頭作呦呦聲引牝鹿至急發箭殪斃取其血飲之不惟延年益壯亦以爲習勞也

松苓酒

純廟時張文敏照獻松苓酒方於山中覓古松伐其本根將酒甕開罈埋其下使松之精液吸入酒中逾年後掘之其色如琥珀名曰松苓酒　上偶飲之故壽躋九旬康莊日健有以哉

答錢香樹奏摺

上庚寅歲舉行六十萬壽禮錢文端陳羣獻竹根如意上批箚云未頒僧紹之賜恰致公遠之貢文而有理把玩良怡令賜卿木蘭所獲鹿服食延年以俟清唔其風趣也如此

純廟博雅

純廟天縱聰慧攬讀淵博萬幾之暇惟以丹鉛從事　御製詩五集至十餘萬首雖自古詩人詞客未有如是之多者每一詩出令

儒臣註釋不得原委者許歸家涉獵然多有翻擷萬卷莫能解者然後　上舉其出處以博一笑諸臣無不佩服嘗於塞中雨獵詩內用製字衆皆莫曉　上笑曰卿等一代鉅儒尚未盡讀左傳耶蓋用陳成子杖製以行也又出汗卮賦考詞林衆皆誤爲窊尊上徐檢出乃擬傳咸汗卮賦也彭文勤嘗進呈百韻排律　上立讀之曰某某出韻後考之信然其博雅也如此

純廟賞鑒

純廟賞鑒書畫最精嘗獲宋刻後漢書及九家杜註心甚愛惜命畫苑寫　御容於其上岳氏五經特建五經萃室以貯之又覓馬和之國風圖歷數十年始全獲藏於學詩堂其地如韓滉五牛

設春藕齋周鑄十二鐘於景陽宫皆有所謂可知勤政之餘其所以怡情悅性者皆不凡也

內湖珠兆

乾隆初有小內侍夜於　御湖泛舟見神光燭天自湖中出因網羅之得蚌徑尺中有明珠寸餘二顆相連如葫蘆形內監不敢匿因以進　上　上嵌於朝冠珠晶瑩異常夫　御湖非孕珠之地而能獲此奇寶蓋天預爲之兆以肇六十重元之盛也

今上待和珅

丙辰元日　上既受禪和珅以擁戴自居出入意頗狂傲　上待之甚厚遇有奏　純廟者託其代言左右有非之者　上曰朕方

倚相公理四海事汝等何可輕也珅又薦其師吳稷堂省蘭與
上錄詩草覘其動靜　上知其意吟咏中毫不露圭角故珅心安
之及　純廟崩後王黃門念孫廣侍御興等先後劾之　上立命
儀成二王傳　旨逮珅並　命勇士阿蘭保監以行珅毫無所能
爲控制上相如縛庸奴眞非常之妙策恭讀味餘書室稿中唐代
宗論有云代宗雖爲太子亦如燕巢于幕其不爲輔國所譏者幾
希及帝即位若苟正輔國之罪肆誅市朝一武夫力耳乃捨此不
爲以天子之尊行盜賊之計可愧甚矣乃知　睿謀久定于中矣

却貢玉

今上親政時首罷貢獻之詔除鹽政關差外不許呈進玩物違者

以抗　旨諭　諭中有諸臣以如意進者朕視之轉不如意之語
時和闐貢玉輦至陜甘間　上卽命棄諸途中不許解入故一時
珠玉之價驟減十之七八云

辛酉工賑

辛酉夏霖雨數旬永定河漫口水淹　南苑漂沒田廬數百里秋
禾盡傷　上減膳徹樂步禱　社稷壇祈晴　命步軍統領明安
廣爲賙賑粥廠有所不及明親乘木筏施散餠餌日以數百萬計
特建蓆棚以處災黎凡活者數百萬人又　特簡大臣四出查賑
截南漕數十萬石以備緩急又築建永定西堤　上親爲巡視指
定方略堤遂以成其憂勤民瘼實爲曠古所罕覩焉

虔禱風神

癸亥秋杞縣河溢衝圮衡家樓　上命侍郎那彥寶堵禦經冬未竣余聞內務府大臣戴公明德言甲子春　上偶泛湖值東北風甚驟　上因念北河若得此風助庶可竣工乃即於舟中拈香禱之未逾旬那公奏北河合龍信得東北風助去　上祈禱甫三時非　上精虔何以致此後聞莫侍郎瞻菉云此爲黃金大壩康熙中曾漫溢經數十年始竣工未能若是之速信百靈之效順也

重朱文正

今上在藩邸時朱文正爲尚書房師傅朝夕訓迪　上深知其醇正於　親政後　特召入都日加親信朱故宿儒亦持躬勤謹時

有嘉猷入告故　上之行政惟以仁厚爲本至癸酉林淸之變駢戮百餘人　上惻然哀憫　命有司於菜市口築壇超度猶秉文正之教也文正既歿踰年　上駐蹕趙新店猶　命近臣代奠有哀我哲輔松楸在望之　諭焉

親骨肉

今上卽位後厚待儀成諸王雖不假以事權每有過失必寬容之儀王性剛愎在　上前作爾汝辭成王遇事模稜不竭力以報効上待之如舊己巳秋慶郡王遊桃花寺　行宮乙亥秋儀王奉祭　裕陵私回京邸有司議以黜革　上惟罰鍰示懲而已諸王子孫皆封貝勒貝子諸爵至於孩提皆授以應封頂帶其連枝友

于之愛實後世所罕見也

嘯亭雜録卷之二

汲修主人著

淳化帖

法帖之久無如淳化閣帖其後鼎綘汝諸帖互相彷摹愈失舊規近日祖帖收藏家無過而問者惟　大内所藏係當日所賜畢士安者篇帙完善墨瀋如新成親王曾見之　純皇帝珍惜如寶特建淳化軒以貯之又命于文襄摹刻上石　頒賜諸王公卿雖不及原帖之善亦自成一家焉

金元史

自古稗史之多無如兩宋雖若捫蝨新語碧雞録不無汚衊正人

然一代文獻賴茲以存學者考其顛末可以爲正史之助如金元二代著述寥寥金代尚有歸田錄中州集等書史官賴以成編元代惟輟耕錄一書所載又多係猥鄙之詞故宋王諸公不得不取材諸碑版行狀等詞其事頗多溢美如完澤傳甫載郭　劾其貪酷諸欵而後又言其公正廉潔惜名器重士節諸語梁德珪本紀載其與相臣比昵爲奸爲何煒所劾而其傳又言其遵守先朝法度諫臣浮競使其不終其位等語臧否如出二手蓋皆碑版之文故也

本朝文人多壽

王弇州著文人九厄使人閲之索然氣盡余按本朝文人多壽可

以證王之失如王文簡公士禎七十七朱竹垞彝尊八十四尤西堂侗八十五沈歸愚尚書德潛九十五宋漫堂犖七十二查初白愼行七十八方靈皐苞八十二袁簡齋枚八十二錢辛楣大昕七十七紀曉嵐尚書昀八十二彭芸楣尚書元瑞七十三姚姬傳鼐八十四翁覃溪方綱八十餘梁山舟同書九十二趙甌北翼八十二四公至今猶存

本朝父子祖孫宰相

王弇州載明代門族之盛按本朝父子調梅以濟昇平之盛者指不勝屈如阿文端公蘭泰之子爲傅文恭公明安阿文勤公克敦子爲文成公桂張文端公英子爲文和公廷玉劉文正公統勳

子爲文清公墉馬文穆公齊之侄爲傅文忠公恒其子爲文襄公康安高文良公斌之侄爲文端公晉其子爲叅政公書麟皆父子宰相惟溫文簡公達孫爲相國福其子今相國伯勒保尹文恪公泰子爲文端公繼善其孫爲今相國慶桂皆三代持衡爲昇平良佐實古今所未見也

本朝狀元宰相

本朝閣臣最利鰲頭如傅聊城以漸爲順治丙戌狀元呂常州宮爲順治丁亥狀元于文襄公敏中爲乾隆丁巳狀元莊叅政有恭爲乾隆己未狀元梁文定公國治爲乾隆戊辰狀元王文端公杰爲乾隆辛巳狀元戴文端公衢亨爲乾隆戊戌狀元今七卿中有

潘芝軒世恩胡希盧長齡茹總憲棻王司空以銜姚閣學文田凡五人皆有調羹之望焉

張魏公

世之訾張魏公者皆謂其不度德量力專主用兵幾誤國事殊不知其誤不在佳兵黷武反在過於持重之故按宋金强弱之不敵夫人知之魏公即勉力疆埸親持桴鼓尚未知勝負若何今攷其出師顛末富平之敗魏公方在邠州淮西之失公方在行在符離之潰公方在泗州皆去行間數百千餘里安得使士卒奮勇而能保其不敗哉故酈瓊對金粱王言宋之主帥皆持重擁兵去戰陣數十里外不如王之親冒矢石之語蓋指魏公而言也

國初定三院

文皇踐祚之初改內閣爲三院曰弘文曰秘書曰內院皆置大學士學士等官蓋仿宋昭文集賢之制入關後仍沿其制至順治戊戌始復從明制改設中和殿保和殿武英殿文華殿文淵閣東閣諸大學士名乾隆戊辰特旨罷中和殿大學士改爲體仁閣以配三殿三閣之名焉保和殿大學士不常置惟張文和公傅文忠公拜焉體仁閣大學士初以楊節相廷璋楊節相應琚先後大拜皆不終位故戴服堂藤陰雜記內謂其名不祥然劉文清公今曹相國振鏞遞相任之卒無他咎可知在人不在名也

本朝宗室輔臣

本朝定制宗子無爵者與八旗世臣同授朝職然爲輔臣殊不利康熙初忠懿公塔拜子班穆布爾善嘗拜東閣大學士以鰲拜黨誅覺羅勒德洪拜武英殿大學士後以事罷斥覺羅吉慶以粵督有廉名授參政以永安州兵事失機褫職公自呑烟具死宗室琳甯繼之以失察書吏事降官致仕宗室祿康拜東閣大學士初以失察與夫博降都統復以失察曹倫謀逆事遣置盛京皆不終其位蓋以天潢驕縱易以致咎故卒無繼李汧國趙忠靖之相業者

宗室科目

康熙初嘗置宗室科目不久停止見紫幢居士文昭詩中乾隆乙

丑復設科目中達麟圖戊辰中良誠辛未中玉鼎柱後以達侍班失儀罷斥遂停文科目嘉慶己未　今上親政從肅親王之請復設鄉會試壬戌中果齊斯歡慧端德明阿三人果爲鄭恭王胞侄慧爲簡良王曾孫德卽良祭酒子皆入詞林一時稱盛其後累科皆中二三人果今洊至戶部侍郎德至左庶子惟慧以散館降秩今任宗人府理事官

宗室詩人

國家厚待天潢歲費數百萬凡宗室婚喪皆有營恤故涵養得宜自王公至閑散宗室文人代出紅蘭主人博問亭將軍塞曉亭侍郎等皆見于王漁洋沈確士諸著作其後繼起者紫幢居士文昭

爲饒餘親王曾孫著有紫幢詩鈔宗室敦成爲英親王五世孫與弟敦敏齊名一時詩宗晚唐頗多逸趣臞仙將軍永忠爲恂恪郡王嫡孫詩體秀逸書法遒勁頗有晉人風味常不衫不履散步市衢遇奇書異籍必買之歸雖典衣絕食所不顧也樗仙將軍書諴鄭獻王六世孫性慷慨不欲嬰世俗情年四十即託疾去官自比錢若水之流邸有餘隙地盡種蔬果手執畚鍤從事以爲習勞晚年慕養生術每日進食十數稍茹甘味即哺出人皆笑其迂然亦可諒其品矣先叔嵩山將軍諱永奎詩宗盛唐字摹榮祿晚年獨居一室人迹罕至詩篇不復檢閱故多遺佚近日科目復盛凡溫飽之家莫不延師接友則文學固宜其駸駸然盛也

宋置封樁庫

宋太祖起自布衣，深悉民間疾苦，故平定諸國後，自奉儉薄，積左藏之餘，立封樁庫，嘗欲待足五千萬後，捐資契丹，以贖燕雲之地。如其不與，則以其資厚賞軍士，興師恢復其土。及澶淵和後，不復講求，則以其財供土木祠禱之費。至神宗時，日憂國用之不足，王荊公以新法濟之。卒招靖康之禍。孝宗天資英敏，復置封樁庫，以爲滅金之費，暮年積錢四千萬緡，他物稱是。後爲韓侂胄取爲賞賜燕好之費。至理宗時，國用復絀，以致滅亡。世之如宋太祖、孝宗之舉，皆勝夫庸淺之主，而子孫不知愛惜，反消耗於聲色土木之間，良足慨惜。然則丁謂、王欽若、韓賈等所爲，可容誅乎。

宋金形勢

宋自建隆開寶後民不知兵者一百餘年一旦金人以飈迅之勢破京俘主其勢實不可與敵然建炎之初河北尙爲宋守河南淮右堅城數十自相保障使高宗重任宗忠簡等使其固守殘疆漸爲恢復之計則金雖强無能爲也乃先避敵南下一聞兵燹首倡泛海方自以爲得計明州之役幾不自保其軀其不爲石頭之降者幸耳使金兵攻破臨安卽設置郡縣官吏以一旅窮追雖有智者亦無如何矣粱王智不出此乃復倉卒凱旋致有黄天蕩之戰乃金自失其機非宋人有能禦者其後張韓劉岳等練集士卒防守邊隅至紹興庚申辛酉間宋兵日見强盛金兵自入中國習於

安逸其强不及於前故韓常每爲之憂懼順昌朱仙鎮之役宋人屢次獲勝而高宗狃于見聞甘心乞和稱臣以致大仇不復受金人朽木燈檠之欺良可悲也

吴春麓語

吴春麓御史賡枚桐城人中嘉慶己未進士性忠慤頗以理學自命與余交最篤嘗與余書曰奮與儹盛衰之本勤與惰成敗之原貪與廉得失之林寬與虐恩怨之府靜與躁壽夭之徵忍與激安危之劵謙與盈禍福之門敬與肆存亡之界此數語眞見道之言也

旭亭家書

韓旭亭先生諱是升今大司寇桂舲崶父也性和靄居家勤儉年四十即棄儒冠游食四方余少及其門嘗語人曰天下事多矣未有驕盈而不敗者恒以謙抑自居雖僕夫媼婦必接之以溫顏其子雖屢任封疆而先生樸素如故也嘗寄書與司寇云余今年秋收頗佳所植菽稷頗足釀酒筆墨足以代耕儘有餘享汝所獲廉俸豐膴其養贍妻孥之餘猶有餘資切勿貪分外之榮致使七十垂盡之翁反被汝所累也故司寇謹守先生教始終以敬謹受
今上知遇屢登高位皆秉其家範也

德濟齋夫子

本朝宗室任外吏者以簡儀親王爲首稱王諱德沛鄭莊親王之

裔也少應襲公爵王讓其弟已入西山讀書怡賢親王薦於朝
世宗聞而異之　召見問王所欲曰惟願百年後於　孔廟中食
塊冷肉耳　上奇其言即任戶部侍郎後屢任封疆不名一錢每
到處務立書院聚徒講學嘗謂人曰人心爲風俗之本未有人心
澆漓而風俗朴厚者今世不患乏才而患人心之不復古非講學
無以明之如使風化日移勝紛據於呫嗶之學多矣嘗與河督高
斌議論不合高欲歲減革埽沙船王力持之不得時語先人曰古
人制度安可輕易改革吾年就衰恐不及見汝今年少應見河患
之日增異日當思吾語也後癸酉秋水漫張家路頭果如王所料
時王薨已二年矣其後河患日增至竭海內脂膏以供之猶尙無

補於患則王之先見若何也講學家尊之爲濟齋夫子云

醉公

睿忠親王嗣曾孫名塞勤性爽伉嗜糟醨日夜不醒雖朝會酒氣猶熏然人呼爲醉公然遇大事多直鯁康熙戊戌理邸以罪黜東宮虛位　聖祖命諸臣集議時廉王覬覦大器撰敘王鴻緒復左右之公憤怒起於座高聲曰惟有立　雍親王天下蒼生始蒙其福也衆爲之憬然後　世宗即位召公責之曰當日汝言幾有危於朕躬然汝忠鯁可嘉嗣後愼勿多言也公免冠謝曰臣一時直性不能自遏抑也後乾隆戊戌復睿邸追贈公王爵

元泰定帝

元泰定帝乃晉王甘麻剌子爲世祖嫡長孫南坡之弑帝雖與聞然立執其使驛遞以告其未及達者天也即位後即首戮鐵迭等明示天下頗有叔孫昭子之風其視晉簡文之拜桓温宋理宗之寵彌遠者不啻霄壤崩逝後青宫踐祚統緒有歸乃燕帖木兒心繫周王乘間奪國其後文宗卒膺大寶而以篡弑之罪歸之非公論也

朱清張瑄

朱清張瑄以隷卒之賤受世祖知遇以海艘濟運及夫末際歲運至四百萬之多使太倉陳陳相因紅朽不可食亦有賴於元者何以一旦致罪乃至身首不保後世亦未有鳴其冤者何也

國初官制

國初甫定遼瀋官職悉沿明制其總攝國政者有五大臣十大臣之分其餘設總兵副將遊擊備禦之分而皆階以等級（如一等總兵官三等游擊之類）其後改爲國語無復漢名（如固山額眞之類）入關後始改總統旗務者爲都統每旗一員其叅協者爲副都統每旗二員其下設叅領佐領等官惟世職名仍沿國語（如一等阿思呢哈番三等拜他拉布哈番之類）乾隆初從舒文襄公議始設漢銜其一品者爲子二品者爲男三品者爲輕車都尉四品者爲騎都尉五品者爲雲騎尉而官名乃釐正焉

漢軍初制

國初時俘掠遼瀋之民悉爲滿臣奴隸　文皇帝憫之拔其少壯

者爲兵設左右兩翼命佟駙馬養性馬都統光遠統之其後歸者漸多入關後明降將踵至遂設八旗一如滿洲之制康熙中平三逆其藩下諸部落亦分隸旗籍雍正中定上三旗每旗佐領四十下五旗每旗佐領三十其不足者撥内務府包衣人隸焉於是其制始定蓋雖曰旗籍皆遼瀋邊氓及明之潰軍敗卒今生齒日繁其從龍豐沛舊臣尚不能生計富饒而聚若輩數萬人於京華又無以令其謀生之道其當軸者宜有遠略歟

國初尚右

國初世沿古制凡祭祀明堂諸禮儀皆尚右祭神儀神位東嚮者爲尊其餘昭穆分列至今猶沿其制故　先烈王以宗老孔定南

以藩臣之長皆居右班云

三王旗纛

孔定南耿靖南尙平南等歸順時未隸旗籍　文皇名其軍爲天祐軍特設白綠黑諸旗纛以賜之見八旗通志

王府屬下

國初定制　皇帝親將之旗有三曰鑲黄曰正黄曰正白諸王分將之旗有五曰正紅曰鑲白曰鑲紅曰正藍曰鑲藍其五旗戶籍皆爲王公僚屬沿左氏人有十等之制遞爲臣僕凡所陞擢皆由諸王公掌之其後昇平日久諸王習於驕汰多有虐其所屬不堪言者　世宗習知其弊故命惟王府護衞諸官仍由本王所擢其

餘皆隸有司諸王之權始絀然猶許歲時慶弔趨謁如制至今護軍營操習仍用各王府旗纛猶存舊制近有妄男子身隸王府旗籍乃聲言並非王府臣僕等語眞故違　祖制也

先恭王家訓

先恭王襲爵垂五十年其勤儉如一日不好侈華所食淡泊出處有恒雖盛夏不去冠冕嘗曰吾心如權凡事至皆量其輕重然後理之又曰凡執權者宜開人生路不可博公直之名致裁抑仕途使進取之士壅滯怨望時和相當朝每苛責諸士子先人每不以爲然嘗誡槤曰朝廷減一官職則里巷多一苦人汝等應誌之

經驗良方

余嘗患鼻衄至流血數斗竟夕不止以青黛紫菀諸物治之毫無應驗有人送一方用千瓣石榴花燒灰以酒調之塞鼻中其血立止屢試果驗因誌之

先惠順王神力

國初諸王披堅執鋭撫定遼瀋　先烈親王諸子中如克勤郡王穎毅王諸王平定山左各著有勞績惟　先惠順王以年幼未經從軍然天授神勇衆罕與匹生有髭鬚數十莖人爭異之順治中有喀爾喀使臣至與近臣角觝俱莫能攖王聞之請於列王僞爲護衛入朝雜於衆中使臣與鬭應手而仆　世祖大悦　賞賚無算時年甫弱冠也後嘗告人曰此間殊寂寞惱人未若諸天樂也

烈王方訝爲不祥未逾年薨

宋太祖解兵權

宋祖生於兵間頗知五代藩鎮之弊故假杯酒解釋兵權使驕兵悍將無所用智實爲一代良法然聚兵於京師習爲驕縱而天下州郡不復置兵一有變亂皆請兵於朝故其國勢衰微末年致有靖康之禍使當時如唐府兵之制易其將不汰其軍使重臣遞相撫禦以爲强幹弱枝之制安得坐喪其業哉

宋武臣

有宋一代武臣寥寥惟狄武襄立功廣南稍有生色仁宗置諸樞府甚爲駕馭得宜乃歐陽公露章劾之至恐其有他心豈人臣爲

國愛惜人材之道狄公終以憂憤而卒其後賊檜得以誣陷武穆者亦襲歐陽之故智也

五大臣

國初　太祖時以爪爾佳信勇公費英東鈕鈷祿宏毅公額亦都董鄂溫順公何和理佟忠烈公扈爾漢覺羅公安費揚古爲五大臣凡軍國重務皆命贊決焉

啟心郎

國初滿大臣不解漢語故每部置啟心郎一員以通曉國語之漢員爲之職正三品每遇議事座其中叅預之後多緣以爲奸乃汰去

元順帝

元順帝亡國之君無足置議然有二三政事遠勝前人者巴延擅權舉國依附帝能識托克托于行間密與之謀一旦立解兵柄貶謫遠方頗有英颯之姿明宗被弒多年帝首發其逆謀將雅爾特爾穆子孫咸置於法雖遷逼太后謀害皇弟不無太忍然較唐敬宗敬禮陳宏敬明天啓之不究詰方從哲崔文昇反將劾奸諸臣屈陷成獄者不啻霄壤矣又能任漢人賀惟一爲相改革蒙古勳臣專擅之風亦良能也

劉藥村

劉藥村名大槐海峯先生之弟也館於明太傅第課子弟甚嚴性

迂闊初不知人間有分桃斷袖事者聞之以爲人倫大變作檄以討論之又性惡女尼每於市衢間遇之必歸蒙以紅綾被臥竟日以爲厭勝其迂妄也如此

劉孝廉

吳夔倫學士言康熙中有劉孝廉名，蘇河南人善風角占卜仁皇召直蒙養齋欲授以官孝廉屢辭隨　上北征糧餉乏濟　上命孝廉卜之曰不出三日定至果如其言又從幸灤陽一日踉蹌至宮門請　上速徙居高處以避水厄時方晴霽夜間山水漲發果冲沒　行宮又善風鑑嘗謂張文和公史文靖公皆異日太平宰相壬寅冬乞假歸省至冬月望日忽命家人制縗服向北哭之

竟日及　哀詔到正　仁皇崩之後二日後孝廉卒于家

鄂爾奇短視

鄂司馬爾奇西林相公胞弟目短視性聰敏讀書數十行顯揚後頗躭聲色與相公異趣時人比之以大小宋云相公嘗浴足公倉卒至相公不及摒擋加足於懷司馬急以烟筒擊之相公矍然公曰大白猫何罕物而兄珍之於懷何也蓋以足爲猫云人傳以爲笑

十王亭

我　文皇撫定遼瀋規模閎大而集思廣益納諫如流造十王亭於宮右側凡有軍國重事集衆宗藩議于亭中而量加采擇故當

時政治肅清良有以也

漢軍各營旗纛

漢軍八旗旗纛皆用描洒金飛虎前鋒營用五色飛虎旗香山健銳營用黄色緣藍火器營用藍色緣黄以辨制度云

范文肅公厚德

范文肅公文程爲宋忠宣公裔　國初仗劍謁軍門　太祖曰名臣後宜厚待之遵化四城之役公守灤州獨得保全闔郡生靈大兵入關時公叅決幃幄勸睿忠王秋毫無犯爲明帝發喪並護送倪文貞公靈柩南歸凡忠義之士皆褒奬之時定賦稅有司欲以明末練餉諸苛政爲殿最公曰明之亡由於酷苛小民激成流寇

之變豈可復蹈其所爲因以萬歷中徵册爲准歲減數百萬兩民
賴以蘇故其簪組鼎盛爲八旗巨室云

成王書法

成親王諱永瑆爲　純皇十一子善書法幼時握筆即波磔成文
少年工趙文敏又嘗見康熙中某内監言其師少時猶及見董文
敏握筆惟以前三指握管懸腕書之故王推廣其語作撥燈法談
論書法具備名重一時士大夫得片紙隻字重若珍寶　上特命
刊其帖序行諸海内以爲榮云

褚庫巴圖魯

褚庫巴圖魯姓薩爾圖氏少爲先烈親王牙將勇絕一時攻宣化

府城首登其堞頸爲明兵所刃公左手撫頷右手猶手刃數人僵於城側其氣僅屬　大兵因以破城時有善醫者云其喉未斷使婦女撫吸其氣猶可望生時命妓女如法治之用巨繩縫其頸公果得復生至順治中從　上幸南苑彎弓逐獸馬蹶其頸復斷公因之薨

徐文定公

徐文定公元夢舒穆祿氏楊武勳王裔也公父生公時夢一老叟至自云徐姓因以命名爲誌公中癸丑文進士與韓慕廬同榜高不逾人鼻艴然爲紫纓絡性和靄遇大節侃侃雍正中廉王允禩貝子允禟以覬覦大器　世宗命諸大臣議其罪公首言二王之

罪誠不容誅願　皇上念手足之情暫免一時之死等語情詞肫摯　上爲之動容尋以罪謫爲中書舍人公即抱案牘持鉛管從事諸同侶有遜之者公曰否此僕之職敢不黽勉從事退與諸舍人講貫誼其不苟也如此其孫舒文襄公復以勳業見稱于世

史文靖公

史文靖公貽直器量宏大風度翩然嘗有不時　宣召公雅步如常或有催促之者公曰天下安有奔迫之宰相耶人服其知大體云

馬彪

馬壯節公彪固原人少無賴嘗衝突固原提督儀仗提督命杖於

轅門公問人曰提督品最高究竟何如人始爲之人告以由行伍起者公奮然曰吾以提臺皆天人耳若由行伍進吾猶能力致之乃誓曰吾不致身此官終不入此城也遂仗劍從軍時　大兵進討回部公奮身用命積功至總兵官路由固原有邀其入城會飲者公力辭之曰此尚非吾入城時也後以平撒拉爾回民功果授固原提督公至城門揮去侍從步入其闉至衙中首命置前提督神主公朝服祀之然後接其衆鄉里父老設酒歡宴終日指其牌曰吾非爲此公所激烈何能致身至此此聊所以報德也

圖文襄公用兵

圖文襄公諱海馬佳氏輔翊　世祖　聖祖二朝功業卓然初公

爲中書舍人負寶從　世祖之南苑　上心識其人欲重用之恐人不服因謂衆輔臣曰某中書舉趾異常當置於法衆以無罪請　上曰否則立置卿相方可滿其願也因立授内閣學士不數年洊至大學士康熙初奏茅麓山之捷甲寅冬吴三桂既叛察哈爾復蠢動事聞　聖祖憂之　孝莊文皇后曰圖海才略出衆可當其責　上立召公授以將印時諸禁旅皆南征宿衛盡空公奏請選八旗家奴之健勇者得數萬人公令以翊日聚德勝門外是日黎明公已整裝至教場甫檢閲畢即趨以疾行不許夜宿每至州縣村堡即令衆家奴略掠之所獲金帛無算不數日至察哈爾下令曰前此所掠皆士庶家不足爲寶今察哈爾承元之後數百年

之基業珠玉貨寶不可勝計汝等如能獲取之可富貴終身也衆踴躍從事公率衆夜圍其穹廬察哈爾部長布魯尼不及備倉卒禦敵我兵無不一當百卒擒之公分散財帛獎勵士卒而歸　陛見時　仁皇責其虜掠宣府等郡縣以有司劾章示之公謝罪曰臣實無狀然以輿儓之賤禦方强之敵若不以財帛誘之以壯其胆何以得其死力然　上不即誅待臣奏績而後責之實　上之明也　仁皇大悦曰朕亦知卿必有所爲也因　命公復西征焉

劉海峰

劉海峰先生諱大櫆桐城人古文名家少以文謁李穆堂侍郎驚曰五百年無此作者歐蘇以來一人而已其見重如此舉博學鴻

詞科鄂文端公業經首選張文和惡其才因曰此吾鄉之浮蕩者因易以劉文定公先生遂落拓終其身居京邸其弟館於明太傅家先生惡其權貴乃避居朱都統淪瀚宅破壁頹垣藹如也先恭王重其品終身執弟子禮甚恭而先生歸鄉後音書杳然其高傲也如此

劉文正公之直

劉文正公當乾隆中久居相位頗爲　上所倚任公性簡傲不蹈科名積習立朝侃然有古大臣風嘗有世家子任楚撫者歲暮饋以千金公呼其僕入正色告曰汝主以世誼通問候其名甚正然余承乏政府尚不需此汝可歸告汝主賙諸故舊之貧窶者可也

有貲郎昏夜叩門公拒不見次早至政事堂呼其人至責曰昏夜叩門賢者不爲汝有何禀告可衆前言之雖老夫過失亦可箴規也其人囁嚅而退薨時　上親奠其宅門閭湫隘去輿蓋然後入　上歸告近臣曰如劉統勳方不愧眞宰相汝等宜法效之

謝薌泉之疎闊

謝薌泉先生焚車事另載後卷其人大節不苟然性疎闊其居處几榻塵積數寸不知拂拭院中花艸紛披殊有濂溪不除階草之意財物奢蕩一任僕人侵盜毫不介意性復多忘嘗新置朝衣借法時帆祭酒著之罷官後遂不復取及官儀部當有祭祀復欲市取時帆聞之故意問之曰吾記君嘗於某時新置朝衣去日未久

何得遂無謝茫然曰此等物棄諸敝笥安可索取法復曰或君曾假諸人乎謝仍不復記憶法笑曰君於某日曾假余著之今尚在余笥中君果忘乎謝乃恍悟其不屑細故若此

本朝內官之制

世祖撫定華夏習知前明閹宦之弊故立鐵牌於　交泰殿戒內官不許干預朝政其官不過四品皆隸內務府總管歲時謁見如堂司制頗有周官冢宰統攝之制　純皇帝乾綱獨攬防馭內官尤嚴有高雲從者稍干涉外事　上遵　章皇旨立時磔死若輩皆凜然敬畏和相雖貪黷無狀然制內官最嚴其軍機隨侍嘗有背呼梁文定公名者和聞之奮然曰梁爲朝廷輔臣汝輩安可輕

之立杖數十命與梁叩謝乃免故當時寺人頫首惟命是從近日內務府大臣多出僚屬驟遷又無重臣兼領故敬事房總管輩多與諸大臣分庭抗禮無復統轄之制至蘇大司空（楞額）曾對衆曰今日尚未見吾都堂雖一時之謔語亦可覘風氣矣

巴延三

巴延三制府初任軍機司員齷齪無他能人爭鄙薄之嘗當值宿時西域用兵夜有飛報至大臣俱散出　純皇帝問值宿者以巴對　上呼至廳下立降機宜凡數百語巴小臣初覲　龍顏戰慄應　命出宮後一字不復記憶時有　上親侍小內臣鄂羅裡人素聰黠頗解　上意遂代其起草　上閱之稱嘉者再因問其名

默誌之數日語傳文忠曰汝軍機有若等良材奚不早登薦牘因立放潼商道不數歲遂至兩廣總督巴感激鄂切骨常以恩人呼之既任封疆毫無建樹終以貪黷罷歸爲鄂怨恚者再以節鉞宗臣其才反不若閹豎亦可醜也

楊武勳王

余外祖舒穆祿武勳王諱楊古利以開國功臣封王尚主爲異姓諸臣之冠其功業載余文集中王末年從　文皇帝征朝鮮大捷後巡視山谷天大霧中伏弩而殞按北齊書韓賢破韓木蘭後檢閲甲仗有餘賊藏屍邊待賢近舉刀斫之中脛而卒與王差彷彿也

何溫順公

高皇初起兵時滿洲軍士尙寡時董鄂溫順公諱何和理者爲渾春部長兵馬精壯雄長一方　上欲藉其軍力乃延置至　興京欵以賓禮而以公主妻之公乃率衆歸降兵馬五萬餘我國賴以締造薩爾滸之役卒以敗明師者皆公兵馬之力也其前妻聞其尙主怒掃境而出欲與之戰　高皇面諭之然後罷兵降故今襲世爵者皆係公主所出其前夫人所生者不許列名國語呼爲厄嚇媽媽蓋譏其鮮德讓之風也

洪豁爾國

今鄂羅斯北有洪豁爾國國勢富强護軍統領百公順嘗至其境

謂其人善於騎射有三韓之風其國自言先世係由索倫遷移者按遼史西遼耶律大石自天祚被擒後遂率衆西移凡萬餘里自稱西遼其後爲愛烏罕所滅今其國豈其苗裔耶

劉文清

劉文清公墉爲文正公子少時知江甯府頗以清介持躬名播海內婦人女子無不服其品誼至以包孝肅比之及入相後適當和相專權公以滑稽自容初無所建白　純皇召見新選知府戴某以其迂踈不勝方面因問及公公以也好對之爲　上所斥謝薌泉侍郎頗不滿其行至以否卦彖辭詆之語雖激烈公之改節亦可知矣然年八十餘輕健如故雙眸炯然寒光射人薨時毫無疾

病是日猶開筵欵客至晚端坐而逝鼻注下垂寸餘亦釋家所謂善解脱者余初登　朝猶及見其丰度一日立　宫門槐柳下余問朱文正公五矢之目朱未遽答公喟然曰君子務其大者遠者今君以宗臣貴爵所學者自有在奚必津津於象物之微者哉宜朱公之不答也老成之見終有異於衆也

衞司空

衞司空哲治歷任封疆以廉能著其撫粤西時謝侍御世濟子犯法公鍛鍊其子因波及侍御袁簡齋太史曾作書規之劉文清公亦言其官每高一階而其品乃下一級蓋亦不能自守之士然先恭王親見其　召對　純皇帝問近日封疆大吏臧否　公自謝

無狀上言置汝姑勿論其外究竟孰爲最劣公對曰惟江西巡撫阿思哈耳時阿寵眷最渥而公敢攖之亦難能也

阿爾薩

阿相公爾薩以胥吏起家屢任封疆不喜科目嘗謂傅文忠公云朝廷奚必置棘塲三載間取若干無用人以爲殃民悞國之具經傅呵斥頗爲士林所譏然居官清介籍沒時其家惟黃連數十斤當票數紙而已亦近日大吏之所罕見也

横閘侍郎

雍正初年大將軍羹堯寵眷甚渥嘗入京陛見世宗因命其于正大光明殿閱朝考卷時復有所宣召殿庭深邃繞出前庭

路頗迂折年方起座聞後楹丹扆欻然四扉洞開年趨視之則某侍郎横閈於其傍蓋自啟扉以便其行時謂之横閈侍郎云

活佛掣籤

西藏喇嘛自宗卡卜興揚黄教其徒達賴喇嘛班禪額爾德呢皋言永遠轉生以嗣其教行之日久其徒衆稍有道行爲人推許者亦必踵其轉生之説以致呼畢爾罕多如牛毛蒙古王公有利其寺之貲産者乃請托達賴喇嘛指其子姪爲的乳互相承授與中國世爵無異　純皇帝習知其弊因其陋習已久難以遽革因命製金丹巴瓶設於吉祥天母前遇有呼畢爾罕圓寂者即捒其歲所生産子之聰慧者數人書名於籤令達賴喇嘛會同駐藏大臣

封名製之賄請之弊始絶時謂之活佛製鐵云

朱文端公救舒文襄

乾隆乙亥阿逆既投誠舒文襄公赫德時任定邊將軍請將其家屬分置蘇尼特等近地以爲羈質純皇帝大怒謂其分散骨肉有傷遠人之心命近侍封刀斬之朱文端公聞命排扉而入請召對力言人材難得舒某雖一時過慮然平日辦事勤慎請援議能之典上曰命已下踰日恐難追轉公奏曰即命臣子成麟追之上可其請公出謂其子曰追不及汝勿返也成麟故勇往即於馬前剳袍前襟馳騎而往甫至潼關卒追前命而歸時傳文忠公告人曰朱公誠仁者之勇是日雖恒百輩終無濟于事也

盛司寇

盛司寇安滿洲人以科第洊至卿貳頎然嶽立鬚眉蒼然以古大臣自命戊辰春　孝賢純皇后崩時有周中丞學健瑟制府爾臣等以違　制薙髮伏誅有錦州守金文淳者稟命於府尹然後薙髮事發　純皇震怒　命立誅之公叩首請曰金小臣罔識　國制且請命大僚然後薙髮情可矜恕請　上寬之　上怒曰汝爲金某游說耶公曰臣爲司寇盡職而已並不識金某爲若何人如枉法干　君何以爲天下平也　上大怒命侍衛反接公赴市曹與金文淳同寘於法公佯然長笑惟曰臣負朝廷之恩而已後上悔悟命近臣馳騎並金赦之公施然叩謝如常時市曹萬目共

覩曰此眞司寇也次日　上即命公入　上書房傅導諸　皇子曰盛安尙不畏朕况諸　皇子乎眞師保之妙選也

阿文成公用人

阿文成公屢膺撻伐平定絕域爲近日名臣之冠其拔擢人才或於散僚卒伍以一二語賞識即登薦牘故人皆樂爲之用與將軍（奎）以將校從事公奇其貌曰此將材也因與之副將劄命其攻尅某嶺即日克捷其後卒爲名將如王述菴司寇（昶）韓桂舲司寇（封）百菊溪制府（齡）朱白泉觀察（賡額）皆以微員賞識其後皆爲卿相聞其於軍務倥偬間惟於幕中獨坐飲酒吸烟秉燭竟夜或拍案大呼愀然長嘯持酒旋舞則次日必有奇策其驅使將士如發蒙

振落其成功者或獎以數語或償以糕果而其人感激終身甘與效死其薨數日前自知死期于其誕辰置酒作樂終日訓其子孫勵以綱常名節曰余從此長訣不復訓教爾等矣病篤時將其兵書詩文稿盡命焚之曰無以此悞後人也余嘗往弔見其廳第湫隘居然儒素較之當時權貴萬厦巍然者薰蕕自别比之李文靖廳前僅容旋馬者未爲過也

舒文襄公預定阿逆之叛

舒文襄公既以分置阿逆家屬獲罪降爲馬卒公即荷殳執靮甘與士卒同伍及聞班忠烈公第密劾阿逆之事曰阿逆叛志已決不可使得其家屬傅虎以翼余雖得罪曾任大臣出疆專命之罪

余甘任之乃部署士卒圍其營帳其夜阿逆果率衆至欲擄其家屬牧廠我兵蝟集爭先用命阿知有備乃踉蹌遁去其家屬終爲我虜獲焉　上聞之大喜立復其位

崇政殿

高皇初定遼瀋建立宮室卑淺其制殊有茅茨土堦之意今　陪京宮殿大清門內即爲崇政殿爲視政朝賀之所其後鳳凰閣分限內外內爲清甯宮內奉　神位即爲燕寢之地其傍六宮分峙制作極爲儉朴亦可想見　祖宗開創之艱難也

鄂西林用人

鄂西林相公節制滇南七載一時智勇非常之士多出幕下公嘗

命張制府廣泗征花苗開筵設樂談笑竟日而不及用兵事及薄暮張不得已請公將略公愀然曰老夫悞用人矣夫轉運糗糧備整甲仗有不備者惟老夫是問至於兵機難測轉瞬間已自變易惟在爲將臨事處決安有預定機謀而能勝人者哉張懾服其言其他如哈軍門元生董將軍芳皆出其幕下卒爲一代名臣此數人至其家皆執洒掃賤役而其家亦傭僕視之如郭汾陽之於李西平馬北平也

奎壯烈

奎壯烈林爲　孝賢純皇后之侄以椒房甲第勇力過人其兄忠烈公明瑞嘗殉節滇南故　純皇帝不欲使其臨戎而公乞恩者

再至痛哭殿陛間惟願殺賊復仇　上爲之動容其後從征緬甸金川皆以趫捷建功後任伊犁將軍公乃縱酒指揮嘗集衆官飲其不勝者仰鼻灌之至登屋瓦上與近侍酣飲有犯法者公剝其皮以鹽揉之其人號痛竟日始斃爲海祿所劾罷職其後復從征廓爾喀疽發於項仍力疾從軍孫文靖公士毅往候其疾公執其手曰疾何必問大丈夫不能馬革裹屍乃至殗滯牀簀亦可醜也至卒惟以軍務未蕆爲憂語不及他然性耽書史好作小詩有曹景宗之風嘗讀元史王述庵侍郎問其所向慕公曰耶律文正公非余所及得及王保保之忠貞足矣亦可覘公之志矣

雲梯

文皇帝時攻取明人城堡多以雲梯制勝乾隆戊辰金川之役其地多築堅碉於絕壁懸崖上官軍屢攻弗克　純皇帝閱　實録乃彷其式製造雲梯命八旗子弟日以演習其後專隸健鋭營再征金川時卒收雲梯之功始能搗傾賊巢丙辰間湖北奸民竊發畢秋帆制府屢攻當陽不克　上乃命海内緑營皆習其伎以昭
文皇帝威德焉

克勤郡王墓

克勤郡王諱岳託先烈王之長子也壬午冬從征山東薨於途喪返　文皇帝痛甚及塟　命開其隧道以便歲時　賜奠撫柩而哭故至今未封其壙以誌　榮遇　純皇帝及　今上翠華東幸

皆　親往　賜奠焉

嘯亭雜錄卷之三

汲修主人著

記辛亥敗兵事

康熙丁丑　仁皇帝親征沙漠噶爾丹窮蹙自縊其姪策零多爾濟奔竄阿爾泰山北稽首稱臣　仁皇帝受降凱旋朔漠蕩平其後數歲策逆休養生息招徠噶爾丹藩臣部落漸强侵犯喀爾喀部落　仁皇震怒練兵籌餉爲深入計　憲皇帝踐祚欲竟　仁皇帝未竟之緒會策逆死其子噶爾丹策零嗣立噶少年聰黠善馭士卒諸台吉樂爲之用　憲皇帝遂決議討之朱文端公軾沈總憲近思皆以爲天時未至惟張文和公力爲慫恿時費直烈公

嗣爵傅爾丹者頎然嶽立面微赬美鬚髯有名將風張薦以爲帥築大將壇率滿洲綠營等五萬兵討之諸蒙古藩臣皆執靮以從時達忠烈公福力諫不可　上曰策零殂落噶逆新立彼境分崩之勢何云不可達曰策零雖死其老臣固在噶逆親賢使能諸酋長感其先人之德力爲扞禦主少則易諫臣强則制專我以千里轉餉之勞攻彼効死之士臣未見其可況天溽暑未易興師張文和旁贊曰六月興師載諸小雅君未果知耶　上曰達福患暑疾盍以鹵汁灌之達詞色愈厲　上曰然則命汝副傅以行尙敢辭耶達語塞遂叩首出禡禱於　明堂　上親酌傅公以寵其行是日大雨如注旗纛盡濕狼狽出國門識者以爲不祥時從征爲查

副將軍弼納巴將軍賽副都統戴公豪海公蘭西公彌賴定公壽蘇公圖馬公爾齊侍郎永公國塔公爾岱皆一時將帥之選焉八月會師於科布多城噶逆遣將僞降言其國攜貳與哈薩克迭戰經年馬駝羸弱可襲滅其部落傅公信其言欲進師定公壽曰噶逆聞警歛師境內靜以觀變其謀可知我師莫如耀兵境上以揚我武全師凱旋策之上也安可信俘虜片言突入敵壘以黷其武哉傳曰不入虎穴焉得虎子彼窮蹙之餘安能敵精强之士不禦敵非勇也汝何懦怯自損其威也定默然出以袍付僕曰汝持此以歸壄爲生子名壽以誌難也永公國曰國閫用師乘瑕而戰未聞無隙而能致勝者今噶逆親親用能人惟求舊選不失材賢不

失位疆圉遠闢牧養蕃滋彼雖犯我師旅尙當良籌以禦之而況歛兵蓄銳乃可深入自暴其師乎海公蘭曰量敵而入將之能謀也知難而退武之善經也敵未可輕武未可黷俘虜之言奚足爲信羸師待敵外夷之故智君其防之傅絶然曰我國家之所以無敵者以武臣不畏死耳君等安可蹈漢兒之習自弱其勢哉因命整軍以進主事何公溥執轡以諫傅曰蕞爾豎儒安識兵家事因以鞭揮何手而去馬公退告衆曰此師殆哉戴公豪曰帶組具存何畏死無具也查公弼納曰余刀俎餘生受　君恩乃不死今得以馬革裹屍幸矣查前因允禵朋黨故廷議大辟　上特宥之故查益感激用命及出境數百里不見賊壘獲偵者云在博克托嶺

傳遣蘇公圖往剿未數里聞胡茄聲遠作氈裘四合如黑雲蔽日傳懽移師東陷和通淖爾華言大澤也定公謂傳曰違衆陷師誰之咎也傳默然無語定公曰言在先敢辭死乎遂與馬公爾齊率師援蘇兵既接忽大風蔽日雹如牛首我兵血戰間後無繼師定公壽中矢殞蘇公等俱沒於陣西公彌賴率本部援之兵潰身殉賊遂犯大營傳命蒙古兵禦之定制科爾沁王公樹紅纛土默特旗樹白纛以爲誌轉戰間科爾沁王某偃旗首遁土默特公沙津達賴奮身入賊壘白旗耀然衆知蒙古兵敗曰白纛兵入賊隊矣諸軍遂大潰終夜甲仗聲不絶傳舉趾失措惟撫馭滿洲士卒曰愼無墮家聲也永公國刎頸死戴公豪海公蘭自縊於幕杙上何

公溥儒服雅步曰死爲國殤永享俎豆榮矣遇賊而死有蒙古衆
領某潛渡漳遇婦人騎以追推某河中水淺得不死醫士湯某蒼
黄奔竄揚言曰余有丹葯噏之可以免渴卒無應者陷于賊傳雜
士伍奔竄出査公弼納躍馬舞刀賊皆披靡潰圍而出不見傳以
其已死恐蒙陷帥罪曰頒白之年豈可復對獄吏遂復入陣而死
達公福殿軍被殺巴公賚血戰死之另見下卷惟塔公爾岱冒鋒矢出
中槍穿脛血殷征衫蒙古醫以羊皮蒙之三日始甦賊獲諸士卒
皆以皮繩穿其脛盛以皮袋載諸馬後從容唱胡歌而返蒙古科
爾沁王逃匿雈苻中以千金賂傳傳受賄揚言於衆中蒙古白纛
者先敗乃收公沙津斬之蒙古士卒皆忿怒潰軍事聞　上震悼

曰朕悔不聽達福言今無及矣乃厚卹其家達故權臣鰲拜孫耻其祖所爲故盡節云乃斥傳爵賞卹諸潰卒後二年噶逆衆大入賴額駙超勇親王戰於光顯寺事另見　上其勢始衰遂講和焉初　上命傳爾丹與岳威信公鍾琪會議進兵策岳公赴傳穹廬中見壁上刀槊森然問傳何所用傳曰此皆吾所素習者懸以勵衆岳笑而漫應之出語人曰爲大將者不恃謀而恃勇亡無日矣後卒如岳公所料云

郭劉二疏

國朝懲明代之失罔許言官挾私言事紊亂綱紀然遇骨鯁之士彈劾權要　列聖必立加獎勸以旌其直如郭華野之劾明余二

相及王高諸人劉文正之劾果毅勤宣皆侃侃正論有足取者備錄其疏於右郭疏云明珠與余國柱背公營私諸欵一凡閣中票擬俱由明珠指麾輕重任意余國柱承其風旨即有舛錯同官莫敢駁正　聖明時有詰責漫無省議即如陳紫芝之參劾張汧內幷請議處保舉之人　上面諭九卿宜一體嚴處票擬竟不之及一明珠凡奉　諭旨或稱其賢則向彼曰由我力薦或稱其不善則向彼曰　上意不測吾當從容援救且任意增添以市恩立威因而要結羣心挾取貨賄至每日奏畢出中左門滿漢部院諸臣及腹心拱立以待即密語移時　上意無不宣露部院衙門稍有關係之事必請命而行一明珠結連黨羽滿洲則佛倫格斯特及

其族姪富拉塔錫珠等漢人之總滙者爲余國柱結爲死黨寄以腹心凡會議會推皆佛倫格斯特等把持而國柱更爲之囊槖惟命是聽一督撫藩臬缺出余國柱等無不輾轉販鬻必索其滿欲而後止是以督撫等官遇事剝削小民柔困遭遇　聖主愛民如子而民間猶有未沾足者皆債官搜索以奉私門之所致也一康熙二十三年學道報滿之時應陞學道之人率往論價九卿選擇時公然承風缺皆預定由是學道皆多端取賄士風文教因之大壞一靳輔與明珠余國柱交相固結每年糜費河銀大半分肥所提用河官多出指示是以極力庇護當下河初議開時彼以爲必委任靳輔欣然欲行九卿亦無異詞及　上另欲委人則以于成

龍方沐　聖眷必當　上旨而成龍官止臬司可以統攝於是議
題奏仍屬靳輔此時未有阻撓議也及靳輔張大其事與成龍議
不合始一力阻撓皆由倚托大臣故敢如此一科道有內陞及出
差者明珠余國柱率皆居功要索至於考選科道既與之訂約凡
有本章必須先行請問由是言官多受其牽制一明珠自知罪戾
見人輒用柔言甘語百計款曲而陰行螫害意陰謀險最畏者言
官恐發其奸狀當佛倫爲總憲時見御史李時謙累奏稱　旨御
史吳震方頗有叅劾即令借事排陷聞者駭懼以上各欵俱略指
叅總之明珠一人其智術足以彌縫過惡又有余國柱奸謀附和
負　恩之罪罄竹難書伏祈　霆威立加嚴譴天下人情無不欣

暢矣其劾王鴻緒高士奇奏疏云　皇上宵旰焦勞勵精圖治用人行政皆出　睿裁未嘗纖毫假手左右乃有植黨營私招搖撞騙如原任少詹事高士奇左都御史王鴻緒等表裡爲奸恣肆於光天化日之下罪有可誅罄竹難悉試約略陳之高士奇出身微賤　皇上因其字學頗工不拘資格擢用翰林令入南書房供奉不過令其考訂文章原未假之與聞政事爲士奇者即當竭力奉公以報　君恩於萬一計不出此而日思結納諂附大臣攬事招搖以圖分肥凡内外大小臣工無不知有士奇之名夫辦事南書房者前後豈止一人而他人之聲名總未審聞何士奇一人辦事而聲名赫奕乃至如此是其罪可誅者一也久之羽翼既多遂自

立門戶結王鴻緒爲死黨科臣何楷爲義弟兄翰林陳元龍爲叔姪鴻緒胞兄頊齡爲子女姻親俱寄以心腹在外招攬凡督撫藩臬道府廳縣以及在内大小卿員皆王鴻緒何楷等爲人居停哄騙而賓緣照管者餽至成千纍萬即不屬黨援者亦有常例名之曰平安錢而人之肯爲賄賂者蓋士奇供奉日久勢燄日張人皆謂之門路眞而士奇遂自忘乎其爲撞遂亦居之而不疑曰我之門路眞是士奇之奸貪壞法全無顧忌其罪之可誅者二也光棍俞子樌在京肆横有年惟恐事發潛遁直隸天津山東雒口地方有虎坊橋瓦房六十餘間値八千金餽送士奇求托照拂此外順治門外斜街並各處房屋總令心腹出名置買何楷代爲收租士

奇之親家陳元師夥計陳李芳開張緞號寄頓各處賄銀貲本約至四十餘萬又於本鄉平湖縣置田千頃大興土木修整花園杭州西溪廣置園宅蘇松淮揚王鴻緒等與之合夥生理又不下百餘萬竊思以覔館餬口之窮儒而今忽爲數百萬之富翁試問金從何來非侵　國帑即削民膏夫以　國帑民膏而塡無窮之谿壑是士奇眞國之蠹而民之賊也其罪可誅者三也　皇上聖明洞悉其罪止因各館史書編纂未竟着解任竣事矜全之恩至矣極矣士奇乃不思改過自新仍怙惡不悛當　聖駕南巡時　上諭嚴戒餽送定以軍法從事惟士奇與鴻緒愍不畏死於淮揚等處鴻緒招攬府廳各官約饋萬金潛送士奇淮揚若此他處又不

知如何索詐矣是士奇之欺　君滅法背公行私其罪之可誅者四也更可駭者王鴻緒陳元龍鼎甲出身亦儼然士林之翹楚者竟不顧清議爲人作壟斷不以爲恥且依媚大臣無所不至即以人之所不屑爲者亦甘心爲之而不以爲辱苟圖富貴傷敗名教豈不玷朝班而羞當世士哉總之高士奇王鴻緒陳元龍等豺狼其性蛇蠍其心鬼蜮其形畏勢者既觀望而不敢言趨奉者更擁戴而不肯言臣若不言有負　聖恩臣罪滋大故不避嫌怨仰祈

皇上立賜罷譴明正典刑人心快甚天下幸甚其劉之彈張文和訥果毅云大學士張廷玉歷事　三朝遭逢極盛然而晚節當愼責備恒多臣竊聞輿論動言桐城張姚二姓占却半部縉紳今

張氏登仕版者有張廷璐等十九人，姚氏與張氏世姻仕宦者有姚孔振等十三人，雖二姓本係桐城大族，得官之由或科目薦舉襲廕議敘，日增月益以至于今，未便遽議裁汰，惟稍抑其陞遷之路，使之戒飭引嫌，卽所以保全而造就之也。查得康熙年間因王奕清等姻眷仕宦最多，仁皇帝曾降旨三載陞遷不許開列奏補，今可彷其例，請以三年內除特旨陞用外，概停陞轉。又言尚書公訥親年未强仕，統理吏戶二部，入典宿衛，參贊中樞，兼以出納王言，趨承時蒙召對，嚮用方隆。我皇上用人行政無非出於至公，訥親之居心行事亦當極圖報稱，但臣慮訥親以一人之身承辦事務太多，或有疎失，臣雖不能知其所管項何所當去

顧　皇上諒其才能酌量裁去一二項使其專心機務得以無所錯悞再其任事過鋭逢迎者漸衆請　皇上時加訓飭訥親得以有過知改常承　主眷二公疏上皆得　嘉旨若合符節

朱白泉獄中上百朱二公書

朱白泉觀察原名友桂涵齋先生孫也今改名朱爾賡額涵齋於仁皇帝以繪事供奉　內庭觀察雖入貲爲郎性甚剛毅勇往敢爲屢任封圻以廉能著百菊溪制府任倚之如左右手庚午夏隨菊溪制府韓桂舲中丞剿撫洋盜張保張鄭氏等頗樹功績上特賜孔雀翎後任江安道因主議增長葦蕩事宜爲河帥陳鳳翔所控　上命鉅卿往訊其人本迂愎爲鳳翔所蠱惑卒以冒功

不實論罪謫戍伊犂白泉與余最善憶戊午歲冬夜與白泉及謝薌泉侍御小集綠筠堂挑燈剪燭談論天下古今事涔然淚下白泉以王文成自許二人皆笑其妄然不期其終以任事犯衆怨自攖其罪今錄其與百朱二公書以見其事之顛末云其與百制府書云蓋聞人之窮通有數事之成敗有時是不必以口舌爭也物理之是非有定評國家之體統宜共立是不可以意氣用也額雖不才然奉教于先生長者之前者亦已久矣竊聞辱名爲上辱身次之是故身泰而名辱古人以爲下額自上年九月接奉 恩命調任江巡依侍節麾俾供驅策受 聖主累世豢養之恩懷名師特達知遇之感撫心切齒罔報涓埃竊謂料物爲河工之根本葦

蕩爲料物之基業悉心剔弊期裨功益比較正額之外增出過倍然撥蕩爲購滅廳員冒銷之利按束交方拂營員偷換之慾額以隻身獨攖衆怒固已知其禍不旋踵功廢垂成日昨以陳竹香遣丁京控蒙　欽派鉅公前來查訊驗尾帮駁回之料取船弁挾怨之詞廳營共証合翻此局從吏議而誣服戴覆盆以望天從古如兹況在微末文通有言若使事非其虛罪得其實何以見燕市擊筑之夫對趙北悲歌之士今以愚昧於此獲罪所知爲之流涕路人爲之嘆息撫躬自問爲幸多矣此所以含笑而入圜土長歌而膺徽纆者也額　始謂今年柴蕩陸續出運七　順清河兩處漫口藉以堵合外南海阜山安海防四廳奇險藉以搶護誠恐自此廢

東貽悮堪虞以今思之成敗早遲皆有期合實由天定非關人事也額於十一年作守潮陽海氛告警大帮壓境屠毒生靈驚怖城市額捐貲集勇謹守疆場絕濟匪之源挫觸藩之銳卒能化梟爲鳩閭閻安堵繹堂制府謂那彥成公以爲能言聽謀決匪目李崇玉以計就擒大帮朱賁乞命投欵已可旦夕告成風濤永戢而繹堂先生旋被嚴劾竟坐投荒時額以居憂得從瀛綱三載之後老夫子秉節海嶠仍用前策以賊攻賊生路既開輸誠踵至鯨波遂恬舶帆無恙此亦乘勢待時事半功倍之明徵也安知葦蕩之功不更待有異日乎不過爲人臣子有見利於國者不敢委之時數而濡滯不前耳至于宦轍升沈一官如屣久已膜外置之矣抑聞之物

不得其平則鳴額之所遇似不可謂得平矣然昌黎眉山之倫餘姚萊陽之輩斯並義冠雲天文雄霄壤當其拂逆殊疆顛沛垂死不聞有伏闕訟寃危辭表憤誠以卿大夫不比齊民曲直蒼黃非爭一口額待罪監司通籍中外三十餘年若復效尤竹香於獲罪之後再行申訴豈不重爲天下恥笑如漢書之所謂賈豎子爭言何其無大體者乎惟願老夫子大人調氣頤神珍重柱石之身幸勿以額爲念額被譴至重不過謫戍數年之後循例邀　恩猶可効其犬馬則額雖在萬里如依函丈若老夫子以額之故至煩

聖睿是額之疎拙不能周詳以爲師門光寵而轉使慈懷耿耿則負疚愈深額遠覽先聖知命之教中考昔賢處變之方近驗己身

經歷之跡反求本身貞厲之故區區寸心伏乞採察其與朱方伯錫爵書云竊念弟歷官中外世受　國恩自量移江南以來思欲稍竭涓埃勉圖報稱再四延訪知江南重務莫大于防河而防河機宜莫先于儲料葦蕩營者　國家之官地料物之所從出也自齊敏慤齊蘇勒開之于前嵇文恭璜守之於後天產地利固足金堤比年以來葦營廢弛料價翔貴南河庫貯歲縻金錢數百萬仍復繕堤不完漫口屢告皆由工無存料猝難購買欲事搶廂已成沖決而葦營地畝一萬二千餘頃歲產柴千萬束徒令灘棍猾兵據爲利藪盜賣採割轉販到工額誠私心痛之是以奉委伊始不自度德量力奮然欲除此弊欣逢大府嚴明有司效命果獲掃除積

習實收成功于舊定正額二百四十五萬之外增出餘柴四百三十餘萬束而衆怨沸騰謗書滿篋吹毛求疵力翻此局遂逢吏議竟挂彈章若以𥹋詞核之不復少加辯雪將含垢後世傳笑四方額實無以自容于天下矣謹按參詞曰以採柴之刀本採草而草又不足原估之數工程不歸實用錢糧盡成虛糜云云去年辦理葦蕩時左營俱係淨柴右營因有下茂地段土地瘠薄所產葦柴烏荻鹽蒿紅草蒲頭五種相間名五花頭束交工適用所以照例詳定與葦青淨柴三七勻配乃星使臨工以爲巧立名目不容申辯葦船諸人遂各希指承順有三成葦七成草之語不知例載雜草每斤一釐三毫此採柴刀本僅發一分二釐一毫是所辦之柴

即不必問五花頭與抽改情弊全以草論每束折算十六七斤每蒲草一束節省將及一分一百萬束蒲草即節省三萬兩何況右營出運之柴三百餘萬業經交廳廂用取有工收册報工段爲准左營未運之柴現俱存儲蕩中委員查驗方回乃欲概行抹煞而以爲不適工用虛糜錢糧乎此額之所不解也又參詞曰儘蕩搜括之苦累樵兵實所難堪云云查工部則例載葦營所產之柴儘數採交其餘柴之餘除量爲酌賞外即行盡數歸公其有私動餘柴莖束者官則從重參處兵役嚴行治罪自葦營廢壞十隊効目勾通附近灘棍偷漏柴束轉買南河廳員領購之價乾沒其餘効目據官產之柴因以爲利樵兵人等不過分沾餘馥歷來辦蕩之

員歸苦累於樵兵分私肥于効目若以功令繩之則罪將有在矣然額昨於奉委時深知其弊不肯波及前事但思調劑兵夫故詳定章程内樵兵給與耕地借與牛具籽種船兵月餉仍舊雖照乾隆以前舊例設船歸廳自運而船兵隨船駕運並無失業又另加一柴束給廳員使廳員挪抵購料于購價内籌貼食米是樵船各兵等從前乞憐于効目者其盜賣之利小此時取給於公家其調劑之利大而况兩營樵兵左營尚屬額設右營多係雇役向來効目以四五文一束雇探而今官以十二文一束雇探食力爲傭加倍得利何從苦累乎夫公家之利知無不爲縱使有司奉行不力樵兵竟有苦累亦當備求實惠重議郵兵以運柴不得留柴而養

兵也今南河竭天下不足以供而棄此額產葦柴徒供慾壑令司農有仰屋之嗟　天府糜水衡之費又額之所未解也又參詞曰把總錢永勝據實具禀蒲草即將錢永勝頂戴摘去勒令受裝蒲草云云本年二月十五日錢把總在蕩督裝以連柴夾草受裝出蕩已有一百九十餘帮尚存船八十餘帮現在受裝具禀額因查蕩時柴束並無蒲草知係預爲抽賣抵換地步即於十八日接禀嚴行批飭後恐蕩內耳目難週果有包蒲夾草等弊隨于十九日據錢把總所禀札行韓守備移會王參將一體嚴查駁換又恐承辦之人未免回護添委知縣劉平驕專查有無夾草錢把總並未再有禀白請驗柴束是額之批飭專爲不許受裝夾草而設迨後

順清河漫口搶築需料孔殷錢所運料船在李工停泊去工四十里順風五六日觀望不前潛回浦寓是以會同庫道摘頂示懲其去具禀蒲草時案隔半月仰卷可徵錢把總希圖脫罪巧搆南箕而星使驗明批禀不顧文理之順逆以剔除夾草者反爲勒裝蒲草遂使海上樓成臺中讞定此又額之所未解也又柰詞曰汰黃隄運到之柴經各廳具禀短少云云本年八廳共禀稱浚船所帶淨柴大捆者俱執以自賣餘柴概不交納及拆稱垛計每垛竟柴只一萬四千餘斤而每垛折短茸草有一萬一千餘斤額去冬儘蕩搜括時收買餘方之例業經會庫道裁革船兵何從得有餘柴其沿途抽改無疑是以各道特奉制河二憲委審得實責處目兵

然葦營兵目積弊相沿旋有山安廳稟請驗收到工葦柴經委員覆稟驗明船兵所交之柴夾雜短少每船另有淨柴數百束弔驗四束稱重九十餘斤的係蕩內原捆勒令交工即有老嫗幼婦跳河拚命而山安廳自稟與船目議明以原捆交工八折收受而船兵又以六分改捆抵交仍要八折收受各等語衆証確然而乃以爲畏懼威勢草率了案以監司公定案卷爲虛以奸弁挾怨巧言爲實此又額之所未解也又參詞曰左營蕩柴雖無夾草而每束短少四斤六斤云云向來蕩內產柴濕乾枯遞分三種其初採時盤箍捆成以三十斤上下爲度一年之後內重耐乾者有二十四五斤不耐乾者即止十五六斤不過報部之時彼此牽算約以二

十二斤其實廳員領帑自購之料並無此數今左營蕩柴自去秋以至今冬存儲一年豈無耗折而摺內既有堆積愈久折耗愈多之語又曰荒儲蕩地未運至工此自河道不通之故豈得以爲採柴罪過且幸而未經出蕩星使猶得以驗無夾草設使河道通行船兵出運沿途抽拔改捆則蒲草亦與右營等耳觀者豈復代爲區別哉不即左營以驗右營之無草轉以耗折爲斤重之不敷此又額之所未解也總之葦蕩之事非衆人之所樂成而草創經營亦非一年所能盡善是以今年圍估新屆將下茂五花頭不行估採將二尺四寸箍口加寬四寸又奏明試行三年酌中定額若果司事得人日臻起色其于國計民生豈無裨益乃棋局一更大事

盡廢今年新估八百萬束隨在盜賣莫復過問刻下雖奉到　諭
旨仍須核實採辦再定章程而聚訟紛紛適從誰是羣小泄泄威
令不行縱有桑榆之效已見東隅之失豈不深可痛惜哉（額）見收
時星使並未按問但令隨帶司員代具親供至（額）將印卷七套呈
核又裁截要訐印稿七件然後發還菊溪先生深憤不平（額）在獄
中曾上書菊溪先生自明成敗有時勸勿仰煩　聖慮迨定擬覆
奏後外間傳有摺稿菊溪愈怒不可解而清河令郭禹修者與安
徽包愼伯蓋實始終蕩事見（額）獄且不測竟私走春明欲爲訴寃
二人去後二日（額）始知之遣急足數輩追及汶上而返會臺諫中
有劾菊溪先生者（爲馬履泰吳雲）　上命星使密偵於彭城回奏一疏具

言所劾處無並爲額湔雪云前征洋匪辛苦備嘗家無餘財人所共知或以此重邀　天恩末減罪狀然前此嚴叅乍入自分立正典刑乃　高厚鴻慈僅與荷校三月是　聖主好生之德業已寬無可寬何敢再行希冀惟額除弊太驟衆謗羣疑雖執法大臣亦爲所惑卒之陰察其寃抗表代白略不護前額之愚忠或尚猶有可取而三代直道之風其眞至今未泯矣乎故縷覼布呈以達區區伏望閣下于衆惡必察之下存日久論定之識也觀察二書前書隱忍不辨得人臣引罪之體後書分條駁詰以洗滌百世之名合而觀之可互相發明也

西域用兵始末

準噶爾自光顯寺之敗（事見後卷）決意請和至乾隆四年和議始成又許通市及入藏作佛事人馬貨物皆限以數噶爾丹策零於乾隆十四年死生三子一女長曰喇嘛達爾扎次曰那木扎爾又次曰莫克什女曰烏蘭巴雅爾阿札母貴蒙古最重嫡庶國人因立阿札坐床坐床者華人言即位也那木扎爾殺莫克什喇嘛達爾扎自危乃弑阿札而自立烏蘭巴雅爾與其夫攤戴有功因其委任疎遠叛去達又擒而殺之當是時大策零（事見上卷）王孫達瓦齊與輝特台吉阿睦爾撒納另居雅爾地方各有阿拉巴圖數千戶（華言奴也）達瓦齊於達爾扎爲近族貴而無位阿逆出身微賤而狡黠兇狠迥異諸酋亦皆不平達爾扎之所爲與之相抗不奉教令達爾扎

命衆討之達瓦齊等兵敗竄入哈薩克達爾扎以二人不除終爲禍害遂遣心腹人率兵六萬追之期於必獲達瓦齊計無所出日夜涕泣而已阿逆曰與其束以待擒何若鋌而走險兵法所謂往呃其吭者也因率精鋭卒一千五百人裹糧懷刃於山嶺僻境繞道入伊犁乘其不備黃夜突入其幕達爾扎方圍爐擁妾飲酒阿逆趨而斬之撫定其部落迎達瓦齊入立之初策零拉布坦欲叛中國也以衛藏據其右臂欲與之和使無後顧之患因以其女妻拉藏王子入贅其國陰説拉藏王頗羅鼐叛中國頗感　仁皇帝之恩固守臣節策逆怒遂親率師由回部之沙雅爾潛襲衛藏近星宿海爲導者誤入大澤中沮洳難行人馬多死窮蹙而歸遂斬

其贅壻其妻有遺腹女長而適阿逆父阿逆初生時滿身鮮血或謂其復讐而來也達瓦齊既立不能統馭其屬歲多叛亡每遇急難必檄阿逆至與之調停阿逆誚讓之達瓦齊不甘曰彼雖才能終爲我之臣僕何敢以臣凌君而忘其已爲所立也其後達部署漸定因曰不誅阿某禍終未艾因統傾國兵討之阿逆不敵十九年遂率所部二萬餘人來降且乞師往靖亂欲藉我兵力滅達瓦齊而已得據其位也　純皇帝實知其國內亂之可乘足以竟先朝數十年未竟之緒今事會適至乃天以其國畀我大淸時不可失遂决意用兵時舉朝不知準噶爾內亂狃於辛亥敗兵之事不願勞師動衆惟傅文忠公一人力贊成之　上曰卿朕之張華

裴度也阿逆入覲　上以撫綏事急乘馬三日而至熱河命王公大臣皆從往陪宴阿逆行抱見禮　上從容撫慰並賜　上駟與之乘親與其分較馬射並以蒙古語詢其變亂始末　賜宴而退阿悚然時冬月嚴寒阿逆汗下如雨退告其下曰眞　天人也敢不讋服傅文忠退曰余今日膽裂自不知生死矣乙亥春遂兩路進兵北路以班直義公第爲定北將軍阿逆爲定邊左副將軍副之西路以陝督董鄂公永常爲定西將軍薩賴爾爲定邊右副將副之盡簡八旗子弟吉林索倫諸精銳士卒從之所至準夷各部落大者數千戶小者數百戶無不攜酒牽羊以降兵行數千里無一人敢抗者五月五日齊抵伊犂達瓦齊阻淖爲營衆尚萬餘我

兵追及之侍衛阿玉錫以二十二騎直薄其營呼噪突入賊衆驚潰達瓦齊竄走陰計阿克蘇回人伯克霍迪斯爲己所立必不負之因率親丁百餘騎逃至回疆去阿克蘇四十里霍迪斯已遣人具牛酒以迎達瓦齊之黨以爲不可信而達以爲與其有恩遂殺牛酌酒與衆酣醉後霍迪斯盡縛之入城後承班公檄獻諸軍門並獲青海叛賊羅卜藏丹津先後檻入行獻俘禮　上御午門樓受之以達瓦齊人固庸懦可憫特赦之封以親王賜第寶禪寺街擇誠隱郡王孫女配之然不耐中國風俗日惟向大池驅鵝鴨浴其中以爲樂而已體極肥面大於盤腰腹十圍羶氣不可近　上命爲御前侍衛終優容之準夷之先故有四衛拉特華言四部落

也部各有汗　上初用兵欲俟平定後仍其舊設四汗衆建之而分其力如喀爾喀之編七旗至今長享太平而阿逆志不在此上預燭其情甫出兵即密諭班公示以分封四汗之意以消其妄念又以額駙色布騰巴爾珠爾爲科爾沁親王與阿逆言語相通氣類相近令與之偕行俾覘居無猜實陰伺之乃額駙爲其所紿反與之昵阿逆遂恃爲奥援既平伊犂阿逆處事多不禀承將軍生殺自專置副將軍印不用用其國汗舊用小紅鈐記發書鄰部哈薩克及俄羅斯等國皆不言降我　朝但謂率滿洲蒙古兵來定準噶爾又使其黨等流言不立阿逆爲汗終不得甯班公憂之鄂襄烈公曰吾儕大臣所謂消患於未萌昔拉忠烈公誅朱爾墨

扎（事見後卷）身雖殉死終膺懋典吾等可彷而行之此傳介子請纓日也班曰阿逆叛迹未見安可妄誅藩臣以攖　上之怒哉遂密以其事馳奏　上命即軍中誅之毋濡忍貽後患而是時大兵皆凱旋隨二公者僅五百人餘皆新附衆班公遂不敢舉事　上先有旨命阿逆以九月至熱河行飲至禮班公等趣其行欲使入我境則易擒也先是六月中額駙奉　旨先歸阿逆私以總統舊部之意乞其代奏並約以期如得請　旨當七月下旬至及額駙歸事已中變遂匿其奏阿逆待　命久不至班公迫其行令喀爾喀親王額林沁多爾濟伴之阿逆不得已起程中途遷延猶有所望也迨八月中尚無信疑事已變入境且得禍遂陰召其衆張幕請額

宴酒數行起謂額曰阿某非不臣但中國寡信今入其境如驅牛羊入市大丈夫當自立事業安肯延頸待戮遂命呼酒者再伏兵四起旌旗耀目擁阿逆出營去阿逆徐解副將軍印組擲與額曰汝持此交還　大皇帝可也遂據鞍馳去額林沁多爾濟瞠目視之無如之何阿逆遂寄聲伊犁嗾其叛又遣其黨阿巴噶斯哈丹等掠西路軍臺而伊犁宰桑克什木敦多卜等果蠭起爲亂倉卒兵少班鄂二公扼腕無計鄂曰今日徒死無濟于事有負　上付託矣班公持劍太息久之刎頸而死鄂故書生腕弱不能下命其僕剚腹而死事聞　上以額駙匿情不奏欲立正典刑來文端公請曰願　皇上念　孝賢皇后莫使公主遭孀獨之歎　上揮淚

太息歎其死祇褫其爵額林沁多爾濟以元裔故特與賜死改命公策楞公達爾黨阿由巴爾坤速進兵二十二年叅贊公玉保至特克勒探知阿逆僅距一程欲急追之忽有報台吉諾爾布已擒阿逆至遂駐兵俟之而不知報信者即阿逆之偵者以爲緩師計阿逆得從容而去遂逃入哈薩克　上怒拜瓜爾佳公哈達哈鈕祜祿公達爾黨阿爲定西大將軍加大學士銜以擒阿逆事専委之復命握二大將軍印使阿逆心以爲傅文忠公至冀其自投羅網達至哈薩克界阿逆方借哈薩克兵來拒我兵擊敗之擒其酋長願往說其主阿布賚擒阿逆來獻達受其紿縱之去卒無音耗達復使人詢之訖未得要領而西路降夷巴雅爾噶爾藏多爾濟

哈薩克錫喇尼瑪舍楞等皆羣起叛亂都統公和起殲焉兆文襄公惠復有濟爾哈朗之圍事見後卷上以諸賊甫受封賞輒叛知厄魯特人概不可以恩信結故命喀爾喀超勇王成袞扎布出北路兆文襄公出西路皆於三月中起行會諸賊自相蹂踐扎那噶布爾襲殺噶爾藏多爾濟呢瑪又欲襲扎那噶爾布不果阿逆自哈薩克歸會諸賊於博羅塔拉欲自立爲汗聞我兵將至又遁去諸賊皆竄匿於是兆文襄擒原任內大臣巴桑鄂博什擒原任散秩大臣厄爾錐音圖倫楚擒原任貝勒納奇木海超勇公蘭簽擒巴雅爾烏爾登擒呢瑪扎那噶爾布已病死台吉琿齊達瓦以其首來獻惟阿逆尚未獲六月兆文襄公使愛將軍星阿阿拉善王

羅卜藏等追阿逆至哈薩克其長阿布賚以爲大兵取其部也鋒刃既交我兵勢寡阿拉善王曰與其同沒何若冒死說敵猶可冀免因脫帽蹈烟礮馳去作蒙古語曰吾來說降阿布賚因收軍見王王從容曰吾亦係也速後（王之父阿寶始降本朝）固厄魯特也因歸降故荷大皇帝撫綏裂土封之永爲藩服今部長蕞爾小國何可信阿逆之言自與天朝爲敵是代人受禍也阿布賚悟請降爲屬國適阿逆率二十人往投之阿布賚約以詰朝相見先使人收其馬阿逆驚又逃阿布賚執其兄達什策凌送軍門事聞上大悅封羅爲親王受阿布賚降令其歲時納貢如朝鮮琉球云阿逆徒步入鄂羅斯爲樵者所得守卡之瑪玉爾（官名）送往其國我侍衛順

德訥尋踪往瑪玉爾諉爲不知時廷臣議又恐挑鄂羅斯之釁兵連不結陳文勤公有將帥糧餉帑餉三議史文靖公直欲退守玉門關　上笑曰皆書生迂語不足與較因命理藩院行文鄂羅斯索之阿逆患病死鄂羅斯以其屍送入邊　上命素識阿逆之林丕多爾濟往驗屍屬實於是阿逆之局始結　上命兆富二將軍擇地過冬明年再盡剿厄魯特之漏網者二十三年春兆文襄由博羅布爾蘇富公由賽里木如獵場中分兩翼合圍約相會於伊犁凡山陬水涯可漁獵資生之地悉搜剔無遺時厄魯特懾我兵威雖一部有數十百戶莫敢抗者呼其壯丁出以次斬戮寂無一聲駢首就死婦孺悉驅入內地賞軍多死於途於是厄魯特之種

類盡矣計自準夷內亂以來惟杜爾伯特策楞內附始終無異志其王策楞臨終時諄諄囑其子孫報效　天朝百世毋忘此德故其所部得保全至今無恙世襲藩封云其次則達什達瓦之妻當阿逆初叛時正伊犂騷擾之際獨率所部欵關來投　上憫其誠使居巴里坤後徙熱河編其人爲兵俾資餉以給若沙克都爾曼吉不從亂全部內移依巴里坤近城以居宜得免矣值巴雅爾等之亂　上諭巴里坤大臣雅將軍爾哈善密察之如可信則坦懷以待勿使疑否則先發制人毋令爲肘腋患初非必欲殺之也雅故書生不敢保時餉正乏而沙請糧不休雅患本軍缺糧而又齎敵遂令裨將閻師相率五百人入其壘若失路借宿者沙屠羊以

待中夜大雪闇曰此擒吳元濟時也遂以箚爲令襲其臥廬盡殲全部四千餘人沙被殺時殘燈未滅其妻睡夢中驚起不忍其夫之戕於亂刃裸而抱持之如兩白蛇宛蜒穹廬中以至於死雅以沙謀叛被殺報　上封雅爲一等伯雅歸朝日拜其祖祠歎曰李廣以殺降不封侯至於失道自刎今我罪踰於廣而反膺五等之爵祖宗蔑血食矣其後果以失機被誅（事另見）　上於庚戌中詠西域諸故事猶及雅之濫殺云其他諸賊既降復叛自取誅滅草薙禽獮無噍類固無論已此固厄魯特一大刦凡病死者十之三逃入鄂羅斯哈薩克者十之三爲我兵殺者十之五數千里內遂無一人蒼天欲盡除之空其地爲我　朝耕牧之所故生一阿逆以

爲禍首輾轉以至澌滅也自此偃息兵戈墾闢屯田中原民爭趨之村落連屬烟火相望陌巷間牛羊成羣皮角氈褐之所出商賈輻輳自有天地以來漠南北之地未有如今日景象也惟　純皇帝天亶聰明乾健不惑見事機可乘順天而行每軍書旁午應機指示必揭要領或數百言或數十言軍機大臣承　旨出授司員屬草卒至腕脫或軍報到以夜分則預飭內監雖寢必奏迨軍機大臣得信入直廬　上已披衣覽畢召聆久矣撰擬繕寫動至一二十刻　上猶秉燭待閱不稍假寐或一二日無軍報則延望不釋蓋數年如一日也領兵者奏事大率藏短露長　上即其所奏勇怯勤惰洞見肺腑分別功過信賞必罰是以人人効命有進無

退成此大功歷觀史册漢唐以來何代可以比隆者也

李壯烈戰蹟

閩中固積富區自總督雅德伍拉納等驕奢貪縱吏治廢弛下屬習爲懈怠海中盜艇猖獗鯨鯢日盛閩中水師懦怯莫敢與攖提督倪斯得老而耄不諳紀律惟令士卒避寇而已故蔡牽朱濆等嘯聚海濱兵至十萬於乙丑冬突入臺灣賴浙江提督李公長庚抵死禦之臺灣得以恢復公同安人由武科起家出爲浙江副將福文襄王康安見而奇之時安南阮光平陰叛　本朝命其夷官等入中國海面擄刦以充其國帑王命公往擒之公曰官船釘疎板薄不能衝突波濤長庚願傾家造船以適其用惟火藥非私家

所有願公賜之其餘不費官絲毫物也王大悅奏署總兵銜並賜銀數萬公乃造海船數十艇不加鏤飾與客船無異率兵三千尾追夷艇夷人以爲客舶遂返舟與之敵公乃旗鼓突出聲振數里加以颶風大作海濤洶涌公士卒百倍鎗礮驟發賊舶驚潰覆船數百殆盡俘斬數千人生擒夷僞官倫貴利等以獻王優奬之請

命於朝任海壇總兵浙撫阮公元倚爲左右手公雖武人好讀書樂靜坐與阮公唱和無虛日臺灣之役公已將蔡牽賊艇圍于鹿耳門計日可擒其時所率多閩兵公浙中精兵祇五百餘人蔡牽以賕錢四百餘萬遍豢閩中將卒諸將遂解體不爲力戰數日牽遣變童蹈小船僞獻降書欲效郭衎之策公覺之抵書於地褫

衣刃見公立誅之是晚大風雨蔡牽乘勢解纜而去公方飲酒立傾杯整隊進閩中兵無不披靡莫有繼者公太息曰　朝廷養兵百餘年一旦用之乃反爲賊之間諜諸將帥果何爲者因全軍而歸閩督阿林保置酒與賀筵間從容笑語曰海上事易爲掩飾如公以蔡牽假首至余卽飛章露布不惟公居首功吾亦當受帷幄之賞如此則海氛告成此局易了豈不勝衝突鯨濤僥倖於萬一哉公奮然曰于清端之捉賊姚制府之用兵長庚所知也石三保聶人傑之擒長庚所未解者　皇上之所以委任長庚者蓋欲使永靖海氛以綏民命其成功與否則天也公以文吏徜徉中外故宜幸其事早蕆其功僕則視海舶如廬舍不畏其險也公今以逗

撓劾長庚之罪他日以覆舟諱長庚之死皆維公命之是從也僕一武夫猶知以死報國公以世臣名族揚歷封疆縱未嫻於軍旅亦罔識忠孝二字乎公何其淺視僕也遂推几而出其幕客諫曰將軍誤矣自閩粤用兵以來生靈糜爛者幾數百餘萬皆以蔡牽一人故也今或假傳其授首以博　天顔之喜或羈縻以官爵收其桑榆之效則其局可了將軍宴坐衙齋緩帶投壺不亦樂乎定必冒風濤之險必欲淈其巢宅一旦颶風阻路音耗莫通糧餉莫繼士卒散亡縱竭將軍一人之力難以敵貔貅百萬之師倘稍失利大吏朦朧奏之將軍必遭獄吏之辱矣公慨然曰君不聞王彦章人死留名豹死留皮之語乎僕雖不肖願與蔡牽同日死不顧

與其同天生也閩督故恨之切齒至漁山之戰公船遭風失信河遂誣公逃寇不知所之入奏賴阮公以公受傷入告　上優詔奬之後於丁卯十二月二十五日戰於黑水洋時蔡牽以三舟檥島去公艇半里耳寇勢已窮迫公因山爲壘以逸待勞舟師四面圍之計日以擒而閩督以飛檄催戰動以逗撓爲詞幕客勸公封章以奏公斫舷怒曰大丈夫以死報國不受唾面之辱也因整軍進下令軍皆持短兵以爲必死計及戰浙軍無不一當百有卒校跳牽船上牽幾被其擒以衆寡不敵死之而牽奴林小𤞤素識公面暗中指示由篷窗中出火鎗中公胸公茹痛呼諸將部署其事曰諸君不殺此賊老夫死不瞑目矣因長號而終事聞　上震悼封

一等壯烈伯謚忠毅祀昭忠祠公卒後二年公部將邱公良功王公得祿等卒公舊卒建功海上時閩督易以方保巖制府維甸與二將合志殲賊戴文端公衢亭時掌樞柄凡所請無不立時俞允中無阻撓二將得以用命蔡牽投海死其子小仁獲而奴之海氛遂平然皆由公裹血茹瘡大小百餘戰於驚濤怒浪之中使賊無以休息其精鋭日見耗亡是以繼之者奇功之易蕆也

嘯亭雜錄卷之四

汲修主人著

岳青天

岳少保起滿洲人以孝廉起家初任奉天府尹前令尹某以貪黷著公入署時命僕自屋宇器用皆洗滌之曰勿緇染其汗跡也後與將軍某抗罷官　今上親政首起用爲山東布政使俄調任江南巡撫公以清介自矢夫人親掌簽押署中僮僕不過數人出則騶從蕭條屏却輿轎瘦騾敝服居然寒素禁止游船妓館無事不許讌賓演劇吳下奢侈之風爲之一變實數十年中所未有者其馭下甚寛然不假以事權嘗與客共談指其侍從曰若輩惟可令

其洒掃趨走烹茶吸烟而已署中政事乃　天子付我輩者安可使其與聞從來大吏多不能令終者皆倚任若輩爲心腹故也其夫人尤嚴正公嘗往籍畢弇山尚書産歸己暮面微醺夫人正色告曰弇山尚書即以躭於酒色故至於家産蕩然今相公觸目驚心方畏戒之不暇乃復效彼爲耶公長謝乃已故吳民至今思之演爲岳青天歌以湯文正之後一人而已

昌齡藏書

傅察太史昌齡傅閣峯尚書子性躭書史築謙益堂丹鉛萬卷錦軸牙籤爲一時之盛通志堂藏書雖多其精粹蔑如也今日其家式微其遺書多爲余所購如宋末江湖諸集多公自手鈔者亦想

見其風雅也

馬壯節公

馬壯節公諱銓，初中乾隆壬申武探花，因與同僚角觝故罷官，入京營爲武弁。傅文忠公甚倚任之，復中庚辰探花，世人榮之。洊至四川提督，從征金川。時溫相國福擁兵不進，公慨然曰：「金川蕞爾小夷，經大兵兩度撻伐，不能獲尺寸之利，乃至屯師經年，老師縻餉，安用將帥爲也？今相國以台司重臣，不能出險用奇，使彼畏威革面，惟知置酒高會，撻辱士卒，終將何物歸報 天子？眞所謂空搖羽扇，無計請纓者也。」溫笑斥其妄。其後木果木之敗，公殿後隊，手戮數十賊，力盡乃死。同難者有董提督天弼、牛提督天畀，皆不

及公之勇烈云

薩賴爾之叛

準夷初亂時達什達瓦部下有宰桑薩賴爾者不肯他屬率千戶首先降　純皇帝召見詢以準夷事薩曰目今諸台吉皆覬覦大位各不相下達爾札以方外之人篡弑得國誰肯願爲其僕況往昔噶爾丹在時優待下屬親如骨肉其宰桑有功者噶親酌酒割肉食之每秋末行圍爭較禽獸彎弓馳驟竟無君臣之別故人樂爲之用今達爾札妄自尊大彷效漢習每召對時長跪請命謦欬之下死生以之故故舊切齒其危亡可立待也　上悅授散秩大臣其後其國互相篡弑卒如薩言及阿睦爾撒納叩關薩復奏其

爲衆部所畏服正可資以前驅迅掃殘孽　上乃拜薩爲副將軍
卒所降衆往討及伊犂復變班鄂二公召薩議之薩曰阿逆智勇
兼備何可以攖其鋒不如裹糧先歸覆命　天子將準夷全部畀
之則其禍立解也鄂襄勤曰爲　王守土之臣安可以地資賊當
此危急之時理宜效死弗去豈可捧首逃竄致對於司敗也薩拂
然曰豎儒安知兵家事因策馬去改易厄魯特衣冠以叛及策公
楞收復伊犂時薩復靦顏以歸迎大軍於土魯番　上命械至京
陳文勤公請首誅之　上曰死綏之義惟士大夫之所宜守薩賴
爾乃藩部孱臣安知大節未可苛加責備如卿所言反高視薩賴
爾矣因命其泥首於班鄂二公之柩前乃釋其縛後復　授內大

臣數年始卒夫以亡國俘虜因其歸誠之早乃至諒其苦衷曲法以貸亦可覘　純皇帝之寬仁大度矣

李昭信相公

李昭信相國侍堯爲忠襄公永芳六世孫少以世廕膺宿衛　純皇帝見曰此天下奇才也立授滿洲副都統部臣以違例尼之上曰李永芳孫安可與他漢軍比也後任廣東將軍即轉兩粵制府先後幾二十餘年公短小精敏機警過人凡案籍經目終身不忘其下屬謁見數語即知其才幹擁几高坐談其邑之肥瘠利害動中窾要州縣有陰事者公即縷縷道之如目覩其事者故謦咳之下人皆悚慄然性驕奢貪黷竭民膏脂又善納貢獻物皆精巧

是以天下封疆大吏從風而靡識者譏之任雲貴總督以受納下屬賄賂故下獄廷議大辟　上終憐其才故緩其獄復歷任陜甘兩湖浙閩諸制府而貪黷仍如故其督閩時値臺灣之變　上以常青非將材恐不能守臺郡令其全師以歸待福文襄王至再籌進取公以臺爲巖邑一旦失守非十萬兵不易取恐有失機宜因將　諭節去數語錄寄常青然後具疏請罪　上大悅以爲處置得宜有古大臣風度　賜雙眼孔雀翎　褒諭獎之其處大事明决若此亦未可徒責以素絲之節也

烏提督

乾隆甲午壽張民王倫作亂孫總兵惟一舉兵剿之衆寡不敵徐

中丞續檄合省兵與河督姚立德會勦戰於柳川賊初起事皆烏合衆見官兵甚畏徐故書生紀律頗疎又令將軍器縛載後乘倉卒遇賊士卒皆徒手與敵遂至大潰宗室某首先逃遁徐中丞避兵東昌賊遂猖獗進圍臨濤時守將爲葉濤故武科子弟善於詩書壁窠字倉卒乘馬傷髀署知州秦震鈞與參將烏公大經任守城責各堞立烽燧造火器及擊木礌石等具嚴察奸諜曉諭居民令其分地而守賊屢次攻之火器驟發斃賊無算賊首王倫對城張黃蓋奏鼓樂指揮其衆公令敢死士數人突出擊之幾獲倫其黨抵死禦之倉卒奔去後舒文襄公率禁旅救之其圍始解舒公召公詢其顛末公應對詳明舒薦於朝　純皇帝召見奇公貌曰

眞將種也公故修壽嶽立望之生畏云後洊擢至甘肅提督終於任

孝感之戰

癸酉秋余掌棘闈搜檢事與明參政亮同事數日聞其談孝感戰事頗詳故穩括其詞於卷中明云嘉慶丙辰夏湖北孝感滋事毗連三省賊衆蟻聚數萬總統永公保屢爲所敗先後徵兵數千皆全軍覆沒余方獲罪以侍衛銜自西域歸　純皇帝命余往代余行至當陽路謁畢制府沅時惟有固原西甯兵五百人畢全畀之余曰今孝感嘯聚數月已傷官兵數千是其賊中必有知兵之士若不十倍其衆難以破敵此王翦之所以請益兵破楚也今若不

謀而後進以零丁積畏之兵禦銳氣方剛之賊是驅羊入虎投刺待縛也畢無以對適陝西鎮德公光率其兵三千人至願隨余往畢大喜曰此天助將軍以成功也其糗糧器械吾願任之余大喜過望鼓勵以行數日至楊鎮民已逃竄街市空闃賊聞余至皆領兵守其寨余率衆守橋笑謂衆曰此羸張飛尚可禦幾許敵也衆故余舊部下皆談笑以答余命諸將鳴鼓吹角以致賊師賊果蠭湧至余據地勢殺傷頗相當賊詫曰吾儕與官軍鬥未有不聞聲而潰者此老子殊耐戰乃爾嗣聞爲余皆相顧欷歔曰此老尚無恙耶此吾儕命蹇故也次日賊繞道上北山據建瓴以覷我德鎮請戰余曰賊勇狠而銳未易藐視因以千人付之德故未經戰陣

旣見敵未鼓而火鎗驟發余聞其聲驚曰孺子誤乃公事此軍殆矣非出奇萬無以勝之因怒馬獨出率將士數十人行荒畦間繞出數里畦間骸屍縱横皆永公兵潰死者適有江西潰卒二百自德安至三五散坐黄金廟側方爇火聚食余笑曰雖余幕中謀士所資余力者未必如是之巧以此破敵必矣遂呼其將士至慰以善言諸軍聞余名爭先踴躍請戰余授以旗鼓命掩伏山側余遂趨賊壘其壘外松栅下餘賊方瞭望余驟發矢傷數人賊錯愕間江西兵展旗鳴笳以進賊互相踐蹈曰伏兵至矣賊中有紅巾者聲揚於衆曰愼毋驚恐速發大礮以禦我兵聞皆披靡余詭曰礮砟矣賊固烏合不解用礮礮果裂聲震山谷我兵突烟而入余因

縱火焚其松棚火光燎然山上賊聞之皆退歸巢因圍其四門爲避守計時德鎮所率兵亦振旅還其固原士卒皆爭先用命奪其西壕梁進賊當門拒之兵無以入德鎮請用蔡人擒公孫翩計述左氏多則死二人之語余曰彼一勇夫故可施此計今賊至萬人徒傷勇夫非計也因命積柴時他門外賊未覺察適大風霾因風施火俄見萬厦驟焚我兵合圍其壕賊無路行突烟出者咸墮於壕哭聲震天火光竟夕火三日始燼於焦骨中取賊首及骸屍其賊遂平捷聞　純皇帝大喜復余職而責永永遂恚其恨至己未歲余方逐張漢潮於漢中事見另卷永爲松尚書筠所劾其私度爲余漏言乃密疏劾余　上命那尚書彥成代領余衆余已擒張漢潮

方振旅而被逮致僨功敗垂成殊可惜也其言頗未若此明故宿將談戰鬥事形狀如繪簡兵儲糗咸如兵法非他人所易及者余記丙辰夏間潘箬舟侍御（名紹經蘄水人）聞明復起用笑謂余曰吾鄉人方人製肩輿請明入楚吾甘心願爲其輿夫也雖一時戲語亦可覘公之威望也

王文雄

自嘉慶丙辰春楚匪滋事當事者過於持重遂至蔓延三省用兵十載方至撲滅其中殉難者提臣爲王公（文雄）花公（連布）富公（成穆公（克登額）鎭臣則諸公（神保）朱公（射斗）袁公（國璜）何公（元卿）施公（縕）德公（光）凝公（德）扎公（爾杭阿）李公（紹祖）其中死尤烈者以王

穆花三將爲最（穆花事見另卷）王公貴州人由行伍洊至通州協副將率直隸兵往援鄖陽時陝撫爲秦公（承恩）性懦弱不知兵事賊遂猖獗挺入陝境至盩厔秦惟閉城獨守日夕哭泣目皆腫公倉卒率直兵繞道擊之陝境保全公之力也事　聞秦受上賞公累擊賊賊皆畏之恨入切骨庚申夏於棧道中猝遇賊賊覘知公兵力單弱乃四出紛擊公轉戰竟日路既險峻糧復斷絕遂爲賊擒公噴血痛駡賊首曰此手戮吾三十二頭目之人不可令其速死以洩吾憤乃支解竟日賊既退軍士於草中尋遺骸惟餘一臂而已諸大將死節慘者莫公若也事聞　上震悼　賜世襲一等子其嗣（開雲）以世廕任臺諫建白有聲今出爲順德太守

楊時齋提督

國家昇平日久提鎮皆由武科積勞以致開閫初未嫺於武略者居多故川楚之變將帥多不知兵以致敗衂其身經百戰而功績尤著者以楊時齋軍門爲最公名遇春四川人由武舉入營紅苗之變公以材官奔走其間傅文襄王見而奇之曰此將材也因擢至專閫時宜制府綿督陝甘畏葸不前公諫曰甘涼兵爲天下勁卒阿文成公嘗將以平西域今諸將猶有能談及者制軍據河山之險擁精鋭之卒自關隴西下建瓴之勢破敵必矣奈何以百戰之卒而畏烏合之衆也哉宜不能用其策額經略至陝倚公爲左右手公修髯偉貌善撫馭士卒其部下皆邪匪所反正者腰懸長

刀形狀兇險而公頤指氣使愛戴之如父母故十載之間所至克敵聲價赫然公有黃驃日馳數百里公乘以退賊未有能及之者故賊人畏之如虎其部下諸將如楊公芳游公雲棟吳公廷璽祝公廷彪皆由偏裨而公拔至專閫有郭令公之於李西平渾太尉之風白馬關叛軍之役官兵業經敗北公獨騎至賊隊中說以大義賊即拋戈而降其爲賊所佩服若此甲戌春公陛見來京　上召見優獎之　賜紫禁城騎馬　乾清門侍衛裡行武臣中罕有比者今鎮陝中幾十餘載而勇健猶如故云

議政大臣

國初定制設議政王大臣數員皆以滿臣充之凡軍國重務不由

閣臣票發者皆交議政大臣會議每朝期坐中左門外會議如坐朝儀雍正中設立軍機處議政之權遂微然猶存其名以爲滿大臣兼銜乾隆壬子　純皇帝特旨裁之

領侍衛府

國初以八旗將士平定寰區鑲黄等三旗爲　天子自將爰選其子弟仿周官宮伯之制命曰侍衛其日侍　禁廷左右供趨走曰御前侍衛稍次曰　乾清門侍衛其値宿　宮門者統曰三旗侍衛設領侍衛内大臣六員外大臣六員散秩大臣無定員俱以世廕公侯並王公子弟充之其班列諸尚書下侍衛躋三階選其才俊者充隨邸協理事務班領十二員（每旗四人）掌文書政令諸事凡

其班有六班分奇偶以爲離合其制凡十二日爲一轉每班先於
園中値宿四日後入　禁中値宿二日空閒六日以爲休沐之
暇更番輪値其　行幸駐蹕宿衛一如　禁中之制扈從後扈二
人於　御前大臣內　簡命前引十人於內大臣散秩大臣及
御前侍衛內　簡命遇　郊　廟諸大祭祀　陞殿慶賀及　巡
幸啟蹕　迴鑾日引導常日　駕出則以侍衛二十員充前導隊
豹尾班侍衛選功臣後裔六十人日以二十人直後左門　乘輿
出入以十人執豹尾槍十人佩儀刀侍於　乾清門階下左右
駕出侍衛殿於後以領侍衛內大臣一人領之　巡幸方岳木蘭
行圍　御前大臣侍衛暨　乾清門侍衛均隨從輪直侍衛以二

班或三班隨從日行以侍衛二十人前導左右各十人名曰傍扈豹尾槍殿如常制次二班侍衛列隊後行或內大臣散秩大臣一人侍衛什長二人率黃龍大纛行其餘仍分令稽察踰越諠嘩者駐蹕行營以內大臣一人散秩大臣二人入直分宿　御營兩廂　御營黃幔城旌以侍衛二十人四隅分宿網城門內以侍衛什長三人率親軍校等三十人環拱宿衛其　御蹕圓明園日以領侍衛內大臣一人散秩大臣一人於朝房住宿其禁城則命內大臣一員代之朝會班次歲於十二月將應入坐之一品武大臣散秩大臣前鋒護軍統領暨外省來京之都統將軍職名開列進呈恭候　欽定其散秩大臣世襲者數人爲蒙古明安貝勒後

一人佟忠勇公國剛後一人李懋烈公國翰後一人覺羅武功郡王後一人石忠毅公廷桂後一人楊額駙舒後一人每缺出時移咨該旗將應襲人員開送引見補授其兼攝者爲上駟院侍衛每旗七人其兼尙虞鷹鷂房鵰房十五善射善騎射善射鵠善强弓善撲等處侍衛各有專司統於三旗額內漢侍衛其一甲一名者充頭等侍衛一甲二名三名充二等侍衛二甲內簡選三等侍衛三甲則簡選藍翎侍衛如文員之編檢焉

湯文正

湯文正公斌撫吳時以清介自勵敦厚風化其下屬有貪酷者皆善爲勸勉其不改者始以法懲之郭總憲琇時任吳江令以貪黷

聞公檄至省教以貞廉郭曰琇所以貪酷者以供前任某撫軍之欲故也今公既以清廉自矢請寬一月之期如聲名猶若昔請公立置典刑可也歸自洗其堂廡曰前令郭琇已死今來者又一郭琇也其政治爲之一變公首薦於朝後卒爲名臣徐中允汧既殉明節其子俟齋昭法不仕本朝隱於支硎山中公重其品屏除騶從徒步訪之俟齋辭以疾公徘徊門外久之始延入待以粗糲公爲之醉飽時人兩賢之　仁皇帝初南巡公引　駕自盤門入以爲吳郡中最冷落者曰無得使　上知吳奢蕩有損　聖德又請免漕糧數千百石吳民至今感之時納蘭太傅明珠掌朝柄前撫軍某歲以萬金餽之以爲常公終年不投一刺明衙之會立　東

宫明告　仁皇帝曰前星春秋方盛不可不以正人導之如湯某其選也　仁皇帝允其言遂　召公以尚書銜守叅事府事入輔東宫公素嚴正入朝多所建白人爭疾之嘗待漏朝房衆方促膝歡語見公至皆鳥獸散終日無一人對語者公笑謂人曰吾今入啞人國矣明猶恚怨不釋命翁尚書叔元明章劾之　上知其忠故優容之一日赴黃木廠查木歸晚猶健飯如常次早卒然薨人以爲明遣人陰酖之也乾隆中　特旨追謚文正

黃文襄

乾隆中漢軍人登仕版者多以玩法被罪其始終　聖眷優隆者惟黃文襄公廷桂一人而已公以武弁歷任巖疆督撫其操縱嚴

切下吏多不善之而　上眷爲獨注其督陜時西域用兵投誠之虜酋既宜撫綏其竊發叛逆又應勦捕兵出萬里糧運維艱公以爲先安内而後攘外外夷跳梁國無大損若因軍需驛騷致内地有事則所係者大乃命運糧車十家抽一厚其値許帶什物貿鬻民踴躍爭先又以凡事豫則立糧待盡而後運則士飢馬待缺而後補則戰衄乃命安西至哈密沿路開池蓄豆馬到行且喂以故馳千餘里愈壯臺站有缺米者曰吾撫蘭時曾買穀三百萬石分貯河東西正爲此耳蓋公久知　純皇帝之欲西討也　上倚任如左右手以鄂侯劉晏褒之加太保封忠勤伯賜紅寶石頂四團龍補公素喀血既理軍務中夜輒起或張目達旦致積勞成疾疾

劇時囈語猶以馬馱糧運進剿擒賊諸務喃喃不絕官吏文武繞榻環聽爲之泣下　上以其未及預飲至之禮深惋惜之然性陰刻督江時值　上南巡公逼諸鄉紳命各出重貲辦演燈彩而不爲之上達爲錢侍御所劾又與雅將軍爾吉善不睦故陰絕其糧使其士卒飢餒致採青杏葉以食事另見雅因之獲罪故世以此詬之

金川之戰

金川爲漢冉駹地隋置金川縣唐屬雅州至明隸雜谷安撫司其地高峰插天層疊迴複中有大河用皮船笮橋通往來山深氣寒多雨雪所種惟青稞蕎麥其番民皆築石碉以居與綽斯甲布等

九土司壤相接康熙中內附後莎羅奔以土舍率兵從岳威信公征羊峒有功雍正元年授爲安撫司莎羅奔既得官號自號大金川以舊土司澤旺爲小金川於是有兩金川之稱莎羅奔尋以女阿扣妻澤旺旺懦爲妻所制乾隆十一年莎羅奔刦澤旺師十二年又攻革布什咱及明正土司時制軍慶復用兵瞻對土司草率完局頗不當　上意巡撫紀山覬覦其位遂主用兵進剿之說純皇帝壯其請紀山因命副將張興倉卒進兵反爲所敗　上知紀山不足有爲慶復又以班滾事被逮因　命張公廣泗改督川陝主剿金川張故老將初隨鄂文端公征苗所向披靡因易視金川與諸苗寨相等夷遂慷慨覆　旨謂旦夕可以奏功調兵三萬

分兩路由川西進者攻其河東噶拉依諸巢穴由川南入者攻其
河西諸碉卡副將馬良柱已乘勝攻克孫克遜賊衆讋服累具稟
請降張公以小醜故毁書辱使務期搗其巢穴又因馬未請命而
戰因檄調馬還改以他將賊乘勢建築巨碉蓄糧養鋭我兵阻於
險隘終不得進張公泥於前奏不敢據實入告仍以期於冬盡殄
滅醜類爲言至十三年春諸將反多失事張興爲降番所誘被戕
噶固土兵與賊交游擊孟臣死焉張公復以增兵練餉爲請　上
疑其妄乃命大學士訥公親往督師岳威信起自廢籍授總兵銜
　命岳公由丹壩取勒烏圍張公由昔嶺取噶喇依議甫定而訥
公至訥故　近臣望族負　上恩寵鋭意滅賊遂諭軍中期以三

日取噶喇依達者以軍法從事諸將身蹈鋒火總兵任舉副將買國良殲焉訥自是不敢言戰仍倚張公辦賊張公復輕訥不知兵而事權出己上陽奉而陰忮之諸將無所禀承率觀望不前訥復密劾張公袒庇黔兵輕信胡士勇諸欵時莎爾奔之弟良爾吉在我軍中張公爲其所愚倚爲心腹反爲賊之耳目軍中動息賊悉先知早爲之備故兵老氣竭株守半載無尺寸功　上大怒立逮張訥二公先後明正典刑　命傅文忠公爲經略將八旗勁旅復調吉林黑龍江諸趫捷之士以從傅文忠臨行時　上親禱明堂張黄幔以宴公　親酌之酒　命於御道前上馬設大將旗鼓軍容頗肅　命將之典實近代之所罕覯者公既至軍任治軍門　大

雄爲總統凡張訥誤算者咸更置之壁壘爲之一新又偵知良爾吉之奸召至幕中責其貳心之罪立置於法人皆畏懼又於雪夜攻克堅碉數處察其道路險峻非人力之所易施據實奏聞 上亦知羣鼠穴鬥無須勞我兵力會 孝聖憲皇后中降 懿旨以休兵息民爲念賊亦畏懼具稟於岳威信公代爲乞降傳文忠公命岳公來會師岳公乃袍而騎從者十三人直入噶喇依賊巢莎羅奔等稽顙膜拜衷甲持弓矢迎公目莎羅奔故緩其轡笑曰汝等猶識我否衆驚曰果我岳公也皆伏地請降爭爲前馬導入帳中手茶湯進公飲盡卽宣布 天子威德待以不死之意羣番歡呼頂佛經立誓椎牛行炙留公宿帳中公解衣酣寢如常次日莎

羅奔卒子郎卡入傅文忠公營投降傅公擁蓮幕諸將士佩刀環侍岳公引二酋入跪啓事傅坐受岳公拜始呼二酋入撫以威德二酋戰慄無人色匍匐而出謂其下曰吾儕平日視岳爺爺爲天上神祇傅公何人乃安受其拜　天朝大臣固未可量如此金川遂平傅岳二公凱旋　上郊勞於黃新庄行抱見禮　封傅文忠爲忠勇公　賜雙眼花翎四團龍褂寶石頂紫韁轡復岳公舊爵加威信二字以寵異之立碑太學大赦天下　詔與民休息焉

朱檢討上書事

朱檢討天保字九如滿洲人父朱爾訥任兵部侍郎公中康熙癸巳進士入詞林時理密親王居東宮以暴戾故　仁皇帝廢之儲

位久虛廉親王允禩覬覦其位揆敘王鴻緒復左右之欲陰害理密親王公隱憂之具疏曰　皇太子雖以疾廢然其過失良由習於驕抗左右小人誘導之故若遣碩儒名臣如趙申喬等羽翼之將左右佞幸盡皆罷斥則其潛德日彰猶可復問　安視膳之歡儲位重大未可移置如棋恐有藩臣傍爲覬覦則　天家骨肉之禍有不可勝言者疏成欲上以侍郎公在徘徊久之侍郎公察其情曰忠孝未可兩全汝捨孝全忠可也因趣之入告時　仁皇帝幸湯山公早出德勝門有百數鴉棲其馬前似阻其行者公揮之去疏上　仁皇帝欷歔久之會近臣阿靈阿素爲允禩黨因媒孽其間曰朱某之疏爲希冀異日寵榮地步　上大怒置公於法侍

郎公荷校死而理邸卒以壽終

王太倉上書事

理密親王既廢儲位久虛　仁皇帝因命衆王大臣保立東宮時允禩黨羽布滿中外王鴻緒後至掌書八字以視衆衆遂共保廉親王爲儲位　仁皇帝震怒問首謀之人衆莫敢對以馬太傅齊首銜故問擬大辟因謂衆曰朕必立一剛堅不可奪志之人爲爾天下共主蓋謂　憲皇帝也衆莫能測　上意王太倉相國掞年七十餘自念受　恩深當言天下第一事又以其祖文肅公錫爵於明神宗時以建儲事受惡名欲幹其蠱遂於丁酉五月密奏建太子懇懇數千言疏留中是年冬又有言建儲者　上不悅遂並

發公疏命內閣議處分忌公者引馬太傅故事欲陷公以死公止宮門外不敢入　聖祖顧左右問王掞何在首輔李安溪奏掞待罪宮門　上曰王掞言甚是但不宜命御史同奏有蹈前明惡習汝等票擬處分太重可速召其來公聞　命趨入免冠謝　上坐乾清宮手招公跪耳語良久人不能知後五年辛丑正月公復疏前事語加激切三月十三日又有御史柴謙等十三人亦上疏如公言　聖祖震怒召集諸王大臣降　旨責公植黨希恩并令覆奏時舉朝失色無敢與筆硯者公就宮門階石上裂生紙以唾濡墨奏曰臣伏見宋仁宗爲一代賢君而晚年立儲猶豫其時名臣如范鎮包拯等皆交章切諫頭髮爲白臣愚信古太篤妄思效法

古人實未嘗妄嗾臺臣共爲此奏奏上待罪五日　詔王掞應謫戍軍臺姑念年老免行着其子奕清隨諸御史代往爲父贖罪當待罪時滿漢文武期門宿衞以至京師之秀士耆民爭來窺觀老相國有愛君之心可敬然無不咋舌代公危者慮　上怒之不測也至是齊向公拜賀歌呼明年元旦諸大臣上壽無公　聖祖發還笏子命列公名以進隨　賜宴　太和殿再　召見西煖閣　賜坐　命起原官視事如初是年　聖祖崩　憲皇帝即位　召公奬譽久之公曰天生　聖人社稷之福老臣何敢居功也

佟襄毅伯

佟襄毅伯伊勤愼爲忠毅公巴篤理嗣乾隆中任領侍衞內大臣

典宿禁者數十年先恭王與之交最契嘗言公雖無赫赫名然馭下最嚴肅每早朝黎明公獨正襟坐中左門將入直侍衛按簿呼唱朝服佩刀卒之以入有遲至者令其次日自負襆被出以辱之景運　隆宗二禁門內非奏事入待　旨及　上所宣召者雖王公大臣不許私入故當時　禁籞嚴警有終身列部曹而不識乾清門者自公故後日漸廢弛至有侍衛曠班累日不至每夏日當直宿者長衫羽扇喧嘩嬉笑至　圓明園諸宮門乃竟日裸體酣臥宮門之前余任散秩大臣時曾告當事者當事者笑曰使其裸背者具全已爲厚幸君尚何苛責哉其玩愒也若此故追思曩昔老成之人實有益於國也

王文端

余登朝最晚不及見諸先達惟王文端公　尚未去位逾年公始致仕歸故時瞻其丰采公高不踰中人白鬚數莖和靄近情而時露剛堅之氣其入軍機時和相勢方薰赫梁文定公國治爲其揶揄若童稚公絶不與之交除議政外默然獨坐距和相位甚遠和相就與之言亦漫應之一日和相執公手笑曰何其柔荑若爾公正色曰王杰手雖好但不會要錢耳和艴然退然　純皇帝深倚任之和亦不能奪其位　今上親政公爲首輔數年遇事持大體竭誠進諫　上亦優待之其致仕歸日　上賜以詩有清風兩袖返韓城之句命　皇次子親爲祖餞以榮之癸亥春陳德之事公

時已致仕急入內請　安謂余曰德爲庖厨之賤安敢妄蓄逆謀此必有元奸大憝主賄以行明張差之事殷鑒猶存吾見　上時必當極力言之以除肘腋之患聊以盡老臣報　主之心可也後上召見公應對如前　上深然之會某相國恐株連其戚急治其獄草率完案致癸酉秋有林清突入　禁門之變　上深思其言　命有司特　賜祭焉

朱文正

今上親政之後寬仁厚德不嗜殺人皆由朱文正公於　藩邸時輔導之功良多公諱珪大興人年八歲即操觚爲文文體倔聱蒼古與兄竹君學士筠齊名年十九登進士爲乾隆戊辰科時大雨

連綿三日蓋卽爲公霖雨兆也　純皇帝深重其品劉文正公復薦於朝曰北直之士多椎魯少文而珪筠兄弟與紀昀翁方綱等皆學問淵博實應昌期而生者　上曰紀翁文士未足與數朱珪不惟文好品亦端方數年外擢山西布政使時撫軍爲黃檢文襄公之孫也少年紈袴貪黷驕奢公時匡正之黃以公爲腐儒不足與談因劾公爲迂滯　純皇帝優容之改公以學士入直　上書房時爲甲午春季蓋已爲豫教　今上計公欣然就職曰導　上以今古嘉猷侍講幄十年餘無一時趨之語　今上甚重之後以孫文靖公薦　純皇帝曰朕故知朱珪通曉吏治事遂授安徽巡撫公以清介持躬自俸廉外毫不沾取余業師吳修圃駉爲公所

取士嘗謁見公時夏日酷熱公飼吳以瓜亦必計價付縣隸其不苟也如此公經學醇粹愛惜人才所保薦如荊道乾王秉韜等其後皆爲名臣掌己未乙丑二春闈所取張惠言鮑桂星陳超曾湯金釗孫原湘孫爾準謝崧等皆一時知名士嘗於闈中子夜搜得吳山尊鼒卷再三咏讀大呼曰山尊在此因披衣叩阮中丞元扉命其秉燭批點曰其佳處在某處老夫眼方倦不能執筆君可代爲之書此吳山尊文也榜發果然其賞鑒也若此故其薨日　上甚震悼　親臨奠醊世共惜之以爲劉文正公後一人而已然性純厚易爲人欺詐有貪吏某知公嗜好故爲衣服藍縷狀以謁公竟日談皆安貧之論公深信之其人以罪遣戍及赦歸公掌銓日

力爲超雪欲復其官彭文勤公元瑞言其貪狀公艴然曰若其人者可謂忠於朝友於家爲今世之閔顏安可辱之以貪名也又取文尙引据經典故士子多爲盜襲獺祭之學文風爲之一變素嗜許氏說文所著詩文皆用古法書之使人不復辨識晚年酷嗜仙佛嘗持齋茹素學導引長生之術以致疽發於背時對客設位談笑酬倡作詭誕不經之語有李鄴侯之風余嘗與共宿郊壇時鮑雙五病劇余向公惋惜公岸然曰彼祿命方長安得驟死若實有先知者然雙五果病愈致位通顯則公之仙伎亦未易窺測也

李恭勤公

本朝漢名臣中其以貲郎進者二人一爲李敏達公衞一爲李恭

勤公世傑公貴州黔西州人少入貲爲江南某司巡檢　純皇帝南巡公司船跳木時雨後泥滑　上登舟時偶失足公遽趨扶之督撫恐縛公請命　上笑曰微員中有如此忠愛者命立擢知州後官至四川江南總督以廉能稱職　純皇帝屢欲以爲閣臣有尼之者言公不由科目例不可官內閣乃中止公督川時蜀中自金川用兵以來府庫空竭又承福文襄王積奢侈後徵調賦歛無藝州郡皆疲敝公設厲禁凡府州縣無事不復入成都郡即以公事來者不過數日不得畜音樂侈宴會不得飾輿馬衣服朝珠之香楠犀碧蟒服之刻絲顧繡者皆有禁公官總督數年未嘗宴一客成都將軍新莅任公思不爲置酒則太恝置則破禁遂乘其家

口抵任時饋一烝豚一燒羊使標下武弁婉告曰本欲屈入署適聞吾屬至謹以此佐家讌屬吏於布政使以下亦未始具一飯元日則先飭厨爲饆饠十數斛有下屬謁見者公遣人告曰知君等勞苦蓋餉以食遂設食飼之畢公然後出坐堂皇受禮畢即令府廳州縣等遞謁司道府廳禮畢告曰元日俗例上司屬員雖不接見亦必肩輿到門道有遠近必日昃始歸徒苦傔從無益也况若曹亦有父母妻子歲首例得給假諸君何不早歸令若曹亦放假半日乎屬員皆應曰諾於是元日虛文始革其風趣也如此及督兩江時福文襄王征臺灣檄調各督撫府庫餉銀他人無不應命惟公力持不與曰不見部文徵撥誓不敢發此餉有虧　朝廷之

府庫也福亦無如之何其嚴厲又如此

盛京五部

章皇帝初定北京　盛京設昂邦章京一員及駐防官員兵丁若干以爲　陪京保障時未遑設文吏至康熙初丁口漸盛其賦稅刑名簡練士卒等事有饒於昔因仿明南京之制初設戶部侍郎一員繼而次第設立禮兵刑工侍郎各一員　陪京之制始備其未設吏部者以其地官員無多仍由京中銓選故不備其後王侍郎原祁請增設漢員以備體制部議不果行

天津水師

雍正中　憲皇帝念津門附近京畿海防綦重因設滿洲水師都

統一員副都統二員其協領下若干員兵三千名守禦海口以防鯨濤不測之變然滿兵雖雄健不利水師初設時章程草率所訓練技藝不及緑營之半乾隆丁亥　純皇帝巡幸津甸是日大風海船逆勢難以施演時都統爲奉義侯英俊年既衰老復戎裝繁重所傳令俱錯悞兵丁技藝既踈隊伍紊亂竟操喧譁不絶　上大怒因裁革焉

關稅

直省關稅以乾隆十八年奏銷册稽之共四百三十三萬當時天下最爲富饒商賈通利其後司事者覬久留其任每歲以增盈餘至乾隆六十年加至八百四十六萬有奇其數業經倍蓰故其後

每歲日形虧絀行之既久司事者預爲之計將虧絀之數先行存貯庫中然後重征其稅將所剩盈餘私飽囊橐而其虧絀數目乃歸正供銷算是以每歲徒有賠補之名而從無有傾其私橐者至嘉慶十九年滸墅關虧缺二十餘萬其他關稅虧缺稱是而藉以正額虧缺爲名日加苛歛以致商賈傾家蕩產裹足不前乃使物價昂貴於民生大有虧損當筦庫者應詳細籌畫使輕其征收之苛而核其實入之數雖不能及乙卯之豐腆亦必以乾隆癸酉酌中爲則每歲年銷年款則　國課不致虛懸而貿易者實沾其惠實上下兩益之術也

廣賡虞之死

廣侍郎興高文端公第十二子以貲郎補官少聰敏熟於案牘每對客背卷宗如瓶瀉水不餘一字任祠部時王文端公識爲偉器洊陞給諫嘉慶己未首劾和相貪酷　今上嘉其直言立擢副都御史令掌川中軍需時用兵數載司事者任意揮霍不復稽覈侍郎司事數月力爲裁核每月省糜費數十萬而國帑賴以充裕當事者恨入切骨以騷擾驛站入奏　上優容之又與魁制府倫互相訐劾乃降補通政卿居逾年復任刑部侍郎時秋曹諸卿有由久任司員擢者皆輕渺之侍郎閲數稿畢即大聲曰悞矣衆詢其故侍郎曰某條實有某例而今反稱比照某條實無正例乃反云照例云云未審諸公業經閲目與否稿首則朱墨淋漓皆已畫諾

侍郎笑曰：不期三十年老嫗反倒綳孩兒若是衆乃讋服時　上頗加倚任侍郎亦慷慨直言當　召對時凡庭臣舞弊諸狀及閭閻細事必詳贍入告每逾數刻猶憶甲子冬余與侍郎先後入對親聆　玉音曰汝與初彭齡皆朕倚任之人何以外庭怨恨乃爾侍郎頫首稱謝故朝臣頗憚忌然未有敢首先搖動者有内監鄂羅裡者少爲　純皇帝近侍年七十餘尚及見高文定公斌者嘗至朝廊與侍郎促膝談頗以長輩自居侍郎艴然曰汝輩閹人惟當敬謹侍立安可與大臣論世誼也鄂恨入切骨會以　内庫綢緞窳敗故鄂卽以侍郎私行抽換入奏　上尙優容之　命鄂出以告侍郎鄂出漫言之侍郎未省爲　上旨坐而辨之鄂入卽以

其坐聽　諭旨奏之　上大怒命削職家居素與侍郎不協者遂讒起媒孽其短豫齊二撫復交劾之　上親訊曰尙欲緩其獄侍郎未省　上意乃辨論不休初無引罪愆語　上怒遂置之法其贜欵實皆有司贈饋及侵蝕李姓析產之貲無分毫枉法者侍郎性爽朗少隨文端公居兩江久習染南人風度舉趾迂緩不入時趨惟以驅奸逐惡爲念遇事訐人陰私鋒鋩凜然人多隱恨然心無城府事過卽忘故忌者恨侍郎若仇而侍郎罔覺也旣得志驕奢日甚縱容家人貪鄙不復稽察又性躭風月以致日擁優伶飲酒終夕反寄耳目於若輩識者譏之初與余交甚篤後因余屢諍故日漸踈遠然其禮貌如故戊辰春侍郎自山東審案返余遇於

圓明園宮門外侍郎仰面談論旁若無人狀余退告人曰賡虞既驕且溢奇禍不旋踵矣侍郎果以是冬敗余言不幸而中也

松相公好理學

自和相秉權後政以賄成人無遠志以疲軟爲仁慈以玩愒爲風雅徒博寬大之名以行狥庇之實故時風爲之一變其中行不阿者惟松相公筠一人而已公性忠愛幼讀宋儒之書視國事爲已務肝膽淋漓政事皆深憂厚慮不慕近功鎮伊犁時撫馭外夷視如赤子凡哈薩克布魯特俄羅斯諸國貢使至日公皆呼至坐前詢問其國之治亂親賜以食教以忠孝之道並曰我 大清國所以立萬年基者惟賴此二字也辭行時厚加賞賚其豐貂錦幣之

物滿載而返故屬國愛若父母涕泣而別又以國家經費有常不可以邊鄙故致有絀國用乃議開屯田數百萬頃皆命滿洲士卒耕之並與以牛粮籽種厚其賞邺故人樂爲之用歲省邊費鉅萬又重於交誼傾蓋之士與之告匱者即解囊與之毫無吝色故任封疆數十年而家無擔石　上深知其忠正擢爲衆政　御前大臣公於　召見時凡民間隱情街談巷諺無不卒口而出毫無隱忌故人多尼之癸酉秋復出爲伊犂將軍新疆聞其復來慶若更生老穉荷擔以迎公笑撫之曰鯫生此行頗不寂寞也其冬擢爲首輔仍兼攝伊犂事朝中之士君子皆翹首以望其歸也

吉制府之死

粵東制府爲天下繁華之區居是官者無不窮奢極慾搜括明珠翡翠珍奇寶玉載滿海舶而歸惟覺羅吉制府慶督粵幾十年不名一錢几榻蕭然渾如儒素壬戌冬博羅之變公率孫提督全謀極力剿捕業已蕆事而撫臣某素暴戾爭柄公屢寬假而某恐爲公所害因先發制之密劾公疲軟失機數事　上命其究詰某乃坐高座呼公至宣　上諭畢即命公改囚服幷去僕從鋃鐺縶頸吏隸詬呵以辱之並詈以讕謾之語公浩然曰某雖不才曾備位政府不可甘受其辱有傷國體因引佩刀欲自刎某素多力因搤其左腕公情急遂取烟壺吞之逾時而死某遂以輕生　上聞公子壽喜襲祖廕散秩大臣與余同官者二載余嘗往投刺其家蓽

門圭竇初不知爲曾任封疆者則公之清介可知也

三姓門生

于金壇相國敏中當權時凡詞林文士無不奔競其門有某探花者人愚闇爭慕時趨命其妻拜于妾某爲母情誼甚密及于公死梁瑤峯秉樞柄某又令其妻拜梁爲義父饋以珊瑚朝珠紀曉嵐叅政時作詩譏之云昔曾相府拜乾娘今日乾爺又姓梁赫奕門楣新吏部悽涼池館舊中堂君如有意應憐妾奴豈無顏只爲郎百八年尼親手捧探來猶帶乳花香之句某慚恧謝病歸及嘉慶己未朱文正公內召某復匍匐其門靦顏求進時又有疊前韵者云人前惟說朱師傅馬後跟隨戴侍郎之句時謂之三姓門生云

三文敬公攔　駕

余外舅三文敬公保以翻譯進士出身任兩湖浙閩總督入拜東閣大學士公人愚闇不悉吏事動爲人欺紿屢任封疆簠簋不飭時人比之李昭信而庸劣過之然幼讀宋儒書大節不苟癸未夏純皇帝巡幸承德府公時任直隸按察使至密雲霖雨數日潮河水驟發　上欲乘騎渡河公叩馬諫曰千金之子坐不垂堂況萬乘至尊豈可輕試波濤使　御馭有失雖萬段臣等之軀何可追悔　上以滿洲舊俗宜親習勞勩以揚武勇爲言公曰　皇上此行奉　太后乘輿同至即使　上渡河安便獨不識　太后之輿安奉何所　上動容爲之回鑾又督閩時浙撫王亶望旣丁艱

自以督辦海塘爲言奪情視事又不遣眷屬回籍公惡其蔑倫密疏劾之王因此獲罪其爲　上書房總師傅嘗集古今儲貳之事曰春華日覽教授　諸皇子詞雖弇陋爲成親王所譏然不失師保之體故卒後　上親諡文敬蓋取責難於君之義也

曹劍亭之諫

曹副憲錫寶上海人成乾隆丁丑進士任給諫時和相專擅其僕劉全營交接士大夫納賄鉅萬造屋踰制僭如王侯規度公密疏劾之先商之同鄉某某潛修書馳告和相和相令劉全拆毀如制及公疏上　純皇帝命公率近臣往毀其宅以奏對不實論　上優容之公自恨爲友所賣侘傺以死己未　今上親政和相既伏

誅忿公往言非謬因追贈副都御史特與之廕以旌其直云

漢人任滿缺

雍正中滿洲副都御史缺出一時乏人　憲皇帝命九卿密保鄂文端公保許公希孔宜任風憲　上曰彼漢人礙於資格鄂公曰風憲衙門所關甚鉅臣爲　朝廷得人計初不論定制也　上乃用許公爲滿副憲缺踰年始調漢缺云

嘯亭雜錄卷之五

汲修主人著

緬甸歸誠本末

緬夷古朱波地自古不通中國宋寧宗時史志始有其名元世祖遣兵三征之責其貢賦而還明初設宣慰司聊以羈縻間亦嘗修貢賦而還其事詳正史其時緬地不過數千里附近之提涼猛養猛拱猛密司蠻暮木邦落卓來卡猛迺擁會金坎母得馬大山宋賽錫箔猛樟猛素孟艮整欠整賣諸大土司尙非所有及莽體瑞之子莽應裡漸强盛明所設三宣六慰大抵皆服屬於緬　本朝順治十五年大兵破貴州明主由榔奔緬甸時定西將軍愛星阿

吳三桂等於十八年十一月入緬師至木邦白文選降於茶山康熙元年緬酋自相篡弑殺明宗室及黔國公沐天波等數百人將軍等索明主緬人不與師至阿瓦緬人懼遂獻明主師歸緬人遂不通朝貢其世次亦不可考至雍正九年緬酋與整邁搆兵緬目蟒古叮在九龍江遇守備燕鳴春有告知國王明年進貢之語鄂文端公以聞得　旨宜聽其自然不必有意設法誘致乾隆十一年開茂隆廠雲南永昌順寧徼外有𤞑𤠣其地北接耿馬土司界西接木邦界南接生𤞑𤠣界東接孟艮土司界地方二千餘里其長曰蚌筑自號葫蘆王不知其所自始有世傳鐵印緬文曰法龍湫諸木隆華言大小箐之長也所居木城草房戴金葉帽似盔穿

花衣俱跣足夷民山居穴處以布纏頭㡚衣短褲刀耕火種軍器
惟刀鏢弓弩又有夷目蚌坎幸猛莽恩莽悶俱係蚌筑弟兄叔姪
分掌地方亦不屬於緬酋懵駁馬土司罕世屏代禀稱願歸順境
內茂隆廠自前明開採時甚旺廠民吳尚賢等議給山水租銀不
敢受請照內地廠例抽課報稅以作貢物總督張允隨奏言葫蘆
乃係化外野夷輸誠內附請將此項廠課飭令減半抽收一半賞
給該酋長以慰遠人之心得　旨允行十三年鎮康土司刀悶鼎
報緬夷願通職貢不許十四年二月茂隆廠吳尚賢入緬甸先是
迤西道承差賈興儒奉差往茂隆廠訪緝廠犯鄧啟周張寬果等
茂隆廠委吳尚賢於十二月丙戌派帶練兵一百餘人分起前往

訪緝壬辰吳尚賢帶練兵八百餘人賈興儒隨同自廠起身癸卯至幹猛十五年正月朔日乙巳廠練已擒鄒張二犯至幹猛押解回廠吳尚賢帶練兵一千二百餘人前赴緬甸時上年緬人所遣土目五人請進貢者尚在鎮康吳尚賢要令前導丁未自幹猛起程庚戌至木邦木邦令頭目猛占等八十餘人從之丁巳至錫箔庚子至宋賽吳尚賢等於所過土司地方皆有餽遺遂致書於貴家貴家者隨明主入緬之官族其子孫淪於緬自署曰貴家據波龍廠採銀貴家頭目宮裡雁素與緬甸有隙因率兵阻之吳尚賢至麻里脚洪又遣人致書講和貴家羈其來使吳尚賢遂會緬兵三千餘人至德嶺城與貴家數挑戰三月庚戌貴家出迎敵詐敗

吳尚賢前赴之爲貴家所敗緬甸復遣人和解之吳尚賢渡麻里脚洪回廠賈興儒於五月癸丑帶張寬果回大理尚賢意欲邀功因謀說緬酋莽達拉遣使入貢莽亦荒淫無道衆叛親離遂從其言具表來降十五年七月葫蘆茂隆廠課長吳尚賢稟稱緬甸國王莽達拉情願稱臣納貢永作外藩命工匠製造金銀二鈚篆刻表文又造貼金寶塔裝載黃亭毡緞緬布土物各色馴象八隻入貢又貢　皇太后馴象二隻毡緞緬布等物差彼國大臣一員頭目四人象奴夷衆數十人出境過江於四月已抵邊界請代奏督撫令司道會議布政使宮爾勸會按察使糧鹽迤東迤西四道議以前鎮康土州刀悶鼎稟報緬酋請通貢已不許今稟內絕不言

及且明置緬甸宣慰司表內未稱宣慰舊銜又有蟻穴自封夜郎天外之言更不敍明使臣銜名吳尙賢前禀與今禀又復互異至木邦乃緬甸所轄中外攸分准木邦投誠木邦即緬甸之叛逆必至大起釁端亦有妨於國體吳尙賢初到廠地恃强凌弱今率緬甸來歸實有邀功之意且外國歸誠亦斷無借一廠民爲媒進將來緬甸設有寇警必另求援兵不應則失統御之體應之則苦師旅之煩恐鞭長莫及反難善處況前明頻通賦貢受侵擾者數十年我朝久置包荒獲寧謐者百餘載邊境之敉寧原不關乎遠人之賓服其不可信及不可行者各四而巡撫圖爾炳阿竟據禀詞並表文入告表文曰緬甸國王莽達拉謹奏盛朝統御中外

九服承流如日月經躔陽春煦物無有遠近羣樂甄陶至我　皇
上德隆三極道總百王洋溢聲名萬邦率服緬甸近在邊徼河清
海晏物阜民和知中國之有　聖人臣等願充外藩備物致貢祈
准起程由滇赴京仰覲　天顔欽聆　諭旨云云十六年六月得
旨准貢凡筵宴賞賚一應接待事宜俱照各國王貢使之例以
示綏懷因遣官伴使赴京入貢至十月貢使回滇尋逮吳尙賢尙
賢本無籍馬脚於茂隆山開廠督臣張允隨僉委充當課長積私
財捐通判職銜於廠地製造鎗刀弓弩張黃蓋以自豪年來侵蝕
長賞銀三萬二千餘兩前誣鄒啟周搶掠外域致死後令楊么四
等於廠外地鎗斃客民彭錫爵經屍弟彭錫祿控告是歲充通事

隨緬使入貢於途挾重貲招搖生事總督愛必達奏請革職於十六年九月拏審擬大辟　旨未下瘐死於獄十七年三月敏家攻阿瓦破其城上年十一月緬國貢使回抵耿馬即聞滚弄江外有警十二月耿馬土司罕國楷遣人伴送緬使至木邦先是六月内緬酋遣子糯喇他蟒左同弟色亢瑞凍至猛迺城迎貢使未至是年三月敏家破阿瓦城以率敏拖五八喇扎居之緬酋避居約提即戞撒壩等處居無定所其子糯喇他蟒左亦避居錫箔四月緬使抵猛迺搭建亭閣貯　勑旨　御賜欲俟其國平定始旋十八年九月丙寅木梳頭人甕藉牙與貴家戰勝之乃令貴家及約提即之兵共五千人圍敏家又景賓卡普幹官之子占朶蟒率衆至

猛迺亦欲據緬十九年正月緬使及緬酋子遣人賫蒲葉書至耿馬未及回國緬酋莽達拉即爲得楞錫箔所殺子色亢瑞凍出奔緬國無主甕藉牙起兵聲言復仇糾合緬屬各土目擊敗得楞諸夷遂自立於木梳城尋徙阿瓦凡緬國舊屬土司皆遣人降服之有不服者輒治兵攻擊無虛日貴家據波龍廠採銀向有歲幣至是不復輸甕藉牙擊潰之追至猛迺獲所貯　勅書　御賜遣人四出求緬酋子色亢瑞凍避入木邦甕藉牙追之二十年六月耿馬孟定等土司以木邦警聞十月辛亥色亢瑞凍挈妻喇打那疊玉及親屬頭目男婦等八十餘人緬僧二人渡江入猛夘總督愛必達巡撫郭一裕會檄猛夘土司衎玥遣之使去越二日始出境

甕藉牙猶遣人在木邦城徵象隻索童女木邦土司罕蟒底乃置色亢瑞凍於滚弄江内二十一年二月復遷至蠻弄寨建草樓數楹夷衆挈盒餽饔飱焉益逼近内地之耿馬鎮康督撫會檄防禦甚嚴六月壬辰景賣屬之猛放緬目波顛遣老緬四人來迎色亢瑞凍遂挈家由白沙水渡滚弄江而南波顛率衆五十餘人迎赴猛放猛放至木邦計三十餘程此後遂莫知其蹤二十三年二月緬酋甕藉牙攻陷木邦木邦在耿馬外爲耿馬孟定鎮康孟連之藩籬落卓土司地大而强甕藉牙據有阿瓦落卓首先歸附於是甕藉牙寇刦波龍廠遂威脇木邦索其賄貴家宮裡雁與結些國人糾約廠衆至木梳舖刦殺兵始退時緬酋莽達喇之族弟占朵

莽者先分居景邁宮裡雁遥附應之十二月宮裡雁謀攻落卓會占朶莽及木邦土官之弟罕黑至落卓刲殺落卓大敗復引緬酋甕藉牙及各土酋之兵謀攻貴家及木邦以泄其忿二十四年三月落卓先鋒兵六千餘人至臘戍是時占朶莽率猛交兵一千人駐猛迺乘落卓兵練遠出間道已赴落卓木邦土司罕蟒底聞緬甸落卓兵至乃屯發練堵禦遂遷其家屬於大橋邦囊翼日與宮裡雁出臼小坡與落卓決戰越二日木邦城陷罕蟒底奔蟒戛家屬渡滾弄江至那離又遷於錫峨緬兵入踞木邦人民逃竄波龍廠衆多歸於內地沿邊土司撥練防守宮裡雁率兵練男婦二千餘人渡滾弄江奔蠻東蠻弄勢甚窮蹙又由白沙水駐南溯欲假

道孟艮耿馬往猈猁玀求占朶蟒所在會兵復戰而占朶蟒已襲
破落卓率兵練還救木邦木邦復定罕蟒底宮裡雁復渡江回永
昌鎮府聞報率兵二百名於四月辛酉出禦行抵姚關旋即撤回
二十五年緬酋甕藉牙死其子莽紀覺嗣與各部搆兵如故二十
七年正月宮裡雁被緬酋追殺甚急由猛榜奔至耿馬又由孟定
之邦模南板入莽且窮蹙無歸五月丁酉至猛戛並至孟連之猛
尹散處各村寨初宮裡雁自阿瓦奔出帶練一千三百人至木邦
撥給占朶莽五百人實止帶練八百人又脇從阿瓦緬子木邦玀
夷及擄掠男婦共三千餘人既抵猛尹猛尹頭目率衆驅之宮裡
雁乞內附寄住孟連地方孟連土司刀派春遂赴猛尹收其兵器

戸索銀三兩將其衆安插於猛尹各圈寨宮裡雁不欲受土司管
轄已相嗟怨總督吳達善知其有七寶鞍乃亡明至寶太監王坤
由北京内庫竊去者向其索取宮裡雁以其祖宗所傳重物恡不
與吳遂挐其妾婢六人赴石牛廠刀派春率宮裡雁之妻攘占及
男婦一千餘人至孟連城刀派春又向攘占及頭目撒拉朶索牛
馬童女以賄吳達善攘占忿於閏五月丁丑夜糾衆焚殺孟連城
刀派春家屬三十餘人俱被害逃免者僅鷹襲刀派先及刀派春
妾二人戊寅攘占撒拉朶率衆逃散至猛養猓猔各處刀派春族
兄刀派英聞變率練追剿而猛養猓猔兩處夷衆亦各要路封殺
攘占大敗逃竄無踪派英寄信石牛廠民龍得位王天和等將宮

裡雁好爲欵留宮裡雁實不知也七月永昌守楊重穀檄耿馬土司罕國楷帶練誘擒宮裡雁並其妾婢六人及另行拏獲之餘黨阿占阿九二人囚解赴省布政使姚永泰曰孟連之變雁不與知況其夫妻不睦雁是以避居兩地今若留雁可以爲緬酋之忌憚不可代敵戮仇也按察使張坦麟審稱宮裡雁雖堅供不知情但勢窮來歸先令妻屬詭計歸服以致其刼掠罪有攸歸且連年與緬酋擄殺既經拏獲斷不可仍留夷地之害應正法吳達善以前鞍不與故切齒於雁遂左袒張議適緬酋至木邦聲言前往整欠景線相戰因遣頭目蟒散至孟連索宮裡雁所脇從之猛人刀派永悉將緬衆遣回益知內地虛實十月丁未殺宮裡雁以其妾婢

分給功臣吳達善既遂其志乃檄緬人諭以宮裡雁業經誅殺宮裡雁之妻攘占及兇目等當即拏送以靖餘孽時攘占已嫁莽酋弟懵駁故緬人以爲有心差指其淫行益加忿恨會木邦罕黑勾結遂滋擾內地之耿馬耿馬雖屬內地於緬亦有歲幣緬目普拉布率兵來索闌入孟定執土司罕大興兵及茂隆廠時永順鎭田允中調隣近各營官兵親率進剿吳達善恐其連兵致敗露其前事乃飛檄田鎭責其輕率遂還師耿馬土司罕國楷率兵禦緬於石牛廠廠委周德會聞田允中進發恃爲屛障率其廠練於滾弄江截緬人歸路擊殺普拉布吳達善以周德會爲殺良冒功竟置之於法而緬人益輕中國二十八年十一月緬人犯猛籠莽紀覺

既兼并諸土司東之景線整賣孟艮整欠皆以力戰迫脅附從復言普洱之十三版納原隸緬甸遣播定𠮨寄緬文於車里宣慰司索其貢獻率賊衆至打樂隘口猛遮撥練禦之遂犯猛籠刦掠村寨猛籠不能禦土弁刀乃占召𦋺等被害普洱鎮劉德成領兵至思茅遣兵前赴九龍江吴達善飭調元江土練未至次年春緬賊始退時復分兵至我遮放邊外揚言來索木邦官吴達善畏葸惟戒官兵不與之戰而已會莽紀覺病死賊乃退三十年莽紀覺死其弟懵駁嗣時賊勢愈肆强横其西之結些南之白古大姑拉小姑拉悉爲其所據是年賊犯普洱普洱在省城之西南幅員遼闊與緬甸之孟艮猛勇整欠接壤南通南掌所屬有九龍江車里宣

尉司及倚邦土守備六困土守備猛遮土千總普籐土千總猛阿猛籠猛腊猛旺整董猛烏烏得土把總大小十三土司俗稱十三猛又稱十三版納其間九龍江猛遮猛阿猛籠猛腊並猛遮所屬之猛海及九龍江所屬之橄欖壩小猛崙猛㪚補角等處均偪近外域上年九月匪酋召播率衆一百三十餘人至九龍江要車里宣慰司前赴阿瓦會盟時吴達善已調陜甘總督爲劉藻老儒也不識事體以王者須正疆里爲言命驅逐之明年春賊人飽颺始去五月賊衆復由整欠渡九龍江至猛腊烏得猛烏整董猛旺各土弁率衆驅逐賊踞猛腊猛㪚普洱鎮劉德成遣土目擒獲賊目叭信波半阿浥等解審正法是時緬酋雖恣肆亦不敢抗官兵實

遣人於十三猛索賦十三猛係雍正年招降而亦輸賦於緬叭信三人傳爲在十三猛之貿易人悉殲之賊因憤而思逞十月緬賊復由整欠入猛𢴈整欠頭目召教其子召淵與車里宣慰司爲一族車里所轄之猛𢴈頭目叭先𢴈召教惡其不遜遂糾緬賊攻之孟艮頭目召丙召散以同祖弟兄分掌其地召丙逐召散召散約頭目召猛照同攻召丙召丙逃入内地之鎮沅府乞降召散遂有孟艮之地後結緬賊追逐召丙於是緬賊益出入九龍江一帶矣十月提督達啟由會城巡閱赴普洱十一月抵普城即聞賊耗普洱鎮劉德成率本鎮兵八百名前往思茅一帶彈壓提督移知總督亦前往劉藻即移兵荻通提督達啟亦進駐思茅劉藻聞緬人

入犯先遣後營遊擊明浩齎銀三千兩備犒復遣標兵八百人以甫抵任八日之叅將何瓊詔及員弁三十八人率之前往援剿時緬賊西由孟艮入打樂至猛遮九龍江東由整欠至整哈渡至橄欖壩猛阿之整控渡亦復有賊達啟分兵四出堵禦何瓊詔明浩及守備楊崐帶兵一百人前赴猛阿何瓊詔等素無備止於江干守備楊崐率四十人於子刻先濟整控渡何瓊詔等從之至午刻官兵悉渡甫行數里而楊崐兵已覆瓊詔兵猝遇賊各倉皇避匿劉藻遂以何瓊詔陣亡入　告而何瓊詔及軍衆等後先由威遠所屬蒙撒江歸劉藻復以　聞　上察其詐切責督臣命鞫瓊詔等三十一年總督劉藻自殺劉自遣標兵後屢接提鎮啟禀知賊

勢已猖欲躬往按察使良卿復從臾之止挈丞令陳元震唐思等數員午夜猝發於除夕抵普洱進駐思茅乃檄調各營兵數千是時瓊詔等已失事賊勢日熾傳烽逼近思茅城劉乃退於普洱府治劉本懦弱既已前奏失旨時分調各路兵之檄時發時止人莫知所從以致漫無經畫會　上以陝甘總督楊應琚調任而降劉爲巡撫劉益懼無所措手足因於三月癸酉中夜挑燈默坐驅侍者出自剄不殊宛轉於牀榻間七日乃死三月所調兵已集楚姚鎮華封具報以召丙爲嚮導率兵由猛遮克孟艮召散逃遁無踪普洱鎮劉德成具報以叭先翁爲嚮導率兵由橄欖壩至猛翁副將孫爾桂具報由車里至猛籠會攻整欠克之召教降提督達啟

由猛籠攻猛勇召齊降時瘴癘大作賊衆亦退是月丙戌總督楊
應琚至普洱是日以捷　聞請賞給召丙叭先瑧三品指揮使職
銜管理土務孟艮整欠各留兵八百名猛散留兵二百名駐守五
月提督達啟卒於軍啟捍禦邊城頗有勞績時在孟艮受瘴癘卒
滇人思之賓從無一存者以李勳代李至數月亦受瘴卒九月猛
龍沙人暨猛勇補哈猛撒等相繼内附而總兵華封復招撫景線
整賣孟艮小頭目等詣軍門投誠是年四月楊應琚既綏定普洱
回省城以前巡撫常鈞有莽案事畢即辦木匪之奏爰飭調文武
及習熟外域情形者至省商辦騰越副將趙宏榜首陳木邦蠻暮
各土司願内附緬酋勢孤易取狀騰越之西南爲南甸干崖盞達

三土司是卽所稱三宣者爲騰越之屛翰三宣之外爲蠻暮蠻暮之西爲戞鳩猛拱猛養東爲猛密波龍自騰越關外復有止冄弄種各山寨野人族類甚繁是時聞各土司樂於內附又傳言懵駁之母勸其子臣服時有機可乘趙宏榜楚人少爲波龍廠丁習緬事野人頭目皆與之善總督楊應琚初弗聽曰吾官至一品年逾七十復何求而以貪功開邊釁乎趙宏榜復慫恿之楊信其言於是令道鎭府州官各議迤西道陳作梅永順鎭總兵烏爾登額永昌知府陳大呂皆議以賊勢甚大邊釁不可開騰越知州陳廷獻則銳意進取楊應琚怒阻議者陳大呂懼改初議烏爾登額阻益力書凡七上楊滋不悅而陳大呂陳廷獻革職開化同知陳元震

即馳檄緬甸號稱合各國精兵五十萬大砲千尊有大樹將軍統領以震懾之又密布牒分遣通事至各土司說降初楊應琚議檄調官兵八千人至是祗調三千人俟八月到永昌蠻暮木邦降後其附近各土司再相機辦理六月趙宏榜帶兵五百名抵鐵壁關陳元震遣人至蠻暮時土司瑞團赴阿瓦未歸其母妻及弟坤商以所屬五六十寨三千餘戶請降宏榜遂率二百人襲蠻暮之新街一鼓克之坤商率頭目於七月甲午赴永昌途次爲趙宏榜要至軍營宏榜於關外撫止丹弄種六階喇痛邦領蚌林暮習魯緬喇同草朶習董各山寨野人八月乙卯陳元震以蔓鳩允冒投降頭目線蔑猛猛捧甕撒老安等男婦五人解報陳廷獻報猛密土

司亦欲乞降遂闕請永順鎮調集兵馬欲領赴猛密未行而趙宏榜先于七月内赴新街瑞團自緬甸回至速帕請降猛密所屬之猛連蠻頭目線官猛赴新街軍營請降趙宏榜又遣人招撫猛拱猛養九月木邦降先是木邦既屢遭兵而屬緬酋立困相爲頭目又執木邦土司罕宋法之弟罕蟒立於阿瓦城以爲質復立者皆以監之者皆者緬官名也既而罕宋法殺困相等三十餘人乞内附會罕宋法即死時者皆尚在木邦木邦夷衆請立其弟線甕團緬酋不允又執其土舍法坤象傳聞於内地緬甯通判富森招之然甕團亦未敢驟降未幾其侄線五格爲質於阿瓦聞木邦變殺守者竄歸甕團於是内附富森并招撫緬甯以外犿瓦帶其長至

永昌俱加褒獎時緬酋已調遣賊衆數萬分道四出一由蠻暮一由猛密猛育一由木邦一由滾弄江於木邦之猛樟大視罕錫箔宋寨等處皆駐有重兵我兵定議以禦之是月總督楊應琚赴永昌受降時陳大呂等以蠻暮之新街踞緬甸水陸之衝自新街下速帕水路四五日可到緬甸自猛密波龍陸路七八日可到緬甸計日可望成功趙宏榜兵前已在新街新街在鐵壁關外江干爲互市之所兵丁受暑者多緬賊於八月中旬遣頭目覘軍營爲乞降狀趙宏榜不察犒而遣之時新街兵少各路警報時至楊應琚乃飭永順鎮都司劉天佑騰越都司馬拱垣領兵四百餘自翁冷出關於九月庚午到新街丁亥趙宏榜方祭纛饗士卒緬賊乘船

猝至帆檣啣接倏忽蜂擁蟻屯者數千人登岸攻栅翌日賊勢益張都司劉天佑死之趙宏榜力戰相持者兩日一夜官兵被困不能禦趙宏榜收病傷各兵同軍械於草房內焚燒乃與馬拱垣等潰圍間道由野人寨退駐鐵壁關瑞團至鐵壁關趙宏榜安置於隴川其族屬人民遁出關外野人村寨時總督楊應琚方行次永平縣之太平舖聞警報即遄疾乃加調官兵分剿十一月永北鎮朱崙進攻楞木不克退守隴川是時東路永順鎮烏爾登額帶兵至宛頂欲進攻木邦西路永北鎮朱崙帶兵駐鐵壁關欲進攻蠻暮以復新街雲南提督李時升於十一月甲戌自永昌起程辛巳至鐵壁關緬賊自新街至林岡固守我兵四千餘人亦於楞木山

頭分佈七營壬午朱崙出鐵壁關癸未至楞木緬賊請於次日會戰甲申夘刻賊約二萬衆喊𠭢前進我兵營栅踞山之巔向下施放鎗礮殺賊甚衆賊復緣箐盤繞向上仰攻我兵施放連環鎗礮殺賊數千而不退朱崙見賊勢猖獗至丁亥相持者四日請援甚急提督李時升撥宛頂兵七百名赴援是日我兵出栅下攻賊佯敗山腰礮火起官兵受傷者二百餘人戊子賊張象皮擋牌自辰至午方放連環鎗擋牌忽撤已立營栅一座益逼近大營李時升告急於楊應琚不應己丑官兵堅壁不出庚寅賊詐爲乞罷兵楊應琚乃以楞木之捷入告是時賊甚衆又限於林谷阻深朱崙既不能克復新街而緬賊先犯萬仭關竟入蠻達矣蔓延遂至戶臘

撤賊氛四熾燒刦村寨李時升又調楞木之兵二千名應援萬仞關在騰越西與神護巨石二關並列時神護巨石每關僅兵一百餘名萬仞駐兵二百名都司馬拱垣領之馬拱垣以拏解奸犯回至干崖十一月己丑緬賊約二千餘衆由戛鳩遂犯萬仞關而入時都司張世雄領兵四百名駐蠻達赴銅壁謀與駐守之遊擊班第會攻賊衆賊益近至蠻達焚掠土司城及太平街民居壬辰賊抵銅壁關下班第等於翁冷立柵抵禦賊衆仰攻相持者竟日賊旋縱火焚燒官兵撤回關上甲午賊衆潛踰關在山嶺架礮於樹下擊火光四起官兵潰散班第出關外賊兵躡其後死之張世雄間道回營賊遂踞銅壁關時李時升駐鐵壁關聞警臨沅鎮總兵

劉德成領曲尋鎭兵七百尋霑營兵二百游擊淸泰領撫標兵四百游擊郝壯猷領督標兵八百已於丙戌出曩宋關至南甸李時升遣游擊馬成龍守備馬雲沈洪等帶兵九百名由戶撒前攻檄催總兵劉德成等從後夾擊劉德成旣擁兵干崖遷延不進馬成龍等復遲回海巴江外不能徑渡李時升差把總田榮督戰戊子馬成龍等始渡江水沒腰火藥皆濕伏賊突起冲殺游擊馬成龍陣亡守備汪紀亦於壩尾陣亡兵丁傷亡者衆僅存未及渡江之七八十八十二月丁酉賊渡江至戶撒李時升遣游擊邵應泌守備劉世雄等帶官兵一千二百名前赴戶撒救援賊連營扎駐於平原壬寅李時升遣副將陳廷蛟都司陳斌抽撥楞木官兵六百

名甲辰李時升又遣遊擊劉國良都司張瑋周印守備程轍等帶兵一千名均赴戶撒山頭樹立營柵賊衆來攻我兵隨鎗砲拒敵時劉德成尙駐干崖飲酒高會擄婦女縱兵淫虐取富戶貲以爲纏頭費李時升連檄七次劉德成擁兵不進作跋扈語總督楊應琚聞之遣緬甯通判富森持令督戰不從則以軍法從事劉不得已始於乙巳日領兵抵蠻達賊既見戶撒兵漸加添而又懼劉德成之擊其後也是夜於營外添設號火散放馬匹仍作疑兵賊已潛退我兵不知尙鎗砲竟夕至曉踐入其柵皆空壘也始覺其遁總督楊應琚遂以大捷奏　聞是時緬賊方議乞和而兵復至先是李時升以兵寡故屢檄楞木兵時朱崙遂以欲攻其外先清其

內爲辭决意撤兵十二月己亥緬目莽聶渺遮復至參將哈國興營外願吃呪水乞罷兵壬寅朱崙放火燒寨撤兵甲辰退回鐵壁關派兵一千五百名駐鐵壁關外之板橙坡防守癸卯偵報者稱有賊至酉刻卽放火焚燒糧石火藥聲振山谷乘夜倉皇疾走村寨四處皆火起鎗砲之聲不絕於耳黎明始退抵隴川而楞木之衆又由南庫弄河板橙坡犯鐵壁關矣於是提督李時升總兵朱崙退至杉木籠山而由戶撤退回之賊衆尚盤踞銅壁關下十二月壬子劉德成抵翁冷賊設伏誘戰德成扎營堅壁不動癸丑丑刻賊乘月落霧起統衆來攻官兵放連環鎗賊不能進殺賊衆三百餘人賊退至銅壁甲寅出關而遁乙卯劉德成遣守備黃化等

領兵進剿聞賊遁乃令黃化領兵六百名駐銅壁關各關俱添兵防守總督楊應琚自途次遘疾漸若失心巡撫湯聘以　聞　上命兩廣總督楊廷璋來滇比廷璋至而楊應琚之疾漸愈時楊應琚方以捷　聞且恃前和議謂已受降蔵事楊廷璋遂返粵前此

上遣侍衛傅靈安來視疾傅靈安大學士忠勇公傅恒子也往還數四奉　旨即以總兵補用是時賊犯鐵壁關入隴川乞降總督楊應琚許之復犯猛卯戶撒之東四十餘里爲隴川總兵朱崙既退駐隴川提督李時升恐緬賊之橫截我軍於外也乃退至杉木籠山緬賊之由庫弄河板橙坡犯鐵壁關入也李時升調游擊邵應泌戶撒之兵二百名檄催朱崙領兵三千名前赴鐵壁堵剿

並令劉德成飭副將陳廷蛟帶兵一千名赴弄貫要截賊歸路朱嵛邵應泌等既不遵調遣俱回杉木籠山劉德成復執守關之議于翁冷頓兵不進賊衆四千餘人遂至弄貫連營樹柵分兵四出焚掠村寨擄掠我弁兵者十餘人旋據隴川箚營緬寺隴川河外亦結營六七座乙夘朱嵛領兵至隴川次日午刻賊以馬騎挑戰我兵分翼襲之越二日李時升遣游擊豆福魁領兵七百名來會朱嵛派兵設伏定議進攻戊午夘刻前進賊分兵三路迎拒我兵奮勇攻敵伏兵分路拒殺賊敗我兵圍之庚申午刻賊騎自弄貫來援突於叢林冲出官兵驚潰賊營亦乘機鼓噪而出追逐數里時領兵叅將哈國興游擊毛大經劉國樑豆福魁都司張璋周印

守備孫夢貴魏嶸程轍等俱不聽總統朱崙之令悉撤回營軍械鎗礮遺失者多總督楊應琚仍以克捷奏　聞是時李時升分檄臨元鎮劉德成由戶腊撤出隴川永順鎮烏爾登額由戶思朗出隴川三面會攻不果行總督楊應琚遣副將孫爾桂赴朱崙軍營鎮沅府龔士模革職開化同知陳元震從之傳令剿撫相機速辦蓋陰示以和了局也辛酉至朱崙軍營是日緬目莽聶渺遮在隴川河於都司張璋營外乞和癸亥求見哈國興賊目至隴川河西哈國興出營在隴川河東各遣通事一人於河中土墩傳說逾一二時賊獻哆囉呢四疋醃魚三擔哈國興犒以紬緞銀兩賊定時日撤兵回巢總兵朱崙報之總督楊應琚遂以緬酋孟毒之四胞

弟卜坑領兵土目莽聶渺遮詣軍營乞降懇賞給蠻暮新街以爲貿易資生之路入　告是日賊還我弁兵八人撤至弄貫遷延未去提督李時升檄飭總兵朱崙偵探賊信賊已以其資重運送鐵壁關赴新街下船朱崙不識兵機復遣精騎追之賊以爲敗盟也於除夕日由邦中山復犯猛卯三十二年正月丁卯賊既據猛卯城時提督李時升駐杉木籠山總兵朱崙副將孫爾桂移兵弄貫戊辰李時升遣副將哈國興游擊劉國樑都司田萬鎮周印守備温廷秀魏𠻳程轍等領兵一千二百名副將孫爾桂游擊毛大經等領兵一千名土練三百名俱赴猛卯賊衆已赴底麻渡棼筏城虛無人哈國興孫爾桂遂率兵練二千人入猛卯城居之賊衆將

濟聞我兵至決以爲敗盟悉反攻城下我兵旋復堵塞施放鎗砲賊攀城而上者用沸湯注之雜擊以石塊哈國興登城督戰鎗傷左腮穿落牙齒者十一把總朱才進受鎗破腦而死賊遂連營城下圍困我官兵者七日哈國興遣兵丁覓間道至李時升隴川軍營請援李時升先已調劉德成領兵一千四百名將至隴川令烏爾登額領兵二千名由宛頂渡速養江以擊賊後時賊兵盤踞分佈要隘乃遣素克全泰領兵八百名由虎踞一帶小路前進陳廷蛟領兵二千餘名由邦中山前進烏爾登額先已至速養渡沿江邀截賊往禦之戰於對岸聞我援兵既至復回迎敵丙子巳刻我兵至猛卯山脚遇賊戰勝之至城下土練三百名先縋城出乘勢

掩襲賊兵潰散是夜官兵宿城外遣人援梯通信丁丑城始開官兵會合追剿賊兵迎敵次日追至底麻江邊悉力拒敵游擊毛大經都司徐斌守備高乾陷於泥濘被賊鏢鎗陣亡賊遂浮江而遁入木邦總督楊應琚提督李時升以猛夘邊外匪衆七八千人欲至木邦滋擾官兵攻殺賊已敗遁現在追剿以　聞是月辛夘總督楊應琚以猛夘賊退境內已甯將議止而前所奏將蠻暮新街賞給貿易經　上察其僞屢奉　嚴旨責其粉飾欺罔乃遣總兵朱崙烏爾登額楚雄游擊莫滈邵應泌等領兵八千人沙練波龍廠練一千人前進木邦朱崙二月丁酉自弄貫起營途次遷延越二十四日辛酉始至木邦時賊據木邦者萬餘是日午刻即與我

兵迎敵孫爾桂持令督戰殺賊甚衆賊退據江留營九座是日木
邦所轄村寨俱被賊焚擄夷民逃竄軍糈均藉內地輓輸委游擊
袁夢麟李文廣領兵八百名分佈各台護送糧運袁夢麟等均於
內地之分星塔三台山弄伍分駐外域只景陽兵一百名暮董底
厤兵各五十名其孟撒蠻黑南庫弄三處並無兵練運糧撥僱牛
馬四千餘匹委糧員威遠同知張遐齡効力知州徐名道隨營供
支賊衆截阻糧道三月丁卯至南庫弄辛未日至蠻黑刦掠牛馬
糧石殺死馬夫壬申總兵朱崙奉　旨逮問官兵以孫爾桂烏爾
登額統領之三月哈國興退自新街先是新街賊衆已退李時升
抵銅壁關進抵野牛壩李時升奉　旨提問哈國興率趙宏榜參

將四十一游擊郝壯猷雅爾姜阿吳大士等領兵三千餘名前進庚午抵蠻暮賊衆百餘人遁去甲戌抵新街並無一賊總督楊應琚復據哈國興禀報以克復新街奏　聞是時炎瘴已熾官兵染病者相繼哈國興禀請撤兵總督楊應琚遣迤西道陳作梅永昌府陳大呂赴新街會勘確情哈國興遂自新街撤兵駐杉木籠山是月癸巳雲南提督楊甯至木邦軍營楊甯素以勇敢著任廣東將軍時奉　命速赴任至是抵營攻賊奪獲舊寨嗣相持者久而孟艮之賊已犯孟連矣賊知我師糧絕於四月戊戌數接戰賊情狡詐出沒無定壬寅至篆金塔刦運糧牛馬殺傷官兵沿途阻隔糧運不繼己酉又至蠻暮賊擁衆攻擊甚急我兵已七日無糧不

能支提督楊甯下令撤兵兵卽潰游擊莫滄俊德死之楊甯遂於是日至蠻暮壬戌入黑山門時烏爾登額已被劾卽逮入都入孟連之賊於三月癸酉自木邦入境孟連土練及猓玀之練不能抵禦賊據孟連燒刦募迺廠應襲土司避居景杏乙酉賊破賊連之黑河丙戌至上猛尹猛猛撥練於辣蒜江禦之不克賊至猛猛入耿馬孟定四出焚刼夷民倉猝不知賊至尙貿易於街埸力作於田畝均被擄掠是時順甯府城兵甚單木邦之賊未退總督楊應琚調發木邦官兵由滾弄江前赴攻剿不能卽至順雲營叅將蘇國富領兵亦在滾弄江滸緬甯居民震恐撥練於那椒河大蚌江打雀山各安隘防守凡盤踞二十餘日賊始由滾弄江兩路而去

是月緬賊復據整賣景線孟艮先是三十一年七月總督楊奏請將整欠兵六百名猛撒江兵二百名撤回九月又請將猛艮整欠兵全撤留楚姚鎮華封協同普洱鎮甯珠駐守緬賊忿整賣六本景線孟艮整欠之背己也謀以報之遂據整賣六本蔓延至景線逼孟艮又由老本趨整欠十二月六本土司召猛齋聞緬賊欲至六本徵調景線景海土練景線集練九百景海集練四百從之而緬賊先以破六本景海土守備召罕彪同回景線防守三十二年正月緬賊至景海召罕彪等領練迎戰不克退回景線甲午緬賊至景線景線宣撫司吶賽同召罕彪等合力攻戰四日不克吶賽召罕彪奔孟艮孟艮指揮使召丙亦挈族遠徙是時楚姚鎮華封

駐劄普洱乃與普洱鎮甯珠同遣駐防打樂猛混之游擊司邦直
守備潘鴻臣帶兵九百名進守孟艮游擊權怨帶兵二百名赴打
樂策應時止把總韓榮外委趙喜馬伯貴三員帶兵二百名駐打
樂司邦直等均在猛混觀望未進而緬賊已據孟艮前趨打樂老
本一路之賊衆亦至猛勇猛壘弁治進前往迎之被賊圍困受害
賊遂犯猛壘欲入猛籠整欠頭目召教之子召淵歛銀賂賊謀結
内犯諸猛震恐二月辛酉緬賊至打樂時把總韓榮外委卜發等
及兵二百餘名往打樂聞警韓榮即派卜發領兵三十名往三島
〔坌〕路堵禦賊猝至韓榮及兵衆皆戰死生還者三四人游擊司邦
直遣潘鴻臣領兵二百往援途遇受傷兵知打樂已陷引軍回邦

直鴻臣及游擊權恕俱遁回九龍江駐箚緬賊遂入猛混猛籠時
華封已出九龍江遣都司甘其卓赴整控堵禦猛籠之賊欲赴整
欠叭先捧乞救甚急賊遂渡整欠江逼近猛𠯿華封自九龍江前
往補角遣司邦直赴小渡口權恕至橄欖壩以禦之緬賊之由孟
艮竄入打樂也司邦直等遽行退避轉以接陣殺賊揑報時總督
楊應琚之次子重英以江蘇按察司來滇有仿古監軍之名乃會
同雲南巡撫湯聘劾奏守備潘鴻臣先㾬故總兵華封甯珠游擊
司邦直權恕都司甘其卓俱拏問邦直恕其卓俱正法是月革大
學士總督楊應琚職逮入都以承恩公明瑞代四月巡撫鄂甯至
普洱湯聘赴貴州鄂甯即劾楊重英驕縱去監軍號以道府銜從

征巡撫鄂甯旋以瘴氣大作普洱無可辦事應回省具奏得　旨
嘉獎令赴永昌會辦進勦五月總督明瑞至省即赴永昌巡撫鄂
甯亦偕往明瑞以將軍兼制府給滿洲兵三千調川貴及滇省兵
二萬餘以副都統額爾景額爲叅贊給關防調河南開歸道諸穆
親爲滇鹽道陝西漢中道錢受穀爲滇迤東道及軍機司官傅顯
馮光熊襄軍事議大舉勦賊明瑞至則首發楊應琚欺罔之罪疏
略言緬甸土人呼爲老緬或呼爲莽子蓋指前酋之姓木匪乃今
酋原爲木梳長是一非二至木邦等土司種類繁多楊應琚以莽
已絶滅引爲己功誤木緬另爲一事新街亦民夷交易之所原無
廬舍其荒唐妄誕之處不可勝數以致調撥毫無意見一聞議降

旋即撤兵動失機宜滇兵積久廢弛無門志將領亦未諳陣戰遺失礮位軍械無算復奏劾李時升朱崙劉德成及烏爾登額趙宏榜罪皆　報可李時升朱崙劉德成皆伏法烏爾登額趙宏榜下獄六月解前總督楊應琚至　避暑山莊　命廷臣鞫得實　上大怒暴其罪於天下令自裁是時楊應琚長子前永昌府知府重穀解湖北任奉　旨省親至滇因索玩器於瘴故前騰越州知州陳廷獻之家人杖殺之論抵是月逮貴州巡撫湯聘是月總督明瑞條上大舉機宜略曰前次辦理種種草率動失機宜如永昌騰越順甯威遠普洱沿邊土境二千餘里迤西七關八隘旁通側出絕少險要可守之區若處處駐兵二三萬衆亦不敷分派今臣親

督勁兵鼓勇進剿賊必救護巢穴其各土境阨要總區如九龍江隴川黑山門等處自應留營派委妥員愼選兵練偵探賊警隨時剿逐知會就近土司應援其餘崎嶇小路衹令各總兵驅將弁使人長川游巡備禦如此則防守之兵大減於前而聲勢不分較爲得力先於新街水路上游量爲伐木造船使船料木片沿江流下先聲牽綴彼知將長驅水道必於此設備以分其勢力兵自永昌騰越兩處田口由宛頂木邦一路作爲正兵其餘或分兩路三路由猛密等處並進俾得聯絡聲援出奇設疑使賊疲於奔救前所需兵糧係雇覓夫馬設站滾運撥兵護送此次進剿不若裹帶爲便細核購辦牛隻馱載所費且有節省官兵出口後自黑山門遮

放以内仍照例安設台站備遞文報至軍前遇有奏報即於進剿官兵内擇妥幹馬壯者數十員名長川送至黑山門交遞如經過外夷部落有誠心歸化者酌留官兵數十或二三百名作一大台站以資遞送倘得依此相機酌辦更屬周妥遞事亦較便易并條列軍械糧運馱載各欵俱　報可是月又查辦遮放運糧官員奏逮同知胡邦佑守備陳謨下獄尋釋令隨營贖罪考訂輿圖中地名七月劾曲尋鎮總兵索柱以其稱疾偷安也得　旨落職効力自贖是月以提督楊甯辦軍務多舛奏請以貴州提督譚五格調補楊甯尋亦革職是月復劾永昌府知府陳大吕以其勒買軍糧縱衙役短價也是月補罕朝璣爲把總罕朝璣者耿馬土司罕國

楷之從子也先是二十八年土司罕國楷禀其子不孝及通謀周國惠審訊無實留會城以隨征功授土把總茲復以去歲有功且通夷漢語授把總是月復查糧員逃入者以提督李時升呈出書稿內有糧員吳等紛散去語也革典史夏之璜職其吳楷張志元胡紹周陳正楷等皆以原無派撥護糧官兵得宥福靈安卒於永昌七月整欠召教率緬賊陷猛侖追叭先捧遂犯猛腊至九龍江先是緬賊由打樂入者據猛遮之猛混未散由猛勇入者據猛籠箚營盤踞德保已授普洱鎮同開化鎮書敏於四月丙午先至九龍江軍營調到官兵四千二百名正值烟瘴熾發欽奉 諭旨軫念士卒乃令停兵蓄精養銳將領分遣弁兵於補角小猛崙橄欖

壩茨通駐箚防守猛勇之召工既附緬賊整欠之召教召淵惡叭先捧之授指揮使而並得管轄其整欠也務謀執叭先捧以洩其忿六月癸巳召工召教召淵率賊衆二三千人至猛龠叭先捧與之力戰經旬景線吶賽景海召罕彪集練助之奈軍糧匱竭火藥鉛彈俱無夷民困餓難支丙午猛龠遂陷叭先捧遁入茶山之漫了寨吶賽召罕彪等竄入內地是時開化鎮書敏駐小猛崙普洱鎮德保駐九龍江之大渡口召工等追攝叭先捧遂入猛臘七月辛卯緬賊三百餘人及附從之猛勇整欠孟艮玀夷約千人貴家餘黨二百餘人至小猛崙書敏隔江施放鎗礮日既午書敏病篤遂回緬寺留官兵堵禦至晚緬賊從上游而渡官兵冲散書敏奔

茨通之小寨令都司那蘇泰帶兵二百名堵禦蠻賴閏七月乙未賊由茨通至蠻賴那蘇泰死之書敏由倚邦至舊埡病故德保在九龍江聞風逃遁率四達色等徒跣歷九晝夜回至思茅住二日率將官等復赴九龍江緬賊三百餘人至橄欖壩小猛養焚燒擄掠由整哈渡而退至孟艮盤踞普洱知府及參將報知總督明瑞即參奏德保解京正法書敏戮屍梟示乃飭署普洱鎮七十一昭通鎮佟國英率兵分駐小猛養補角凡外域投誠之難民寄居各猛者俱行賑卹九月將軍兼總督明瑞議進剿時領隊大臣　內廷侍衛率滿洲官兵川貴鎮協率川貴將領弁兵及本省派出之官兵俱抵永昌四川廣東廣西解運之牛馬滇省各府州縣所辦

之糧馬亦陸續到齊乃定議分爲兩路將軍明瑞率大兵由木邦進取錫箔參贊額爾景額由老官屯進取猛密時從征者員外郎富顯馮光熊道員諾穆親錢受穀道府楊重英郭鵬冲蕭日章革職知府陳元震胡邦佑同知圖敏提督譚五格鎮將得寶李全國杜達興阿王玉廷哈國興本進忠長青及文武員弁以李經朝翁得勝等爲通事充嚮導線甕團線官猛線五格等俱在軍二路約相會於阿瓦乙巳出師會天大雨三晝夜不絶人馬俱立泥潦中饑且冷多疾病糗糧又盡濕裹糧以牛行不能速至潞江人衆船少不能畢濟十月壬戌始渡船至營分兵將軍明瑞以庚午師次宛頂越八日整隊入木邦軍容甚盛時叅贊珠魯訥以十日至騰

越進木邦即留守給以兵五千俾爲聲援以楊重英郭鵬冲及陳元震胡邦佑司印務糧餉十二月叅贊額爾景額卒於老官屯軍中時景額亦於十月癸夘抵騰越與提督譚五格率官兵於十一月壬辰出虎踞關趨猛密越六日至老官屯賊已立木栅進攻不能克日與接戰亦不能勝我兵久屯於堅栅之下人亦多疾病額爾景額幽恚以死　上優敍之以其弟額爾登額代是月將軍明瑞率萬二千人抵錫箔江結浮橋以渡至蒲卡始遇賊之前哨擒數人詢知賊聚於蠻結遂進攻蠻結賊果立十六栅以待領隊大臣觀音保麾衆先據山之左臂賊來爭不得上翌日兩軍相持未決而顧賊栅甚堅其法立木爲栅聚兵於其中栅之外又開深壕

植竹木於旁皆鋭其末而外向賊有栅自護我鎗礮不能傷而賊從栅隙處發鳥鎗擊我輒中此賊之長技也哈國興請分三路登山俯趨而薄之軍士皆奮時出邊已逾月未見賊至是始與賊遇無人不欲殺賊也一呼而直逼其栅有黔兵王連者先躍入十餘人繼之賊恇亂不知所爲多被殺遂破一栅乘勢復攻得其三而十二栅之賊乘夜盡遁蓋賊自新街交兵以來從未經此大創已首竄喙伏不敢復抗矣明將軍亦一日中傷幾殞越數日始稍愈領隊大臣觀音保札爾豐阿等咸勸乘勝退兵至木邦整旅復進明將軍負鋭氣欲直抵阿瓦觀音保曰我兵出師時已失軍裝今軍器日見其少糧餉不足恐難深入以受其紿明忿然曰汝氣餒

否非夫也觀音保傲然曰若非滿洲丈夫吾儕共將軍死可也因
進軍象孔去阿瓦祇七十里失道而軍中糧已匱明將軍集諸將
議諸將懲前言莫敢有言退者明瑞念糧既斷勢不能復進而又
慮猛密路之師或已先入而將軍轉退兵則法當死聞猛籠有糧
且地近猛密冀可得猛密路消息於是定計就糧猛籠賊探知我
兵不復向阿瓦又我病兵爲賊所掠者詢知軍中糧盡糾衆來追
及我於章子壩至是無日不戰明瑞與哈國興觀音保等更番殿
後至猛籠果多糧軍士賴以濟會歲暮即其地度歲共駐兵七日
以行而猛密之信杳如也是月參贊額爾登額以九千衆攻老官
屯木栅不克師久頓賊衆日增王玉廷陣亡時錫箔路音信已斷

得　旨令前赴應援乃與提督譚五格撤兵回時倉卒撤兵又不設殿賊得以襲我之後軍器亦失乃入關賊即尾隨入戶撒拉撒二處恣搶掠時副將孫爾桂王振元俱由關退回駐箚賊聞有備乃退額爾登額偵猛夘及邦中山梁有賊不敢進乃旋師至隴川所屬之猛籠迂途月餘由龍陵出宛頂三十三年春明瑞自猛籠取道大山土司以歸猛籠糧尚多而牛馬俱盡無可馱運人各攜數升餘皆火之將至大山又有蠻化之捷先是賊之綴我也每夕駐營猶相距十餘里不敢近至是我兵營於蠻化山巔賊即營於山半明瑞浩然曰賊輕我甚矣若不决一死戰益將肆毒於我無噍類矣賊久識我軍號令每晨興我三吹螺而啟行賊亦起而追

我明日仍吹螺者三而我兵盡伏於箐中以待毋得有一人留營者令既下翌日三螺畢賊果謂我兵已行也爭蟻附而上我兵萬衆突出鎗礮聲如雷賊惶遽不及戰輒反走趾及頂背自相蹴踏死者無慮二千餘人我兵乘勢擊殺又一二千人坡澗皆滿是役我兵傷者數人總兵李全受傷死自是賊不敢近數日每夜在數十里外轟大礮數聲而已而賊之先一日過者已柵於要路明瑞留五日以所得牛馬分犒軍士畢行至其處則已攻不能拔有波龍人引以間道始得出過波龍老廠新廠是貴家所採銀處居民遺址盡數十里計當日廠丁不下數萬已皆爲賊衝散盡愀然者久之而賊復增兵追至是月木邦兵潰上年十二月珠魯訥駐師

木邦分撥參將王棟赴錫箔擺台站索柱赴宋賽擺台站守備郭景霄於天生橋擺台站丁丑皆起程甲申索柱偵得有賊兵至語即前進遇賊戰路阻丙戌退守錫箔橋正月辛卯賊數百來攻次日賊數千至以大礮攻守備郭景霄方渡河接索柱營見賊四面來攻即潰參將王棟營兵亦潰索柱等衝出次日總兵胡大猷之師復潰於葫蘆口索柱陣亡辛丑賊鋒及木邦參贊珠魯訥誓死率文武七十人出禦乃付印及　御賜將軍之寶匣於陳元震言我死汝以是歸元震懼即偕郭鵬冲逃入內地珠魯訥出師隔河遇賊歸而欲以印徵兵而元震已齎印遁因移知巡撫鄂甯鄂甯即參奏得　旨以叛論置極典明日壬寅賊大至珠魯訥自剄執

楊重英我兵大潰總兵胡大猷與胡邦佑咸陣歿廣南府經歷許景淹亦自刎死木邦一路台站俱斷其賊首乘勝率猛密木邦二路之衆畢集於明將軍壘明瑞行抵小猛育賊已蝟集不下四五萬人我兵當分七營而環視四圍皆賊也而額爾登額尚駐兵宛頂去小猛育僅一舍竟擁兵不救明瑞遣卒探路曰路旁已有賊柵矣乃命諸將達興阿本進忠等率軍士乘夜出而身自拒賊相從者領隊大臣觀音保扎拉豐阿總兵哈國興常青德福及巴圖魯侍衛數十人親兵數百人及晨血戰於萬賊中無不一當百已而扎爾豐阿中鎗死巴圖魯侍衛皆散副都統德森保竟降賊觀音保發數矢連殪數賊尚餘一矢欲復射忽收而策馬向草深處

以其鏃刺喉死恐矢盡無以自戕而被執也明瑞身負數傷亦慮落賊手力疾行距戰處已二十里氣僅屬乃從容下馬手自割髮授家人使歸報而自縊於樹下家人以木葉掩其軀而去二月之十日也計自章子壩與賊接戰賊日增我兵日少孤軍無援轉戰五六十日未嘗一敗明瑞晨起即躬自督戰且戰且撤及歸營率以昏時勺水猶未入口糧久絶僅啖牛炙一臠猶與親隨之戰士共之所將皆飢疲創殘之餘明瑞體恤備至有傷病者令士練舁以行不忍棄故雖極困憊無一人有怨志及其死也非不能自拔出蓋以阿瓦未平懼無以返命　上亦有全師速出之旨而路阻不得達遥望　闕庭進退維谷故徬徨展轉決計以身殉又不忍

將士之相隨死也結隊徐行持重自固使賊不能覆我直至小猛
育去宛項不過二百里計將士皆可到然後遣之出而自以身死
賊中嗚呼此意良可悲矣方軍勢日蹙時鬥愈力嘗謂諸將曰賊
已知我力竭然必決死戰者正欲賊知我國家威令嚴明將士用
命雖窮蹙至此無一人不盡力則賊知所畏而後來者易於接辦
此其謀國之深猷尤非徒慷慨赴死者所可同日語矣癸酉兵將
至宛項者已多時巡撫鄂尚未知將軍陣亡的耗即將額爾登額
譚五格逗遛不進失悞軍機及得將軍聲息並不通知內地實屬
有心貽悞具劾奏　旨俱逮問越數日得將軍凶問上　聞　上
震悼賜卹立祠後於四月中命侍衛兵弁及將軍明瑞之家人數

入赴猛育尋收將軍遺骸歸葬京師額爾登額解赴京　上親訊額尙以無糧對　上愈怒　廷訊時譚五格自稱老臣　上命侍衛撻至數百額爾登額論磔刑明瑞喪到日　上親奠於郊即用額爾登額以享之譚五格亦正法是月命協辦大學士阿里袞來滇協辦軍務即授爲參贊以鄂甯爲總督調江蘇巡撫明德爲雲南巡撫三十三年二月丁亥授大學士忠勇公傅恒爲經略阿里袞阿桂爲副將軍舒赫德爲參贊傅恒俟將次進兵再行前往阿里袞已赴滇舒赫德即馳驛遄行是月派荆洲滿洲兵一千五百名成都滿洲兵一千五百名赴雲南以荆洲將軍永瑞統之是月派京兵來滇時以進剿於去歲三千兵之外復派健鋭營兵一千

火器營兵二千前鋒護軍二千令將校率領陸續來滇其前鋒護
軍二千旋停止是月以五福爲雲南提督是月副將軍阿里袞抵
雲南時幕府爲郎中明善員外郎薩靈阿三月叅賛刑部尚書舒
赫德抵永昌會同總督鄂甯密奏籌辦情形略以每兵千名應需
馬三千九百非馬十萬不足濟用又稱現已設法招致緬匪投誠
疏上得　嚴旨發原摺　命廷臣遍閱飭其乖謬可鄙可笑之處
下部議革尚書職得　旨給副都統銜前赴烏什令總督鄂甯復
奏是月戊戌猛勇召功率其弟召糯腊及緬賊目布足撻喇帶緬
子三百人猛勇整欠玀夷三百人由猛勇猛籠遂至九龍江外越
二日昭通鎮佟國英護普洱鎮七十一率兵於蠻紅接戰礮擊佟

國英手掌官兵舊勇陣亡者數十人賊衆退至猛混乙巳緬賊節蓋率緬子一百餘人孟艮召散率玀夷四百餘人由大猛養進猛遮土弁刀召鈐伏弩截殺次日亦退至猛混與召坎等會合己酉出打樂隘退歸孟艮尋奉　旨荆州成都兵俱赴普洱是月副將軍阿里袞等請調隣近各省道府來滇辦理軍務派出道三員知府六員其丞倅州縣佐雜每省各派四五員晦日都司哈廷標於宛頂遇大山土司之從子阿籠云二月間隨伊季父於猛烈地方謁見將軍明後於猛育衝殺相失副將軍阿里袞總督鄂甯奏准暫爲養贍俟進兵時往勘情形酌辦四月撤隨將軍明瑞進剿之兵回京其老官屯一路之兵仍留滇是月緬酋差我兵之被俘者

許爾功等八人具蒲葉緬文求和并齎楊重英禀一封稱緬王不殺屢有投誠之意且緬國各頭目俱愿投誠是以苟延至今同客長李萬全尹士玢等宣諭我國德威極力招撫仍照舊例辦理與守備程轍盧懷亮馬子健王承瑞等同具副將軍阿里袞以聞不許五月總督鄂甯復奏云舒赫德稱　廷諭復剿緬匪一事急切不能前驅埽穴賊匪投誠即遣人探去亦未爲不可實因冒昧誤稱設法招致得　旨二人所見乖謬彼此原屬相等下部議革總督鄂甯職奉　旨鄂甯降補福建巡撫以阿桂代時阿桂在伊犁總督印務以阿里袞署行宥烏爾登額甯珠華封趙宏榜罪令在軍營効力趙宏榜行次河南襄城縣中痰至七月卒是月巡撫明

德赴永昌是月以滇兵恇怯積懦撥貴州兵五千名來滇撥補是月木邦酋苗溫差人至猛古地方之蠻遮寨頭人金猛處令送字與遮放土司懇内地八土司代乞求和幷偵探從前八人具書求和之信其緬文内有　天朝四位大臣來滇可否准和之語副將軍阿里袞據奏七月奉　旨普洱今歲不必進兵駐劄普洱將軍永瑞等加意防守是月嚴奸民販貨出緬之禁汰滇冗兵議改曲尋楚姚永北三鎮爲副將改定營制於大兵事竣後行總督阿里袞巡撫明德修省城至永昌一路傾頹道路八月調四川馬五千八百駝載馬騾二千九月總督副將軍阿桂抵滇時幕府爲革職郎中王昶中書趙文哲十月副將軍阿里袞駐兵於騰越遣侍衛

達里善至南坎殺二百餘人海蘭察至頓拐亦殺二百餘人襲戞
鳩前鋒抵江邊焚其寨栅又殺賊六七百名以馬力不足未渡江
而還具奏巡撫明德以經理馬匹不善得　嚴旨十二月廣東廣
西營馬及購買馬共一萬於下旬陸續起程期於明歲春間抵滇
奉　旨查訊本年二月烏拉撒地方被兵一事前巡撫鄂甯何以
奏報並無一賊副將軍阿里袞等奏稱房屋未經焚毁搶去四百
餘人及牛馬尋落巡撫鄂甯職給侍衛銜軍營効力是月派索倫
兵二千名來滇明年春復派一千吉林兵一千　盛京新滿洲西
棘兵一千三十四年正月奉　旨令臺灣總兵葉相德選福建水
師兵二千赴滇戊申阿里袞阿桂俱授爲副將軍其總督以明德

補授巡撫以喀甯阿補授二月庚午大學士忠勇公經略傅恒自京起程是月復派厄魯特兵一千餘名三月命伊犁將軍伊勒圖來滇提督五福將軍永瑞率兵巡邊行次打樂遇賊剿殺出境是月經略抵滇即馳赴永昌先是滇省頒布謁見經略儀注自平夷至永昌修館舍戒僕夫以待時從行之幕府爲侍讀學士毓奇侍讀孫士毅給事中劉秉恬郎中博卿額主事惠齡是役也前後徵調本省兵一萬六千名四川兵七千名有奇貴州兵四千三百名滿漢兵共三萬有奇議以九月二十日以前抵永昌以待進取是月降雲南總督明德爲江蘇巡撫以彰寶爲總督經略奏留暫辦總督事尋以阿思哈爲總督復奉　旨令阿思哈於新街扼要之

地駐守以彰寶爲雲南巡撫調喀甯阿爲河南巡撫俟彰寶到任再赴新任是月令護軍統領伍三泰副都御史富顯等赴野牛壩時船料釘鐵已備至秋初船造成而富伍俱以瘴卒五月續派京兵一千名即先派前鋒護軍之半也六月奉　旨阿思哈到滇後其巡撫印務原着明德署理阿思哈帶兵前進後總督印務亦着明德署理七月降荆州將軍永瑞雲南提督五福爲三等侍衛尋革職以開化鎮調駐思茅之兵丁張國甯因姦被殺約束不嚴也以本進忠爲提督旋卒以長青代經略既至永昌越八日兩阿將軍及伊犁將軍伊勒圖偕至南徼地多瘴羣議宜俟霜降後出師經略遲之謂若是須坐守四五月既糜餉且軍初至當及鋒而用

久則先懈非計也其進兵之路以阿瓦城在大金江之西若從錫箔則阿瓦仍隔江外惟騰越州西戞鳩江即大金江之上流過江則爲猛拱猛養兩土司前明王驥征麓川追思機發到此刻石江邊所謂石爛江枯爾乃得渡者也由猛拱猛養可擣其木梳之老巢由木梳至阿瓦又皆陸行步騎可直抵城下乃定議大兵渡戞鳩而西其偏師先議在普洱爲聲勢後改議從猛密夾江而下造舟於蠻暮以通往來部署既定七月二十日經略大兵起行阿里袞時病瘍不能行經略請留養疾阿里袞誓從征乃留阿桂於蠻暮督造戰船經略至戞鳩集舟結筏凡十日乃畢師次猛拱土司官渾覺先遁繫其小妻招之乃來降獻馴象四貝葉書一牛百頭

糧數百石至猛養亦有牛米之獻於是所歷二千餘里皆不血刃
而下惟途間忽雨忽晴山高泥滑一馬倒則所負糧帳盡失軍士
或枵腹露宿於上淋下濕之中以致多疾病猛拱猛養雖緬屬非
緬腹地故緬酋不遣兵來而緬俗以八月前刈禾至中秋則集兵
出九月下旬阿桂造百船成所調閩粵習流之士亦至將由蠻暮
江出大金江賊已列船扼江口阿桂擊敗之賊目賓雅得諾被創
死由是江路無阻伊勒圖往迎經略遇於哈坎經略以十月朔渡
江回蠻暮是役也奔走數千里疲乏之軍力而初無遇一賊經略之
聲名遂損因羞恚得病賊輕我兵遂以大衆水陸來犯阿桂將步
兵哈國興將水兵陸路之賊先沸脣至旌旗蔽野勢張甚阿桂麾

兵以鳥鎗連環進弓矢繼之騎兵又從旁蹂之賊不支遂大潰我兵追殺無算哈國興率舟師順流下賊猶列艦以拒有閩兵躍入賊船一賊泅水遁閩兵即入水斬之賊奪氣我兵驩而奮因風水之勢蹴之賊舟自相撞擊多覆凡殺溺死者數千江水爲之赤江之西亦有賊結栅自固阿里袞提兵往攻之連破二栅餘賊皆逃是時諸路軍皆大捷會經略病重諸將遂欲以是蕆功阿里袞曰老官屯有賊栅前歲額爾登額進攻處也距此僅一舍不往破之何以報命策馬先行經略以下皆隨之賊栅據大坡迴二里許自坡迤邐下插於江栅木皆徑尺埋土甚深遇樹則横貫之以爲柱栅之外掘深濠三層濠外又臥横木之多枝者銳其末於外名曰

木簽守禦甚備我兵阻旬餘不得進先用大礮擊之柵木甚堅不折有折者賊輒補之哈國興斫箐中老籐長數百丈者繫鐵鈎於端募敢死士夜往鈎其柵三千人曳籐以裂之爲賊覺斫籐斷而罷經略又命火攻先製擋牌禦鎗礮一牌可護數十人以兩人舁而前十數人各挾薪一束隨之百餘牌同時並舉如牆而進拔簽越濠至寨下方燃火忽西北風起火反燒我軍遂却回最後遣兵穴地至其柵底實火藥轟之柵果突然起高丈餘賊驚繞喊聲震天我軍挺鎗抽刀以待柵破而掩殺無何柵忽落而平又起又落如是者三不復動柵如故蓋立柵之坡斜而下而地道乃平進故坡土厚不能迸裂也然賊自是懼其柵之插入江者開水門以通

舟運糧械不絶阿桂謂如是則賊終無坐困之日也撥戰艦五十
越過其柵截之時阿里袞已病甚猶力疾攻柵視鎗礟最多處輒
當之經略慮其傷令統舟師以息勞戰艦整列賊糧械不得入由
是益懼其酋帥曰𥅡杜模者遣人來乞和願結柵於兩軍適中之
地請將軍等往莅𥅡杜模親來面受要約經略不許諸將以兵多
染瘴日有死亡爭勸受降撤兵乃遣哈國興往責𥅡杜模以進表
納貢返土司地諸事議未決𥅡杜模左顧而去哈國興單騎入其
柵責之𥅡杜模不敢見別遣人出請如約經略遂凱旋三十五年
春謁　上於津門自請罷劾　上憐其疾優容之傳文忠因之憂
恚而卒總督彰寶遣守備蘇爾相往責前之約乃被拘留　上大

怒復議興師以前副將軍阿桂首倡罷兵議因褫其職以白衣從軍會金川蠢動遂罷南征議逾四年金川平　上復命阿桂往雲南會總督李侍堯相機進兵會緬酋縱蘇爾相還其事乃已至五十四年緬酋懵駁被弑其弟孟隕初爲僧國人立之因遣使輸誠納貢遂縱楊重英還重英自陷緬獨居蕭寺幾二十年未改　本朝冠服　上大喜受降　召緬使朝見於　避暑山莊優賚之許其十年一次入貢復重英道銜比以蘇武之節　御製蘇楊論以旌之重英尋卒緬酋從此感化臣服如他屬國焉

嘯亭雜錄卷之六

汲修主人著

平定回部本末

大和卓木波羅泥都小和卓木霍集占者其先世本葉爾羌喀什噶爾回酋自策妄阿拉布坦時即令率其回人至伊犂種地出租賦遂囚於地牢者數載我兵平伊犂時釋使歸俾仍長所部二十一年將軍遣侍衛托倫泰往未能定要約阿敏道先使人往招撫波羅泥都謂霍集占曰我家三世爲準夷所拘蒙　天朝釋歸得統所部此恩何可忘也霍集占曰我方久困於準夷今屬中國則又爲人奴不如自長一方乃詭詞誑阿敏道入庫車城拘縶之弗

使歸時方討阿睦爾撒納兼有青滾雜卜之變未暇問及也已而阿敏道復爲彼所害是其負恩肆逆不可不討二十三年春以兆惠富德尚剿洗厄魯特餘孽乃用雅爾哈善爲靖逆將軍五月兵至庫車城賊目阿卜都克勒木據城守於是趣兵進攻回人素懦怯然守城遵古制雅固書生未嫻將略惟聽偏裨等出策令不晝一霍集占來救卒最精巴拉鳥鎗八千由阿克蘇之戈壁捷徑而來與我兵遇於城南鏖戰竟日大敗入城其城依山岡用柳條沙土密築而成礮攻不入時提督馬得勝獻掘地道計於城北一里掘入已及城矣而將軍急於收功嚴令晝夜力掘回賊瞥見燈光其機遂洩賊匪自内用水灌之士卒盡沒雅將軍咄嗟無他策惟

嚴守之待其自斃新降回目鄂對告曰語云困獸猶鬥今霍集占困守危城食力已盡必不坐而待縛其必乘我不備以兎脱之返其巢穴整兵復來其事未可量也今城西渭干愛曼水淺可涉又有北山口要路通戈壁走阿克蘇若於二路各伏兵一千則賊酋成擒矣雅以其言叵信唯下令併力攻取一日暮索倫老卒於城下牧馬聞城中駝鳴似負重狀歸奔告將軍曰其駝鳴高且健賊將遁矣將軍時飲酒笑曰健卒爾何知酌酒如故其夜霍集占開西門由渭干愛曼涉水遁果如鄂對言而我兵未知覺也後數日阿拉難爾等開城降先是霍集占入庫車城怨鄂對之不附已也凡其親屬皆殺之其妻依熱木亦被獲方少艾霍集占欲納之依

熱木不從因縛其二子一女擲城下撲殺之困依熱木於高樓日加窘辱依熱木乘間逃匿阿克蘇庫車既降鄂對手刃其仇三十餘人焉事聞　純皇帝以雅爾哈善坐守軍營聽賊去來自如略不設備乃革其職命尚書納木札爾代之侍郎三泰叅贊軍務皆馳驛往又以兆文毅公剿伊犁賊將盡　命即以其兵自伊犂徑赴回地　上復念兆所統兵久勞於外皆已疲乃預調索倫察哈爾往濟師兆文毅至軍庫車已降於雅將軍阿克蘇亦遣人迎降八月二十四日兆文毅遇雅將軍偕入傳　旨斬順德訥即前守卡縱霍集占遁去也逮雅將軍送京擇城中伯克鄂對隨軍而留哈密回目玉素富及總兵閆師相率駐兵守時舒文襄方爲兵効

力軍前亦令留阿克蘇贊畫諸務兆文毅即起程有烏什城伯克霍集斯者即前縛送達瓦齊者遣其子呼岱巴爾氏來迎九月朔兆文毅至烏什以霍集斯熟回部事與同進葉爾羌分遣侍衛齊凌扎布偕鄂對往撫和闐六城十月兆文毅至葉爾羌其城周十餘里霍集占已堅壁清野凡村莊人戶悉移入初六日我軍分七隊進賊兩門各出四五百騎來迎我兵擊敗之賊又從北門出數百騎索倫兵欻然遁賴健鋭營兵數百岸然不動我兵得以濟又敗賊衆賊入城不復出兆文毅以兵少不能圍城欲伺便取勝乃擇有水草處結營即所謂黑水營也聞納三二將軍將至遣愛隆阿以兵八百迎之又偵知賊蓄在城南棋盤山欲先取之以充軍

實十三日由城南奪橋過河甫過四百餘兵橋忽斷賊出四五千騎來截步賊萬餘在後我兵陣而前騎賊退步賊以鳥鎗進我兵方擊步賊而騎賊又從後夾攻兼有自兩翼衝入者兆文毅馬中鎗斃再易馬又斃我兵爲賊所截散落成數處人皆自爲戰無不以死自誓殺賊無算而我兵陣亡者亦數百人受傷者無算總兵高天喜副都統三保護軍統領鄂實監察御史何泰侍衛特通額俱戰歿日暮收兵歸護大營過河者亦泅水歸馬力疲乏不能衝殺遂掘壕結寨守所掘濠既淺壘亦甚低賊可步屧入遂日夜來攻我兵處危地皆死中求生故殺賊甚力賊懼我兵致死欲以不戰收全功別築一壘於濠外爲長圍守之如梁晉所謂夾城者意

我兵食盡當自斃也而營中掘得窖粟數百石稍賴以濟賊又決水灌營我兵泄之於下游其水轉資我汲飲已而隨處掘井皆得水又所佔地林木甚多薪以供爨常不乏賊以鳥鎗擊我其鉛子着樹枝葉間每砍一樹輒得數升反用以擊賊惟拒守日久糧日乏僅瘦駝羸馬亦將盡各兵每乘間出掠回人充食或有夫婦同擄至者殺其夫即令其妻煮之夜則薦枕席明日夫肉盡又殺此婦以食被殺者皆默然無聲聽烹割而已某公性最嗇會除夕明忠烈公[illegible]瑞常中丞鈞皆至其帳聚語屈指軍糧過十日皆鬼籙矣某公慨然謂吾出肅州時有送酒肴者所餘飣今尚貯皮袋中呼奴取出供一啖時絕糧久皆大喜過望既飽而去則私謂曰某

公亦不留此事可知矣不覺泣下蓋自十月中旬被圍已將百日無復生還望也納義烈公（木札爾）三公（泰）亦以十三日至愛隆阿軍聞兆文毅等戰卒二百騎衝入爲賊所殺兆文毅告急之文遣索倫兵五人各持一函至阿克蘇舒文襄公以事急不暇自計其身之爲兵也即飛章馳奏時富將軍（德）尚在準噶爾搜捕餘孽上命爲定邊右副將軍速往援會預調之索倫兵已在途而巴里坤大臣阿里袞先接兆文毅信選兵六百馬二千駝一千往赴舒文襄守阿克蘇能和輯諸回目無異志烏什則霍集斯妻子及總兵丑達駐守鄂對往撫和闐六城亦俱降十二月索倫及內地兵已到二千餘舒文襄先卒以行富將軍（德）聞兆文毅被圍之信亦

速赴二十五日與舒文襄會於巴爾楚克二十四年正月六日至呼爾璊賊五千餘騎迎戰我兵僅二三千且馬少皆步行發鎗矢斃賊甚多然賊恃其衆戰不解我兵進擊輒退甫收兵又來攻凡轉戰四日夜磧地無水皆嚼冰以解渴初九日之夜拒守於沁達爾勢阻不得進又幾殆適阿參政（里袞）偕鄂博什及馬駝至愛隆阿亦以兵從望見燈火如繁星知我兵與賊相持處也阿參政大呼突進千餘兵譟而應之駝一千馬二千蹴地聲又壯賊駭奪氣阿參政從左鄂博什從右入援兵驟合富將軍（德）乘勢掩殺賊始大奔然猶未知兆文毅之存歿也先數日兆文毅軍中見賊之圍守者日漸少繼又聞數十里外鎗礮聲知援兵已至遂衝壘而出

先使人探報得達富將軍德壘詰朝兩軍相見將軍以下皆無恙
計自去年十月至今孤軍在萬里外陷重圍者三月卒得全莫不
喜極涕出額手頌　聖主如天之福且因先事調兵得應期赴援
益服　睿算之不可及也整隊回阿克蘇賊見我兩路兵合勢益
盛不復敢邀截惟遠在數里外覘望而已途次聞和闐六城其二
城已陷於賊兆文毅遣瑚爾起往援之富將軍德繼進二城尋復
閏六月内地所調兵餉俱集阿克蘇遂兩路進師兆文毅往喀什
噶爾富將軍德即由和闐往葉爾羌兩和卓木已率其眷屬黨與
先遁兩城舊回目遣人至軍前送欵十四日兆文毅至喀什噶爾
十八日富將軍德至葉爾羌各回人皆具鼓吹進羊酒迎以入蓋

兩酋雖爲其部長然在準噶爾久惟伊犂種地之回人同羈旅相倚賴而舊部本不聯屬及歸又虐用其民以伊犂同歸之人及厄魯特避兵來投者爲親兵故其黨也皆相率隨之舊部人莫有從者兆文毅既撫定喀什噶爾尋駐葉爾羌辦善後事富將軍阿桂明忠烈阿文成等追賊七月七日及之於阿爾楚爾大敗之二十五日及之於哈喇庫勒又大敗之八月十日至伊西洱庫爾淖兒乃拔達克山部落接界處也賊先據山麓以待富將軍等麾兵進擊自巳至未賊猶以死拒乃選鳥鎗精利者四十人自山北而上俯壓之賊輜重有攀援過山者有阻於淖兒岸者方驚懼失措霍集斯鄂對大呼降者不殺於是回衆數千各率其眷屬乞降聲

如奔雷霍集占禁之不能止遂遁是役也降者萬二千牲畜萬計器械無算兩酋向拔達克山逸去富將軍德等追入檄諭其汗素爾坦沙縛以獻二十八日兩酋果往投素爾坦沙執之而遣人爲兩酋乞命謂我回部經教凡派罕帕爾子孫不得執送人也富將軍德等脇以兵威謂不獻則大兵即入素爾坦沙乃殺兩酋以霍集占首來獻其波羅泥都首爲其從人竊去素爾坦沙旋來降遣使入覲回部平武功大定頒詔天下兆文毅公班師歸時上郊勞於楊武村行抱見禮賞賚優厚封兆文毅爲一等公富將軍德爲一等侯餘遷秩有差自此葉爾羌諸部讋服如內地臣民自今甲子周浹而恭順仍如故也

臺灣之役

臺灣自古不通中國文獻通考云泉州之東有島曰澎湖澎湖旁有毗舍耶國蓋即是也明末爲荷蘭夷人所據　國初時明將鄭成功自江南敗歸遂取其地以爲國及其子經當三逆叛時屢乘間入犯海疆先良親王遣吳興祚姚啓聖等收復金廈二門康熙二十二年靖海將軍施琅克澎湖經憤悒卒子克塽降臺灣乃隸版圖特設臺灣府及臺灣鳳山諸羅三縣其地東倚山西傍海北至雞籠城南至下淡水長千餘里東西闊四五十里或十餘里山之東則層巒疊嶂皆生番所居打鹿爲生不隸版籍也康熙六十年奸民朱一貴叛水師提督藍廷珍蕩平之雍正元年以諸羅北

境遼闊增設彰化縣及淡水同知六十餘年以來地大物博俗日益淫侈奸宄遂媒孽其間官斯土者又日事朘削會漳泉二府人之僑居者各分氣類械鬥至數萬人官吏不能彈治水師提督公黄仕簡率兵至以虚聲脇和始解散自是民狃於爲亂豎旗結盟公行無忌淡水同知潘凱者方在署忽報城外有無名屍當驗甫出城即爲人所殺并胥吏殲焉當事者不能得主名則誣以生番報謂番性嗜殺途遇而戕之也使人以酒肉誘番出醉而掩殺之奏罪人已伏法而殺人者脱然事外於是民益輕官吏而番亦銜怨次骨乾隆五十一年彰化縣有林爽文者恃其所居大理杙地險族繁恣爲盜賊囊橐閩廣間故有所謂天地會者爲奸徒結黨

名目爽文借以糾約羣不逞之徒嘯聚將起事太守孫景燧至彰化趣縣令俞峻及副將赫生額游擊耿世文率兵役往捕不敢入駐營於五里外大墩諭村民擒獻否則村且毁先焚數小村怵之被焚者實無辜也爽文遂因民之怨集衆夜攻營全軍覆沒赫耿俞皆死焉時十一月二十七日也明日賊乘勢陷彰化孫守及都司王宗武同知長庚前同知劉亨基典史馮啟宗悉爲所殺十二月六日又陷諸羅縣令董啟埏死之淡水同知程峻亦爲賊所害鳳山縣有莊大田者亦盜魁乘亂起十三日陷縣城縣令湯大奎自刎死惟府城有總兵柴大紀及監司永福同知楊廷理等率兵民固守賊屢攻之不能破而彰化之鹿港賊已遣僞官來監税有

泉民林湊等起義擒之是以府城鹿港兩海口俱未失閩中聞變時總督雅德被逮將軍常青本以甯王府長史起家老而耄以和相私人故得署督印時毫無措置惟檄黃仕簡及陸路提督任承恩入臺擒賊時黃病初愈策杖而行任爲金川殉難總兵官任舉之子少年世廕素不知兵二將軍倉卒入臺仕簡由廈門渡海入府城承恩亦由蚶江渡海入鹿港俱以五十二年正月初旬至賊勢稍斂仕簡臥病牀簀因命大紀北取諸羅總兵官郝壯猷南取鳳山大紀驍將也率鄉兵數百說以大義轉戰賊寨間屢擒其首遂恢復諸羅固守之壯猷南出二十里爲賊所阻任承恩之至鹿港也距大里杙賊巢僅四十里亦觀望不敢進壯猷頓兵幾五十

日二月二十一日始進鳳山鳳山空無人招民復業賊即潛入其中與外賊相應三月十日城復陷游擊鄭嵩死焉壯猷等遁歸府城先是二月中　上見兩提督彼此觀望恐不能速殄賊也有旨命常青往督師青不得已遷延入臺踞府城百姓以青爲督府當知兵人心稍定閩督李侍堯甫莅任即預約廣督孫士毅調兵四千備緩急而鳳山再陷之信至立即趣兵往遂以三月末悉抵臺賊方攻城急賴以不陷李侍堯又奏調浙兵三千　上益以駐防滿兵一千令將軍恒瑞爲叅賛赴府城提督藍元枚亦爲叅賛分浙兵二千赴鹿港有　旨以失律誅郝壯猷於是諸將咸思進兵而常青畏葸日夜惟涕泣而已時賊雖猖獗勢力尚未甚大各

村民俱未爲所脅也而諸將以五月二十四日出師城中士民咸設犒酒以待甫交綏常青戰慄手不能舉鞭於軍中大呼曰賊砍老子頭矣即策馬遁諸將因之即退賊大歡嘯而歸青入城即令閉關又請兵一萬賊得以暇蠶食各村不從者輒殺於是遍域皆賊矣莊大田驅以擾府城林爽文驅以擾諸羅勢益熾迨官兵從隣省調至閩又守風過海凡兩三月則我兵僅增萬而賊已增十萬矣諸羅爲南北之中林爽文必欲陷之自六月中攻圍連日夕不止大紀指揮諸將云語曰有城守責者生死以之大紀雖武夫敢棄天子所付之封疆乎誓與此賊始終可也因置酒召諸將飲席間親酌之酒揮涕拜諸將曰君等如能堅守固佳否則斫大紀

以降賊無使蒼生遭鋒鏑也諸將感激用命日夜防守甚嚴時出軍擾賊營賊用呂公車以數百人牽之擊城北堞城上用飛礮碎之賊復用火箭射雉樓諸將預蓄水桶隨手撲滅賊日夜喧噪以亂軍心城中鼓角應之使不得聞如是者凡百日諸義民鼓於忠節各皆出餉勞軍城賴以濟大紀數遣敢死士突圍出請救於常青青笑曰若是猷漢適足以予賊始快余心也終不發兵救之副將蔡攀龍請行　上復嚴旨督責青不得已命孱弱兵數百使攀龍率之往援咸沒於敵惟蔡僅得入城諸羅之圍益密入者不能再出大紀告急之文用小字書寸紙募人間道夜行始得達府而賊禁粒米不得入城城中士庶已飢疲不能支　上諭大紀命拔

身出大紀以士庶已共守久恐遭賊屠戮誓死不出奏　聞　上垂泣曰大紀忠誠雖古名將何以復加所謂我君臣各盡其道也因封大紀爲一等嘉義伯世襲罔替賜銀一萬兩念諸羅被圍久特改名嘉義以旌士民時常青在府城欲棄城遁者再賴諸將護持因密札哀乞和相請以他將往代和相晏見奏之　上亦預燭青必僨事六月中即調陝督福康安爲將軍及領侍衛内大臣海蘭察來統兵幷發明詔聲言調兵十餘萬來滅賊冬十月所調蜀番及粵西兵共五千先至有　旨官兵不必至府城當即往鹿港進會颶風不得渡守風於崇武澳二十八日忽得順風一晝夜數百艘盡抵鹿港海口檣竿如櫛列數里賊聞之不測多寡謂眞有

十萬兵至始懼十一月八日福康安等起行賊方列拒於崙仔頂海蘭察率巴圖魯侍衛發矢殪數十賊賊大驚曰是何老騎兵强壯乃爾遂即披靡海蘭察笑曰此一羣犬耳何畏之有遂麾兵入蓋時常青僞造蜚語謂賊有異術實不可攖福康安亦先惑其言至是始知其妄乃沿路復擊殺之伺隙者至牛稠山再敗之即以是日抵嘉義城中官民出迎飢羸無人色見福至無不欷歔啜泣喜其來而悲其晚也惟大紀以功高與福康安抗行賓主禮康安銜之遂密奏其人奸詐難信會侍郎德成自海上監修城垣歸復媒孽大紀之短　上信其言遂以前貪縱事逮大紀及永福入先後正法而大紀部下諸將李長庚王得祿邱良功等後皆有所建

樹立功海上蓋承大紀訓也嘉義城北有山名小半天者四面陡絕賊遁而聚於此十八日福康安率將士百道仰攻又克之賊自猖亂以來狃見常青畏怯以官軍不足畏不虞此次之難抗也遂遁歸大里杙賊巢已築土城堅固二十四日官兵至賊猶數萬出拒退而復集者數次既夕我兵伏溝坎間賊萬炬來索戰我兵在暗中賊不能見而我兵視賊則歷歷可數發鎗箭無不中賊賊自知失計遽滅火復擊鼓來攻我兵又從鼓聲處擊之殺死無算黎明進兵遂克其城林爽文已攜孥走據守集集埔其地前臨大溪溪之上就高岸壘石爲陡墻長數里其所預營阨險處也十二月五日官兵騰而上殺千餘人於是賊黨皆潰林爽文先匿其妻孥

於番社惟與死黨數十人竄窮谷叢箐中十三日先獲其孥福康安又遣使入大山怵以兵威生番懼遂獻爽文出而莊大田雖與林爽文同逆又各自號召不相下乘官兵未南焚掠聚糧爲旅拒計已又思出降計未定而福康安已於十六日抵牛庄大田倉猝出拒敗而走官軍連蹴之累戰皆捷極南有地名郎嶠者負山臨海最邃阻莊大田力不支與其黨潛匿焉福康安先遣水師由海道繞而截之於水自以大兵環山圍之賊衝突不能出陣殺者數千溺海者數千擒而戮者亦數千莊大田遂就獲臺灣平　上大喜封福康安爲一等嘉勇公賜寶石頂四團龍補服紫韁轡以旌之其餘將士皆優賚焉常青以失機被逮復以重賄賂和相和

以其年老多病語奏　上宥之踰年復爲禮部尚書卒終於任至
今臺民猶有餘憾焉

癸酉之變

白蓮邪教起自元末紅巾之亂明季唐賽兒徐鴻孺等相沿不絕
蓋由狐怪所傳其經卷皆盜襲釋氏之文而鄙褻不成文理又以
眞空家鄉無生父母八字爲眞言書於白絹暗室供之其教以道
祖爲重又有天魔女諸名位以持齋修善爲名而暗蓄逆志謀爲
不軌其教自京畿迤南學習者衆乾隆中傳文忠任九門提督時
曾捕獲黄村妖婦某氏伏法其黨懲治有差其風稍熄而蔓延至
楚豫秦蜀諸省遂有嘉慶丙辰楚北揭竿之亂兵興九載然後撲

滅其傳習京畿者久而益熾又變爲八卦榮華紅陽白陽諸名大吏相安無事不復根究有林清者本籍浙江人久居京邸住京南宋家庄幼爲王提督柄弄童隨王於苗疆久頗解武伎遂爲彼教所推尊爲法祖其人頎身黧面髯張如蝟自以智謀過人其實愚魯異常因掌教久積募銀米家業頗豐遂蓄不逞之志　大内太監多河間諸縣人有劉金劉得才等其家即素習邪教者選入禁中遂與茶房太監楊進忠等傳教羽翼頗衆因與林清交結會辛未秋彗星出西北方欽天監又奏改癸酉閏八月於次春二月諸賊乃以爲預兆又其經有八月中秋黄花落地語遂附會其説以爲　本朝不宜閏八月故欽天監改之而不知康熙戊戌久有

之也楊進忠頎而長面目兇險遂以鑄軍器爲己任暗於宣武門
鐵市中鑄刀數百柄林清邀結其黨數千人其中祝現屈五劉第
五劉呈祥支進財陳爽李五等爲巨魁遂與劉進財等暗約於九
月十五日午時入　禁城起事有漢軍獨石口都司曹倫者侍郎
曹瑛後也家素貧嘗得林清佽助遂入賊黨適之任所乃命其子
曹福昌勾連不軌之徒許爲城中內應福昌欲於十七日起事蓋
以是日　上駐蹕白澗諸王大臣皆往迎　鑾乘其間也而林清
狃於經言未及改期本欲聚數百人入而諸逆監以爲　大內地
不廣闊難容多人又妄恃林清果有邪術可以致勝而清又倚賴
諸逆監諳熟　禁中路以爲導引遂以二百人爲額然其人皆市

井無賴初無智略又其謀不愼秘頗爲人知林淸嘗步行街衢風開其袂露懸坎卦腰牌爲市人所窺見又飲於友人室醉後露大逆語然諸有司皆以株連太監故不敢究詰至黄村同知張步高與林淸結爲昆仲以希他計吁可怪也其黨祝現者本豫王包衣人居桑垡村充豫王庄頭家頗豐其弟祝嵩慶頗不善兄所爲知其反期已决奔告豫王豫王裕豐初欲舉發會有尼之者豫王於壬申年　上大閲南海子日亦曾寓宿林淸家中故匿不敢奏聞蘆溝司巡檢陳紹榮因居民逃竄訪知其謀於數日前申報宛平縣縣令某已有發派弓兵翕同擒剿之札會亦不果步軍統領吉倫貪吏也營員久相申報吉倫以事干　禁籞不肯究訊數日前

方攜酒游香界寺吟咏竟日託言迎　鑾白澗是日騶從出都門
有左營參將某攀輿以告曰都中情形大有所叵測尚書請留以
爲民望吉倫正襟厲色曰近日太平乃爾爾作此瘋語耶揮輿竟
去十四日林清賊黨分二隊其東自董村至者以祝現屈五爲首
約由東華門而入其西自黄村至者以李五宋進財爲首約於菜
市口齊集由西華門而入正陽門外開慶隆戲園劉姓者亦其黨
羽曾授逆職爲巡城御史是日延李五等入其戲園觀劇酣飲竟
日而營坊諸官莫有過而問者其去木偶幾希矣十五日午太監
劉得財引祝現等由東華門入會有賣煤者與之爭道賊脱衣露
刃爲司閽官兵覺察驟掩其扉賊喧然出刃闌入者陳爽等十數

人屈五等皆遁逃有今禮部侍郎覺羅公寶興者侍直　上書房甫退直出適遇賊舞刀入白光燦然寶踉蹌奔入時署護軍統領爲楊述曾漢軍人由參領起家初無智略因率數護軍禦之殺數賊於協和門下而官兵受傷者亦多寶侍郎遂命掩　景運門入告　皇次子　皇次子從容佈置命侍者攜鳥鎗入並嚴命　禁城四門促官兵入捕賊劉得財引二賊入　蒼震門欲手刃太監督領侍常永貴洩其夙忿爲太監顧某擊擒之其由西華門入者時倉卒門不及闔遂全隊入楊進忠與其徒高廣福引之尚衣監爲製　上服處楊嘗乞其補綴而不與值司衣者拒之楊以是隙遂引賊入全行屠害存者無幾有老婦數人藏於荊棘中獲免遂

入文穎館殺供事數人陶皃薌編脩（梁）方校書聞門外屢聲囂然突然問曰金鑾殿在何所其愚蠢也若此陶僕（駱升）方提茶榼至遂以身障皃薌賊傷數刃皃薌得以免其賊遂叢集　隆宗門門已闔有護軍某知事急懷合符於身亦被數刃惜然臥階下合符得以保全賊由門外諸廊房得踰墻闚　大内　皇次子立養心殿階下以鳥鎗擊斃二賊貝勒綿志亦趨入隨　皇次子捕賊復有二賊潛入内膳房屋中衆内監擊殺之時諸王大臣聞變皆由　神武門入余在邸方與僮手弈聞變騁馬入至　神武門莊親王（綿課）貝子（奕紹）亦先後趨至聞賊已聚攻　隆宗門納蘭侍郎（玉麟）方迎　駕歸短衣踉蹌入皆聚集城隍廟門前時官兵至者

未踰百人餘皆僕隸而已衆錯愕無策鎮國公奕顥勇士也掌火器營事因曰是日火器營官兵皆聚集箭亭以備揀出征時有滑縣之變可招而至也余應聲曰君言大是伊乃騁騎去時鎮國公永玉護軍統領石瑞齡曰　禁內隘窄恐有不測之變可速備車乘以備后妃之行余亦是其言宗室原任大學士祿康首拂其論曰此係何等語乃敢出口耶衆皆默然其心實叵測也成親王永瑆後至時已被酒乃大呼曰何等草寇敢猖獗乃爾賊在何處俟吾手擊之因脫帽露頂勢甚雄偉時內監有言賊甚兇猛已攻　中正殿門入者約計二百餘人蓋即其黨也亦實有醅良輩登延薰閣數十人眺覽於外屢促官兵聲淚俱下惜不知其名也須臾奕顥

率火器營官兵入凡千餘人魚貫橫鎗意甚踴躍實　祖宗百年涵養之功也莊王因率百餘人並矛手數十從西城根進余在後督率官兵後至者勵以大義皆奮勇前進副都統公安成者超勇公海蘭察子也少年勇銳時方徐行余撫其背曰君乃勳臣世廕不可有墜家聲安乃奮勇而前遙聞鎗聲砉然知官兵已對敵也時有數十賊入　慈甯宮伙房者莊王首射一賊應弦而倒官兵復鎗傷數人賊遂披靡莊王同安成奕灝先後追至　隆宗門賊首李五祝現方積直宿者之襆被於簷下意欲縱火莊王率衆攻之擒獲數賊其餘皆由南遁去時副都統蘇公爾慎鈕鈷祿公格布舍方衛　命南征入京整行裝者聞警趨入亦首先殺賊有侍

衞那倫者納蘭太傅明珠後也少時家巨富凡滌面銀器日易其一晚年貧窶一冠數十年人爭笑之是日應値　太和門聞警趨入時有勸其緩行者那故迂直曰國家世臣當此等事敢不急赴所守耶因急趨至　熙和門門已閉那方傍皇間適賊蜂至遂被害高廣福時雜於衆賊中因引賊由馬道上城腰出白旗搖展或書大明天順或書順天保民皆庸劣可哂以白布裹首呼號於雉堞間弈灝蘇爾慎因上城驅逐高廣福持旗呼衆間奕灝彎弓射之自城樓墜殞衆聲歡忭如雷有　御書處蘇拉某乃導李五匿於　御刻石榻間余督後兵自武英殿複道進有理藩院員外郎岳祥海蘭察之壻也貌甚勇健與余路遇願從殺賊時賊有迎拒

者鑲藍旗護軍校常山以鎗擊之墜於　御河山即入河擒之余即與之手絹以爲識衆愈踴躍時擒獲賊數十官兵之勢愈盛賊有自投　御河死者有匿於城堞草中者有匿於　五鳳樓者如鳥獸散時天殆黑與今禮部尚書穆公克登阿遇穆驟曰天已昏黑奈何余曰今十五夜有月光照曜蓋安衆心也穆固長者不解余意因曰月光終不及日余急指心以示穆乃改曰月光固皎如晝也時諸王大臣皆黽勉從事然亦有日落始至者亦有逍遥雅步於　御河岸者以　天潢貴胄之近而漠然如越人之視亦可謂無心肝人矣鈕鈷祿宗伯慶福修髯垂腹公服挂珠正襟坐於軍機處階上人問之曰今日望日敢不公服其迂執也若此時莊

王等皆入　隆宗門內余念西華門爲賊突入之所恐其乘夜奪門出因率火器營兵數百屯於門側會成王命護軍統領石瑞齡義烈公慶祥散秩大臣縣懷副都統策凌分守四　禁門慶公祥乃率其所管正藍旗護軍營弁兵至西華門會英誠公福克謹原任禮部侍郎哈甯阿皆偕至慶固多才智其營參領趕興爲緬中失節之德森保子人亦勇健思幹父蠱因與余露宿馳道上中夜時有太監張泰者即於已巳春同鄂羅裡共傾陷廣賡虞侍郎者時亦通賊由城堞蛇行伏於東華門馬道上爲弈灝所擒始知有內監通賊狀此十五日事也至五更月色皎潔如畫余與慶公命岳祥率數十兵上城巡眺慶公又命長槍手數十拒守西華門洞

終夜聞寒風凛然内務府衙門中尚有佚賊砍某郎中肩逃去聞大城内柝聲叢雜竟夜不絶蓋玉念農侍郎率步兵巡邏甚嚴密天殆明烏雲自西北起霹靂砉然人皆辟易俄而大雨如注軍士火繩俱滅聞　五鳳樓中有人沸聲余命火鎗齊發然雨勢甚大因退屯　咸安宫門下是時兵弁無不怨雨非時者後知是夜逸賊匿於　五鳳樓者欲於是時縱火突出會聞雷聲驚潰雨復滅其火種固　國家無疆之福天有以佑之也天始明有　南薰殿人報其中有賊者余率兵十數人入其栅内余立土墩上指揮其衆有正紅旗火器營護軍校福祿者冒險入擒數賊出賊有攀樹踰垣者亦爲兵弁所獲有名史進忠者人甚黠余因命岳祥以善

語誘之其始言姓劉蓋以劉得財爲可恃也久之始得林清名姓及李五祝現率衆入西華門語會莊王率長槍手數十人擁至余告其故王曰適纔弈公灝亦於　錫慶門前訊問陳爽供與之合余因與之籌畫兵食王蹙額曰內務府倉中現不發糧奈何可命余護衛向街巷中市餅餌聊充竟日之飡可也因率衆巡邏去今戶部侍郎宗室果齊斯歡至衣襟盡血云余適才巡至　五鳳樓見一賊匿於扉側余往擒之賊挺刃至被余手刃之氣色甚壯果爲壬戌宗室進士勇健乃爾不負維城裔也因耳語余曰聞有內監通賊者王慎勿泄余首肯者再慶公因問果告如初因共嗟歎刑餘之輩歷代無狀乃爾　本朝立制綦嚴乃致萌叛逆之心至

此恨不共餐其肉也時天已晴霽余因親同岳祥上城巡視見正紅旗兵列營於西華門軍容甚肅余憑堞問乃康副軍修隊也午間莊王親至散給餅餌數人共一枚不足充飢余與慶公議因修書寄家中命運米數十石以供軍食從門隙投出至晚米始至軍士飽餐歡然日落時有火器營領札某入　御書處巡視聞石隙中有人語出呼兵入慶公命趕興持刀首入衆兵弁隨之余與慶福二公往拒其門賊出與門官兵踴躍擒捕如巢中捕雀焉魚貫累然擒出凡二十四人首謀之蘇拉亦與焉余訊之彼戰慄無人色李五甚狡捷與官兵格殺被傷甚重是夜斃焉官兵歡聲如雷士氣益壯聞是日豫王裕豐及原任大學士祿康託言出購軍食

竟開東華門出須臾乃徒手歸言無炊飯處竟不知作何狀也黄昏時訛言有賊犯西長安門者慶公與余同鼓勵將士命列隊以待兵士有驚詫者余欲正法衆乃帖服久之始知爲古北口提督馬瑜率兵由密雲至京城北塵土蔽天致有此訛傳也晚間莊王入告督領侍常永貴因擒劉得財數十人出皆俯首服罪此十六日事也次日昧爽　上遣和碩額駙超勇親王拉旺多爾濟和碩額駙科爾沁郡王索諾木多布齋固倫額駙固山貝子瑪尼巴達爾令大學士託公津今吏部尚書英公和先後入京蓋於路　聞警報也　命八旗都統各於界域中擒捕逆匪恐有逸賊潛大城中也時各都統聞　命皆趨出惟成莊二王及弈灝安成等數人

未動殊有識也時莊王已將林清名姓居址密札告玉侍郎麟會英公和至已授步軍統領因命番役張吉高鐸徐永功三人往宋家莊擒捕林清會有宋某舉發其事因命爲引導時由東華門潰散者已歸告林清清躊躇竟夕不寐繞牀嗟歎然猶希冀曹福昌之逆黨應承於十七日起事者或有所徼幸因未逃遁黎明時張吉等三人已至其家扉尙闔張扣扃久之林清着燕服出張吉僞告曰城中事已有成奉相公命延請入朝清大喜過望欲登車其姊闖然出曰事吉凶未可知不可獨往張高等推婦仆地遂驅車返婦踉蹌歸命數十人追之車已入　南苑門門隨掩追者無及返是日停午忽傳　上自燕郊　迴鑾逾時遍　禁城皆知之貝

勒綿志持鑰立東華門樓上佇望　景運門皆洞開久之聲跡杳然蓋即福昌之黨所爲也余方假寐聞之不及着靴趨出慶公曰事關巨大我等有城守責不可擅離恐有他故也余心是其言是時諸王大臣於各偏僻處搜捕先後又獲十餘賊有劉姓者縛臥隆宗門側聞火鎗聲自相怨艾曰吾早言是物兇狠終不能成事若輩不聽好語至此可見賊衆皆烏合而至也然始終不獲祝現劉呈祥二人或曰死于東華門着青衣者類呈祥然無左驗至祝現踪跡詭密必有逆黨藏匿之者其事不可深詰也是日　諭旨至深獎　皇次子之功在社稷封智親王貝勒綿志以扈翌功亦封郡王職銜賞食俸銀一千兩又擇於十九日　迴鑾　命諸

王大臣毋庸遠接以靖人心是日莊王率兵出巡九門歸人心稍定晚間驟聞　禁城外喧嘩聲俄時遍滿街巷訛言太平湖（在城西南隅）業經接戰又云西長安門已破遍都城人聲沸騰時科爾沁貝勒鄂爾哲依圖有母喪聞變墨縗守神武門外紀律頗嚴俄有冠五品頂戴花翎人駛馬至云欲調官兵出　禁城禦賊鄂詢之即趨去又有騎白馬人沿街傳呼有賊蓋即福昌之黨羽期於是夜舉事者果益亭侍郎守西栅欄有其營兵校報賊至者果立縛杖之時大僚有欲啟　神武門出兵者幸爲莊王所阻守　午門之策淩聞變竟率兵開門首遁賴　皇次子遣安成巡察至　午門閧無一人歸報　皇次子改命公舒明阿代守之舒招集前兵固

守得以無虞此安成親告余者是夜余聞變亦愀然變色賴慶公撫御士卒列隊以待命岳祥趕與上城瞭望謂余曰此隊文武二員殊可嘉也俄而大風翕翳新寒侵骨至夜半人聲漸息實無一賊焚掠蓋賊黨煽惑使我兵自踐踏也聞是夜北城有兵家其夫出守　禁城而家無一人其妻聞變自縊者又聞有全家殉節者惜不知其名最可詫者策凌之逃合朝無人舉劾而是夜倡亂者惟擒曹福昌一人餘皆不爲究詰司寇訊曹倫父子時亦未有一人問及此夜之事反代林清云欲侯滑縣李文成賊至之語以誑君父此余之所未解者此十七日之事也至次早北風凄緊日色無光士皆披裘立尚寒慄無人色所擒賊有凍斃者其餘哀號

之聲不止慶公曰余不忍聞也余曰此皆碎屍不足以洩吾憤者君可謂子子之仁也慶亦靦然時同至文穎館始知陶皃鄭尙在匿於櫃中絕糧已三日矣至晚秋卿始命司員錄諸賊生供然後啓　神武門遞送諸賊于獄中是日余至克勤郡王寓中始食秋梨數枚前此食不下咽也此十八日事也明日余同諸王公迎駕於朝陽門內常服挂珠用兵禮也辰刻　上乘馬入都門夾路士卒歡拜重覩　聖顏余不禁潸然泣下也　上撫御士卒綏轡入　宮卽下罪已　詔諸王公大臣集　乾清門跪讀不禁嗚咽失聲唯鐵冶亭宗伯云我輩若此盡職而　皇上惟言叢脞何也人知其志荒矣　上立命開內外城諸門以安人心又　特賜將

士食　命御前侍衛等視食畢然後復　命又　命莊王及貝子奕紹等入　太廟　社稷諸宮殿搜捕餘賊次日　召王公大臣於　乾清宮面　諭近日諸大臣因循怠玩有爲朕宣勞者衆必陰擠殺之以致有此大變余首奏曰　皇上此言眞切中今日之病然臣等世受　國恩乃使今日有此等事眞愧死矣　上首肯者再又言前日　朕聞報時卽　命迴鑾　皇父陵寢在咫尺間亦不能謁前訛言有賊三千直犯　御營之語　朕諭御前王大臣不必驚懼俟賊果至汝等效死禦之　朕立馬觀之可也因言我大清以前何等强盛今乃致有此事皆朕涼德之咎衆皆嗚咽痛哭叩首請罪成王因言　皇上如此聖明百姓縱不能愛戴如

父母何以疾之如寇仇此必有所致禍之根容臣密奏也　上可曰兄可急繕奏聞王大臣中如有能攄忠悃者可繕摺以奏待朕裁定衆叩頭謝　上又曰此中亦眞有爲朕出力者朕習知之不必因此生怠也衆又叩首出時有欲合避邪丸藥使諸內監服之以却其邪謀者繼又作爾汝之辭　上皆笑而不答既出余笑謂成王曰此何異楊武陵默誦華嚴却賊之故智也成王艴然曰伊之才何得譬武陵直郭京申甫流耳因脫帽擲牀上衆皆軒渠

是時拉旺多爾濟等奉　旨率健鋭營兵弁往剿東董村及宋家庄諸處賊已棄巢逃竄超勇王遂聚火焚其室終夜火光燎然京兆尹以賊人嘯聚請獨對而超勇王等適率勁旅凱旋其漫無閫

見至此巡城御史曹恩繹陸泌遣偵者巡邏於右安門獲太監楊進忠家書始知其通逆謀蓋伊引賊入見莊王率勁旅至伊即逃入直房閉門晏寢至是事定始遣僕通信於其家乃被獲實天意也　上命承恩公和公世泰至其家搜刀布出乃伏法二十三日

上御豐澤園親訊逆黨諸御前侍衛佩刀環立威儀甚肅　上命莊超勇二王坐於　御座側引劉進財劉金至　上問曰汝等皆朕內侍朕有何待錯汝等乃萌此逆謀也二閹賊俯首稱主子饒命者再　上笑曰汝既順林清應與朕作爾汝之辭何得尙稱君上二賊無詞　上因命夾打畢牽去復引林清至　上問其何故蓄逆謀林清曰我輩經上有之我欲使同輩突入　禁門殺害

官兵以應刦數　上又訊問其黨淸曰有包衣人祝現爲黨中巨魁　上因回顧刑部諸臣問祝現何在尚書崇祿奏曰業經正法侍郎宋公鎔奏曰尚未緝獲　上首肯之因顧莊王曰外間訛言太監皆叛今日審明除此數逆外朕之內侍非盡叛也　玉音申諭者再蓋安反側心也因命將林淸等卽時正法遂起立衆扈從入　宮余是日亦佩刀隨往目擊其事後乃有妄言林淸有諸邪術及諸悖逆不服之言皆齊東語也其後步軍統領五城御史等陸續捕獲從逆賊黨　上優賚陞擢有差乃革吉倫玉麟職其日未及入　禁城之大臣大學士劉權之刑部尚書祖之望禮部尚書王懿修等皆　命致仕副都統楊述曾以其　協和門捕賊功

有死戍於邊護軍統領明志以是日入直者乃其所屬亦革職發往　東陵贊禮郎上行走後於十月間步軍統領英公和因訪獲曹福昌從逆有証遂逮其父曹倫至　御訊於豐澤園即時正法以失察故革祿康裕瑞職發往　盛京居住曹福昌臨刑時告劊子曰我是可交之人至死不賣友以求生也此英誠公福克進親聞知者也逾年裕豐匿告事發革其王爵其黨雖陸續就擒然祝現劉第五至今逋逃漏網尚未明正典刑殊使人憤悒也嗚呼林清一妄男子耳焉有當此海宇昇平之日聚數百不逞之徒乃欲直犯　禁闕圖謀不軌洪荒以來有此事乎而兇狠之輩聽其慫恿指揮甘罹危險以圖徼倖於必不能成之計亦可謂至愚矣

滑縣之捷

河南滑縣地鄰直東三省易於藏奸有李文成者素習白蓮教爲若輩所推服與林清相勾通約於九月中起事有縣吏牛亮臣主計馮克善皆與逆謀又有宋元成身軀壯偉多黠智乃勾通東昌曹州大名諸逆賊時又有曹福昌劉得財黨羽内應之舉諸賊恃爲泰山有司有知之者皆不敢舉發滑縣知縣强克捷陝西韓城人中戊辰進士人素忠梗乃收捕李文成於獄根究結黨逆謀上司有阻之者强不爲所撼牛亮臣宋元成遂糾結賊衆於九月初九日刦獄入署强聞難朝服立於堂中以大義責之曰汝輩皆朝廷赤子奈何崇信邪教甘謀不軌自古紅巾幾見有爲帝王者乃

爲此滅族之計吾爲汝父母官應代爲悲也衆有感其惠者不忍
戕害宋元成首犯强公因屠害家屬數十人其媳徐氏美而豔賊
欲犯之徐瞋目大罵怒嚙賊背賊怒醢其軀刲文成出獄遂據城
叛時欲結隊北上有教諭呂某佯降賊因紿之曰昔川楚教匪蔓
延九年所以終爲官兵撲滅者因其不據城池無所固守故也今
可高築雉堞閉闗自守以待他郡接援然後會師北上始能保萬
全也賊信其說遂屯聚道口諸村堡以爲聲援計事聞　上命直
督溫承惠爲總統率古北口提督馬瑜及護軍統領富蘭副都統
格布舍蘇爾愼等率直隸河南等處緑營兵以討之溫馳至正定
聞　禁城變復率兵歸保定　上以其失察林淸及逗遛故褫其

職改　命陝督那彦成督師　命簡健鋭火器二營兵二千名
命侍郎公慶祥副都統御前侍衛桑吉斯塔爾副都統積德長慶
等率之往時山東東昌亦有應之者賴鹽運使劉清副將馬建紀
張拱辰等率兵抵禦誅夷無算　上又命固原提督楊遇春率陝
中兵討賊楊固宿將所統兵皆降賊技勇熟練身經百戰者楊善
爲撫馭得其死力時河南巡撫高杞被圍於濬縣富蘭等統兵救
之圍乃解那繹堂馳至軍請申明紀律檄調各省兵馬　上責其
逗遛那謂人曰不教而戰是殃民也昔川楚之所以失事者皆兵
力未集而遽與之戰反爲所敗是以人心震慴不敢復攖其鋒以
致蔓延日久也今吾當厚集兵力一鼓滅之遂屯河陽未進楊遇

春領關西兵至先率數騎馳入賊壘遍觀形勢曰烏合之衆易擒也會吉林黑龍江勁旅至遂于十一月二十日攻破道口諸賊壘時李文成於官兵未合圍時已驅車遁以被知縣强公夾傷故遷延不能速行那繹堂命總兵特順保楊芳副都統德英額等追之李文成遁入林縣司寨山中徑路曲險賴獲土人導之以進官兵有潰散者賴楊芳斬數騎人始用命四面合攻自辰至酉賊勢稍衰我兵得以前進賊皆潰散墜澗壑死者無算屍與澗平我兵踏賊腹背以進李文成知事急自焚死司寨之賊始盡其據城者猶日將白旗招颺以期外援時將林清等之首示之賊皆以爲僞以林清内有奥援其事定當早成其愚闇也若此宋元成遂遣馮克

善潛出圍北上以偵林清事之成敗及號召其黨羽至河間旅店中爲知縣張𦐊所獲時　上命今大學士託公津馳赴大名率富蘭馬瑜等討長垣諸賊以次撲滅那繹堂用楊時齋提督掘地道計初於城西北掘之爲賊所破復於西南隅掘之既爇城轟然崩隤楊時齋持皂旗首登堞桑吉斯塔爾繼之會城隅關帝廟被焚火光照如白晝我兵乘勝無不用命那繹堂與高公杞登土阜督率進兵至天明屠戮賊人殆盡於破屋中擒牛亮臣徐安國二賊首賊畏懼無不延頸受戮積尸若山阜凡九十日滑縣乃平教諭呂某亦自縊死事聞　上大悅封那彥成三等子　賜雙眼花翎楊遇春二等男高杞一等輕車都尉餘皆優賚有差近年用兵未

有若是之速者因郵强公　賜謚忠烈建專祠以祀之賊初起時余告當事者卽憂其四出奔突難以追逐後聞其據城自守已知其無能爲明叅政亮初慮亦與余合後知其計左因謂余曰賊自趨滅亡孤城致斃此兵法所最忌者此時雖命余呼賊爲兒亦所情願也余亦大笑後果符余二人所料云

廓爾喀之降

廓爾喀自古不通中國烏斯藏以西一大部也烏斯藏即古佛國今分爲前後兩藏自蜀省打箭爐西行七十二驛至前藏又十二驛至後藏又十二驛至濟隴又三十驛至石宿橋爲後藏極邊地過橋以西則廓爾喀矣前藏有胡土克圖曰達賴喇嘛相傳爲宗

卡布及門高徒世世轉輪爲之每將死則自言其往生處其弟子如言物色之得嬰兒即奉以歸謂前喇嘛所託生也其眞僞不可知而準噶爾喀爾喀及內部落各蒙古王公皆尊信之爲佛教大宗後藏班禪額爾德尼其名位視達賴喇嘛稍次而諸蒙古番人亦崇奉惟謹此二藏古吐番地元世祖時有八思巴專爲帝師明成祖時有哈麻立冊爲大寶法王未嘗待以屬禮也我　朝　文皇帝時達賴喇嘛知大東有　聖人出遣使萬里相朝賀其後爲厄魯特所刦去　聖祖仁皇帝命皇十四子允禵爲大將軍統兵入藏收復其地擁達賴喇嘛歸坐牀於布達拉以爲綏安蒙古之計初有番目頗羅鼐以功封王爵統兩藏事其子朱爾默特叛事見

後卷

遂不復封王以藏事統歸達賴喇嘛及班禪管理於是以教主兼國王之事尤倚　天朝以爲重有丹津班珠爾者本班禪部下頭人以罪被黥竄入廓爾喀結其酋喇特木巴珠爾復以通商事後藏人倚班禪勢不與其値遂相結怨其人突入後藏據之此乾隆五十三年事也　純皇帝命川督鄂輝成都將軍成德統兵勦之又以理藩院侍郎巴忠通諳番人語遂命監其軍巴忠自恃爲近臣不復爲鄂成二人所統屬遂自遣番人與廓爾喀講和願歲納元寶一千錠以贖其地廓爾喀欲立劵約以爲憑信時達賴喇嘛以爲不可而巴忠欲速了其局遂如約而歸逾年廓爾喀頭人索歲幣達賴喇嘛吝不與其有呈進表文語不恭順復爲駐藏大

臣普福匿不以聞廓爾喀頭人遂刦藏中頭目瑪爾沁以爲質復
搆兵入後藏擄掠而歸駐藏大臣保泰擁兵不救併欲棄前藏歸
類達賴喇嘛不肯輕棄重器以免事聞　上震怒巴忠畏罪投河
自斃乃命褫保泰爵改名俘習渾　國語所謂賤役也乃命粤督
福康安領侍衛内大臣海蘭察爲大將軍統索倫吉林及川陝諸
路兵入討之其糧餉則命大學士孫士毅主藏東路駐藏大臣和
琳主藏西路濟隴以外則惠齡主之五十七年春福康安由青海
路進兵時青草未茂馬皆瘠疲糧餉屢絶運糧布政使受和珅指
欲絶其餉以令其自斃賴福康安行走速疾於四旬至前藏以四
月乙未出師先遣領隊大臣成德岱森保由聶拉木進總兵諸神

保駐絨轄防其抄襲後路福康安海蘭察二人與賊戰於擦木戰於瑪爾轄直抵濟隴成德亦由聶拉木轉戰而入凡賊所侵後藏地悉復六月庚子遂入賊境賊舉國來據於噶多溥福康安分前隊爲三令海蘭察統之又分前隊爲二福自統之遣護軍統領台斐英阿在木古拉山與賊爭持福康安由間道衝賊營海蘭察又繞山出賊營後與福相合勢共克木城石卡數十追奔至雍雅俘其頭人某成德亦克鐵索橋進至利底福康安又檄諸神保亦至利底以壯軍威於是舉國洶懼遣人乞降福康安曰是緩我兵也弗可聽嚴檄斥之七月庚子裹糧再進歷噶勒拉堆補木特帕朗古橋甲爾古拉集木集等處七百餘里凡六戰皆捷所殺四千餘

人至熱索橋福康安以爲勢如破竹旦夕可奏功甚驕滿擁肩輿揮羽扇以戰自比武侯也我兵皆解櫜鞬負火鎗以休息賊乘間入我兵狼狽而退台斐英阿死之武弁亦多陣亡者賊復遣人乞和福康安遂允其請賊獻所掠金瓦寶器等物令大頭人噶木第馬達特塔巴等齎表恭進馴象番馬及樂工一部　上鑒其誠乃許受降八月丁亥班師是役也巴忠既辱國於前福康安復僨師於後猶賴夷人畏葸爲　國家威德所懾故爾獻表投誠以結其局後之用兵絕域者應引以爲戒歟

鑾儀衛

本朝鑾儀衛相沿明錦衣衛之制而不司緝探之事掌衛者一人

其屬凡七所左所掌輦輅右所掌繖蓋儀刀弓矢中所掌麾旛幢
節鉞仗馬前所掌扇拂鑪盒諸物後所掌旗瓜吾仗馴象所掌儀
象騎駕鹵簿鐃歌大樂旗手衛掌金鉦鼓角諸物設衙於刑部之
次其屬校尉輿隸等儀猶相沿明制凡冠軍使等官之任拜印陞
堂吏皂趨賀悉如大部制故其秩雖次領侍衛府而威儀過之鐘
鼓司司譙漏城北鐘鼓樓每夕委官及校尉直更　神武門鐘樓
凡　上駐蹕圓明園則每夕鳴鐘記更漏　上在宮日則已　午
門鐘鼓凡　上祀郊廟受朝賀則鳴鐘鼓以爲則其屬員　國初
俱設漢員後以滿洲侍衛間之名曰鑾儀衛侍衛雍正中釐正官
階改漢員爲漢軍滿洲侍衛亦改定冠軍雲麾等名惟漢武科甲

侍衛仍舊名其後許外放綠營武弁漢軍人員視爲捷徑每多諉託掌衛者復有苞苴之納故其風日頹不可挽回至　今上親政初大加整飭復　特簡大臣挑取其弊始革焉

綠營虛銜

國初沿明制綠營總兵官有勳勞者遞加都督僉事都督同知右都督左都督諸名目蓋明五軍府官也其最優始加將軍之名如趙良棟勇略將軍潘育龍綏遠將軍楊捷昭武將軍是也至乾隆十八年　純皇帝厭其名近虛僞乃皆裁革定提督爲從一品官階始釐正焉

綠營功加

八旗定制凡從軍有功者視其功之優次與之功牌分三等級凱旋日兵部計其敍功與之世職緑營則有功加之目凡臨陣奮勇者與之功加一次然核計功加二十四次始敍一雲騎尉較之八旗功牌殊爲屈抑是以其世襲寥寥武弁不肯用命職由此也近日純皇帝恩旨將其陣亡人員一體與之世職然功加之制尚未有奏及者亦有司之責也

僞皇孫事

庚子春純皇帝南巡迴鑾時駐蹕涿州有僧人某率幼童接駕云係履端王次子以次妃妬嫉故襁褓時將其逐出僧人憐而收養至於成立初履端親王諱永珹純皇帝第四子出繼履恭

王後其側福晉王氏王素鍾愛有他側室產次子　上已命名時王隨　上之灤陽而次子以痘殤告其邸人皆言爲王氏所害事秘莫能明也　上亦風聞其故故疑童子近是訛其嫡福晉伊爾根覺羅氏嫡妃言其子殤時余曾撫之以哭並非爲王氏所棄者言之鑿鑿　上乃召童子入都　命軍機大臣會鞫童子相貌端莊頗敦重坐軍機榻上見諸相國端坐不起呼和相名曰珅來汝乃　皇祖近臣不可使天家骨肉有所湮沒也諸大臣不敢置可否保勵堂侍郎成時爲軍機司員乃傲然近前批其頰曰汝何處村童爲人所紿乃敢爲此滅門計乎童子惶懼言係樹村人劉姓爲僧人所教者其讞乃定時人以保有雋不疑之風事　聞斬僧

人於市戍童子於伊犂後又於其地冒稱皇孫招搖愚民爲松相公筠所斬然聞其邸太監楊姓者云履王次子痘時實未嘗殤王氏暗以他屍易之而命王之弄童薩凌阿負出邸棄之荒野嫡妃所撫哭者非眞也然則僭人之敎僞童蓋亦有所憑藉非無因而至者也

和王預凶

和恭王諱弘晝　憲皇帝之五子也　純皇帝甚友愛將　憲皇所遺雍邸舊貲全賜之王故甚富饒性驕奢嘗以微故毆果毅公訥親於朝　上以　孝聖憲皇后故優容不問舉朝憚之最嗜弋腔曲文將琵琶荊釵諸舊曲皆翻爲弋調演之客皆掩耳厭聞而

王樂此不疲又性喜喪儀言人無百年不死者奚必忌諱其事未薨前將所有喪禮儀注皆自手訂又自高坐庭際像停棺式命護衛作供飯哭泣禮儀王乃岸然飲啖以爲樂又作諸紙器爲鼎彝盤盂諸物設於几榻以代古玩余嘗覩其一紙盤仿定窰式而文緻過之宛然如瓷物亦一巧也及王薨後其子孫未及數年相次淪謝亦預凶之兆所感應也

恒王置產

恒恪親王諱弘晊 仁皇帝孫也幼襲父爵性嚴重儉樸時 國家殷盛諸藩邸皆畜聲伎恢園囿惟王崇尚儒素其俸粢除日用外皆置買田產屋廬歲收其利人以吝嗇笑之王曰汝等何無遠

處藩邸除俸粢田產外無他貸取之所不於有餘時積之以待後人之儲則子孫蕃衍時將何以爲析產貲也然諸邸以驕奢故皆漸中落致有不能舉炊者而王之子孫富饒如故人始識王之先見也

安王好文學

安節郡王諱瑪爾渾安親王岳樂子也少封世子卽好學毛西河尤西堂諸前輩皆游讌其邸中著有敦和堂集又嘗選諸宗室王公詩爲宸萼集行世今杭大宗道古堂集中載延接閻百詩誤以爲　憲皇帝事蓋　憲皇居藩邸時謹介持躬育德春華從不引見外人見　硃批諭旨甚明況　御製集中亦無贈閻百詩詩蓋

王曾受業於闇百詩故於送終之禮甚備而俗呼安王邸爲四王府以致相沿訛傳爲　憲皇也

德濟齋建園亭

德濟齋夫子嗣簡親王爵時邸庫中存貯銀數萬兩王見詫謂其長史曰此禍根也不可不急消耗之無貽禍於後人也因散給其邸中人若干兩餘者建造別墅亭榭軒然故近日諸王邸中以鄭王園亭爲最優蓋王時建造也

紅蘭主人

紅蘭主人諱岳端安親王子安節王弟也善詩詞崇德癸未時饒餘王曾率兵伐明南略地至海州而返其邸中多文學之士蓋郎

當時所延致者安王因以命教其諸子弟故康熙間宗室文風以安邸爲最盛主人喜爲西崑體嘗延朱襄沈方舟等爲上賓方舟妻某遲方舟久不歸作杭州圖以寄之當時傳爲佳話主人嘗選孟郊賈島詩爲寒瘦集以行世以宗藩貴冑之尊而慕尚二子之詩亦可謂高曠矣

果恭王之儉

果恭王諱弘瞻　憲皇帝第七子也嗣果毅王後善詩詞幼受業於沈確士尚書故詞宗歸於正音不爲凡響居家尚節儉俸餉之積至充棟宇王每早披衣起巡視各下屬有不法者立杖責之故衆皆畏懼無敢爲非者壬午夏　九州清晏災王後至與　諸皇

子接見談笑露齒爲　純皇帝所窺見會其門客有干請政事者
　上乃褫王爵降爲貝勒王乃閉門謝客抑鬱生疾　上往撫視
王叩首衾裯間惟謝過自責而已　上感慟嗚咽失聲歸即加封
親王會以疾薨　上特諡曰恭蓋取楚共王之意也

武虛谷

武虛谷億河南偃師人中庚子進士任山東博山縣縣令有德聲
甲午秋壽張王倫倡亂爲舒文襄公所撲滅或傳倫實未死潛匿
於他方庚戌間山西人董二告王倫藏匿山西某縣和相時專柄
欲希封賞乃授意覺羅牧庵相公長麟令其偵緝牧庵拂其意以
虛妄對和相艴然其屬番役某欲獲和相歡心因獻計仍向齊省

緝訪或可得踪跡和相乃密簽役往山東至博山縣其役恃和相勢擅作威福公擒至署中取捕役簽票視票惟書二公役名而同夥行者凡十五人公督責之捕役抗横無禮公大怒以大杖責數十役歸告和相和相怒曰縣令瘋耶乃敢杖吾胥役乃授意於山東撫臣以他事劾罷公職公歸裝惟書數十簏而已嘉慶己未有薦公於朝者　上命超雪復公職而公已先時卒士論惜之

雒昂

嘉慶己未　上親政時首下求言之詔九卿臺諫等紛紛白簡言事四方布衣之士亦有上書於　乾清門以希進用者然卒皆急功近名之士初無䴵䴵見事業者惟雒太守昂以從九品末職上

書言教匪事　上以其言中肯綮命乘傳從軍太守即短衣匹馬從諸大帥後隨同捕賊以勇略見長於額經略屢登薦牘數年間置身司馬今任荊州太守亦曠達士也

梁提督

梁提督朝桂少爲黔中步卒從征金川時勒烏圍爲賊壘之險峻處兩次撻伐皆阻於其險不能進攻阿文成公圍之經年未得進取梁公奮然進曰朝桂聞將恃鬥才不藉鬥力今賊壘堅碉叢立我兵仰而攻之彼據建瓴之勢下以擊我人非木石焉能抵鎗礟之險是殃民也今不若覓他嶺嶂爲賊所不守者繞道以攻其後可使賊進退失險我兵合以擊之可收功于旦夕此狄東美所以

下崑崙關之故策也阿文成公奇其言與之數百卒立授叅將劄付公因率衆卒草衣卉服自叢嵐疊嶂間以刀掘路士卒各懷一鐵釘踵跡相接攀釘而上至夜半抵賊壘於營後攻之賊以爲自天而降倉卒奔竄官兵仰攻其下賊遂盡殲後公洊至廣西提督臺灣時亦著勞績云

張文和之才

張文和公輔相　兩朝幾二十餘年一時大臣皆出後進年八十餘精神矍鑠裁擬　諭旨文采贍備當時頗譏其袒庇同鄉誅鋤異己屢爲言官所劾然其才幹實出於衆凡其所平章政事及召對諸語歸家時燈下蠅頭書於秘册不遺一字至八十餘書嘗

顚倒一語自擲筆嘆曰精力竭矣　世宗召對問其各部院大臣及司員胥吏之名姓公縷陳名姓籍貫及其科目先後無所錯悞又以謙冲自居與鄂文端公同事十餘年往往竟日不交一語鄂公有所過失公必以微語譏諷使鄂公無以自容暑日鄂公嘗脫帽乘凉其堂宇湫隘鄂公環視曰此帽置於何所公徐笑曰此頂還是在自家頭上爲妙鄂神色不怡者數日然其善於窺測　聖意每事先意承志後爲　純皇帝所覺因下　詔罪之逐公還家致使汪文端于文襄輩互相承其衣鉢緘默成風朝局爲之一變亦公有以致之也

仲副憲

仲副憲永檀山東濟甯人中乾隆丙辰進士爲鄂文端公得意門生時步軍統領鄂善受商人俞某之賄公首發之鄂遂伏法又劾大學士趙國麟侍郎許希孔等往工部胥役俞姓家弔喪有失大臣之體諸人爲之降黜有差　純皇帝嘉其敢言由御史立擢副憲以旌其直時張尚書照以文學供奉　内庭嘗預樂部之事公劾之有張照以九卿之尊親操戲鼓之語張銜之次骨乃譖公洩禁中語下獄　上知其枉立釋之張恐其報復因用其私人計攜樽往賀暗置毒酒中因斃於獄傳文忠時爲户部侍郎大不服張所爲欲明言於　朝以公屍如常事無左驗乃已踰年張病噎告假旋里卒於濟甯舟中蓋見公爲祟也

嘯亭雜錄卷之七

汲修主人著

質王好音律

質恪郡王諱緜慶質莊王子也幼聰敏莊王督之甚嚴初不解何所謂度曲者與余交最密自童丱時即日相親誼嘗勸余性之卞急至於再三至有衆叛親離之言語雖激切實中余之過失又余有狠僕某王默告余曰其人多白眼瞳子眊焉非醕正者余初不信其言後果爲其所賣故余終身感王之德王自辛酉夏始親音律其後九宮譜調無不諳習較之深學者尤多別解時有優童王月峯髻齡穎俊王每佳時令節於漱潤齋紅牙檀板使月峯侑酒

而歌王親爲之操鼓望之如神仙中人體頗孱弱後復有芮公虞之事故抑欝而終年甫二十六　上悼惜之特　賜銀五千兩以爲賻焉

成將軍

成將軍德姓鈕鈷祿氏額直義公族孫也幼從阿文成公征金川頗多戰績阿嘗曰裨將中知兵者惟成某一人而已其後征廓爾喀苗疆亦多戰績後征楚中教匪時總統爲楚制府福甯性暴愎每失將士心攻旗鼓營涼山諸賊匪株守經年無尺寸功公隨其軍心甚抑欝其戚某往探公公設酒待之將飲公笑曰席上無可歡者可以數賊匪之心肺侑酒因下令出戰公結裝去聞火鎗聲

須臾擒數十賊歸酒尚未寒也公因掀髯浩歎曰若此草竊較之金川番匪實十不當其一二何難滅此朝食而當軸輒以養賊自重眞不解其何心老夫此生功名終於此矣因潸然淚下不踰年公以疾告歸頤養林泉者數載然後終其子提督穆克登額亦勇猛有父風累破賊匪賊人畏之如虎後殉節於川中　上甚悼惜特　賜世襲一等男以旌之

洪稚存

洪稚存編修亮吉陽湖人中庚戌探花性狂妄嗜酒縱飲善攷訂其著乾隆中府廳圖誌及東晉疆域考南北朝疆域考學問淵博戊午大考翰林公上平邪教疏深中當時竅要人爭誦之朱文正

公招之入都欲薦於　朝先生乃於朱座首斥其崇信釋道爲邪教首領之語朱正色曰吾爲君之師輩乃敢搪突若爾先生曰此正所以報師尊也又譏王韓城相公爲剛愎自用劉文淸公爲當塲鮑老一時八座無不被其譏者後裹裝欲歸復上書於成王及朱石君劉雲房二相公多誹謗　朝廷語成王以其書上聞　上憫其書生迂魯戍於伊犂未踰年即放歸田里以其書常置　御座旁曰此坐右良箴也　上之寬大也若此先生既放還亦縱酒自娱不數載卒於家其所著古文多載　本朝名臣嘉言善行有裨於世教焉

伊將軍

伊將軍勒圖少貧窶幾不能舉餐充侍衛嘗代人持豹尾鎗以食其賃貲人爭賤之從征西域有功阿文成公嘗與論伊犁疆域公言其要隘某某處如聚米爲山狀阿文成異其人及歸卽薦公代其任公撫絕域先後二十餘年駕馭得宜撫卹番夷輒以至誠怵其天良番夷感激用命外藩如安集延哈薩克等處皆畏威懷德至呼爲父公性廉潔饋羊至十數卽不收取而賞賚倍優渥又定開屯田練士卒犒夷衆諸制至今遵之　純皇帝喜其守邊甯謐嘗　賜詩比之趙充國班定遠焉後卒於任番夷悲慟至有剺面文身者　上悼惜之封其子爲一等伯以旌之

錢文敏

錢文敏公維城中乾隆乙丑狀元選爲　清書翰林公性聰敏以國書爲易學遂不復用心至散館日輒曳白　純皇帝大怒曰錢維城以　國語爲不足學耶乃敢抗違定制若此將置於法傅文忠公代請曰錢某漢文優長尚可寬貸　上召至階下立命題考之公倚礎石揮毫未踰刻輒就　上異其才　命南書房供奉後遂洊陞至戶部侍郎　寵眷甚渥云

阿司寇

覺羅少司寇阿永阿以筆帖式起家任刑部侍郎性聰敏善詞曲嘗定秋審册公揚筆曰此可謂筆尖兒立掃千人命也　納蘭皇后以病廢公欲力諫以有老親在堂難之其母識其意喟然曰汝

爲　天家貴胄今欲進諫　當亡乃以親老之故以違汝忠藎之志耶可舍我以伸其志也公涕泣從命因置酒別母侃然上疏　純皇帝大怒曰阿某宗戚近臣乃敢蹈漢人惡習以博一己之名耶特召九卿諭之陳文恭公曰此若於臣宅室中亦無可奈何事託冢宰庸曰　帝后卽臣等之父母父母失和爲人子者何忍於其中辨是非也錢司寇汝誠曰阿永阿有母在堂盡忠不能盡孝也　上斥之曰錢陳羣老病居家汝爲獨子何不歸家盡孝也錢叩謝　上乃戍公於黑龍江命錢司寇歸終養焉踰年　后既崩御史李玉明復上疏請行三年喪禮亦戍於伊犂二公先後卒於邊未果赦歸也

孫文定公

孫文定公嘉淦字懿齋太原縣人公父以俠聞殺人公年十七與其兄日行三百里出奇計脱父於獄中康熙癸巳進士雍正元年公以檢討上封事三曰親骨肉停捐納罷西兵　憲皇帝壯之立召對授國子監司業累遷吏部侍郎仍兼祭酒事薦教習某　憲皇帝不用公爭益堅　上擲筆與之曰汝書保狀來公持筆欲下大學士某呵之曰汝敢動　上筆耶公方悟捧筆叩頭　上大怒反縛置獄擬斬已而謂大學士曰孫嘉淦太戇然不愛錢可銀庫行走公出獄不抵家逕趨庫所果毅親王疑公故大臣黜必慊於懷不屑會計事又聞蜚言謂公沽名收銀有縮無盈乃出不意突

至庫視公公方持衡傴僂稱量與吏卒雜坐勞苦均共問所收銀有不足乎公曰某所收別置一所請覆之王宰權良久無絲毫盈絀如衡而止王大奇之即爲轉奏　上亦愈信公命署河東鹽院
純皇帝元年擢左都御史上三習一弊疏大旨以爲人君耳習於所聞則喜諛而惡直目習於所見則喜柔而惡剛心習於所是則喜從而惡違自是之根不拔則機伏於微而勢成於不可返黑白可以變色東西可以易位臣願　皇上時時事事常存不敢自是之心引文王望道如未之見孔子可以無大過爲喻　上嘉納之一時傳誦焉後督直隸以近畿土地皆爲八旗勳舊所圈民無恒產皆仰賴租種旗地以爲生而旗人自恃勢要增租直屢更佃

戶使民無以聊生因建旗地不許增租奪佃有刁民故爲抗欠者許訐之官官代爲徵收解旗分領至今旗民賴以相安無事後以訊謝侍御濟世事不實免官傅文忠秉政後力薦於朝　召補副都御史尋遷吏部尚書協辦大學士傅文忠嘗延公會食公往謁其邸未入座遽趨出傅怪問之公曰某處設反坫某處建螭頭閥閱皆王邸制度公不宜居此嘉淦將速歸繕疏劾之也傅公長跽請立改其制公乃入席歡飲終日其嚴直也若此公內峻外和相對者如登泰華坐春風非不陽和熙熙貯在顏間而業已置人於靑雲上雖有下界諉諉語不特不敢出於口亦幷不能生于心好靜坐退食之餘一經相對公既負直聲屢躓屢起晚年物望愈隆

朝中略有建白天下人咸曰得非孫公耶遂有匪人僞奏疏一紙語甚悖託公所爲窮治經年始得主名　天子知公忠無他賜寵遇益隆而公終不自安以爲舍他人而我假必其致之者有自遂自此食不甘寢不寐情懷忽忽一切所以補塞晏奓密勿者彌口不宣卽家庭閒亦寂然無復知者薨時　上甚悼謚文定　今上卽位念其忠梗　詔廕其孫（爕）爲員外郎以旌其直云

尹文端公

尹文端公（繼善）字元長姓章佳氏世居　盛京其父文恪公（泰）罷祭酒家居　憲皇居藩邸時　命祭　三陵天會雨因宿於公家與文恪公語奇之問有子仕乎曰第五子舉京兆曰當令我見及

公試禮部將謁雍邸而　憲皇已踐祚乃中止公亦登雍正元年進士引見　上喜曰汝即尹泰子耶果大器也選入翰林未踰年即　授廣東按察使甫抵任遷副總河未半年遷江蘇巡撫去釋褐甫六載耳公白皙少鬚眉豐頤大口聲清揚遠聞著體紅瘢如硃砂鮮目秀而慈長寸許年三十餘即任封疆遇事鏡燭犀刻八面瑩澈而和顏接物雖素不善者亦必寒暄周旋之其督南河也

上命開天然壩公不可適浙督李敏達公衛入　覲過清江傳旨嚴飭且云衛已奏明黃水小開固毋妨公覆奏李衛不問河身之深淺而但問河水之大小非知河者也倘河淺壩開宣流太過則湖水弱難以敵黃之强方草奏時幕中客齊爲公危有治裝

求去者公不爲動　憲皇帝喜曰卿有定見朕復何憂輟　御衣冠　賜公而加公太子太保　純皇帝登極公屢任中外先後督兩江幾三十年民相與父馴子伏每聞公來老幼奔呼相賀公亦視江南爲故鄉渡黃河輒心開不侵官不矯俗不蓄怨不通苞苴嚴肅傔從所莅肅然將有張施必集監司下屬曰我意如此諸君必駁我我解說則再駁之使萬無可駁而後可行勿以總督語有所因循也以故公行鮮有敗事所理大獄雍正間江蘇積欠四百餘萬乾隆間盧魯生僞稿及各省邪教等案皆株連萬千而公部居別白除苛解嬈不妄戮一人人皆服之公清談干雲而尤長奏對　憲皇帝嘗告公曰汝知督撫中當學者乎李衞田文鏡鄂爾

泰是矣公應聲曰李衛臣學其勇不學其粗田文鏡臣學其勤不學其刻鄂爾泰大局好宜學處多然臣不學其愎也其敏捷也若此公貌類佛而不喜佛法聞人才後進則傾衿推轂提訓孳孳如袁簡齋太史劉繩庵相國秦瀾泉狀元皆公所提唱者也後拜文華殿大學士仍督江省次年　召還臨行時吏民環送悲號公不覺悽愴傷懷過村橋野寺必流連小住慰勞送者其再督江時吳民有吉甫再來天有眼之諺云年八十餘卒於位其家三代宰輔世人榮之

陸中丞

陸中丞諱燿字朗夫吳江蘆墟人生即端慤六歲受孝經論語以

古賢聖自期乾隆壬申舉京兆補中書入　軍機房傅文忠公倚爲左右手屢遷州郡以廉直稱公風骨秀整靜氣迎人雖恂恂謙謹造次必於儒者而臨大事則屹不可動甲午壽張王倫作亂距運河甚近人情洶洶有欲閉城者公不可曰寇未至先閉城門是示之怯也且鄉民爭入城何忍棄之乃募鄉兵拒守而身坐城闉彈壓稽察賊知濟南有備乃不敢南向已而官兵奏捷一城雞犬不驚焉後屢遷至湖南巡撫公事母孝初選守大理府再遷甘肅監司俱以親老調近省撫楚時見屬吏有篤老親猶來赴補惻然憫之奏官員凡親年七十雖有次丁俱許終養一時中外人歸養者千餘人臨終前一月猶奏湖南社倉穀業已敷用其息穀請免

征收奉　旨允行批到日方伯秦承恩捧劄子啟告柩前慰公泉下愛民之心時公已歿二十餘日矣公所著切問齋叢書皆選
本朝諸名臣奏疏見諸施行者各分門類其註疏尤詳備爲後世之繩墨焉

徐中丞

徐中丞諱士林山東文登人父農也公幼聞鄰兒讀書聲樂之跪太母前曰願送兒置村塾中許之遂中康熙癸巳進士累遷至福建汀漳道漳俗鬥殺人捕之輒聚衆據山或請用兵公曰無庸命壯士分扼要隘三日度其食且盡遣人深入怵以好語曰垂手出山者免如其言果逐對出乃伏其仇於傍仇大呼曰爲首者某也

立擒以徇衆驚散嗣後捕犯犯無據山者遷江蘇布政使丁父憂詔奪情不起服闋入都　純皇帝問山東直隸麥何如曰旱且萎問得雨如何曰雖雨無益問何以用人曰工獻納者雖敏非才昧是非者雖廉實蠹　上深然之尋遷江蘇巡撫公於要路不通一刺而於鄉會師門惓惓不忘曰此人生遇合之始也治獄如神有宿松民孀田氏事姑孝兄某利其產逼嫁之與羣匪篡爲婦𠛬於途誣以墜水公坐堂上見黑衣女子啾啾如有訴召兄某質之則毛髮析洒口吐實情公深愧以鬼道設教而滿庭胥吏皆有見聞不能掩也凡讞决憲於轅垣絕人影射守令來謁命判試其才教曰深文傷和姑息養奸戒之哉夫律例猶醫書本草也不善用

藥者殺人不善用律者亦如之性廉信而絕不自矜嘗賀長至節天寒裘秃按察使包括以貂假公公披之如忘涕唾交揮家人耳語曰此包公衣也公大慚謝過少頃論公事快揮洒如故聽訟飢家人供角黍且判且啖少頃髭頤盡赤蓋悞硃爲飴糖筆筯交下不能復辨也晚坐白木榻一燈熒熒然手披目覽雖除夕元辰勿輟幕下客憐之治具邀公公猛瞰不問是何膳飲其平素精神寤寐偃仰唾涕知愛民憂國惟日不足而已故於服食居處人以是供公以是受不容心於豐亦不容心於儉也撫吳未踰年以疾乞歸養舟次於淮安卒其遺疏云願　皇上除弊政毋示紛更廣視聽而中有獨斷愛民勿使之驕用人先求其直章上人以比朱文

端公云　上悼惜　賜祀賢良祠年五十八

裘文達公

裘文達公諱曰修字叔度江西新建人乾隆元年以廩生薦博學鴻詞四年中進士大考翰林名最高遷侍讀學士任九卿者三十餘年公貌清整眉有濃翠顧盼間精神淵映居恒喜賓客工諧謔搜奇語怪了無倦色而遇事神解超釋每詣一曹受一職手文書嘿然數日後判決如流二十一年　王師征伊犁公面奏軍務機宜　純皇帝大悦以其才似舒文襄即賜　御衣冠乘傳至巴里坤傳宣　聖意會逆酋莽阿里克遣其弟詭稱押送諸番探信卡倫公與哈密鎮臣祖雲龍縛畀總督發其奸哈密兵少有赴巴里

坤種地者七百人公請暫留爲衛撥沙洲五衛麥石添備支放其剩餘者公散各塘路站平糶之　上皆獎許公以一書生冒矢石行萬里外與陝甘督撫滿洲諸將軍計議密勿而能下協邊情上符　睿算近代儒臣所未有也公聽視機警受大任舉重若輕

上愛其才敏倚若股肱凡有事于四方與大學士劉文正公先後奔走前命未復後命又至半途回車竭蹶東西雖侍　內庭領六部而英蕩款關足跡常遍天下公所讞決無苛嚴亦無縱捨尤善治水常奏治水當先審其受病之由再論治病之法就一縣一府而言病有其處合一省而言則不然就一省言病有其處合數省而言又不然若僅於一處受病處治之而下流之去路未清則爲

患滋甚　上深然之所治黃淮洮濟伊洛沁汜等共九十三河疏排濬淪貫穿原委俱有成效可爲後法凡遇政事諸大臣或探聖意囁齗不前而公獨抗聲有犯無隱　上鑒其誠雖忤　旨時加嚴訓不逾時　恩禮如初亦與舒文襄公相似年六十二病噎上賦詩存問醫藥不絕於道加太子少傅薨時　賜謚文達入賢良祠

傅閣峯尚書

傅閣峰諱鼐號爽齋姓富察氏世以武畧起家公眉目英朗倨身而揚聲精騎射讀書目下數行年十六侍　憲皇帝於藩邸驂乘持蓋不頃刻離雍正元年補兵部右侍郎年大將軍以驕汰誅窮

其黨公謂廷臣曰元惡已誅脅從罔治鼐侍　上久能知　上之用心倘諸公心知其寃而不言非　上意也諸王大臣以公言平反無算隆科多以罪誅公言其子岳興阿無罪　上疑公與隆有交故爲岳地謫戍黑龍江公聞命負一篋步往牽家僮斧薪自炊先是公在　上前嘗諭準噶爾形勢　上不以爲然用兵數年所言驗乃　召公還予侍郎銜　上違和醫藥皆公掌之十年春命公監大學士馬爾賽軍會賊爲超勇襄親王敗於光顯寺（事見後卷）由拜達理遁公請於馬曰賊敗亡之餘可唾手取也鼐遠來雖馬疲猶能一戰願大將軍給輕騎數千助鼐事成歸功將軍事敗鼐受其罪馬嘿然不出師再三言不應公長跽以請馬戚副帥李杕曰

達將令者可斬也公憤激自率兵開城門出而賊已先時遁以馬病不能窮追事聞　上大悅賜孔雀翎移佐平良郡王軍斬馬爾賽狗於軍會賊有求降意而盈廷諸臣皆欲遣使議和罷兵　上問公公叩首曰此社稷之福也　上意遂定即命公同都統羅密侍郎阿克敦往時戰爭連年虜氛甚惡窮沙萬里雪沒馬鼻行人迷路認人畜白骨而行公聞命不辦嚴徑上馬馳抵策零部落噶爾丹策零坐穹廬紅氍毹爲褥金龍盤疊高五尺侍者貂蟬持兵女樂數行彈琵琶獻酒公從容宣　詔音響如鐘賊酋伏地觀者以萬計皆膜手指夷言曰果然中國　大皇帝使臣好狀貌也詔劃阿爾泰山爲界策凌曰阿爾泰山不毛之地中國奚用且我

先人披荊棘厲血刃與喀爾喀爭來之地甯忍棄之公曰以爲若不念先人耶若肯念先人至善昔我　聖祖征噶爾丹通好爾國爾國主伐叛助順縛噶爾丹來獻在途病死爾國震於天威即獻阿爾泰山地方中國受之置驛設守有年矣今猶有是言是非背
大皇帝乃是背其先人豈非大不祥乎策凌語塞思以利害動公乃集十四鄂托十四宰桑合而見公曰議不成公不歸矣公叱曰出嘉峪關而思歸者庸奴也某思歸某不來矣今日之議事集萬世和好不集三軍暴骨一言可決而譊譊如兒女子吾爲爾王羞也諸酋相目以退翌日策凌如約繕表求公轉奏并遣宰桑同來獻槖駝明珠等物和議乃定　純皇帝即位遷刑部尚書以事

免公寬於接下太雜剛於事上太戇伉爽自喜好聲矜賢簡節而疎目故每攖其禍焉果毅親王任事時謦欬所及九卿唯唯公在坐伺王發聲聽未畢輙拒曰王誤矣王不能堪　憲皇帝責公曰汝知果親王何語而又誤耶公亦不能答也

顧總河

顧總河琮姓伊爾根覺羅氏太傅公八代子也太傅爲　憲皇帝授經師故　憲皇厚待其家公以廕起家乾隆中累遷至河東總河公性梗直好宋儒書每日恒置一編相對燈火熒熒如課讀諸生也所期高遠以古名臣自命每大事侃侃正論不避利害人以鐵牛呼之鄂文端曰是眞爲鐵漢也果於友誼公之督河時前督

完顏偉病於署中家屬已先行公爲之守護湯藥旬日無倦完顏公謝之公曰吾輩共事　君父即與昆仲無異安有兄病而弟不爲之經理者乎況公家屬已去今無親者在傍琮敢不黽勉從事乎完顏公感激垂涕曰弟來生補報之可也後完顏公卒於署公卽董其喪事含殮從厚人爭稱之所統河上兵卒教以兵法技藝皆獧捷英俊少年嘗與李敏達公遇李素以知兵自負其親隨皆關西壯偉之士笑謂公曰若此脆薄之物何以禦敵公笑曰狄武襄以少俊爲西夏所輕故製滲金具戴以接戰恒多奇捷如用吾部下兵可效狄公之法可也因命與敏達公部下兵角觝李兵將應聲而倒公大笑李慚而謝其知兵也如此

宋總兵

宋總兵元俊字甸芳江南鳳縣人以武進士任四川城守營守備遷阜和營游擊乾隆三十六年夏金川酋索諾木襲殺革布土司其黨小金川酋僧格桑亦發兵侵明正土司據斑斕山阻官兵進路被害者相繼告急總督阿爾泰知公素得夷心命抵賊巢責問原委至刮耳崖索諾木迎謁詭以革番內變爲詞公知其詐歸告阿公曰兩酋角觝爲奸雖陽順而陰怙惡非一大創不可如興師當先取小金川即獻三路進兵之策一從斑斕山直探小金川門戶一從堯磧截取甲達金山粱救達圍而趨美諾一繞小金川尾閭由約查進攻遜克宗阿公以其計奏聞　上命副將軍溫福提

督董天弼分路進兵總督阿爾泰駐劄後路居中控制當是時蜀中粃竊日久文武恬熙一旦軍興相顧啃嚄兩金川地勢奇險碉卡柴立兵將未言色沮公獨能聚米借籌歷歷指畫於是將軍運糧出戰一切惟公是詢公探知小金川所佔明正之達嶺山梁與巴底巴旺相連密令參將薛琮挾巴酋暗擊山梁而自統兵從甲楚渡河攻之賊腹背受敵大驚奔潰收復納頂碉寨百餘即用納頂土百戶爲前導直搗約咱賊愈困聞大兵至即走遁時提督董天弼破甲金寨副將軍溫福收復斑斕山再克卡了　上大喜擢松潘總兵賞花翎時三十七年正月十日也計剿小金川未及五月而侵地全收　聖諭褒美公益感激將直搗賊巢旋奉將軍命

調回籌辦什咱事宜受代而行方攻奪河東時小金川求救於索諾木索許之將襲我後路公得巴酋密報遣使至刮耳崖責問之索諾木知情得撤回原兵於要隘處增碉固守公請於制府曰大金川逆形已露不可不誅然犯險强攻徒傷士卒不如卽用革布逃酋其人有報仇雪恥之心尤悉形勢可使也遂密遣番酋乘夜踰山約諸酋連結各寨爲内應而自率游擊吴錦江等由節木郭渡河據勺藏橋舉礮爲號革番從内突出與官兵合力夾攻斬千餘人進圍丹東角洛收復革境三百餘里事聞　上愈嘉獎賜荷包寵異之先是公别遣守備陳定國潛約綽斯甲布土司屯兵甲爾壠壩上聽候調遣人莫知其意及革境全平金川酋畏綽土司

之躡其後不敢傾巢出戰大兵雖在東南而制勝在西北甲爾壠壩上雖按兵不動而金革兩處已阨咽喉公算略深沉皆諸將所莫及時　上意大兵乘勝卽可擒取索諾木而公言兵少未可輕進爲制府桂林所劾調回大營隨卽革職公長身嶽立音響如鐘髯尺許望而知爲偉人料敵審勢毫忽不爽初收復革番所用兵不過千計及進攻金川公建議北路必需三萬人當事者疑公怯不聽所請卒無成功後副將軍明亮廣集漢土兵三萬人先通路後進兵其言始驗公待士信用法嚴與叅將薛琮交最厚攻小金川時制府重公命以游擊領兵節制諸將公磨利刃與薛約曰某地某日會我後至君斬我及公至所期處而薛逾二刻始來公遣

飛騎持刀呼取薛叅將頭薛望見笑曰薛頭與賊不與公也奮前奪數碉反公猶手縛之見制府以功論贖乃已先是馭番者平時視若草芥及蠢動又畏如虎　國家所賞繒帛易以瓷濫酋叩首領去歸視大恚笑擲於路公有賞必佳物其人輙喜相告或舁公抵其巢率子若女環視左右公賜以茶煙簪珥兒子畜之小不循法立加笞呵悚息聽命打箭爐邊關以外官將行李俱畏夾壩出沒惟公與果齊盛太守之箱篋蠻夫爭爲背負或遺於路必擎送行幄諸番小有動靜先來告公以故凡所料判動合機宜是以所向有功後川督林桂擁兵不戰又私以銀與番夷歸贖潰兵爲番夷所姍笑公與前督阿爾泰連名劾之　上持疏曰阿封疆老臣

所言必不悞桂林乃負恩若此法不可貸時有袒桂者乃曰元俊介胄小臣乃敢於連名者恐阿爲宋所給　上惑其言使某貴臣勘之貴臣左袒桂林因劾公狂藐狀公抑鬱而死死之日番夷剺面環哭聲振巖野平居以忠義自許思立功名然性剛能恤下不能事上偶有議論慷慨迅厲傍若無人以致讒忌者衆身後籍沒兩子戍邊有張芝元者以走卒隸公麾下拔叅將四十一年春大將軍阿文成公平定金川凱旋時芝元書公戰狀抱一册哭陳轅門阿公代爲之奏聞邀　恩赦其子歸人莫不嘆張之能報德公能知人也

馬僧

江甯嚴星標常熟徐芝仙皆以耆士在大將軍年羹堯幕府雍正元年青海羅卜藏丹津不順　憲皇帝命年爲撫遠大將軍岳鍾琪爲奮威將軍率兵討之功成年亦驕抗二生恐爲所累以年衰辭歸年厚贈金幣送還宿蒲州有兩騎客來狀虓猛所肩行李擔鐵也天明行晚復來宿心悸之卒無如何又客館逢二僧皆獰黠少年二叟目之一僧吳語曰誰無眷屬何看爲始知其一爲尼急亂以他語出不敢按站行十餘里即宿僧來排闥踞上坐揚其目而視之曰我疑若書生也乃亦盜耶槖内赤金二千從何來二叟駭曰天下財必爲盜而後得耶朋友贈何妨僧曰若然二君必年大將軍客也曰然曰幾殺好人起挾女尼走東廂酌酒飲倚而歌

聽之秦聲也抵暮兩騎客亦來解鞍宿西舍庭月大明二叟閉門臥僧獨步簷外嘖嘖曰好馬好馬亡何兩騎客去僧闖然叩門嚴穿挺身出曰事至此尚何言行李頭顱都可將去但有所請於和尚指芝仙曰此吾老友七十無兒殺之耶釋之耶僧笑曰我不殺汝先去之兩騎客乃殺汝者也詰其故曰凡綠林豪測客囊皆視馬蹄塵金銀銅分量望塵了然兩盜雛耳雖相伺而眼眯誤赤金爲錢鏹故不直一下手然非我在此二君殆矣問僧何來曰余亦從年大將軍處來也公等知將軍平青海是誰助之功耶余故吳人少無賴好勇被仇誣作太湖盜不得已逃塞外隨蒙古健兒盜馬久性遂愛馬亡何見岳公鍾琪所乘彪彪然名馬也夜跳匿廐

中將牽其韁未三鼓公起視自飼馬四家僮秉燈至余不能隱被擒公上下視問行刺者乎盜馬者乎曰盜馬問白日闌入者夜踰牆者乎曰踰牆公微瞠若有所思秣馬訖命隨入室案上洒殽横列公飲巨觥而以一盞見賜隨解衣卧大鼾遲明公起盥沐畢唤盜馬人同往大將軍府公先入良久聞軍門傳呼曰岳將軍從者某賞守備銜効力轅下岳旋出上馬顧曰壯士努力將相甯有種耶亡何余醉與材官角門將軍怒賜杖甫解袴岳公至曰我將征西藏爲汝乞免汝從我行時雍正二年二月八日也公命副都統達鼐西甯總兵黃喜林各領兵先自領五百人爲一隊約某日會於青海界之日月山至期天暮公立營門諭二將曰此行非征西

藏也青海酋羅卜藏久稽天誅昨其母與其弟紅台吉二酋密函乞降機不可失手珠寶一囊金二餅顧余曰先遣汝召賊母來賊所駐穹廬外有網城結金鈴於上動輒人知非善踰者不能入賊營帳四上有三紅燈者其母也對面帳居羅卜藏左右居丹津紅台吉二酋珠寶與金將以爲犒此大事汝好爲之解腰下佩刀授余余受命叩頭出公起身入天大霧余乘霧行三十餘里至賊網城果如公言余騰身而入果帳燭熒然母上座二酋侍側母六十許面方髮微白披紅錦織金袍叱余何人余曰年大將軍以阿娘解事識順逆故遣奴來問好囊寶貝奉贈金二餅餽兩台吉二人聞之喜叩頭謝余知功將成詐曰將軍在三十里外待阿娘阿娘

速往三人相顧猶豫余解佩刀插其座氈厲聲曰去則去不去我復將軍其母曰好蠻子行矣上馬與二酋隨十餘騎行不十里岳公迎來將其母與二酋交達黄二將分領之須臾前山火光起夾道礮發斬母與二酋回入軍營次日諜者來報羅卜藏丹津已逃準噶爾部落岳公命笮三頭狗三十三家台吉皆震悚乞降二十二日至年大將軍營往返纔十五日三月朔凱旋岳公首舉余功大將軍賞游擊銜余詣軍門謝岳曰某杖此僅半月耳大丈夫何顔復來願辭公歸别圖所報公笑曰咄吾知汝終爲白首賊也厚賜而别歸次涇州宿回山王母宮昵妓女金環年餘貲用蕩盡不能歸憶幼時習少林寺手搏法彼處可棲遂與金環同削髮赴中

州苦無馬逢兩盜騎善馬故奪之二叟不信曰彼不受奪奈何僧笑拉二叟出視廄則夜間已將所肩鐵擔屈而圜之束二馬首於內不可開二盜氣奪故遁去言畢挾女尼舒其擔牽馬門外拱手作别曰二君有戒心勿北行可南去凡李衛田文鏡兩總督所轄地方毋憂也後三十餘年二叟亡嚴之孫用晦過河南登封縣遇少林僧論拳法曰雍正中異僧來傳技尤精然無姓名好養馬因稱馬和尚後總督田文鏡禁嚴僧轉授永泰寺環師今環師亦亡其徒惠來者能傳其術用晦心知馬和尚即此僧環師者金環妓也欲訪惠來以二寺相距十餘里天大雪不果往

王公降襲次第

國初開創遼瀋凡宗臣貴位統名貝勒崇德元年定親王郡王貝勒貝子鎮國輔國二公皆冠寶石頂以補服翎眼爲差次統名曰入八分王公蓋卽加九錫之意也其未入八分公以及鎮國輔國將軍皆冠珊瑚頂奉國將軍視武臣正三品奉恩將軍視武職正四品秩皆與流官同舊例親王嫡子封郡王郡王以下嫡子皆遞降一等封親王衆子封輔國公親王庶子封輔國將軍郡王以下遞降同故安王諸子皆封僖勤諸郡王蓋沿明制也康熙中以宗祿繁重乃改親王無論嫡子衆子皆封未入八分輔國公郡王以下遞爲減等而考以譒譯馬步射其伎皆優等然後授以本職否則遞相降等授爵其親郡王皆世襲罔替貝勒以下皆降襲至輔

國公然後世襲而輔國公又無復降襲之例其未入八分輔國以下皆降至奉恩將軍世襲罔替而無論軍功恩封皆一例辦理故杜度彰泰諸貝勒有開創大功者亦皆一體降襲未免無所區別

純皇帝篤念宗親故特分定軍功恩封之例其有勳勞者無論王貝勒皆世襲罔替其恩封者親王遞降至鎮國公郡王遞降至輔國公貝勒遞降至未入八分鎮國公貝子遞降爲未入八分輔國公鎮國公遞降至鎮國將軍輔國公遞降至輔國將軍皆世襲罔替然後宗爵始釐正焉

王府官員制度

定制親王長史一員頭等護衛六員二等護衛六員三等護衛八

員四五六品典儀各二員牧長二員典膳一員管領四員司庫二員司匠司牧六員世子減二三等護衛各二員餘如故郡王減二等護衛二員三等護衛三員四品典儀二員牧長一員典膳一員餘如故長子減頭等護衛三員餘如故貝勒減頭等護衛四員而增設司儀長一員二等護衛二員減五品典儀一員司牧司匠等皆裁減焉貝子減二等護衛六員而增設三等護衛一員減六品典儀二員而增設七品典儀二員八品典儀二員鎮國公等減三等護衛二員餘如故其包衣叅佐領親軍校護軍校包衣驍騎校皆視其佐領親軍馬甲之多寡以遞設之惟怡賢親王以贊襄世廟莊恪親王以輔翌　高宗封雙親王其護衛皆倍增之嘉慶

初　上諭儀成二王皆增設頭二三等護衛各二員定親王慶郡王皆增設頭等護衛一員二三等護衛各二員蓋俱　曠典非定制也

宗室小考

乾隆中　上嘗召見宗室公寧盛額不能以　國語應對　上以清語爲　國家根本而宗室貴胄至有不能語者風俗攸關甚重因增應封宗室及近支宗室十歲以上者之小考於十月中　欽派　皇子王公軍機大臣等　親爲考試　清語弓馬而先　命皇子較射以爲諸宗室所遵式諸宗室視其父之爵列次考試其優者帶領引　見　上每賜花翎緞疋以奬勵之其劣者停其

應封之爵以恥之故諸宗室無不諳習弓馬　淸語以備維城之選焉

宗室婚嫁

乾隆中　純皇帝篤念宗室貧乏以致失產無以自活因　命宗人府堂官詳爲撫邺分以等第其最貧者賞銀三百兩其次者半之　命其回贖田產以資生理又念其婚喪事件無所瞻仰故特命王公中視其行輩最尊者　命司宗室紅白事件遇有婚嫁者　特賜銀一百二十兩死喪者　特賜銀二百兩以爲粧賻之費實體恤天潢無所不至而近日宗室中每有不循正軌至屢煩聖諭教斥者眞罔有知識之人也

宗室任職官

國初宗臣皆係王公世廕無有任職官者康熙中　仁皇帝念宗室蕃衍初無入仕之途乃　欽定侍衛九十人皆　命宗室挑補雍正中裁汰宗人府滿洲司員筆帖式之半皆　命宗室人員充補乾隆中又設宗室御史四員以爲司員陞擢之階嘉慶巳未今上親政特設宗室文繙譯鄉會試諸科目又於六部理藩院增設宗室司員若干員以爲定額然後宗室入仕之途視爲廣裕而亦皆鼓勵以思自振也

于文襄之敏

乾隆初軍機大臣入叅密勿出覽奏章無不屛除奔競廉直自矢

如果毅公訥親其人雖谿刻不近人情而其門庭闃然可張羅雀其他人可知矣惟汪文端公由敦愛惜文才延接後進爲世所訾議然所拔取者皆寒畯之士初無苞苴之議者于文襄敏中承其衣鉢入調金鼎初尚矯廉能以蒙　上眷繼則廣接外吏頗有簠簋不飭之議再當時傅文忠劉文正諸公相繼謝事秉鈞軸者惟公一人故風氣爲之一變其後和相繼之政府之事益壞皆由公一人作俑識者譏之然其才頗敏捷非人之所能及其初　御製詩文皆無煩定稿本　上朗誦後公爲之起草而無一字之誤後梁瑤峯入軍機　上命梁掌詩本而專委公以政事公遂不復留心一日　上召公及梁入復誦　天章公目梁梁不省及出公待

梁膽默久之不至問之梁茫然公曰吾以爲君之專司故老夫不復記憶今其事奈何梁公愧無所答公曰待老夫代公思之因默坐斗室中刻餘錄出所差惟一二字耳梁拜服之故其得膺　天眷在政府幾二十年而初無所譙責者有以哉

梁瑤峯

梁文定公國治中乾隆戊辰狀元入直　南書房累任學使後以粵東事免復擢湖南巡撫入繼于文襄輔政故當時有于梁之稱其實公醇謹持躬不敢濫爲交結與文襄異趣也其撫湘時其家人索屬下賄不遂故意阻其膳脯以激公怒而公枵腹終日初無怨嗟惟吸烟艸而已亦不知爲其奴所給也在軍機時和相以其

懦弱可欺故意揶揄至用佩刀薙公髮以爲嬉笑公亦歡容受之亦可覘公之度矣

康方伯

康方伯基田山西興縣人久任江南由縣令以至方伯未出省界故於河道頗熟其任河道時督率將卒防守河隄動以軍法從事其稽延時立加枷杖故人皆怨嗟然河汛賴以無虞邳宿河潰公立埽上指揮士卒俄而狂瀾大作埽爲之欹衆爲公畏而公聲色愈厲漫口因之堵塞李香林河帥告人曰康公眞天人也著有河防籌略洞悉歷代水利如在指掌後人頗以爲法嘉慶己未公任河帥時弊竇山積恐爲公所揭出故不肖官吏陰縱火焚積料以

掩其跡公因之罷官後　上復賜公太僕寺卿銜命督辦河務而爲要路扼腕不能施爲公因告病歸京邸公素服海參丸老年體力輕健步履如飛年九十餘始卒

嵇文恭公

嵇文恭公璜文敏公曾筠子也少以大臣子　賜進士出身數年即洊卿貳公貌清癯遇事端謹頗有識見爲史文靖公所推繼程聘三相公爲相時于和以貪刻聞而公以和平處其間初無所建白然和相素加讒慝　純皇帝召見嘗戒之曰曹莽之爲非人臣之所宜效故公益加寅畏年八十餘重赴瓊林爲近代之盛事時人榮之然遇大事頗不苟臺灣道永福初與柴義勇公齟齬故加

以萋菲之語柴因之獲罪福亦以貪酷故同下獄勾决日廷臣皆左袒之　上顧公公抗聲曰永福爲守土大員不可輕縱　上乃勾决聞者快之公暮年　上有溫旨遇軀不適則免朝公每早起必自揉伸其軀久之曰今日舒暢登朝如故人皆笑之然亦憂讒畏譏之至矣

尹閣學

尹閣學壯圖雲南蒙自人成丙戌進士久歷部曹始洊至内閣學士時和相專擅於内福文襄豪縱於外天下督撫習爲奢侈因之庫藏空虚民業凋敝公夙知其弊故上疏詳之　純皇帝爲之動色和相忌公所爲因奏即　命公馳傳普查天下府庫虧空而令

侍郎慶成監之慶固貪酷者每至省會初不急爲盤查而先遊讌終日惟公枯坐館舍舉動輒爲肘掣待其庫藏挪移滿數然後啓之權對故初無虧絀者慶以公妄言劾之降爲主事公即告終養歸當其草疏夜秉燭危坐竟夕抄錄其弟英圖代爲之危屢闞其戸公笑曰汝照常困眠不必代兄憂慮區區頭早懸之都市矣汝代余養老親之天年可也其忠鯁也如此　今上即位召之入都溫諭久之加給事中銜以其親老　命乘傳歸復與奏摺匣鑰命其遇事條奏久之乃卒

完顏藩司

完顏藩司岱滿洲人河帥偉之孫也以甲科任獻縣令頗著廉聲

後歷任爲河南藩司時白蓮教初起所在蜂擁勢難阻遏巡撫景安素懦怯性復剛愎故累爲賊所驅逐惟公率羸卒數千守雙溝數月公性慷慨凡所經費皆早裕爲籌備不問出入故人皆踴躍樂爲之用賊屢犯豫界悉爲公所擊去自丙辰九月至丁巳仲春大小百餘戰無不堵禦得宜時淅川有蠢動者公告之景景卽命公捕獲之公曰萑苻小寇易爲撲滅中丞可往奏功績以抒　朝廷之憂襄漢間諸賊匪勢頗兇惡非岱無以禦之景惑於初起者難於抵禦而雙溝有險可恃因促公往公急爲掩擊賊盡數就擒景貪其功因棄雙溝而躡公後誅殺難民以大捷聞遂膺伯爵之封而公惟議敘而已其襄漢諸賊遂乘其不備大隊闌入南陽由

盧氏出武關與川匪合其逆燄遂不可制皆由景安貪奪公功之咎也公卒以勞瘵卒於軍　上悼惜之余向得公行狀其載浙川功頗詳悉後爲友人取去不復記憶故聊書其梗概不足盡公之勳也

吳達善

吳制府達善滿洲人其先世由遼左移駐西安初未至京都以公貴始入遷其族入旗公以丙辰進士累任陝甘兩湖雲貴總督其督陝甘時繼黃文襄之位辦理軍需無不循其章程故屢邀　上眷注其督雲貴時以謀宮裡雁珠鞍不遂故乃妄加刑戮以致搆起邊釁頗爲人所訾議又乘其時豐庶遂任意貪縱民多怨畏然

其督楚時繼愛必達寬縱之後吏治玩弊盜賊充斥公乃嚴加整飭命營員搆線擒獲江湖大盜凡數百名皆立加誅夷懸其首於江干纍纍相望如旌旗然故一時盜賊戢跡不敢縱橫商賈便之亦嚴吏中之錚皎者也

圖學士

圖學士塔布滿洲人中戊辰進士官至侍讀學士公貌清癯懶攖世情中歲即以疾見告築室於西郊外數里籬扉茅簷軒窗精雅院中疊石爲山奇峯峷嵂路徑迂折饒多清趣其後圃藝花種蔬公親爲之灌課每春秋佳日同曹宗丞學閔遍攬西郊諸蘭若嘗風雪中共策蹇行訪潭柘戒壇諸名勝短裘笠帽人望之如神仙

中人好吟咏頗不修櫛字句有靖節放翁之風後即築墓於舍傍病劇時告妻孥曰死即埋我於此不必移置城中反勞往來僕僕也言訖端坐而逝其夫人從公之志門下士爭爲弔唁戒壇僧感其惠築專祠以祀之亦近日獨行之士也

軍機大臣

國初設內三院外其軍國政事皆付議政諸王大臣然半皆貴胄世爵不諳世務　憲皇習知其弊故設立軍機大臣擇閣臣及六部卿貳熟諳政體者兼攝其事並揀部曹內閣侍讀中書舍人等爲僚屬名曰軍機章京其陞擢仍視本秩然後機務愼毖議政之弊始革其行走班次皆視其班秩故張文和在　內廷居傅文忠

公上近日董太傅誥亦居托相國津上無論滿漢也所掌銀印龜紐藏於　内府有應用印者皆立時請印出大臣監視用畢隨即繳還蓋防偷换弊也其下役皆選　内府中之童子惟司洒掃舊例及冠時即更易今因循日久有久隸其役而大臣喜其熟練者仍姑留之然猶呼爲小么兒蓋沿舊名也

三品任軍機大臣

自雍正中設立軍機後皆尚書侍郎攝其職惟乾隆乙丣軍機大臣乏人時戴文端衢亨吴制府熊光以久任軍機章京熟習政事

純皇帝特擢爲軍機大臣以資格故　賜三品頂帶時人榮之

軍機御史

軍機爲樞密重地非　特有詔旨不許擅入故軍機司員至今不叩年節禮猶沿舊制自和相專擅後其所屬繁多無地畫諾故皆叢集軍機處階下待之相沿日久皆直入堂中回稿視爲泛常故政事易爲洩漏　今上習知其弊　特命滿漢御史二員每日輪流立軍機處階上有闌入者即時糾劾然後人不敢私謁紀綱始嚴肅焉

高天喜

高總兵天喜其先爲準噶爾部人雍正中爲我兵所擄有高姓者撫以爲子故冒其姓焉雙顴凸出鬚髯蝟刺每飲酒日以石計猶不醺然當兆文毅公被困濟爾哈朗時事見後卷數月音問不通當事

者遣使偵之時風雪凛然人皆憚行惟公慨然應命往返數千里以十日還卒通兆公之信　上大喜立擢游擊未逾年即任至總兵官兆文毅公復被困黑水公率本部兵援之力戰而死　上甚悼之

黃標

福文襄王督粤時簡練水師募奇材異能之士優爲賞擢有守備黃標者由水師步卒以善泅水著其能於海洋中出沒月餘視波中之魚鼈歷歷可數王奇其才立推叅將後洊至左翼鎮總兵官捕獲海盜尤多偉績云

徐端

乾隆中自和相秉政後河防日見疎懈其任河帥者皆出其私門先以鉅萬納其帑庫然後許之任視事故皆利水患充斥借以侵蝕　國帑而朝中諸貴要無不視河帥爲外府至竭天下府庫之力尚不足充其用如嘉慶戊辰己巳間開濬海口改易河道糜費帑金至八百萬而庚午辛未高家堰李家樓諸决口其患尤倍於昔良可嗟嘆惟河帥徐公端自河工微員以廉能著受　今上知特擢河東副總河尋復即眞公久於河防習知當事之弊嘗浩歎國家有用貲財不應濫爲糜費每欲見　上悉陳其弊同事者恐其將積弊揭出所株連者衆多故每遇事尼其行使其終身不得入都　陛見以致抑鬱而死至貧無以殮而所積賠項至十餘

萬妻子無以爲活識者悲之繼公者爲陳鳳翔以直省貪吏入貲爲永定河道復有大力者爲之奥援立擢河東總河其去天津縣令任未期年也後以妄放潞水故爲張制府百齡所劾　上命立枷河上聞者快之鳳翔復遣其家人入都訟寃當事者力緩其獄得以釋回未幾以驚悸死於河上觧中無人不欣然也

博爾奔察

純皇帝撫視臣庶闊懷大度有時加以狎謔以聯上下之情有内大臣博爾奔察侍　上最久善嬉謔辛未春扈從南巡至鎮江口　上放烟火有被烟薰嗽者博笑曰此乃素被黄烟所薰怕者故望而生畏也時黄文襄公督責過嚴故公寓言之又有較射而弓

落地者　上震怒公在傍曰此皆因引　見故昨日射箭良多以致臂痛不能引弓也　上乃釋然又　上一日較射多不中侯人皆畏懼時修髯人至公望而笑曰汪都統之弟至矣汪都統札爾故修髯如戟　上撫掌大笑　上嘗行窄巷有步軍校積石爲山於其廳側者　上望而問之公騐馬奏此步兵花園也　上大笑又　上書福字公立於側　上笑謂曰汝亦識此中佳否公應聲曰知之　上所書福黑且亮也　上大笑其譎諫皆若此者亦東方朔簡雍之流也

張太監

嘉慶初有宮殿監督領侍張進忠者人嚴厲馭下整肅好批小內

監之頰人皆以嘴巴張呼之然性忠鯁嘗奏事　內庭　上偶欹坐張捧黄匣不入　上詢之張曰焉有萬乘之主卧覽天下奏章理也　上立正襟危坐張乃捧疏入　上甚嘉之其他端方之行皆類是也

恒公之淸

宗室輔國公恒祿簡儀親王姪也素禀王之庭訓故以廉潔著其任吉林將軍時俸餉外毫無沾染嘗危坐小閣中將每歲出入之賬簿手錄封之人問之曰以待籍沒時以爲証也故當時人皆畏法產蔘甚旺無敢私販之者　國家每歲增消數千票遼兵兵餉賴以接濟初不轉運太府財也有當事者索貂褂數衣公售其遼

東舊產以償之初不索諸商賈其清勵也若此

木果木之敗

明參政亮謂余曰兵家之事宜於乘銳直進若不審敵勢坐失機宜使兵心至於潰敗雖欲振起不易得也往昔溫將軍木果木之敗可爲殷鑒昔宋總兵元俊事見本卷乘勝直擣美諾若當時厚集兵力一鼓殲滅金川可以早定乃溫公狃於易勝不復調檄各路兵馬惟日與董提督天弼輩置酒高宴額駙色布騰巴爾珠爾屢次勸阻溫公反以其煽惑軍心致登白簡　上召還額駙護軍統領伍岱者遼東驍士也見溫公所爲浩歎曰吾聞速拙未聞遲巧焉有屯兵賊境而日以宴會爲務者吾固遼海健兒未審兵法有若

此而能致勝者也。溫公大怒，羅織伍以他罪致戍，以至人心不服。溫公性復卞急，遣綠營兵三五十人共取碉卡，有致傷者，溫反督責之，人心益爲忿懈。海超勇公蘭察至，扣刀誚溫公曰：「身爲大將，而惟閉寨高臥，苟安旦夕，非夫也。今師雖疲老，使某督之，猶可致勝。若公終不肯出戰，不若飲刃自盡，使某等各竭其力可也。」溫公拂袖起，亦無有所指揮也。又遷延月餘，賊人偵知我兵疲弱，乃整勁旅數千直攻營寨，我兵不戰自潰。海公初對敵，卽詫曰：「雲氣已頹散，不可與戰，余馬首欲東，可與諸公期會於美諾寨也。」因馳馬破圍去。溫公方雅服督戰，爲賊所擒，董公天弼、牛公天畀、張公大經等皆死之，師遂大潰。我兵自相踐踏，終夜有聲，渡鐵鎖橋人相擁擠鎖崩橋斷落水死者以千計吾方結營美諾見潰兵如蟻往來山嶺間吾遣人止之潰兵知吾在止者數千吾爲之收留犒賞兵方安眠適有持銅匜沃水者悞落於地有聲鏗然潰兵即驚曰追者至矣因羣起東走勢不可遏其喪胆也若此故吾與阿文成公收兵養鋭至逾二載後軍心始振然後用以克敵大將用兵慎勿使其心頽喪至此也明故宿將非久歷戎行者不能作此語也因筆記之以爲易於談兵者戒也

傅厚菴

乙夘春湖南苗疆蠢動毗連三省時福文襄王爲滇督因率兵討之時貴州提臣花連布驍將也立解永綏之圍苗頗讋畏王惑於

幕客言欲養賊自重以邀封拜乃頓兵不進與川督和公琳日夜飲酒聽樂苗匪因玩視王師煽惑勾連者日衆加以山崖險阻我兵不能寸進又有不肖將士興言以價贖地苗益肆無忌憚日相焚掠二公受瘴相繼死繼之者爲明參政亮復以湖北教匪故匆匆北歸未及創懲傅厚菴鼐者浙江人以吏椽仕湖南習知苗中情形文襄王重倚之明參政因薦公爲鳳凰廳同知公受命時乾州鳳凰各廳苗民出沒居民逃竄公翦荆棘招逃亡團練鄉勇數月曰可以用命因率兵攻苗寨苗目笑曰往昔夙將如福王者尚不敢攖吾鋒藐爾微員何足汚吾刃也因轉戰數旬苗民大敗奔還其寨公率衆圍之苗民請降公與之約曰嗣後有闌入漢界者

吾當檄及誅之有匿不與吾必闔寨屠夷不汝貸也苗匪稽首惟
命是從公乃厚加撫卹曰叛卽吾仇降卽吾子也忍不撫育之耶
苗民益感激公在任十年苗民無敢出寨滋事者　上大喜加公
按察使因　陛見歸觸暑暴疾殂於途　上甚悼惜之加巡撫銜
以旌之

艾公知人

英誠公艾星阿　揚武勳王之孫也同吳三桂入緬擒獲明主由榔
有功績任領侍衛內大臣初索相國額圖　以椒房擅寵明太傅珠
時爲侍郎因交結索公得以見知於　仁廟艾公謂索曰吾視明
公才智皆出君上今雖因君見用而其志殊有所畏愞蓋忌公同

事故也他日鰲齕公者必明某也索不悟其言其後明太傅招引高江村徐健菴輩結爲朋黨索終爲其所擠落職抑鬱以終果如艾公之料云

木蘭行圍制度

木蘭在承德府北四百里蓋遼中京臨潢府興州藩地也素爲翁牛特所據康熙中藩王進獻以爲蒐獮之所其地毗連千里林木葱鬱水草茂盛故羣獸聚以孳畜實爲天畀我　國家講武綏遠之區故　仁廟每歲舉行秋獮之典　歷朝因之繩法　先猷永遠遵行也其行圍時蒙古喀爾沁等諸藩部落年例以一千二百五十人爲虞卒謂之圍牆以供合圍之役中設黃纛爲中軍左右

兩翼以紅白二纛分標識之兩翼末　國語謂之烏圖裡各立藍纛以標識之皆聽中軍節制凡管圍大臣皆以王公大臣領之而蒙古王公台吉等爲副兩烏圖裡則各以巴圖魯侍衛三人率領馳行行圍之制有二一行圍只以數百人分翼入山林圍而不合謂之行圍合圍之制則於五鼓前管圍大臣率領蒙古管圍大臣及虞卒並八旗勁旅虎槍營士卒各部落射生手齊出營盤視其圍場山川大小遠近紆道繞出圍場之後或三十里五十里以及七八十里齊至　看城則爲圍合合圍後自烏圖裡處虞卒脫帽以鞭擎之高聲傳呼瑪爾噶口號按瑪爾噶者蒙古語帽也聲傳遞至中軍凡三次中軍知圍已合乃擁纛徐行左右指揮以俟

上入圍則日已辰末巳初矣合圍數十里漸促漸近出林薄至岡阜離駐蹕　行營約略二三里許惟視高敞處設黃幕幄中設氈帳是之謂　看城比至　看城時虞卒皆馬並耳人並肩廣場不過三里許自圍墻外至放圍處即重設一層乃虎槍營士卒及諸部落射生手等專射自圍內逸出之獸而圍內例不准射也日出前　上自　御營乘騎先至　看城稍息俟兩翼烏圖裡藍纛到後乃自　看城出　御櫜鞬諸扈從大臣侍衛及親隨射生手虎槍手等擁護由中道直抵中軍在中軍前半里許周覽圍內形勢瞭如指掌而行圍之疾徐進止　口勑指揮凡二三十里間射飛逐走左右是宜諸藩部落蒙古仰瞻　聖武莫不歡欣踴躍以頌

一人有慶也或遇有虎則圍暫不行俟　上看殪虎畢然後聽
勑而行每圍場收至　看城則　上即駐馬惟觀諸王射生手
等馳逐餘獸而已或値是日　看城場內獸集過多則奉　旨特
開一面以逸之仍禁圍外諸人不准逐射獵罷　上迴蹕大營謂
之散圍諸部落各按隊歸營日甫晡而一日行圍之事奏畢矣若
哨鹿日制與常日不同　上於五更放圍之前出營凡侍衛及諸
備差人等分爲三隊約出營十餘里聽　旨停第三隊又四五里
停第二隊又二三里將至哨鹿處停第一隊而侍從及扈衛之臣
只十餘騎而已漸聞清角聲揚遠林呦呦低昂應和倏聽鎗聲一
發咸知　聖武神威命中獲鹿矣羣皆欣然引領聽　旨調遣而

三隊以次皆至　上前矣其行圍所有奏章皆俟　上還營後披覽發出毫無遺滯或有時　上引諸文士賡唱終夕以示暇焉誠爲良法垂遠百世宜所遵慕者實非漢唐諸君較獵於上林驪山惟知馳騁田獵之爲娛者所可比擬於萬一也

宋延清

勒相國保督黔滇時南籠諸苗叛逆毗連粤西時川楚教匪蠢動川黔將士皆檄以北征滇中士卒微弱公善於撫馭雖騎兵走卒公皆能呼其名有功罪者立爲懲賞故人皆爲之効死有宋延清者山東人其父爲劉文清公輿夫延清乃驍勇無敵勒相視爲骨肉每飲宴間邀與同坐延清嘗入苗寨殺賊竟日不出公設酒以

待至日暮時延清持雙刀背負首級十餘顆以繩貫之其甲裳盡赤彳亍而行如酒醉者公望而喜手酌以賚之然後命其易服飲酒竟夕後延清復入苗寨爲賊所害公悼惜之其後爲經略時所有帳下裨將如桂涵羅聲皐羅思舉馬瑜施縉等皆由將校擢至開閫卒賴以平賊焉

錢辛楣之博

錢辛楣先生大昕江南嘉定人中甲戌進士幼聰敏過目成誦凡天文地理經史小學算法無不精通所著經史答問數卷其暢發鄭賈之學直接嫡乳非他稍知皮毛之可比者近時考據之儒以公爲巨擘焉又習蒙古語故考核金元諸史及外藩諸地名非他

儒之所易及者成王言其在　上書房時質莊王嘗獲元代蒙古碑版體製異於今書人皆不識因詢諸章嘉國師倩其繙譯漢文因命吾題跋端末吾方揮毫先生過而見之曰章嘉固爲博學然其譯漢文某字句有錯悮者吾有收藏元時䜌䜌所譯漢文可取而証之因歸寓取原文出章嘉所誤處畢見故人皆拜服云聞其歸後嘗著元史續編採擇頗精當惜未見其本焉其所著小學諸書翻切頗爲精當惟所講字書株守許氏説文別解者皆遭排斥故取擇頗𥙷窄焉

蘇昌

蘇昌滿洲人以繙譯進身累任浙閩兩粤總督其材具庸下爲僚

屬所挪揄坐擁苞苴初無善政其子富綱爲滇督幾二十年其貪婪倍於其父目不識丁凡有文稿皆倩吏胥講釋合省傳爲笑柄後卒以貪婪正法人皆快之然蘇昌督粤時其屬縣有巨室横鰲人母反誣其子毆死者其案久具勾決本已下昌疑其寃復親鞫之得其實乃上疏自劾　純皇帝獎諭之因將縣令抵法亦當時督撫之罕能者秉節鉞者宜法效焉

佟國舅講左傳

佟國舅國維爲　孝康章皇后之幼弟人謹恪雖屢膺重任不以攬權爲要暇時惟延學士講文藝以爲樂故其殁後　憲皇帝手書仁孝勤恪之額表於墓道以旌之蓋有以也其論最疵謬者嘗

告人曰左邱明之文果神妙世間有瘋馬牛共馳之焉能相及也人皆捧腹而公夷之覺也

陸雙全

廣賡虞侍郎當權時好畜聲伎凡酒讌間每擲纏頭以千百計余嘗規勸之侍郎殊不以爲然有陸郎雙全者蘇州人貌韶秀爲侍郎所鍾愛每燕寢間非陸侍側則終夜不寢侍郎被罪時其聲伎皆逃竄惟雙全隨之入獄視其飲膳甚謹侍郎臨刑日雙全奔赴市曹以重賄付劊子速使其斃免諸痛楚及後雙全抱屍痛哭幾殞遂賑藁市側數日送侍郎至兆域有其族人阻葬者雙全戟手罵之卒葬侍郎於其先人冢側侍郎子遣戍雙全復送出關然後

涕泣而別亦伶人中之守義者故表出之

漢軍用滿缺

漢軍　國初時定制皆用漢缺至於六部司員則自有專缺漢人選法不致壅滯而其陞轉亦易雍正中盡裁汰其額併入漢員中是以漢軍陞轉倍覺煩難　純皇帝時漢軍破格有用滿缺者范時紀曾任滿缺戶部侍郎范宜清曾任　盛京工部侍郎李侍堯曾任熱河副都統孫慶成曾任滿缺戶部侍郎兼護軍統領　今上時范建豐曾任滿缺吏部侍郎李毓秀曾任熱河都統張百齡曾任滿缺刑部尚書後調左都御史皆曠典也

足本嘯亭雜録

足本嘯亭續録

下

［清］昭槤　撰

嘯亭雜録卷之八

汲修主人著

內務府定制

自古宮禁服御飲食燕好必須有專司之者惟周禮分設各官統屬冢宰所以合宮府爲一體其制實爲良美後世人主皆委宦寺掌之故閹人得以專擅因之越俎犯章干預國柄皆因暬御僕夫不得其人故也我　朝龍興之初刱立內務府以往昔之舊僕專司其事入關後復以明三十二衛人附麗之凡　內廷之會計服御物飾宮御武備等皆統屬於內務府大臣紀綱嚴肅與周制統屬於冢宰之制相符其閹人寺宦則惟使之供給洒掃之役毋得

任事將漢唐宋明歷代諸弊政一旦廓而清之其法度之精詳規模之宏遠尤爲超越千古矣其職掌廣儲司凡庫有六曰銀庫曰緞疋曰衣庫曰茶庫曰皮庫曰瓷器庫各有專司惟茶庫兼收人參爲六庫中之最要初名御用監順治十八年改設專司焉其初本府進項不敷用時檄取戶部庫銀以爲接濟乾隆中　上親爲裁定汰去冗費若干歲支用六十餘萬兩其後歲爲盈積反充外府之用較諸明代每勒取金花銀兩徒充閹人之囊橐者眞不啻霄壤之别也會計司掌領皇莊田畝諸事田地各有等第　盛京莊八十有四一等莊三十五二等莊十三等莊八四等莊三十四山海關外莊二百十有一一等莊六十六二等莊四三等莊二十

四等莊百二十一喜峯口古北口外莊百三十八均一等歸化城莊十有三畿輔莊三百二十有二一等五十七二等十有六三等三十八四等二百十有一半莊七十一每莊設莊長一人瓜田菜圃置長亦如之莊賦共地一萬三千二百七十二頃八十畝有奇賦糧九萬三千四百四十石菽二千二百二十五石芻八萬一千九百四十束各有奇凡編比壯丁每三年一次　盛京及關外口外各莊由總管將軍都統等畿輔由府委官各具册於府由府彙册奏　聞凡皇子分封各按爵秩給以莊地人丁公主郡主贈嫁亦如之選宫女於内府三旗佐領内管領下女子年十三以上者造册送府奏交宫殿監督領侍等引　見入選者留　宫餘令其

父母擇配其留宮之女至二十五歲遣還擇配凡收錄內監由禮部册列姓名籍貫移府總管太監察其來由無異乃委年老內監一人驗實具奏候　旨分撥年老者聽其回籍爲民凡支領內監月費執事人匠役餼廩皆隸之掌儀司凡饗　奉先殿之禮於大內景運門之東建　奉先殿朔望瞻拜時節薦新生忌祭享出入啟告以展孝思　前殿　後殿均九間中爲穿堂以聯前後繚以周垣供奉　列聖　列后神牌凡朔望　萬壽聖節元正冬日及國有大慶均恭奉　列聖神牌　前殿祭饗禮成還御　後殿寢室其禮儀祭器一如　太廟之制惟不設牲俎不行飲福受胙禮王公不陪祭其樂名貽平敉平敷平紹平光平義平諸名異於

太廟之奏其遣官行禮亦與　太廟儀同凡遇　列聖　列后
諸　聖誕忌辰及元宵清明中元霜降歲除等日於　後殿行禮
神位前設有鐙酒脯果實焉　壽皇殿尊奉　仁皇帝　憲皇
帝　純皇帝御容凡遇　聖誕及忌辰　皇上躬率　諸皇子及
近支王展謁行禮其歲時奠獻一如事生儀凡燕外藩之禮歲除
及正月十五日　賜外藩蒙古宴奏請　欽命進酒大臣內管領
備筵九十席宴於　保和殿及　正大光明殿屆時鴻臚寺理藩
院引蒙古王公台吉入領侍衛內大臣序王公班次八旗一二品
武職亦預焉　皇上陞殿奏隆平之章蒙古王公武大臣各就席
行一叩禮座尙茶正升邇　御筵降迺進茶　丹陛清樂作奏海

宇昇平之章尚茶正率侍衛等舉茶案由中道進至檐下正中北嚮跪注茶於碗進茶大臣奉茶入中門羣臣皆就本位跪進茶大臣由中陛升至　御前進茶退立於西　上飲茶與宴之臣僚咸行一叩禮進茶大臣跪受茶碗由右陛降出中門衆皆坐侍衛等分　賜與宴臣僚茶皆於本位一叩飲畢復行一叩禮尚茶正徹茶案退樂止展席幂乃進酒如進茶儀進酒大臣出尚膳正率尚膳進膳殿廷清樂奏萬象清甯之章尚膳正奉　旨分賜食品於各席遍樂止奏慶隆舞揚烈舞（儀見後卷）以次畢　殿內奏喜起舞畢　上簡召王公大臣賜酒羣臣咸跪受一叩卒飲朝鮮國俳進百伎並作退尚膳正升徹　御筵降與宴之王公大臣等謝宴行一

跪三叩禮丹陛大樂作奏治平之章　皇上還宮鴻臚寺理藩院引外藩及百官以次退　皇子成婚公主下嫁設宴其邸與內廷宴同凡　皇子婚禮先期移文欽天監諏吉以　聞乃命夫婦偕老之大臣傳制曰以某官女某氏作配　皇幾子爲福晉福晉父率闔族謝　恩行三跪九叩禮擇吉簡內大臣侍衛隨　皇子詣福晉家行定親禮福晉父率闔族綵服迎於大門外延　皇子入至正寢於福晉父母前行三叩禮畢　皇子回宮福晉父率族人送大門外諏吉行納采禮以內務府大臣宮殿監督領侍充使及門福晉父迎入中堂謝　恩行三跪九叩禮與宴大臣陪福晉父及族人之在官者宴於中堂內務府命婦女官同陪女眷宴於

内室畢内務府大臣暨宫殿監督領侍回朝復　命成婚先一日
皇子於　皇上　皇后前行禮福晉母率諸婦至　皇子所居
宫中設牀帳粧奩工部於宫門及　皇子所居宫皆懸綵屆吉時
於　皇子宫設錦褥二東西嚮設酒饌案於前置兩爵兩巹於案
請　皇子西面福晉東面相嚮行兩拜禮各就坐執事者執金瓶
女官以巹爵酌酒合和以進　皇子與福晉皆飲乃進饌酒饌三
行　皇子與福晉皆起仍行兩拜禮徹饌案次日　皇子偕福晉
朝見　皇上　皇后女官二人引　皇子居左稍前行三跪九叩
禮福晉居右稍後行六肅三跪三叩禮公主下嫁亦如之王公之
女奉　旨授爲和碩公主郡主暨宗女撫養　中宫者其下嫁之

禮各視爵秩以別差等筵宴會禮部辦理其進時憲書進春牛皆如禮部儀凡妃嬪大事皆會禮工二部按例遵行都虞司掌　內府兵衛等事凡訓練內府護軍驍騎歲以春秋二季由該管官督率操演各賞罰有差凡宿衛　大內護軍統領宿　神武門內掌　順貞門鑰其　大內後複道中皆內務府護軍直宿其直宿西華門北者合護軍驍騎步軍及三旗服役人鑾儀衛校尉別立班次日防範兵專司戒火凡　皇后　內廷主位出入以內務府總管或散秩大臣一人司官八人內府護軍統領一人護軍參領四人護軍校十人率護衛豹尾班執鎗者十人佩儀刀者十人翊衛護軍百人導引扈從　皇子福晉出入遞減騎從凡畿輔　行宮

京東七處京西四處京北六處口外十三處各設千總若干人分
隸湯山盤山黄新莊熱河各總管管轄凡捕牲烏喇官弁亦隸屬
焉慎刑司專理太監蘇拉等詞訟凡審讞内府所屬人犯罪在杖
一百以下者本司依律議結杖以上者皆移送刑部定擬如事干
宫禁者請　旨鞫問凡内監私逃按其次數分别自首被獲治
以枷杖之罪營造司凡匠役均有定額内府所屬人在官執藝者
於佐領管領下選取招募民匠於工部咨取又設司匠領催以督
率之缺則取補惰則革除凡修造　紫禁城内工程小修大修建
造皆會工部　大内繕完由内監匠人　皇城牆垣有應修理者
奏交工部均由欽天監諏吉興工慶豐司凡牧所定額設　内三

圈於西華門外養扇牛十有二恪牛六牡牛三青牛一乳牛無定數設三外圈於　南苑設羊六圈於豐臺設牛羊羣牧於張家口外各牧所牛羊均由該管官烙印凡典牧凡設廐長廐副若干人廐丁司蒭等夫以遞增減口外牧羣設總管一人副管二人牛羊羣協領牧長牧副牧丁若干人隸張家口外總管管轄大淩河牛羣隸　盛京將軍管轄凡　郊　廟祭祀皆用廐牛焉凡出牧歲以三月十五日後四月初一日前均於　南苑寬閑豐草之處牧放停止芻蒭以九月二十日後十月初五日前各歸原圈飼養凡勸懲内外各圈視牛犢斃損之多寡以別功過游牧諸羣每三牛三年孳生一犢三羊三年孳生二羔於定數内缺少者治罪定數

外學生者由該總管奏　聞上駟院凡圉牧設內廄於　皇城外
廄於南苑設牧羣於　盛京及張家口外以畜馬蕃庶籍其數而
頒之凡出牧懲勸稽查與慶豐司牛羊同凡供直馬以內廄御馬
四齊其毛具鞍轡立院門外　行幸駐蹕以　御馬六立圈門右
如之凡遇　車駕巡幸日以十馬備　上乘御由內院大臣奏請
於　御馬內簡其尤良者以從其需用駕車馬公馬及橐駝之數
附疏以　聞其扈　蹕之各執事官役內監所乘之馬由所司行
院如數以公馬撥給凡禍馬歲春秋二祭禱馬於神繫帛於御馬
鬣尾以爲識凡三十匹附養四色馬四十匹令祭　堂子卒以十
匹詣　神前受釐繫綵帛亦如之奉宸院掌　御園亭河道　南

苑西山稻田諸事凡網戶沙河二十六人霸州四十六人江南六人歲給銀米有差其河道應通濬者知會工部修理凡稻田玉泉山十有五頃供　上方玉食餘田三十餘頃皆徵租賦　御河三海諸處歲各有蓮藕之租均量地薄征以供　內庭蒔植花卉之用武備院掌　上甲胄弓矢兵仗及鞍轡行帳諸事凡御蓋　皇上御殿設繡蓋　巡幸鹵簿設黃羅銷金九龍三檐曲柄華蓋凡設褥　上春冬用黑貂夏秋用黃龍綺均於換季日更易凡兵仗皆由院敬謹修造　御用弓矢皆選　盛京之良楛砮石成造凡採辦物料歲支崇文門稅務銀千兩交各省敬謹採辦以上皆內府之所專司若內務府大臣得人則宮府之禁綦嚴紀綱整肅實

爲超軼漢唐諸制多矣
堂子
國家起自遼瀋有設竿祭　天之禮又總祀社稷諸　神祇於靜
室名曰　堂子實與古明堂會祀羣神之制相符猶沿古禮也既
定鼎中原建　堂子於長安左門外建祭　神殿於正中即彙祀
諸　神祇者南向前爲拜　天圓殿殿南正中設　大內致祭立
杆石座次稍後兩翼分設各六行行各六重第一重爲諸　皇子
致祭立杆石座諸王貝勒公等各依次序列均北向東南建　上
神殿南向相傳爲祀明將鄧子龍位蓋子龍與　太祖有舊誼故
附祀之歲正朔　皇上率宗室王公滿一品文武官詣　堂子行

拜　天禮凡立杆祭神於　堂子之禮歲以季春季秋月朔日舉行祭日懸黃幡繫采繩綴五色繒百縷楮帛二十有七備陳香鐙司俎官於　大內恭請　神位由　坤甯宮以綵亭舁出行中路至　堂子安奉於祭　神殿內東向陳糕餌九盤酒琖三　圓殿陳糕餌三酒琖一楮帛如數司俎官以贊祀致辭行禮　大內致祭後越日為馬祭　神於堂子如儀凡月祭孟春上旬三日餘月朔日　大內遣司俎官率　堂子官吏於　圓殿奠獻糕酒行禮如儀是日內管領一人於　上神殿獻糕酒楮帛親郡王各遣護衞一人於　上神殿獻楮帛凡浴佛之禮歲以孟夏上旬八日司俎官率執事人等自　大內請佛至　堂子祭　神殿陳香鐙獻

糕酒王公各遣人獻糕執事設盥盤贊祀二人浴佛畢六酌獻三
致禱如儀是日　大內及軍民人等不祈禱不祭神禁屠宰不理
刑名凡出師展拜　堂子之禮　皇上親征如仁皇帝征噶爾丹事諏吉起
行內府官預設　御拜褥於　圓殿外及內門外　御營黃龍大
纛前兵部陳螺角鑾儀衛陳鹵簿均如儀　皇上先詣　圓殿次
詣纛前均行三跪九叩禮六軍凱旋　皇上入都門先詣　堂子
行禮　命將出師　皇上率大將軍及隨征將士詣　堂子行禮
儀均與　親征同凱旋日詣　堂子行告成禮均與古之禡禂告
功明堂之禮相同實　國家祈禱之處　百神之所佑庇與商周
之制若合符節所以綿億萬載之基也

額經略

額經略爾登保吉林人少以侍衛從福文襄王征臺灣廓爾喀苗疆諸部落有功洊至護軍統領楚苗之役公受瘴得疾時福文襄和宣勇相繼卒亦有傳公已故者其家已爲之設位祭久之始知其訛嘉慶己未冬授經略督辦三省教匪公雖武人爲富尚書德甥故夙知兵法待下過嚴厲然遇有功者必親爲撫視又延胡學士必顯爲幕客凡出師皆請其參酌故每戰必勝賊皆畏懼聞慶總憲溥言公行師川楚時如數日不遇賊則抑鬱不樂鞭撻士卒不已聞鼙鼓聲即踴躍據鞍指揮三軍欣然從事及凱師歸公必命烹肥羊呼衆將士至邀與同食公親持刀爲之割削視諸將如

骨肉言語質朴如違其制則當筵謾罵初不少貸一日游總兵雲棟違公節制至敗衂公罵之曰汝何畜産乃敢違乃公令以致敗辱如楊遇春小兒斷不致若此時楊方在坐而公初不顧忌其眞率也若此故人皆爲之用命甲子春歸朝任　御前大臣余於朝廊遇之高不逾中人性和靄初不意其勇烈若此也乙丑秋病篤時　上遣莊親王往視王嘉其勳績公瞪目曰吾有何功可計殊愧死矣其謙冲又如此然性好殺戮擒賊至無論老稚盡皆殲滅嘗曰毋留此賊種致他日更生事變也故卒無嗣人皆爲之惜云

札克塔爾

札克塔爾金川番部人其父某爲索諾木所殺故公自弱冠投誠

因秘獻入番捷徑阿文成公得以進兵成功　純皇帝憐其幼稚命近臣撫視之後洊至護軍統領公雖外夷性敏捷川楚之役公每膺師旅未嘗敗北軍中敬畏之呼曰苗張無敢攖其鋒者丙寅秋瓦柴闗兵變公首趨赴時西安駐防兵已爲賊冲潰勢甚猖獗公怒馬獨出手殺數賊賊有識之者詫曰苗張至矣因皆奔潰楊時齋提督繼至爲之撫慰賊皆棄甲請降是役往返不踰二十日皆二公之功也壬申春病卒於邸　上悼惜之　賜金幣令人董其喪焉

西山活佛

乾隆乙巳丙午間有順義民婦張李氏善醫術兼工符籙祈禱之

事病者服其藥輒瘥又有宦家婦女爲之延譽爭建西山三教庵西峯寺與之居虔爲供奉號爲西山老佛後燒香者旣衆男婦雜沓頗有桑間濮上之疑爲有司所懲治將張李氏伏法其風始熄云

法和尚

乾隆中有法和尚者居城東某寺勢甚薰赫所結交皆王公貴客於寺中設賭局誘富室子弟聚博又私蓄諸女伎日夜淫縱其富踰王侯人莫敢攖果毅公阿里袞惡其壞法乃令番役陰夜踰垣擒之盡獲其不法諸狀阿恐獄緩爲之緩頰者衆乃遍集諸寺僧寮立斃杖下踰時要津之托始至已無及矣人爭快之至於市井

間繪圖驚之久之未已也

阿里瑪

國初有驍將阿里瑪者，能自握其髮，足縣於地，又能舉盛京實勝寺之石獅，重踰千斤，戰功甚鉅。入京後，所爲多不法。章皇帝欲置於法，恐其難制。有巴圖魯占者，其勇亞於阿，因命其擒之。占至阿邸，故與之語，猝握其指，阿怒，以手拂占，擲於庭外數十武。因數之曰：汝何等人，乃敢與吾鬬勇耶？占以上命告，阿笑曰：好男兒安惜死，爲何須用紿計也。因受縛，坐車中赴市曹。至宣武門，阿曰：死則死耳，余滿洲人，終不使漢兒見之，誅於門内可也。因以足絓城門甕洞間，車不能行。行刑者從其語，阿延頸受戮，其頸脉如

鐵刀不能下阿自命占以佩刀割其筋然後伏法亦一奇男子也

三焦

醫家載十二經之脉其所言手少陽三焦者人莫能指其定處諸醫家或分上中下三俞爲三焦以敷衍之然六陽經絡皆爲六腑之所繫故命爲陽未可統指背俞謾無定所蓋三焦男子藏精之處爲腎臟之外腑腎賦形有二故膀胱三焦分爲其腑即命門之關鍵也或有被磔刑者見其膀胱後别有白膜包裹精液此即三焦之謂也世之盲醫不察而妄相指擬致使十二經之名殊缺其一亦古今行醫者之所宜曉也

秦腔

自隋時以龜茲樂入於燕曲致使古音湮失而番樂横行故琵琶樂器爲今樂之祖蓋其四絃能統攝二十八調也今崑腔北曲即其遺音南曲雖未知其始蓋即小詞之濫觴是以崑曲雖繁音促節居多然其音調猶餘古之遺意惟弋腔不知起於何時其鐃鈸喧闐唱口囂雜實難供雅人之耳目近日有秦腔宜黄腔亂彈諸曲名其詞淫褻猥鄙皆街談巷議之語易入市人之耳又其音靡靡可聽有時可以節憂故趨附日衆雖屢經　明旨禁之而其調終不能止亦一時習尚然也

王樹勳

王樹勳江都人其父某曾任微職樹勳幼入京應試不售乃於廣

慧寺爲僧法名明心性聰悟剽竊佛氏絮語以爲直通圓覺又假扶乩卜筮諸異術京師士大夫多崇信之樹勳以重賄賂諸人之閽者故多探刺其陰私事而揚言於外故人愈尊奉之蔣予蒲龐士冠等以詞垣名流甘列弟子之位其餘達官顯宦爲其門人者無算朱文正公正人也亦與之談晤其他可知矣爲和相所訪拏樹勳復以重賄賂司員吉倫爲之袒護因末減其罪勒令還俗而已樹勳後游蕩江湖間時值川楚教匪倡亂松相公筠時督師湖北樹勳仗策軍門松公故喜佛法樹勳投其意指公大賞鑒因命易裝爲道士入某寨中説賊降公大悅奬以七品官銜樹勳復從軍數載積功至襄陽太守嘗入都引　見刑部尚書金光悌貪吏

也因其子病劇延樹勳醫治樹勳怵以禍福光悌至長跪請命人鬨傳爲笑談爲御史石公承藻登諸白簡　上下其章訊之得實　上獎之曰眞御史也因褫樹勳職遣戍黑龍江光悌以先物故得免置議蔣予蒲宋鎔等黜降有差夫樹勳以一浮蕩僧人乃敢以口舌干請諸大僚爲之薦引致身二千石之貴其雖遭遣戍謫死窮荒不無厚幸諸名士以翰墨名流而甘爲緇衣弟子以至遭其笞撻之辱亦可謂斯文掃地矣

畫眉楊

京師有善作口伎者能爲百鳥之語其效畫眉尤酷似故人皆以畫眉楊呼之余嘗見其作鸜鵒呼茶聲宛如嬌女窺窓又聞其作

鸞鳳翱翔戛戛和鳴如聞在天際者至於午夜寒鷄孤咻蟋蟀無不酷似一日作黄鳥聲如睍睆於綠樹濃陰中韓孝廉崧觸其思鄉之感因之落涕亦可知其伎矣

魏長生

魏長生四川金堂人行三秦腔之花旦也甲午夏入都年已逾三旬外時京中盛行弋腔諸士大夫厭其囂雜殊乏聲色之娛長生因之變爲秦腔辭雖鄙猥然其繁音促節嗚嗚動人兼之演諸淫褻之狀皆人所罕見者故名動京師凡王公貴位以至詞垣粉署無不傾擲纏頭數千百一時不得識交魏三者無以爲人其徒陳銀官復髫齡韶秀當時有青出於藍之譽長生既蓄厚貲乃抽身

歸里陳遂繼其師業當時百官殷富習俗奢靡故二子得以媚取爲和相所覺察因荷校銀官於緹帥署前以辱之爲緩頰者皆謫貶有差乃逐陳銀歸川中其風稍息銀官不知所終嘉慶辛酉長生復入都其所蓄已蕩盡年逾知命猶復當場賣笑人以其名重故多交結之然婆娑一老娘無復當日之姿媚矣壬戌送春日卒於旅邸貧無以殮受其惠者爲董其喪始得歸柩於里長生雖優伶頗有俠氣庚子南城火災形家言西南有劍氣冲擊長生因建文昌祠以厭勝又納蘭太傅孫成安者初與其狎昵後遇事遣戍歸貧無以立長生嘗贍恤之亦其難能也

茅麓山

茅麓山在鄖陽界毗連三省廣數千里明末時流賊餘黨郝搖旗等竄入其中復有明踈宗某郝等崇奉爲主恃險假息康熙初命圖文襄公海爲督師同川督李公國英護軍統領穆公哩瑪率三省兵會剿諸將皆於層巖陡壁間草衣卉服攀援荆葛而進逾年始蕩平其巢穴故今京師中諺語有其事險難者則曰又上茅麓山耶則當日之形勢可知矣

煙蘭小譜

自魏長生以秦腔首倡於京都其繼之者如雲有王湘雲者湖北沔陽人善秦腔貌踈秀爲士大夫所賞識有宗臣某嘗拆其園中樓閣爲其償逋債湘雲性幽藹善繪墨蘭頗多風趣余太史集爲

之作煙蘭小譜以紀一時花月之盛以湘雲爲魁選云後湘雲改業爲商賈家頗富饒至今猶在云

喬道人

乾隆庚戌辛亥間有喬道人自陝右至貌清癯雀立面微暈紅自云數百歲曾經明末鼎革事與孫百谷周忠武相交言皆妄誕然談兵家事歷歷如繪或云爲年大將軍之潰卒曾經青海戰事故所言了了然無左証也今漕帥李公奕疇深爲崇奉喬居一小庵中飲啖如常毫無他異壬戌五月中卒於旅邸亦卒無他奇驗蓋如抱朴子所言古强類也又有某道士居西城紅廟玉皇閣能預知和相死期辛酉夏大雨鈕鈷祿緹帥明安嘗延其在海淀寺中

築壇祈晴頗有小驗　上以其惑衆命逐出境外亦不知其所終

岳少保之死

昔蘇東坡以不及見范文正公爲恨蓋不同朝故也岳少保起入爲少宗伯時余已任散秩大臣因直宿　中禁不得常至西苑故未能與公一會至今心猶耿耿聞公入都時已抱沉疴京中素無邸舍因寓居友人家中後病篤時遷於某寺中龕燈繐帳渾如旅客實近日大僚中所罕見者其夫人賴友生爲之置室親紡織以度日而其本旗都統某因公有代屬員分賠款項立逼夫人鬻室充公人皆爲之切齒未逾歲某卒以貪事敗死

毒死幕客

有某江督任蘇撫時其父爲福建將軍某歲出洋船數百艘名爲其父飲膳之貲實陰鬻米於外洋以獲重利皆幕客某爲之經理後江督高文端晉聞客練達幕事欲親爲延聘某公恐洩其陰事因延幕客會飲置毒酒中以滅其口至今蘇人猶能言之

閔撫軍

閔撫軍鶚元烏程人中乙丑進士累任安徽江蘇巡撫初任皖時以廉潔自重布衣蔬食接見僚屬必談性理近思錄諸書背誦如瀉水狀人皆讋服袁簡齋先生笑曰如其廉潔果實不過高辛氏之孽子流耳況外木强而內多狡詐不近人情乃王荆公之緒餘徒貽害蒼生耳人皆以其言爲過當及撫吴日頗改前節苞苴日

進動踰千萬人始服袁之言時李昭信相國以貪墨獲罪　上嚴諭令各督撫議其罪人皆希　上旨以爲可誅獨閔探知　上有憐才意乃以議貴議功爲言復以諸督撫養廉實不敷用必須受諸陋規始足以充公項等語　上雖嚴斥心是其語李相因之末減其罪時以其弟獲罪降爲三品頂帶故吳人諺曰議貴議功一言活昭信中堂難逃青史僞仁僞義三品留江蘇巡撫無補蒼生云後以庇屬員冒徵案獲罪遣戍人爭快之其家置產劵約皆惟書文字蓋預防籍沒也其用心谿刻如此

李中丞

李中丞湖江西人屢任封疆以廉能著撫粵時海盜充斥邊民爲

之逋藪督臣巴延三性懦怯不能制公設關禁嚴爲查究諭將士泛重洋冒波濤嚴爲捕緝未逾年擒盜數千人公誅首惡其餘皆縱之曰此亦吾民何忍使攖白刃也故民皆感服與人誦曰廣東眞樂土來了李巡撫之語卒以勞瘁卒　上甚悼之謚恭毅廕其子爲中書

舒梁阿三公遠見

乾隆初政令寬大一時輔弼大臣皆忠正有遠略嘗見梁文莊詩正掌戶部時上疏稿核計度支盈絀如在指掌略言每歲天下租賦除官兵俸餉各項經費外惟餘二百餘萬實不足備水旱兵戈之用今雖府庫充盈然乞　皇上以節儉爲要愼勿興土木之功

黷武之師以爲持盈保泰之計當時人皆咎其言利至嘉慶初年河水屢溢漫口川楚教匪用兵九載國帑爲之告匱始服公之遠識預定於五六十年前也壬辰癸巳間　純皇帝以八旗火器未備因建營於藍靛廠間欲令鳥鎗兵丁皆携家往住以便演習舒文襄公上言火器爲　國家要務不可使盡居城外以致内城無備倉卒用之難以立至　上從其言因分爲内外二營至嘉慶癸酉秋林清之變有賴内營火器始能即時撲滅又西域初定公上言命商賈販紬緞往新疆皆令官與之平準而命其攜銀以歸不許私置貨物入關以干禁令蓋預防内地銀兩有所虧缺也又乾隆庚子　上以天下殷富乃議改緑營名糧名爲公費而招募補

實其額以爲足兵之計阿文成公力言不可和相希　上意乃改巡捕五營之制天下督撫因而議行歲縻費國帑三百餘萬國用因之不足甲戌春　今上從廷臣議始復舊制若三公者可謂謀慮深遠得輔相之道矣

馬侯

奉義侯馬蘭泰者元裔也其祖某　國初時歸降最先故膺五等之封雍正中北征準噶爾馬爲副將軍屯察汗赤柳軍中無以爲娛馬乃選兵丁中之韶美者傅粉女粧褒衣長袖教以歌舞日夜會飲於穹幕中爲他將帥所舉發奪爵遣戍焉

信勇公

信勇公瑪木特厄魯特人初爲準噶爾宰桑乾隆癸酉杜爾伯特汗策凌來降事見後卷達瓦齊遣公追之既入邊復逸出副都統達青阿誘公擒之　純皇帝諭曰瑪木特倘召之不至或至而心懷不服則擒之可今遣使往輒至不明懲其罪反誘擒非也　詔宥罪遣歸給衣冠公感　上恩稽首而還後我兵入公感激前事且念達瓦齊不足事乃赴副將軍薩拉爾軍請內徙因入覲　上念歸志誠信授內大臣時議征達瓦齊以阿睦爾撒納爲左副將軍以公爲叅贊公密奏曰阿睦爾撒納豺狼也雖降不可命往往必爲殃　上以不逆詐諭之軍抵伊犁公多贊畫功封三等信勇公賞雙眼孔雀翎四團龍服命守扎哈沁以疾留伊犁聞阿逆叛事見前卷

將脫歸之兵衛爲逆黨擒赴阿逆所阿逆慰之曰準噶爾與天朝疆域殊異爾欲内向何也不如歸我當善視之公怒唾而言曰天下豈有無君之國哉達瓦齊篡而虐　聖天子討其罪噶爾丹策凌嗣已絕我不内歸將焉往且　天朝已擒我不即誅復釋還此所謂生死而肉骨也何忍背之爾先我往　聖天子待爾厚爾乃謀逆今既擒我我何懼死則死爾大軍至將磔汝犬猶不食爾肉也阿逆慚縊殺之事聞　上震悼　御製烈士行以獎之公生長窮荒乃知忠義若爾實爲中原士大夫之所宜景行者也

仙提督

仙提督鶴翎山東人甲午秋王倫叛逆時公爲千總隨副都統尹

公吉圖入汪家小樓搜緝王倫尹公驟抱倫背爲賊黨刀劍叢至尹公仆地公奮身前救尹公出因背受刃傷如畫三日乃甦舒文襄公奏聞　上立擢爲守備後洊至湖南提督征苗匪時有勞績焉

富公

宗室輔國公富春者敬謹莊親王裔也任杭州將軍時撫軍王亶望貪吏也性耽聲色元旦拜　聖牌王以困酒故日中始至公正色責曰元日履端茲始拜　牌臣子禮儀安可遲延若是殊玩愒於時日也王長跽請謝公退謂人曰王公其不久乎爲人臣者不以篤敬將事能無遭天譴乎踰年王果以貪縱敗卒如公言

李毓昌

李縣令毓昌山東即墨人中嘉慶戊辰進士揀發江蘇試用淮安報水災大吏遣公往查核故事凡委員往漫不省察惟收其陋規而已山陽令王伸漢貪吏也有冒增戶口事爲公訪察將欲舉發伸漢懼乞太守王某代爲緩頰公力拒之伸漢乃遣其僕包祥乞公從者李祥顧祥姚陞等私以賄進言公正色曰今歲某赴科場
皇上所命題即以德本財末爲言某雖不肖敢欺　君納賄耶
明日並以此稟諸制府可也李祥等赧顏退告諸包祥包祥懼因以其賄賂顧祥姚陞等命謀害公以滅口顧祥等許諾是晚公赴太守宴歸明早即欲解纜時公寓古寺中寂閴無人夜間公獨酌

自遣僕等因以毒酒進公飲覺之遂停杯血流於頭僕等愈懼因以帛勒死之以自縊聞王仲漢并賄通檢驗者遂朦朧通稟公柩歸家公叔某於褻衣中覩血跡因上控都察院　上大怒會緹帥緝獲姚陞盡得其實然後逮仲漢入鞫供如前因立置典刑包祥顧祥李祥姚陞等皆正法贈公知府銜廕其子爲舉人　上復御製詩以旌之或云公柩歸時其家已釋然公託夢於其叔言其屈枉已控江都城隍神位篋中有血衣可證其叔如其言啓篋視之果然因而成訟其語近誕不足信也

石倉十二代詩選

四庫全書提要云石倉十二代詩選五百六卷曹學佺著學佺工

詩去取頗有別裁其明詩分初集次集千頃堂書目尚三集四集五集六集三百八十四卷近佚云今余家所藏則一千七百四十三卷較四庫所收多至千餘卷矣古逸詩十三卷唐詩一百卷拾遺十卷宋詩一百七卷元詩五十卷明初集八十六卷次集一百四十卷三集一百卷四集一百三十二卷五集五十二卷六集一百卷七集一百卷八集一百零一卷九集十一册十集四册續集十册再續集九册三續集五册三四續集四五續集一册五續集三册五六續集一册南直集八册浙集八册閩集八册社集十册楚集四册川集一册江西集一册陝西集一册河南集一册九集後不分卷以册代卷其曰三四續四五續義例難通而雕鐫完好

刷印清楚自是閩中初搨精本法時帆祭酒頗加賞鑒以爲近世難覓之本惟七集八集中數卷爲王功偉明經攜去以致遺佚不復得爲全豹殊堪扼腕也

恒侍衛

宗室侍衛公恒斌字絅文　太宗文皇帝第十子輔國公韜塞裔也充三等侍衛父薩喇善官吉林將軍以事謫伊犁方臥病不起公奮然曰古人有身代父役者吾何不爲遂陳情當事乞代奏有旨責其沽名褫職仍　命從父行　純皇帝殊惻然也公竟行晝夜侍父疾至廢寢食父每怒其愚公無幾微怨抵伊犁父疾以瘳阿文成公時爲伊犁將軍賢其行尋哈薩克新附遣使入貢奉

旨擇賢員伴送阿公因命公充伴送官入京途間馭陪臣忠信得大體　上召見加慰藉仍授三等侍衛留京供職蓋　特恩也公請畢伴送事仍往伊犂侍父　上允之擢二等侍衛三十年烏什回人叛公隨明忠烈公瑞由伊犂倍道進抵烏什戰屢捷三月朔領兵爲左翼陣城南山下接戰賊更匿至公奮勇邀擊之所向披靡賊懼隱城壕誘公公怒馬前萬鏃齊發不及禦歿於陣事聞

上軫惜因宥其父罪還京　賜卹如例廕雲騎尉

傅文忠之謙

傅文忠公恒以椒房勳戚當朝軸者幾三十年惟以尊奉前輩引擢後進爲要務故一時英俊之士多集於朝如孫文定嘉淦岳威

信鍾琪盧巡撫焯等皆起自廢棄田里畢制府沅孫文靖士毅阿相國爾泰阿文成桂皆公所賞識者後皆爲封疆大吏其子文襄王復以英年擁節屢鎮邊隅累世三公門多故吏殊有袁氏之風聞公欵待下屬每多謙冲與其同几共榻毫無驕汰之狀汪文端公死公爲之代請得廕其子承霈爲部曹舒文襄公籍沒遣戍公代贖其宅俟其歸而贈之故皆感佩其德久之不衰然於恩怨分明有詆之者務爲排擠又頗好奢靡衣冠器具皆尙華美風俗因之轉移視諸盧懷愼布衣脫粟呂蒙正之休休有容者殊有愧於昔也

私造假印案

嘉慶己巳冬工部有書吏王書常者私鐫假印冒支　國帑其於欽派歲修工程皆假揑大員名姓重復向户曹支領每歲耗銀至數十餘萬兩久之爲工頭某告發始置書常於法大吏降黜有差夫水曹支領銀兩必須諸司空簽押畢關知户曹度支大員復加查核然後發帑定例本爲詳愼乃諸部曹員緣爲奸伺大員談笑會飲時將稿文雁行斜進諸大員不復寓目仰視屋梁手畫大諾而已更有倩幕友代畫者其習已久故使奸蠹胥吏得以肆其奸志嗟夫於照常供職之事尚復泄沓若此又安望其興利除弊致吾民於熙皞之世也哉宜夫我　皇上屢降明諭諄諄之告誡也

伊桑阿

貴州中丞伊桑阿高文端公兄子也累任封疆以貪黷聞爲下吏舉發　上命初頤園侍郎往訊得實解京正法　上怒其暴虐復遣侍郎瑚圖靈阿於中道賜死伊初聞　旨以爲詐僞不肯受命瑚使人縛之乃叩頭乞貸須臾以待　恩命之至瑚笑曰曩昔威望皆往何處去也因以帛勒斃夫以封疆世族至於玩法致罪已無顏以對人乃搖尾乞憐如犬彘就死狀眞不知是何肺腑也

盛京先朝舊物

盛京　清甯宫貯　文皇帝時糠燈屢見　純皇帝之詩又　崇謨閣藏　高皇帝舊履以牛皮爲之舄護以綠皮雲頭又有　先

朝登山負物木架所持拐杖皆白木爲之制甚樸素想見　祖宗開創之艱公劉走馬之什古今如合符節也

洪文襄之降

文皇之收服洪文襄事已詳前卷中聞范冢宰建豐言洪被擒時文皇命先文肅公往說洪謾罵不已文肅以善言撫之因與談論今古事時有梁間積塵落洪襟袖間洪屢拂拭之文肅遽辭歸奏　文皇曰承疇不死矣其敝衣猶愛惜若此況其身邪後文襄果降如公所料云

黃文襄設幕館事

黃文襄事蹟已見前卷聞公督陝甘時正值西北用兵公督師肅

州乃設一公館凡藩臬兵備道州縣等所司軍旅事者皆寓其中公鎮日危坐中堂其郵騎至直入館院公啟封視之應付何司者立時分派目擊其抄稿鈐印畢即以咨覆故應付急速無以留滯軍事得以易蕆司軍事者宜以爲法也

五國城

五國城在今白都納地方乾隆中副都統綽克託築城掘得宋徽宗所畫鷹軸用紫檀匣盛瘞千餘年墨跡如新又獲古瓷器數千件因得碑碣錄徽宗晚年日記尚可得其崖略云於天會十三年寄跡於此業經數載始知金時所謂五國城即此地也

禮烈親王轟

先烈親王同鄭莊親王征輝發夜間大纛頓生光燄鄭王欲凱旋先烈王曰焉知不爲破敵之吉兆也因整師進卒滅其國故今余邸中纛頂皆懸生鐵明鏡於其上有異於他旗之纛按定制纛頂皆用銅火燄蓋以誌瑞也

桂香東侍郎

覺羅香東侍郎桂芳　興祖直皇帝裔也爲兩湖制府圖公思義孫性豪宕中嘉慶己未進士　上召見曰奇才也因日見信任不數年即登九列家素貧窶然不鳴一錢門生有饋納者公曰以束修贄先生其誼甚古然某任司農尚可充用不敢拜受其惠因封還之時相有以苟且爲政者公深惡其人至面責之曰不意宗臣

中有如公之行者眞汚蠛帶間物矣某公恨之次骨然亦無如公何也癸酉秋林清之變公擬奏稿數條預以示董蔗林董曰公言雖是恐不能迎合　上意公正色曰此何等時尚以迎合爲言耶董公爲之拜謝乃已其奏上　上皆嘉納之甲戌春　欽命往粤西審辦成林案病寓於武昌未數日暴卒　上悼惜之獎以忠梗有古大臣風焉先是公祖制府公公父觀察公恒慶及公身三世皆沒於楚中亦一異也

張若瀛

張若瀛文和公之族姪也以吏員任熱河巡檢　純皇帝幸灤陽有隨侍太監某滋擾民間若瀛撫以善言太監愈咆哮乃命縛之

立加大杖數十方敏慤公時督直省大詫曰張某瘋矣乃立劾之上察其情曰非太監恣行不法若瀛安敢杖之其人殊有家風誠可嘉也因立擢爲同知而遣戍其太監眞　聖主大度有異於人也

書劍俠事

余友畢補垣云粤西永甯州有陳氏者家巨富嘗飲於州署中席間有偉丈夫闖然至衣服鮮美年甚髫稚與州牧欵洽陳異其人訊諸州牧牧曰此所謂李氏子至州已三載惟以交納官吏爲事實未詳其世族陳有少女因欲贅李爲婿倩州牧爲媒李慨允之惟約曰每月有數夕吾應夜出會客莫相爲阻陳允之既贅數月

每夕出終夜不返所招徠者皆峨冠奇服相貌傲醜之輩陳叟亦頗悔爲姻既已贅之無如何也吳中有葉氏子者少無賴好劍術有老嫗導之能以劍爲雙丸納諸口中又能使人以白刃擊其肩背終無血跡老嫗因曰此厤姑避劍法也葉拜學其術因出游於外時　王師征緬甸有轉餉至楚南沅州者一夕忽失銀數百鞘守吏大驚因督責胥隸捕緝終日笞撻有老胥曰銀至數百鞘非一人之所能持如其夥衆多聲應喧沓何以守者闃然無所聞見其中必有異也因號泣路旁葉氏子適至沅異而問之老胥告其故葉憐其老曰吾可爲代覓之因赴滇黔物色之終不得其要領一日路之永甯遇李生於途詫曰此小李將軍也奚以至此因問

諸路人曰此陳氏贅壻也葉氏子遂至陳宅告楚中失帑之故陳亦訝曰數日前吾壻頗暴富未審其財物所自豈即盜官項耶葉曰夜中令汝女細詢之陳叟告其女晚間李生至入戶見妻色悽然曰此必有異因究詰之女戰慄無人色長跽以謝李生疑有他故因拔壁上劍將斬之葉氏子自窓躍入曰不可害良家女洩其機者爲某甲請斬吾首可也李嗒然棄劍曰吾兄奚至此吾事敗矣不可久居於此葉氏子忿然責之曰吾儕以義爲重豈可盜官家物使遺禍於他人以遭天譴也李生曰諾兄可速回楚官帑保無遺失吾亦棄此而他徙矣葉氏子因辭陳叟歸李生亦以其日棄家去不知所之是夜沅庫得所失鞘封印如故葉氏子既歸吳

中數載相物色者愈衆葉氏子曰布衣而享妖異之名其禍足以殺身因辭其父母云欲之點蒼山學道至今未歸云此甲寅秋日告余者今補垣已歿廿載未知其事確否聊漫錄之以誌異云

洪文襄款客

洪文襄晚年既謝事復獨居侘傺有其同鄉士人往謁公拒不見士人歸旅邸無聊甚晚間喧傳相國回拜已至門矣士人趨出公降輿握手故作寒溫泛語久之入則四庭肴饌備陳珠簾繡幕華燈輝熠公延客入首席陪座者皆一時名士既而笙管繽紛伶工畢集演劇數齣酒數行罷公起告辭士人送出公又辭讓須臾乃登輿去士人返舍依然寒燈如豆破壁頹垣猶如故也蓋公久蓄

將略無所施爲聊借款客以展其懷抱耳

張文端代作詩

王文簡公士禎詩名重於當時浮沉粉署無所施展張文端公英時值　南書房代爲延譽　仁皇帝亦素聞其名因　召漁洋入大內出題面試之漁洋詩思本遲滯加以部曹小臣乍覩　天顏戰慄操觚竟不能成一字文端公代作詩草撮爲墨丸私置案側漁洋得以完卷　上笑閱之曰人言王某詩爲丰神妙悟何以整潔殊似卿筆文端公謝曰王某詩人之筆定當勝臣多許　上因命文簡改官詞林因之得置高位漁洋感激文端終身曰是日微張某余幾作曳白人矣

高江村

高江村士奇華亭人家甚貧窶鬻字爲活納蘭太傅明珠愛其才薦入內庭　仁皇喜其才便捷凡遇　巡狩出獵皆命江村同禁籞羽林諸將校並馬扈從故江村詩曰身隨翡翠叢中列對入鵝黃者裡行蓋紀實也江村性趫巧遇事先意承志皆愜　聖懷一日　上獵中馬蹶　上不懌江村聞之乃故以潴泥汚其衣趨入侍側　上怪問之江村曰臣適落馬墮積潴中衣未及浣也　上大笑曰汝輩南人故懦弱乃爾適朕馬屢蹶竟未墜騎也意乃釋然又　上登金山欲題額濡毫久之江村乃擬江天一覽四字於掌中趨前磨墨微露其跡　上如其所擬書之其迎合皆若

此也

內院筆帖式

國初海內甫定督撫多以漢人充之凡文移用　國書者皆不省識每省乃委內院筆帖式數人代司清字文書後內三院改爲內閣翰林院繙書房等署而督撫衙門筆帖式仍沿舊銜未及更正云

裕陵聞香

刑部侍郎永祚言其任工部司員時督辦　純皇帝大葬禮事甫啓地宫石門聞有異香自隧道出清芬可愛如是者數日乃已蓋寢宫幽閟日久山嶽秀氣所鍾靈也

蔣文肅入場

蔣文肅赫德初名元恒永平灤州人幼爲諸生善望氣術明天啟丁卯公赴科場夜間聞明遠樓鼓聲驚曰此頽敗之氣其國安能久長故不終闈而去遍游九邊云王氣葱蘢聚於遼瀋其間必有聖人御世吾蓄材以待可也逾年　文皇帝入關公杖策軍門上閱其文喜之因改今名遂攜出塞不數載以致大拜云

陳提督

乾隆己巳　上命工部侍郎三和修理靜漪園別館中有複道可通西苑　上幾暇之餘嘗乘小輿率諸内侍數人由複道往監工外庭殊未知也時陳提督杰爲中營千總日夕危坐宫門側督率

工匠縮搆初無怠容　上心識其人　諭傅文忠曰汝中營有偉髯千總其人勤朴可任事因詢其名姓　命文忠保薦之不數載遂至專閫云

祿相公

宗室相國祿康爲誠毅貝勒裔於宗室中屬長行嘉慶初輔政數年繼和相既敗之後欲反其政故持躬清介馭下寛大僚屬感其小惠翕然呼爲良相然才具庸劣無所建白又不甚識字於古今政體毫未寓目其所操持率皆以市井毀譽爲之趨慕罔識　朝廷大體故一時叢脞成風每多苟且之政最可哂者一日余會公於　禁中蒙公敎誨甚篤余因述其祖德公赧顏曰先世身遭刑

戮安敢計功余爲之駭然按誠毅貝勒爲　顯祖幼子開創時勳勞稱最以病薨于邸經　太祖親臨哭奠立碑旌功事具　國史而公所言如此誠爲駭異因細詢之乃悮以褚英貝勒之事歸之誠毅（按褚英貝勒爲　太祖長子以事賜死）誠所謂數典忘其祖矣後以故縱輿夫聚賭事降副都統復以失察曹倫事遣戍遼東侘傺以卒夫以天潢貴胄而不學無術至此安可以當調羹重任也

亮總兵

伊爾根覺羅總兵亮祿以世廕任河南城守尉嘉慶庚申川楚教匪滋事已逾數載豫省將校皆檄調他往撫軍吳公（熊光）亦率兵堵禦盧氏腹心千里兵力虛弱故寶豐郟縣教匪藉以謀逆時布

政馬公慧裕護撫篆省中惟滿兵千人而已馬公因命公率滿兵同往馬公故書生未嫺軍旅公曰吾聞兵貴神速未聞遲巧今賊初滋事卒皆烏合之衆易於撲滅不可使其蔓延日久有害蒼黎也乃驅兵疾行未三日至賊尚未知覺公即率公圍其堡寨聲言滿兵自京中至數逾十萬賊未知虛實使偵者探伺公命樹八旗大纛五色絢爛並命兵卒以鞭箠馬腹使其騰蹶嘶號聲震數里賊已畏懼至夜間公起曰此正擒賊時也因吹角命士卒喊號進公首先踰濠焚其寨堡士卒益用命一鼓殲之回報馬公馬公方踞鞍危立戰慄不能上馬也事聞　上大喜立擢公副將後任雲南開化鎮總兵未逾年卒於任按寶豐爲中原腹心之地四通八

達無不襟連微公乘賊之瑕即時撲滅倘至盤踞日久豕突於江淮濠潁之間則其禍有不忍言者矣若公者謂之社稷之臣可也

超勇王

超勇王成袞札布額駙襄親王之長子也襄親王光顯寺之戰功在社稷事見後卷王嗣掌定邊左副將軍印父子專閫軍中榮之其族貝勒青滚雜卜因其兄額林沁多爾濟以故縱阿逆故賜死事見前卷陰煽惑諸喀爾喀蒙古諸藩曰元太祖裔無正法理欲共謀叛逆其檄至王所王大怒曰焉有人臣犯法而其骨肉代爲復仇之理吾家世篤忠貞豈可效叛人之謀自蹈誅夷也因首發其謀復寄札於哲卜尊丹巴胡圖克圖令其諭所部知大義俾勿惑事聞

純皇帝嘉之即命王統師以剿曰大義滅親此王茂宏所以仗安東節也王率諸喀爾喀藩部兵力爲追捕青滚雜卜計窮擁兵自衛王傳檄諸部宣布　國家威德其黨皆散惟餘青滚雜卜父子數人宛延沙漠中迷失道路爲官兵所擒　上大悦賜王金黄帶封其子爲世子以優賚之王白晳微髭數莖不類蒙古世族知兵法有元臣木華黎所著兵法王世收藏之暇時擁一編展誦故用兵多合古法掌大將軍印幾四十年未嘗戮一偏卒曰三世爲將道家所忌吾敢恣意誅戮貽禍於後人耶其弟郡王車克登布以勇捷見稱　上嘗以霍去病曹彰比之

軍營之奢

宗室副都統東林　文皇帝第十子韜塞裔也任侍衛時從征川楚教匪凡十餘年其親爲余言者云軍中糜費甚衆其帑餉半爲糧員侵蝕任其濫行冒銷有建昌道石作瑞曾侵蝕帑銀至五十餘萬兩然其奢費亦屬糜濫延諸將帥會飲多在深箐荒麓間人跡之所罕至者其蟹魚珍羞之屬每品皆用五六兩一席多至三四十品而賞賜優伶犒賚僕從之費不與焉有某閣部初至石爲饋珍珠三斛蜀錦一萬匹他物稱是故其所侵蝕者轉皆蕩盡至死無殮費人皆快之軍中奢糜之風實古今之所未有也聞明參政亮言其隨明忠毅公瑞征烏什回部時軍中大帥惟有肉一胾鹽酪數品而已其事未逾數十年而其風變易至此其作俑者可

勝誅乎

李潄芳

李侍御潄芳四川人巡視中城有傅文忠公家奴欒大恃公之權勢招徠無賴輩肆行市衢間無人敢過而問者公慨然曰傅相以忠謹傳家故能奕禩而保大其家奴游蕩非公所能知者不可使其風日滋反貽累於椒房其攸關甚鉅乃命捕大審得實立登白簡　純皇大悦立遣戍欒大傅公罰鍰有差而擢公爲給事中以旌其直焉其後以諫匿災事失實降官人爭惜之

俄羅斯

俄羅斯國在喀爾喀烏里雅蘇台之極北東西袤長數萬里東接

黑龍江西連安集延敖罕諸部落其人黑皙窅目衣服食物語言文字皆近西洋與蒙古部落習俗懸絶其文官皆洋中人爲之武官始參用本國人其主名察罕汗女傳已七世生男則爲異姓人生女始爲國種又蒙古源流云元太祖之長子分封絶域來往數萬里事見元史即爲俄羅斯之始祖云然則彼國亦元裔也其世系莫可考矣

熊志契

熊文端公賜履漢陽人相 仁皇帝先後幾三十年忠清剛介崇尚理學當時號爲賢相薨時家無擔石賴族人熊本主喪始獲葬焉其暮年始生子名志契公甚鍾愛然志契才智庸劣幼失怙恃

無人訓迪遂至目不識丁　仁皇念公舊德　召見志契欲賜科目因問曰汝所羨慕者何志契童騃因遽曰我欲策蹇驢游都市中　上嗟嘆曰賜履無子矣因命歸乾隆甲子授翰林院孔目遂命上駟院賜驢一頭以遂其志後志契以孔目終其身歷官幾四十餘年乾隆丙午始卒年已七十餘矣

阿文成相度

阿文成公與和相同值軍機大臣十數年既薰蕕不相合乃除召見議政外毫不與通交接凡立　御階之側公必去和相十數武愕然獨立和就與言政事公亦漫應之終不移故處也安南國王阮光平至京遣其臣饋公土儀公取一二物使人出曰中朝公

相問陪臣好汝國王既誠心朝覲其優賚厚寵皆出自　皇上體恤遠人之意莫謂中朝相公不識順逆二字也其陪臣汗流夾背出謂人曰此誠宰相語公有　上賜馬一日脫韁去圉人入告公方觀書曰覔之既獲復命公徐曰好仍讀書如故其相度也若此

蔡必昌

蔡太守必昌任四川重慶守云能過陰間預知冥中事福文襄王征廓爾喀時蔡往謁見王因問此行休咎蔡云此次行軍蕆事必速冥中祇造册數月此後不數年川楚間當有大刦難至冥中已造册數年尚未已也王因問册中名姓蔡憮然曰未來事不可預言依稀記得秋帆制府乃册中首領也其言乃甲寅七月望日洪

大令（慶祥）親告余者其時楚中尚無兵燹之事余責以爲妄言休咎明年果有楚苗之變其後川楚教匪蠢動兵連九載始得蕩平果如洪令所言云

按雜録中不録鬼怪詭誕之語以爲近日奇異小説過多有意避其窠臼惟載此段與費直義公事者（費事載後）費事乃余幼聞先人所述必非荒渺之語此言實係余聞於未變之先者故漫記之以誌異云

四神祠

太液池北岸大西天寺中有四神祠狀貌偉然甲胄峙立聞故老云爲爪爾佳直義公（費英東）舒穆祿武勳王（楊古利）鈕鈷祿果毅

公額亦都爪爾佳公勞薩四公之像　孝莊文皇后念其舊勳故塑像祀於廟中乾隆戊寅寺中災太監等往撲救見四像宛轉欲動急扶之出四神像即似趨行狀不數武已至門外得以無恙亦一異也

蘇相國

蘇相國凌阿姓他塔拉氏中庚申舉人晚年與和相聯姻始洊公卿齷齪守位無甚表見任江督時貪庸異常每接見屬員曰　皇上厚恩命余覓棺材本來也人皆笑之其劾楊天相誣盜案事衆皆爲楊抱屈楊正法日六營合祭哭報震天幾至激變賴陳軍門大用安撫之始已其入閣後龍鍾目眊至不能辦戚友舉動賴人

扶掖瑤華主人弘旿嘗笑謂余曰此活傀儡戲也和相賜死後公即予告復命守護　裕陵久之乃卒然其少時充中書舍人請諸於政事堂中衆皆笑其庸劣惟鄂文端公曰諸君莫輕視蘇公其人骨相非凡將來必坐老夫位也人皆以爲公一時謔語後卒踐其言亦一奇也

楊誠齋軍門

楊誠齋軍門芳貴州人少貧窶讀書應試未就乃充行伍藉軍糧以贍其家乾隆乙卯楚苗竊發毗連黔境銅仁諸苗亦乘時蠢動攻銅仁寨時游擊爲孫總兵清元欲棄寨避賊公奮然曰芳聞咫地寸土莫非爲天子所守者奈何委之於賊孫壯其言因與賊戰

乃至敗績時福文襄王督師命諸將移寨聞兵敗怒欲置孫於法孫叩首曰非裨將之過皆楊芳一人意也王命縛公至詰曰汝何人乃敢抗吾法時兵衞森嚴堂宇深邃公大聲曰芳幼讀聖賢書惟知忠孝字今寨雖小爲　天子所畀付若輕棄是違　君命也故芳欲一戰以揚士氣其勝之與否自有主之者非芳之罪如使芳執殳效命早裹屍馬革矣言既終愀然長嘯王壯其言命爲親軍日見委任不數載官至專閫公與楊時齋軍門爲布衣交遂至通譜公善謀時齋善戰二公如左右手不可須臾離者其守陝安鎮政令寬洽民感其惠公嘗入　陛見其署篆者暴虐激變營兵亂軍蒲大芳揭竿而起然感公舊德曰楊夫人在愼勿殺害也因

共舁夫人轎送出南山共拜叩去其善馭士卒也如此

信莊二王生命

信恪郡王如松莊慎親王永瑺同年月日生莊惟後信數刻時互以弟兄稱之稽其福命信先莊薨十七年然其子恭王淳穎以復睿忠王爵故因贈王爲親王莊恪王無子嗣其弟子承襲信恪王少封公爵任工部侍郎等官莊恪王少亦賜公品級歷副都統等官雖文武少差而其陞轉如一亦一異也

先悼王善六合槍

先悼王諱椿泰先良親王嫡子幼襲王爵闊懷大度撫僚屬以寬恕喜人讀書應試人皆深感其惠善舞六合槍手法奇捷雖十數

人揮刃敵之莫之能禦又善畫硃砂判嘗於端午日刺指血點睛故每多靈異余少時尚見一軸其判俯首視傍側如每有所覩每使人警畏云

欽訓堂博古

宗室輔國公永瓛號素菊理密親王孫也好收藏古字畫書籍善爲甄別眞僞凡經公品題者百無一失故收藏家皆首推之汪文端公嘗倩公分別所藏卷軸公撫摩終日曰惟米襄陽一帖近眞跡其餘皆僞鼎也汪爲之勃然變色公亦不顧也余幼時拜謁其室見架上書卷紛披惜未得一寓目近聞皆至散佚殊可惜也

趙護衛

趙護衛名赫紳其先蒙古人爲余邸僚屬性忠醕先修王命傅先恭王凡醫藥飲食皆賴以調護乾隆乙亥春邸中有護衛雙愛者出境滋事先人劾之愛因反噬爲奉先人命者而引護衛爲證時先人與時相不睦因嗾某尚書欲坐實其事時尚書據高座侍郎等左右列護衛因服縲絏入尚書故作怒狀欲護衛引陷先人加以三木者再護衛仰天大呼曰如本王知情方隱匿之不暇敢據實以入告乎皇天后土實鑒斯情赫紳雖死不敢誣王以求活也尚書爲之氣奪時趙方伯蒸英爲部郎因進言曰紳已老不可再加以刑何不以鞫紳者而鞫愛也尚書語塞不得已引愛鞫之甫加刑愛即輸服先生人之寃始白而護衛卒以創死

費武襄公知大體

費武襄公（揚古）以戚畹故封伯爵爲撫遠大將軍征噶爾丹既奏凱衆皆欲露布揚功績公却之其奏摺惟言兵至某處失迷道路宛轉山徑中數日又於某處敗績又於某處絶糧數日皆臣失算之故賴　聖天子洪福得以無虞今徼幸成功實出意外之語幕客或咎其失體制公曰　天子深居九重如見奏功之易若此必長其好大喜功之志軍中士卒勞瘁不可不令　上聞之以消異日窮兵黷武之患也人皆服其言得體云

嘯亭雜錄卷之九

汲修主人著

甯王養菊

京中向無洋菊籬邊所插黃紫數種皆薄瓣粗葉毫無風趣甯恪王弘晈爲怡賢王次子好與士大夫交因得南中佳種以蒿接莖枝葉茂盛反有勝於本植分神品逸品幽品雅品諸名目凡名類數百種初無重複者每當秋𦣛雨後五色紛披王或載酒荒畦與諸名士酬倡不減靖節東籬趣也王又自製精扇體制雅潔名東園扇一時士大夫爭購之以爲賞鑒云

花老虎

花軍門連布滿洲人以世職洊至南籠鎮總兵官性質直與人交有肝膽少時讀書嘗習左傳故於戰法精妙乙卯春方入覲半道値銅仁紅苗殺官吏反福文襄王以總督進剿檄留公隨營素稔公勇令首先解永綏圍公率百餘騎長驅直入破燬苗寨數十苗人皆烏合衆未見大敵大驚曰天人神兵至耶何勇健乃爾因遠相奔潰永綏之圍立解時公着豹皮戰裙故苗人呼爲花老虎云王大軍至令公結一營當大營前禦賊悉以剿事委之王日置酒宴會或雜以歌舞公則晝夜巡徼飢不及食倦不及寢苗匪既知王持重不戰乃獸駭豕突或一日數至公竭力堵禦賊已退乃敢告王知如此百晝夜鬚髮盡白而旁有忌其功者互相肘掣故不

及成功小竹山賊匪叛黔督勒公保檄公督兵往剿公禦賊山粱上轉戰益奮中鳥鎗三墮入深淵中詬罵不絶口賊欲鉤出之乃自力轉入巖石中折頸而死事定諸將弁百計出其屍顱骨皆寸寸斷矣事聞　上震悼特　賜祭葬云

穆富二將

川楚教匪竊發鹿挺獸駭蔓延三省一時諸大將多擁兵自衛任其奔突惟知擄掠良民以供糈食故當時呼官兵有紅蓮教之目惟穆軍門維富將軍成二將督齊魯兵堵禦甚嚴賊人畏之羣相戒曰愼勿犯三眼纛將軍蓋山東旗纛皆繪三太極圖云穆江南人少隸山東行伍征王倫時手斃賊帥爲　純皇帝所喜每見之

卽問曰穆維尙未陞擢耶故不數年卽至開闢後以勞瘁卒於軍中富公滿洲人少充巡捕營將佐以趫捷稱後擢成都將軍以救援覺羅牧菴叅政故殉於陣　上深惜之

和相善謔

和相雖位極人臣然殊乏大臣體度好言市井謔語以爲嬉笑嘗於　乾清宮演禮諸王大臣多有俊雅者和相笑曰今日如孫武子教演女兒兵矣又安南貢金座獅象空其底者和詫曰惜其中空虛不然可多得黃金無算也爲夷官所姍笑其器量淺隘若此嘗閱聞見後錄載章子厚好爲市衢之談以取媚於神宗之語可見今古權奸如出一轍也

趙泰安

趙泰安相國國麟山東人理學名儒　純皇帝即位之初首擢綸扉公亦以古大臣自期一時吁咈都俞朝野傳爲盛事後有民人俞長庚父死延諸大臣往弔唁謝以重賄或言公亦偕往爲仲副憲永檀所刻公力爲辨白其事終無左証　上以其言戇急殊失大臣之體乃遷公爲工部侍郎公即日謝病歸故里中十數載始薨云

自鳴葫蘆

康熙中吾邸遼東莊頭某家植蔬菜籬間結一巨葫蘆中能作音樂之聲獻於先修王修王異之因進於　仁廟　上甚爲愛惜日

置　養心殿中後隨殉　景陵云

三楊將軍

乙卯春苗匪竊叛福文襄王率師征之有神兵數千助陣苗匪因之敗潰土人云與三楊將軍廟相近王奏於　朝特建祠以祀之見邸抄

雞公山

先良親王南征時於雞公山與耿逆接戰時有神兵助順中有披髮仗劍者云係眞武神助戰王請立廟祀之見池北偶談

先良王善知人

先良王率師討耿逆凡智勇非常之士無不爲王所識有拔自行

伍問者姚制府啟聖吳留村興祚皆以縣令起家王優待之不數年薦至封疆大吏賴征南塔黃總兵大賴藍將軍理楊昭武提皆由王所賞識卒至專閫黃有黑甲重三百餘斤王凱旋時黃持以爲餽余少時猶見之鐵光照耀雖勇趫之夫着之不行數武亦可想見將軍之勇力矣

先良王大溪灘之捷

良王進師衢州時賊將馬九玉據大溪灘又名太極灘以遏我師王率諸將身先用命賊伏起草莽短兵相接轉戰竟日王坐古廟側指揮三軍纛旗爲火鎗擊穿者數十二護衛負寺雙扉以庇之王飢進食典膳者方割肉爲鎗所斃而王談笑晏如也我兵踴躍

擊賊賊遂大敗去九王自是歛兵不復出戰隨王二內監聞鎗箭聲震懼遂自縊於廟中王既勝九王遂偃旗鼓一日夜行數百里夜抵江山縣王曰若不乘其銳攻之使賊有備曠日持久非計也乃乘月下攻之其縣立下常山聞警遂降直抵仙霞嶺嶺下有溪溪賊目金應虎攏其船於對岸我兵不能渡王躊躇假寐夢先烈王撫王背曰此豈宴安時耶繞灘西上數里其淺處可涉也如是者再王忪然醒遂遣將至上流果覓淺處遂斷流而渡賊人以爲兵從天下故不戰而潰

先修王善書

先祖修親王自幼秉母妃教習二王書法臨池精妙蕘時先恭王

尙幼多至遺佚余嘗覩王所書多心經用聖教筆法體勢遒勁又其所書友竹說會心齋言志記皆用率更體製蓋效王若霖筆意尊時尙也又善繪事洪大令慶祥家藏王所繪白衣觀音像趺坐正襟莊嚴淡素即王當時贈其祖農部公德元者惜所傳無多焉

和眞艾雅喀

吉林東北有和眞艾雅喀部其人濱海而居剪魚皮爲衣裙以捕魚爲業去吉林二千餘里即金時所謂海上女眞也其舊俗父母至六十誕日即聚宗族會飲刲其父母軀肉以供賓客埋其骨於戸樞前歲時以爲祭奠其鄉黨始稱孝焉　仁皇帝習知其弊許其世娶宗女命改正其汚習至今其部落及歲時至吉林納聘將

軍即購買民女乘以紅輿代宗女以厚奩贈之其部落甚爲尊奉初不計其僞也

玉甕

承光殿南乾隆十年建石亭以置元代玉甕按輟耕錄黑玉酒甕玉有白章隨其形刻爲魚獸出沒波濤之狀其大可貯酒三十餘石徑四尺五寸高二尺圍圓一丈五尺至元二年告成勅置廣寒殿云其後屢易朝代廢置某道院中以爲醬瓿有工部侍郎三和者善博古物於道院見之因賤價贖以歸進　上仍置故處　純皇御製玉甕歌以紀其事命廷臣賡和以鄭虎文之詩爲最其詞曰天啟　聖瑞玉甕出惟　聖克受昭聲歌臣愚未覩法宮寶伏

讀　睿藻心爲摹甃廣三尺容五石隨形窅突浮圓荷刻劃類鑄
象鼎物長風蹴踏萬里波腥涎怪物走蛟蜃呀呷睒𥈭騰黿鼉陽
冰不冶陰火閃怪變滅沒呑江河伊誰鏟削運鬼斧或巨靈掌吳
剛柯吾思此玉當在璞磈然萬古藏嵯峨百靈孕含胚太極潤及
草木輝嚴阿原爲聖役剖鑿出宛轉人世襲臼窠那知德薄不能
有供玩耳目羞媕婀如延津劍泗水鼎神物終化理不訛於時恭
承　陛下聖萬方貢獻聲猗那人無遺賢物鮮棄希世寶肯終煙
蘿熊熊龍氣光燭夜乃迹而得歸搜羅轉　勅內府輸朽貫千金
易致駟馬馱陳之廣殿重圖訓奠如金甌無傾陂龍翔鳳翥發天
唱四十八人鳴相和鳴呼隱見會有遇委棄道院歲已多冬菹實

腹泥沒足學士憑弔賫吟哦拂拭偶及光萬國經天不掩同羲娥甄幽拔隱寄深慨誰其會者空摩挲異物且貴況奇士努力明盛無蹉跎

年羹堯之驕

年大將軍羹堯受　憲皇帝知遇以平青海功封一等公金黃服飾三眼花翎四團龍補其子年富封一等男其家奴魏之耀賞四品頂戴實爲近世所無年既承　天眷日漸驕邁入京日公卿跪接於廣甯門外年策馬過毫不動容王公有下馬問候者年頷之而已至　御前箕坐無人臣禮　上皆優容之而年猶不悟至書夕惕朝乾爲朝惕夕乾語意干指斥故　上决意誅之籍沒日其

家蓄婦女舊包頭數篋云欲作綿甲者又有刀劍無算命其交將印於岳威信時年遲三日始付出或云其幕客有勸其叛者年默然久之夜觀天象浩然長嘆曰事不諧矣始改就臣節其降爲杭州駐防防禦時日坐湧金門側鬻薪賣菜者皆不敢出其門曰年大將軍在也其餘威尚如此實近日勳臣所未有也

太和門箭

豫德親王下江南時王鐸錢謙益等迎降王未察其誠僞命都統舒穆祿譚泰往偵之公至太和門門扉爲故明舊物生鐵包裹甚爲堅厚公拔矢射之洞穿其扉明人驚駭以爲神力今其箭猶存每翠華南幸時有司飾其楛羽以示威德焉

王文簡公補謚

漁洋先生入仕三十餘年以醇謹稱職　仁皇帝甚爲優眷因與理密親王酬倡爲　上所怒故以他故罷官沒無卹典　純皇時與沈文慤公談及近日詩道中衰無復曩日之盛之語沈公乘間曰因不讀王某之詩蓋以其卒無謚法無所羨慕故也　上因命同韓文懿菼補謚焉

蓮筏

萬壽寺僧人蓮筏長洲人爲寺中住持十數年貌濤癯蕭然白髮爲出世狀頗解禪理與章嘉國師談論經典每至竟日國師深服其博蓮公背謂人曰章嘉經典雖諳熟然未解阿羅漢道尙下乘

學也其詩清新饒有別趣與韓旭亭法祭酒唱和頗有虎溪三笑之風丁巳春余至寺師爲欵茶年已七十餘尚輕健如故未久謝世聞其圓寂數日前至鄭邸盤旋竟日曰七寶池邊已促吾行不復叅謁王矣此石琴主人親告余者亦彼教中善知識也

婁眞人

婁眞人近垣江西人　憲皇帝時召入京師居光明殿有妖人賈某之鬼爲患眞人爲之設醮禱祈立除其祟又在　上前結幡招鶴頗有左驗　上喜之封妙應眞人眞人雖嗣道教頗不喜言煉氣修眞之法云此皆妖妄之人借以謀生理耳焉有眞仙肯向紅塵中度世也先恭王延至邸問其養生術眞人曰王今錦衣玉食

即眞神仙中人席上有燒猪眞人因笑曰今日食燒猪即絕好養生術又奚必外求哉王深服其言曰婁公爲眞學道者始能見及此也年九十餘始仙逝

戴學士

戴學士梓字文開浙江仁和人少有機悟自製火器能擊百步外先良王南征時公以布衣從軍獻連珠火礮法下江山縣有功王承制授以道員劄付　仁皇帝召見喜其能文　命直南書房賞學士銜公善天文算法與南懷仁詰論懷仁爲之屈心甚忮刻因誣公通東洋　上大怒遣戍黑龍江後赦還卒於旅邸人共惜之

詩讖

朝野雜記記寇萊公去海只十里離家已萬山後果貶謫雷州以爲詩讖按余友畢補垣敦嘗有詩云空濛人浸一江烟之句後出仕爲開化丞果溺水斃袁簡齋先生丁巳歲寄余札尾云恐從此雁少鴻稀望長安如在天上矣余訝以爲不祥後不久果下世可見落筆之時機兆已現不必待蓍龜始先知也

詩龕

蒙古法祭酒式善榜名運昌中式時　純皇帝曰此奇才也　賜改今名祭酒居淨業湖畔門對波光修梧翠竹饒有湖山之趣家藏萬卷多世所罕見者好吟小詩入韋柳之室頗多逸趣家築詩龕三間凡所投贈詩句皆懸龕中以誌盍簪之誼任司成時惟以

獎拔後進爲務同汪瑟菴先生選成均課士錄其取售者卒一時知名之士海内遂爲圭臬已未春上疏請旗人屯田塞外事 上以爲故違 祖制降官編修因引疾去官以終先生慕李西涯之爲人訪其墓田代爲葺理又邀朱石君太傅謝薌泉侍御等鳩工立祠歲時祭享焉先生與余最善每相見勵以正身明道之詞坐談終日不倦實余之畏友也

韓貞文先生

韓貞文先生馨長洲人少時習字董香光見而悅之曰此子日後必以書法擅名年七歲書五人之墓碑碣人爭異之至 國初隱居不仕惟以習學禪定爲事晚年披髮頭陀作出世裝其弟某有

習科名者先生曰　皇清以義受命其垂統之誼甚正然吾儕生於季世食明之粟已久不可爲失節之婦以爲異日子孫羞也其沒後門人私謚曰貞文先生今大司寇尌即先生元孫也

仕宦最速

近年仕宦之速者阮中丞元中式後未三年即擢少詹事桂香東侍郎中式五年間擢內閣學士董鄂少司馬恩甯中式七年官至亞卿盧少司農蔭溥居郎官最久其擢鴻臚寺少卿至兵部侍郎未期年也皆宦途之最速者也

仕宦最久

竇東皋尚書任宗人府府丞二十三年劉秉權任戶部郎中三十

二年吉通政（兆熊）任通政司正使十四年吉大司成（善）任祭酒二十年皆仕途中之最久者也

兄弟鼎甲

乾隆乙丑莊少宗伯（存與）中探花時其弟狀元公（培因）寄詩與其兄曰他年若使登科第始信人間有宋祁之句後果中甲戌狀元未久即卒

神童

乾隆戊辰　純皇帝東巡濟南張宦家有童子年七歲能默誦五經及　上御製樂善堂集中詩　上大喜　欽賜舉人　命後宮遍覽之一時傳爲神童不久即卒

諸葛顯聖

嘉慶辛酉台中丞斐音奏稱川匪闌入漢中時犯定軍山其間有諸葛忠武侯祠賊恍惚見侯綸巾羽扇率神兵數萬助戰賊因以敗潰去　上命葺祠以報其德事見邸抄

綫量美人

蔣司農賜棨爲文肅公孫承先代家世　上頗優眷侍郎乃附和和相因與其家人劉全等聯爲友誼分庭抗禮頗自墮其家聲朱文正公曰使戟門不趨和相自守家範其侍郎固在也今周旋若此乃終未能改一官階徒自滅其聲價甚無謂也侍郎頗好聲色以爲婦女頎而長者其交始久故預製墨綫合其度者方爲收用

時謂之線量美人云

蒜學士

翰林學士興安滿洲人中庚戌進士公喜食大蒜凡烹茶煮藥皆以蒜佯之曰始可以延年却疾人爭笑其迂呼爲蒜學士云

烟洞山

興京永陵前有案山高數丈夏秋間其山洞中嘗出白雲一縷蓊然嶺頭終日不絕土人呼爲烟洞山實國家發祥之瑞也

神樹

永陵中原皇帝享殿側有榆樹一株高數十丈陰庇神殿其樹枝榦詰屈若虬龍狀樹腰有瘿數百顆聞土人云每帝后

上賓時其瘞自隕一枚　五朝皆然實爲　國家億萬年無疆之兆宗周卜世之祥未足比也

滿洲跳神儀

明堂之制余已載諸前卷中凡八旗長白舊族跳神之儀今書錄之以爲文獻之徵宗室王公家每祀神一日前於神房敬造旨酒用黍米糟麯如江南造酒式前三日每日朝暮獻牲各二名曰烏雲（華言引祀也）前一日敬製糕餌用黃黍米以椎擊碎然後蒸饋名曰打糕每神前各置九盤以爲敬獻其大神日五鼓獻糕於　明堂如儀俟其使歸主人吉服嚮西跪設神幄嚮東供糕酒素食其中設如來觀音關聖位巫人（用女使）吉服舞刀祝詞曰敬獻糕餌以祈

康年諸詞主人跪擊神版諸護衛擊神版及彈絃箏月琴以和之其聲嗚嗚可聽巫言歌畢念祝詞主人敬聆畢叩首興司香婦敬請如來觀音二神位出戶牖西設龕南嚮以供奉之司俎者呼進牲牲入主人跪家人皆跪巫者前致詞畢以酒澆牲耳牲耳聒司俎者高聲曰神已領牲主人叩謝司俎者揮庖人進刲牲俎烹畢及熟薦選牲內之最精者以爲醢供神位前主人再拜謁巫人致辭主人叩畢巫以繫馬吉帛進巫者祝如儀主人跪領吉帛付司牧者叩興始聚宗人分食胙肉焉禁令肉不許出戶庭中諱言死喪事賓至主人迎送不出庭門以誌敬焉暮時供七仙女長白山神及遠世始祖位西南嚮以神幕隱蔽窓牖以誌幽冥之意其祝

詞舞刀進牲祝詞如朝儀惟伐銅鼓作淵淵聲祝詞聲調各異焉次早設位於庭院神竿前位北嚮主人吉服如儀用男巫致詞畢以米洒揚趨退主人叩拜其牲肉皆封爲俎醢和稻米以進名曰祭天還願焉再明日於神位祈福供以餅餌以五色縷供神前祝辭畢以縷繫主人胸前以爲受福凡三日祭乃畢其長白滿洲舊族近　興京域者其祀典禮儀皆同但不於　明堂報享焉惟舒穆祿氏供昊天上帝如來菩薩諸像又供貂神於神位側納蘭氏則供羊雞魚鴨諸品其巫用銅鈴繫腰以跳舞之以鈴墜爲宜男之兆焉有蒙古跳神用羊酒輝和跳神以一人介冑持弓矢坐墻堵上以爲儀蓋其先世有刦祀者故預使人防之因相沿用以爲

制云

滿洲嫁娶禮儀

滿洲氏族罕有指腹定婚者皆年及冠笄男女家始相聘問男家主婦至女家問名相女年貌意既洽贈如意或釵鈿諸物以爲定禮名曰小定擇吉日男家聚宗族戚友同新壻往女家問名女家亦聚宗族等迎之庭中位左右設男家入趨右位有年長者致詞曰某家男某雖不肖今已及冠應聘婦以爲繼續計聞尊室女頗賢淑著令名願聘主中饋以光敝族女家致謙詞以謝若是者再始定婚令新壻入拜神位前及外舅父母如儀既進茶女家趨右位男家據賓席或設酒讌以賀改月擇吉男家下聘用酒筵衣服

紬緞羊鵝諸物名曰過禮女家款待如儀男家贈銀於婦家令其跳神以誌喜焉既定婚期前一日女家贈粧奩嫁貲視其家之貧富新婿乘騎往謝五鼓鼓樂娶婦至男家竟夜笙歌不絕謂之響房新婦既至新婿用弓矢對輿射之新婦懷抱寶瓶入坐向吉方及吉時用宗老吉服致祭庭中奠羊酒諸物宗老以刀割肉致吉詞焉禮畢新壻新婦登牀行合巹禮男女爭坐被上以爲吉兆因交媾焉次早五鼓興始拜天地神像宗祠翁姑坐而受禮如儀其宗族尊卑以次拜謁三日或五日婦歸甯父母壻隨至女家宴享如儀滿月期婦復歸宿女家數日始返然後婚禮畢焉

海超勇

國家撻伐四夷開闢新疆二萬餘里南驅緬夷西翦金川惟賴索倫輕健之師風飈電擊耐苦習勞難攖其鋭其中勇往絶倫以功名終者惟海超勇公爲巨擘公諱海蘭察索倫人幼從征西域以步卒射巴雅爾殪之 純皇帝特賜侍衛其後每經戰陣以勇力顯生平惟服阿文成公任其驅使辱詈聽命惟謹嘗告人曰近日大臣中知兵者惟阿公一人而已某安敢不爲其下其餘皆畏懦之夫使其登壇秉鉞適足爲殃民具耳某安能爲其送死也後南征臺灣福文襄王趨拜下風公始爲之盡力三日攻破鹿洱港賊人以爲天人從空而降自相踐踏以斃後征廓爾喀回京未匝月即以病殂 上深悼惜後川楚教匪叛 上浩歎曰使海蘭察在

此賊不足平也公善知兵每遇戰陣兵既接公乃敝衣布帽騁騎繞自賊隊後觀其瑕可乘者然後集兵攻之或以數十騎闌入賊隊左右射之使賊隊紊亂我兵因以致勝又能枕弓臥地聽之知賊馬之衆寡及嗅馬矢知敵去之遠近皆與古人暗合其長子安祿隨征川楚敎匪殉節川中其次子安成少年白皙美如冠玉喜聲伎日游狹巷中然勇幹有父風癸酉林清之變余目覩其殺賊無算焉其壻岳祥理藩院郎中亦以武力稱職蓋幼禀岳氏訓也

伊犁疆域

國家綏定新疆戡甯西域設立職官星羅棊布因地制宜開屯列戍以爲駕馭邊氓之計既善且備因綜其崖略以見　國家武功

之盛焉伊犁乃準噶爾建庭之地因之定爲將軍駐防之所建惠遠惠甯二城設將軍一人參贊大臣一人領隊大臣五人分統滿洲蒙古綠營索倫喜伯厄魯特回民諸營以爲邊防阨要之區其漠南去伊犁三千餘里曰烏魯木齊設都統一人副都統一人提督一人掌漠南軍務通北去驛路實爲新疆門戶重地其北近哈薩克曰塔爾巴哈台設參贊大臣一人領隊大臣一人阨外夷要路其地西連哈薩克北界俄羅斯爲二國鄰貢要隘其哈薩克入冬後則遷幕於卡倫內避寒春夏始驅逐之實爲北門關鍵也其山南諸路最要者曰喀什噶爾設參贊大臣一人協辦大臣一人其爲拔達克山接壤風俗醕良土地肥沃所轄皆二和卓之遺氓

撫綏尤宜得體其北曰葉爾羌其西南曰和闐皆設辦事大臣各二人惟司回民採辦玉石以爲貢獻其地富渥天時和暖有類內地非漠北窮荒甌脱者比也其南五百餘里曰烏什曰庫車曰阿克蘇皆設辦事大臣各一人爲回部心腹之區綏定保障尤加慎重其南吐魯番設領隊大臣一人其地爲古火州夏時天氣炎酷焦爍千里人皆避入地窨中至夜間始出爲市歲以爲常其北曰古城設領隊大臣一人其城相傳爲唐李衛公建節之所溫相國福從紀曉嵐議因建城焉其又南曰巴里坤哈密各設辦事大臣及營汛諸官其轉通糧帑開牙設候咸如內地焉

蒙古儒士

敖漢部落爲元太祖第四弟某王裔其台吉額駙彭楚克林沁者尙簡親王郡主通文藝熟習遼金元諸代事嘗與裘文達公談三史事裘爲之瞪目然以他書卷詢之彭亦不能驟答也　純皇帝呼之曰敖漢先生見　御製詩註中彭既習漢俗不樂居本土故典宿衞數十年卒於京邸

馬太傅

馬太傅齊富察氏爲文忠公之伯歷仕　兩朝居相位者幾三十餘年時明索既敗後公同其弟太尉公武權重一時時諺云二馬吃盡天下草云公不甚識字延西賓課子弟學其師不時至太傅告僚屬曰所雇先生終不愜人意他日當買一先生定當差勝此

也時人傳爲笑談

孔王祠

定南武壯王祠在阜城門外春秋遣太常卿祠享蓋順治辛卯王殉節桂林時所建立也近日祠宇頽壞榱桷傾折丹靑堊艧無人奏請修葺者蓋有歲修祭田爲祠官所侵蝕故不敢揭報恐破其奸也履端親王永瑊有孔王祠長律一首格調遒勁故備錄之其詩曰王本尼山裔支分遼水東風雲需際會草澤見英雄皮島才初展吳橋計漸窮王先隨毛文龍駐皮島嗣因吳橋兵敗乃奔我國天敎投　上國時至樹宏功締造膺　皇眷招徠　錫命降師仍提舊部銜獨授元戎我太宗命仍統所部兵馬都元帥袍解豐貂暖筵張秘殿融直將心腹待應竭股

肱忠兵特稱天祐（天聰八年賜王所統兵號天祐兵）　恩尤出　聖衷鼓鼙勞乍
效銀幣賚何豐（是年閏八月從征由大同入敗明兵恩賜銀幣）　國號承基大宗王拜
爵同（崇德元年封王爲恭順王）威揚平壤外聲震塞垣中降將開山海偏師佐
鄧馮賊氛旋拉朽明業已飄蓬　定鼎邀殊賞爲屏冠上公自茲
頻討亂所向輒橫空捷屢馳吳楚銘兼勒華嵩（同豫親王平定江南等處）定南
封更晉攘外奬宜崇疆圉偏多事干城合鞠躬蠻方琛未獻粵徼
道宜通（六月五日奉命往定廣西）　遠統貔貅往親蒙矢石攻桂林除跋扈梧
野起疲癃反側行看盡功名惜未終潢池妖復熾萑澤孽潛訌（九年李定國入犯桂林）大帥成孤注危城倚上穹來援音杳杳出戰勢匆匆冠
裂肝俱碎袍沾血盡紅肯將身落賊爭覺氣如虹素帛全忠節丹

忱報　宣聽城陷自縊死王盟無慚帶礪軍竟化沙蟲馬革酬專閫牛眠
勅考工烈名標武壯曠典荷　帡幪我偶紆吟轡入來說殯宮
由來能擇　主浩歎緬引英

綠頭牌

定制凡　召見引見等名次皆用粉牌書名雁行以進王貝勒用
紅頭牌公以下皆用綠頭牌繕寫姓名籍貫及入仕年歲出師勳
績諸事以便　上之觀覽焉

膳牌

凡王公大臣有入　朝奏事者皆書名粉牌以進待　上召見於
用膳時呈進名曰膳牌焉

宗學

雍正中特設宗室左右翼各學揀王公等專管歲時　欽派大臣考其殿最以爲王公獎罰左翼在金魚胡同右翼在簾子胡同皆設宗室總管副管各一人以司月餉公費等事三歲考績授七品筆帖式以爲獎勵覺羅八旗各設學一其總管副管如宗學之制滿教習用候補筆帖式漢教習用舉人考取皆月有帑糈四時特賜衣縑以禦寒暑其體製實爲周備爲天潢者不思奮志讀課互相砥礪乃至甘於淪廢者亦可謂徒自暴棄矣

八旗官學

雍正中設八旗官學凡三品設咸安宮官學在西華門内擇八旗

子弟之尤俊秀者充補學弟子月有帑糈不計歳月俟入仕後始除其籍　特派大臣綜理其事其教習皆用進士或叅用舉人非舊制也其次曰景山官學在景山内皆内務府子弟充補其制與咸安宫同爲内務府總管所轄其次曰八旗官學每旗各設學一擇本旗滿洲蒙古漢軍之子弟補充以十年爲期已滿期未及中式者即除其名另爲挑補爲國子監祭酒所司亦附於太學之意其立制非不詳備然近日所司者或以賄進教習惟圖博其進身之階不復用心課藝或有處館於外終歳不入學者其子弟挂名其間亦圖免博士弟子之試其視太學生以賄進者相去無幾實有負　祖　宗之良法也

張鳳陽

康熙中余邸包衣人有大俠張鳳陽者交結戚里言路專擅六部權勢有郭解魯朱家之風時諺曰要做官問索三要講情問老明其任之暫與長問張鳳陽蓋謂伊與明索二相也張嘗憩於郊有某中丞騶卒至呵張起立張睨視曰是何齷齪官乃敢威燄若是未逾月其中丞即遭白簡一時勢燄人莫之及納蘭太傅高江村等款待賓客鳳陽裼裘露頂夵踞上位其結交也如此先良王夙知其行會先外祖董鄂公見罪於鳳陽鳳陽即率其徒入外祖宅拆毀堂廡外祖公奔告王王燕見　仁皇帝時遂免冠奏　上曰汝家人可自治之王歸呼鳳陽至立斃杖下未踰時而　孝惠章

皇后之懿旨至命免鳳陽罪已無及矣都人大悅咸感王惠焉

老年科目

本朝老年中式者陳檢討維崧舉宏博時年踰五十丁丑姜西溟宸英七十三中探花癸未王樓村式丹五十九會狀宮恕堂鴻歷五十八査他山愼行五十四己丑何端惠世璂五十八壬辰胡文良煦五十八乙未裘璉七十二辛丑陸坡星奎勳五十九俱入翰林乾隆丙辰劉起振八十歲授檢討已未沈歸愚尙書六十七入翰林張總憲泰開六十二癸丑吳種芝貽詠五十八中會元嘉慶丙辰元和王巖八十六中式未及殿試卒已巳山東王服經八十四入翰林皆熙朝盛事也

青年科目

國朝年少登第順治丁亥王文靖熙年二十乙未伊文端桑阿年十六戊戌陳文貞廷敬年二十康熙癸丑徐文定元夢年十八納蘭侍衛成德年十九己未李丹壑孚青年十六辛未黃崑圃叔琳年二十庚辰史文靖貽直年十九壬辰舒大成年十八辛丑勵少司寇宗萬年十七雍正庚戌嵇文恭璜年二十乾隆丁巳德定圃保年十九乙丑夢侍郎麟年十八戊辰朱文正珪年十八壬申熊恩紱年二十甲戌戈太僕源年十九丁丑彭紹升年十八辛巳秦司寇承恩年二十丙戌祥布政鼐年二十甲辰蔣制府攸銛年十九文侍郎甯年十八丁未何太守元烺年十九其弟甯夏守道生

年十八同中式嘉慶己未張侍御鱗年十八

吳留村

康熙中先良王奉　命南征一時奇材異能之士皆經拔擢吳留村興祚父大圭紹興人明末時負販遼東先烈王收爲幕客掌會計之事任頭等護衛邸中皆呼爲蠻宰公以乙榜知無錫縣有惠政因與上官忤罷官落拓江淮間適遇良王南征公杖策進謁王大喜立授同知劄付命攻紫瑯山下之王即承制授太守時吳逆將韓大任敗走吉安擁衆數萬犯汀洲閩中大震公啟王曰此可折簡而招也因輕裘率數騎入大任軍叩其壘大任延入公長揖畢仰天大哭大任驚問其故公曰吾來生弔將軍也安得不哭將

軍所以威行海內者以吳王待將軍如心腹之重故也今託以專閫深信不疑數年之間未建咫尺之功屢爲官兵所敗挺而走險突入閩南康王擁告捷之師挾久逸之衆破將軍如摧枯拉朽耳將軍兵敗身辱孤騎南下吳王殺之如机上骨耳是其死期已近安得不使僕預爲弔也大任遲迴久之曰然則歸降康王若何公曰祚之來實爲王使以迓將軍之師請公解甲歸朝効命大邦可保終身之令名也大任悟乃率衆降良王王大喜曰公此行何異汾陽之見迴紇也公歷任至兩廣總督同姚制府取金門廈門有功鄭氏既降其將藍理曾受明魯王將軍封號率三千衆據島不降公說以大義理乃受命時納蘭相公明珠與公不睦乃不增理

標下糧餉皆公以私財蓄之理感激用命擒海賊無算公又奏通洋船立十三行諸番商賈粵東至今賴以豐庶焉其後以事去官降副都統　仁皇帝北征噶爾丹命公轉餉公素知塞外山川因命運卒走捷徑先達軍中時　御營已絶糧數日　上大喜謂理密親王曰吾父子有濟矣因詢運糧官名近臣以公對　上曰究竟舊臣其材可恃也因擢福建巡撫未數月卒公既感良王恩歲時修僚屬禮甚恭王建邸時奉　旨命天下督撫佽助公毫無獻納王恠之及邸造成公適進簾榻古玩諸物價逾萬金設之庭寢無不合度蓋公預令人丈量而製辦者也王意釋然雖小節其敏捷也如此

敬一主人

敬一主人諱高塞文皇帝之第七子也封鎭國公世居盛京主人善文翰詩多清警愛醫無閭山幽雅嘗於夏日讀書其間有遼東丹王之風孫赤崖賜以事戍吉林主人留於邸中數載遇赦始歸其愛才也如此有壽祺堂集行世漁洋池北偶談中曾採其詩句焉

安南四臣

乾隆己酉福文襄王既受阮光平降乃遷安南故王黎維祺宗族入京入鑲黃旗漢軍旗分其陪臣黎侗等四人不肯薙髮改服上怒置諸獄中及今上卽位命移居火器營四臣歡然就道吟

咏不輟及嘉慶癸亥農耐國長阮福映滅光平裔獻表稱臣　上受其降改封越南國王因放四臣歸國亦蠻夷中俊傑之士也

瞿圃狀元

乾隆初有粵東殿撰以少年擅巍科敭歷中外頗受　上知遇然不甚通文理嘗讀孔子觀射於矍相之圃之矍爲瞿人皆笑之呼爲瞿圃狀元云又有某殿撰任湖北道丁艱歸會有楚中人貌甚猙獰挾巨斧於其宅旁日相窺伺爲其覺察因遞解歸終不知何事以致之蓋有夙怨故也後居家修池塘猝中風卒是日雷雨異常衆皆謂其爲雷所擊云

張狀元

張狀元書勳元和人少貧窶奮志讀書以求科目秋間院中晾粟米其父命其看視狀元以讀書故其粟爲雞食盡狀元未之覺也按漢高鳳以讀書故其粟爲雞食盡遭其父責狀元之事其有似也

權貴之淫虐

雍正中某宗室家有西洋椅於街衢間覩有少艾即擄歸坐其椅上任意宣淫其人不能動轉也又有某公爵淫其家婢不從以雞卵塞其陰戶致死乾隆中某駙馬家巨富嘗淫其婢不從命裸置雪中僵死其家撻死女婢無算皆自墻穴棄屍出其父母莫敢詰也後卒以勞瘵死

魁制府

魁制府倫完顏氏副將軍查弼訥孫也性勇幹　純皇帝召見詢以家世公自述戰功口如瀉水因授福建將軍公喜聲伎嘗夜宿狹巷爲制府伍拉納所覺欲劾之伍固貪吏嘗納屬員賄動踰千百有不納者鎖錮逼勒又受洋盜賄任其刦掠毫不捕緝五虎門外賊艇雲集公慨然曰夫夜合之慾情不自禁乃過之小者若伍公以天子封疆大吏舉止有同盜賊貪黷無厭不知自相愧悔乃反欲劾人耶傳曰無瑕者可以責人其不明何若也乃抗疏劾伍之貪縱並閩省庫藏虧絀事　上大怒立置伍於法以公代其位伍故某近臣戚畹故公直名聞於當時及　今上親政公丁艱歸

以直見知時勒相公爲經略待滿兵甚嚴肅故訾語上聞　命公往代其任公至營宣　諭畢勒公即就逮合營訴其寃抑乞公代奏公毫不省察故人心渙散不復爲其所用嘉陵江之役一任賊人偷渡無爲其抵禦者公以是獲罪　賜死然其剛鯁之氣時相發露非近日模稜諸公所易及也

伍彌相公

伍彌相國泰蒙古人其父以破準夷功封誠毅伯公少膺宿衛任散秩大臣先後幾五十餘年以勤愼稱與先恭王交最篤其後任西安將軍撒拉爾回民叛時公應調往援途中遇制府勒爾錦止兵檄文公慨然曰夫奕小伎心無卓見尚不能致勝况兵家事乃

指麾大將如兒戲勒公眞非知兵者乃仍率兵進時蘭州被圍甚急賴公兵先至軍威乃振後以和相戚畹故引入政府阿文成公心甚輕之及判決事公素持大體事無稽遲文成歎曰眞宰相才也反與之結姻焉班禪額爾德尼來朝　上命公護送往返數千里公不與談不和南稱弟子惟行主賓之誼先恭王赴質莊親王約同謁班禪於清淨化城公岸然曰王素守儒道者奚必隨人蹊徑至此王退告人曰此行有愧於伍公多矣其嚴正也若此

竇東皐

余幼時聞韓旭亭先生言當代正人以竇東皐爲最時閱其劾黄梅匿喪奏疏侃侃正言心甚欽佩以爲雖范文正孔道輔無以過

之後入　朝聞成王言公迂闇不識政體素惡宋儒書明道晦菴諸先生至加以非言詈之又以方正學爲元惡大憝致興靖難之禍其議論殊爲怪誕又晚年以仕途蹭蹬故乃拜和相爲師往謁其門至豚姓名於玉器獻之以博其歡希　上賜紫禁城騎馬日跨胡牀於家中以勤其勞頗爲輿人姍笑又素善青烏術以諸城縣應出二輔臣及聞劉文清公以事降黜大喜過望置酒歡宴終日殊乏大臣之度後聞蔣孝廉棠言亦然故併錄之以俟考焉

鮑海門

鮑海門先生皐丹陽人善詩賦日客淮揚間時天下殷富邗上諸大賈富踰王侯皆延先生爲上客獻以金帛先生領之而已其詩

蒼勁音節鏗然有北地信陽之風而丰緻過之故名重一時其子雅堂之鍾以進士補中書舍人其詩亞其父云

京師園亭

京師西北隅近海淀有勺園爲明米萬鍾所造結構幽雅今改集賢院爲六曹卿貳寓直之所其他多諸王公所築以和相十笏園爲最近爲成邸所居又右安門外有尺五莊爲祖氏園亭近爲某部曹所售一泓清池茅檐數椽水木明瑟地頗雅潔又名小有餘芳春夏間多爲游人讌賞其南王氏園亭向頗爽塏多池館林木之盛嘉慶辛酉爲水所冲圮後明太守保售之力爲搆葺修繕未終而太守遽卒故今池館尚未黝畫半委於荒烟蔓草之中殊可

惜也

程魚門

程魚門編修晉芳新安人治鹽於淮時兩淮殷富程氏尤豪侈多蓄聲伎狗馬先生獨愔愔好儒罄其貲購書五萬卷招致多聞博學之士與共討論先生不能無用世心屢試不售亡何鹽務日折閱而君舟車僕遫之費頗不資家中落年已四十餘癸未 純皇帝南巡先生獻賦授內閣中書再舉辛卯進士改吏部文選司主事未幾 上開四庫館諸大臣舉先生爲纂脩官議敘改翰林院編修先生大喜過望先生躭書史見長几闊案心輒喜鋪卷其上而事不理又好周戚友求者應不求者或强施之付會計于家奴

一任盜侵公不勘詰以故雖有佽助如沃雪塡海負券山積勢不能支乞假赴陝中將謀之畢中丞沅爲歸老計至冒暑暍至署未半月卒人爭惜之

松筠菴

松筠菴在宣武門外响閘爲楊忠愍公故宅乾隆丁未胡雲莊司寇季堂會諸僚友醵金立祠繪公像及同事諸公神位地甚湫隘有古槐一株猶忠愍手植想見當日淸貧之狀韓旭亭先生有過忠愍祠詩甚佳蓋丁未年初立祠時作也

趙忠愍公祠

趙忠愍譔雲南人明崇禎間仕至監察御史巡視南城城陷時爲

流賊所害於白帽胡同其時黨人氣燄公以邊遠之士未及攀躋清流故南中祭享及　本朝　賜謚時皆未之及乾隆初公同鄉侍御傅爲詝爲之表白始補謚忠愍立專祠以祀之在憫忠寺旁今爲雲南會館云

成容若

成容若德爲納蘭太傅長子中康熙癸丑進士時太傅權震當時而侍衛素嗜丹鉛與諸名士交接初不干預政事惟吳漢槎謫戍黑龍江以顧貞觀舍人向侍衛乞憐故侍衛閲其寄吳小詞詞甚凄苦惻然曰都尉河橋之作子荆楚雨之吟並此而三矣此事三千六百日中弟當專任其責毋煩兄更多言也貞觀曰人生幾何

顧以十年期之侍衛乃白太傅援例赦還一時賢名大著又刻宋元明諸家經解數千卷名通志堂九經解一時傳誦焉

甘嘯嵒

甘嘯嵒運源襄平人爲忠果公文焜曾孫少隨父司馬公游川楚滇黔西至衛藏故詩體渾厚遒勁有唐人風味爲劉海峯先生弟子海峯甚賞識之與先恭王交最篤先生旣屢試不中益放浪形骸日酣飲酒肆中遇輿夫負販皆招與飲曰近日公卿皆若儕輩耳余有何區別焉故人多忌之晚年始仕爲英德縣象岡司巡檢福文襄王聞其善繪事欲招致之命韓桂舲司寇爲介紹先生復書曰某雖不肖豈可以筆墨爲羔鴈也卒不赴召其耿介也若此

在余邸時與韓旭亭先生最篤曰梁園賓客皆充數輩惟君可當其選其輕傲白眼之習至老猶如故也

賈筠城

賈筠城（慶龍）漢軍人其祖某任陝西道以貪黷籍沒孝廉少年落拓貧難自立與朱石君兄弟砥礪爲古文學先恭王見曰此奇才也因延致邸中凡花朝月夕互相酬唱皆孝廉之作先成坐中使酒罵坐人皆厭之獨先王識其品與朱子潁運使爲莫逆交所作七古淋漓排宕直入少陵之室後贅於馬府尹（璟）第稍以自給以癆瘵終年未三旬先恭王甚悼惜之時邸中有老儒王功偉（富順）拘方之士文字迂腐與孝廉同年生先恭王嘗指王笑曰使汝早

代賈筠城死豈非天下快事雖一時謔語亦可覘孝廉之學矣

姚姬傳之正

桐城姚姬傳先生鼐成癸未進士官至刑部郎中劉文正公素加賞識曰近日文人能知政體者惟姬傳一人而已公爲方靈皐弟子故古文學歸震川而精粹過之其紀事體多模仿廬陵殊多神逸文正薨後公即請假歸里以教課爲生居鄉循古禮日講政書於塾中有賈人子以重幣聘公力却之曰鯫生雖貧不能受無義之財也今年八十餘輕健如故猶著述不休云

何義門

何義門先生値南書房時嘗夏日裸體坐　仁皇帝驟至不及避

因匿爐坑中久之不聞　玉音乃作吳語問人曰老頭子去否　上大怒欲置之法先生徐曰先天不老之謂老首出庶物之謂頭父天母地之謂子非有心誹謗也　上大悅乃舍之此錢灊堂侍郎樾親告余者以　南書房侍臣相傳爲故事云

先禮烈王骳箭

先禮烈王所遺箭一鏃與笴皆以木爲之鏃長今尺六寸徑三寸圍九寸周圍有觚稜者六脊處穿孔數亦如之笴長三尺六寸括之受弦處寬可容指非挽百石弓者不能發而中之按唐六典鳴箭曰骳漢書亦云鳴鏑髐箭也字書或作髇吳萊詩遠矣鳴髇箭皆此物也世代敬藏於廟余命王處士嘉喜繪爲圖延諸名士題

之其中吳舍人嵩梁孫太守爾準詩爲最因録之吳蘭雪詩云烈王腰間大羽箭射馬射人經百戰耳後勁風啼餓鴟箭力所到無重圍皂鵰翻雲虎人立一洞穿胸鬼神泣陣前奮胄摧賊鋒雪夜斫壘收奇功邊墻踏破中原定　帝銘彤弓拜家慶箭傳三尺六寸長百石能開猿臂强白翎金幹不可得此物摩挲存手澤王有名馬能報恩事見汪堯峯文集作歌我昔貽王孫千金駿骨市誰買三脊狼牙幸猶存願王寶此功載旗梏矢貢已來　周廷孫平叔詩云白羽森森開素練云是烈王腰下箭心知是畫猶胆寒何況沙場親眼見沙場餓鴟叫鳴鏑箭鋒所向無堅敵敵人未識六鈞弓魂陊晴霄飛霹靂我　朝弧矢威八荒賢王赤手扶　天閶薩爾滸

戰如昆陽二十萬衆走且僵電閃横馳克勒馬蹴踏明騎如排墻入關三發歌壯士定鼎一矢摧天狼廓清海宇仗神物肯射草間兎與獐勳成麟閣銘殊績垂竹東房存手澤狼牙鴨嘴不可得獨此流傳有深識我聞唐代傳榆髀主皮禮射尊周膠即今金革永不試楛矢枉自隨包茅文孫七葉愼世守寓意已比彤弓弨

楊文勤

楊文勤公錫紱江陰人任漕帥二十年以清介稱　純皇帝甚寵之其時漕運通暢旗丁富庶　天庾賴之以濟後共稱之謝薌泉巡南漕歸告余曰見公所定條例每項皆有寬饒餘利使人樂於從事故一時所理井井久而易行其後某公皆加撙節　國課所

多無幾而諸事叢脞至私貨載滿艙板而官米以致虧絀遲滯故老成之見非淺識者之所能知也

謝濟世

謝侍御濟世廣西桂臨人中辛丑進士補諫官三日劾河督田文鏡偏袒知縣張球而妄劾黃振國邵捷春之事時田督以風厲自持爲　憲皇帝之所倚任疏上　上震怒以公偏庇科目必有所主使者因下刑部嚴鞫主使之人公昂首曰果有其人衆訊之公曰某自幼讀孔孟書知事上以忠藎即爲孔孟所主使也訊者語塞獄上遣戍軍營數載　純皇帝登極赦還洊任至湖北督糧道復與巡撫許容齟齬罷職人爭惜之

永相公

永相公貴爲提督布蘭泰子布歷任封疆以苛虐稱而公以寬大濟之洊至浙江巡撫有廉聲共以爲朱文端公後一人而已入爲禮部尚書時侍御李公潄芳以劾忠勇公家奴欒大以直鯁稱復以條奏失職降禮部主事會有員外缺公以李一人引　見無擬陪者　純皇帝以其違制沽名謫爲副都統守回疆時高樸以貪虐回民恚怨將激變公首劾其事　上詫曰永貴之罪原不至貶謫然朕命其西行適足以發高樸之奸消禍亂于未萌似天啓朕衷也會籍某大臣家獲公尺牘言萬里遠行皆自招罪戾毫無訕妄之意並言此地他物皆備惟缺查糕望便賜數兩諸語　上曰

引罪自咎古大臣風也命驛　賜　御厨查糕數斤以旌之會召還拜協辦大學士未幾薨於位公少時值軍機時與阿文成公齊名時稱二桂云

金海住先生

金海住尚書甡中壬戌狀元值　上書房質莊親王爲其弟子公善時文應制詩王善學之卒以名世公性直鯁遇　諸皇子有嬉笑者即面折之體肥偉夏日裸體園中初無忌憚時　禁庭詞臣皆有所貢獻公遇　萬壽節貢萊石菊花一枚號曰東籬壽友同事者誚其弇陋公曰　天子富有四海何所不備奚賴吾輩措大所貢獻其所以收納者聯君臣之情故爾此物吾所珍惜故貢諸

丹陛亦野人獻芹意耳人皆服其誠朴

英夢禪

夢禪居士英寶永相公子也其兄伊江阿任巡撫一門赫奕而居士隱居不仕有張攝之之風善繪事摹倪高士而酷似之書法俊逸可喜尤善指頭畫識者以爲高且園侍郎後一人而已其兄撫齊時居士聞其延納緇流又交結近侍慨然曰夫以封圻大臣素絲自勵謹避嫌隙猶恐察訪不週自招罪戾豈可結交權要倚冰山爲巢窟其禍不旋踵矣中丞果以是敗人皆服其先見云

海紊領

海紊領秀滿洲人爲褚庫巴圖魯裔見前卷中幼患痘左鼻壅塞人多

嬉笑叅領恥之伺其母出日以佩刀刺鼻孔血涔涔下卒通其竅乃已時方七歲其父歎曰此何異符生之刺目也洊至正紅旗叅領以廉能稱時和相建議以官廐馬散兵丁飼養會八旗大僚議人皆應言如嚮公獨曰國家所以不惜數百萬金錢以爲芻牧費者良以天閑重務備緩急之用也今若散給兵丁雖稍濟其生計倘一旦用之則恐侵冒者衆徒以繁刑害衆無以濟實政也和岸然曰汝是何齷齪官乃敢抗乃公議耶卒如和議後　今上習知其弊復命立廐飼養所靡繕葺之費不貲而公卒已數年矣玉闌峯侍郎保文士也夙與公善嘗曰使八旗叅領皆如海某安有疲玩之兵卒哉將薦於　朝而公力辭卒以勞瘵終論者惜之

費直義公

費直義公英東瓜爾佳氏爲蘇完部長　國初時首先歸順　高皇帝任爲五大臣事具國史聞先恭王言公病終時有侍衛某乞假歸里回　興京時路遇大風霾某乃下馬伏地見風中火燄烈然有數百小蛇附風而行已而見巨蟒其徑如甕某慴慄無人色聞巨蟒作人語呼曰汝非某侍衛乎吾乃費英東之魄本由翼宿所降生今事畢歸本垣位汝可歸奏　聰睿貝勒愼勿以吾爲念也語畢蜿蜒而去已而風息侍衛歸時公已薨二日矣其事雖近怪誕不經然先恭王親聞其五世孫哈達哈語者諒非虛謬故筆記之以誌降甫騎箕之瑞焉

汪叅軍

汪叅軍松漢軍人少爲叅領爲李都統熺所賞識倚如左右手都統公被譖公亦罷斥先恭王延爲記室邸中護衛多驕悍不法叅領於中調護之頗更舊習時傅文忠當位以寬厚博衆譽公獨不善其所爲曰爲臺鼎重任不知身任怨勞以濟　國事惟知含垢納汚以博一時虚譽吾恐日後必有狗庇之夫假公譽以濟其私者玩愒之風由此日甚　先朝綦嚴之法必因之隳壞矣後和相秉政果以叢脞爲風以闒冗爲解事風俗因之日偷實自文忠公有以啟之也

韓大任

韓大任歸降余已詳載其入　覲時　仁皇帝以其爲吳逆將因留爲內務府包衣叅領後隨佟忠毅公國綱征噶爾丹官兵已致勝而伏賊猝發忠毅公殉於陣大任驚曰吾聞臨陣失帥兵家大罪吾以叛逆之黨久合誅戮蒙　上恩不死得延殘喘已十載矣今豈可坐必死之律白頭脫帽身膺徽纆復對獄吏乎以此殘軀貽芳後世可也因以花布巾蒙首馳入賊陣手刃數十人然後致死時吳逆將馬保降命九卿會鞫有某將軍爲彼所敗時亦在坐保昂首曰某帥愼勿多言吾雖不識汝面而熟識汝之背矣蓋譏其敗潰也某將軍爲之靦顔在獄時必以吳逆所賜袍蒙衣上曰吾不忘其舊德蓋效小說家關帝覆舊袍之故事亦可謂憨不畏

死矣

趙勇略

趙勇略良棟甯夏人年二十四以武勇受知於陝甘總督孟喬芳從英王征陝授潼關遊擊再隨大學士洪承疇征雲南遷副將康熙元年平西王吳三桂奇公奏推廣羅鎮總兵公知三桂必反以疾辭三桂大怒欲劾誅之總兵沈應時巽詞以解免隨入　闕補天津總兵官十三年三桂叛陝西大震甯羌惠安兵變殺經略提督　仁皇帝命公征之議者疑公陝人不可信公請留家口於都而已率勁兵前往　上許之時官兵敗散屯堡荒廢公沿路曉示招兵歸原汛劾貪墨募健兒軍威大振斬首逆熊虎等四人甯夏

平上疏奏蜀爲滇黔門戶若不先恢復則滇黔路不通請乘勝進兵　上許之公率兵抵密樹關遇賊敗之擒其將徐成龍遂取徽縣過高山深箐數十重晝夜兼行抵白水壩時康熙之十八年除夕也壩爲川江上流與昭化唇齒俗號鐵門檻賊防守尤力沿江立營爲石囤木炸張礮公下令曰元旦渡江大吉違者斬黎明公騎孱馬率麾下五千人橫刀渡江江淺爲萬馬騰蹴波濤盡立呼聲震天賊連發礮傷數十人無敢回顧者賊大驚曰此老將軍令如山不可抗也方格鬭天忽風吹馬如吹舟頃刻抵岸斬賊將郭景儀等獲旗幟器械馬匹無算餘賊奔竄追之再勝於石峽溝十日而克成都公入城秋毫無犯收金銀印二百六十僞劄千奏繳

之　上大喜手詔褒美加勇略將軍兵部尚書總督雲貴公密奏滇黔倚蜀爲捍蔽今蜀已得而吳三桂又新死宜乘機速進　上許之當是時王師征滇貝子彰泰自貴州進兵滇池將軍賴塔自廣西進兵黄草壩滿漢兵十萬餘圍城九月未下米斗四金月需米六萬石公至軍即向貝子陳三策其一稱我兵匝圍太遠自歸化寺至碧雞山東西七十餘里呼調不靈宜掘裡壕相攻逼其一稱欲取内城先破外護使賊匹馬不可出方可招降其一降者宜分別收養不宜盡發滿洲爲奴貝子不悅以滿洲語相駁詰而公又不解瞠目牴牾幸公已奏聞　詔下悉如公策貝子不得已與兵二千攻得勝橋公望見橋頭礮臺甚密白晝攻所傷必多乃伏

馬兵于南壩兩岸分步兵爲三隊營壕墻墻上多架交鎗子母礟身披厚綿持大刀督陣夜二鼓攻橋賊盡出死戰其帥郭壯圖親搏戰三進壕墻而伏兵三起應之列炬如星鎗礟雨下賊敗走公奪橋追至三市街再敗之天猶未明也平旦入東南二門郭壯圖自焚三桂孫世璠自殺餘賊盡降雲南平公本秦人性戇取蜀時見罪於將軍吳丹丹爲明珠姪珠心怵之乃授意兵部故抑公功公復不平屢上疏爭珠主使其黨人御史龔翔麟劾以大不敬宜坐斬　上優容之　命乞骸歸里　上征噶爾丹時復幸其邸問方略以行敘公功封一等子嘗　諭侍臣曰趙良棟果良將惟性褊狹與人每多齟齬朕不用實保全功臣也放歸數年卒謚襄忠

乾隆中　純皇帝念其功加封其嗣趙日泌爲一等勇略伯云

拉傅二公

拉忠襄公布敦姓董鄂氏以世廕起家仕至古北口提督公多巧思每剪製衣服修理洋鐘表皆稱絶伎乾隆戊辰奉　命同傅襄烈公清同爲駐藏大臣傅爲　孝賢純皇后之兄性甚忠鯁其弟文忠公貴公尚於人前呵叱之時藏王頗羅鼐新故其子朱爾墨特札布性兇悍與準夷勾通誣其兄某謀逆手剸其胸計日舉事二公密劾　上命岳襄勤公鍾琪率兵討之道里遼遠岳公不時至而賊逆謀益日熾二公計曰語云千里裹糧士有飢色況兵行萬里乎今賊謀日甚吾儕若不矯　詔誅之使其羽翼已成吾二

人亦必爲其屠害而岳公不獲進討非惟徒死無益而是棄二藏地也不若先發制人雖死猶生亦可使繼之者易爲功也二公因矯　詔召朱至樓上宣　詔預去其梯朱跪拜際傅公自後揮刃立斷其首賊衆圍樓數重二公知事不濟傅襄烈先自刎死拉忠襄揮淚久之挾刃跳樓下殺數十人腸出委蛇於地然後死事聞
上震悼封二公爲一等伯建雙忠祠於石大人胡同以祀之

巴將軍

巴將軍賽爲鄭獻親王孫其父武襄公巴爾堪征吳逆時被創而死公同撫遠大將軍傅公爾丹征準夷傅公兵既潰事見前卷公力戰潰圍出覔傅公不見以其已被賊害慨然曰余爲　天子宗臣今

遇危急之秋不能斬將搴旗以雪國恥乃以陷帥得罪何面目歸對妻孥也因復馳入賊壘有裨將某逃出須臾見賊人以矛挑黃帶示曰汝之宗室已被吾輩戮矣事　聞贈公爵謚襄愍乾隆中以其子簡恪王嗣獻王封追贈王爵祀　昭忠祠

曹學士

成王言乾隆中有直　上書房者爲內閣學士曹某性迂魯每以帝子皆生深宮身體柔脆必須輔以藥石因上疏言近日　諸皇子日習書史馳騁鞍馬身甚勞瘁皆宜服六味地黃丸以補腎水之源等語爲　上所斥云

都爾伯特

都爾伯特汗策凌親王策凌烏巴什於乾隆癸酉秋首先投誠上錫以王爵優卹奴僕定其游牧地方以資生息策等感　上撫字之恩深入切骨策凌卒時諄諄告其長史曰　天可汗之恩萬世不可負也策凌烏巴什投誠時年最少至乾隆庚戌年始卒時西域大定已數十年矣

嘯亭雜錄卷之十

汲修主人著

稗史

按紀曉嵐宗伯灤陽續錄載五火神事力辨其妄因思委巷瑣談雖不足與辨然使村夫野婦聞之足使顛倒黑白如關公釋曹潘美陷楊業此顯然者近有承運傳載朱棣篡逆事乃以鐵景二公爲奸佞又有正統傳以于忠肅爲元惡大憝又本朝佛撫院盲詞以李文襄公之芳爲奸臣包庇其弟此皆以忠爲奸使人竪髮不知作俑者始自何人任使流傳後世不加禁止亦有司之過也

華山道士

乾隆初年有京師白雲觀道士往游西嶽夜宿湘子亭見一道士豐頤美髯望之若仙年已九十餘與之談　國初事最悉京師道士怪而問之其人慨然告曰吾本滿人少從英王西征戰功最多洊至叅領後隨經略莫洛征王輔臣洛爲輔臣所誘殺吾儕恐以陷帥獲罪乃隱避此山中已六十餘年矣因流涕久之命道士寄書歸並告其居址里巷子孫姓字道士歸訪其宗久已徙去莫知誰何云

笪侍御

笪侍御重光句容人居官有直聲嘗劾明珠余國柱二相國棄官而去不知所終有吾邑金氏子隨其舅氏之官甘肅遇道士於漢

龍山年九十餘作江南語狀貌偉然頗善書法自云曾爲諫職以劾權相去官然自稱繡髮眞人不言姓字居里金氏子屢叩之不告也後金氏子歸告諸士大夫皆云其狀彷彿侍御然終無左証也

南征小校

大兵討吳逆時有涿州小校充軍以行校初入伍無他技惟善烹飪故留營中爲軍士具食一日爇飯初熟賊劫營入衆軍奔潰校倉皇恐無餘糧因以飯囊繫馬後囊蒸馬背馬咆哮轉入賊隊賊將驚懼我兵因之轉敗爲勝大破其衆主將嘉之拔爲隊長後累功至護軍叅領李靜軒先生少猶見之其人自具其顛末初不甚

諱云

查相國

查相國郎阿滿洲人雍正中累任督撫無所施爲人爭鄙之其童名鈕鈕遂呼爲牛丞相云然性篤厚嘗置產容城田中有楊椒山祠查感其忠自撥二頃付畀子孫以爲香火貲而自食其餘租後以罪籍沒其田久無售者　上念其耆舊因命賜其餘產惟此田存焉時人以爲其一念之善報云

綠營增世襲

國初舊制八旗官員陣亡賜雲騎尉世襲綠營則仍沿明制例與難廕非特　旨者不予焉乾隆甲辰　上諭兵部云國家滿漢視

爲一體同爲殉節之士豈可功賞之間有所異也乃命文臣自大學士及典史武臣自提督及把總皆以次賞給世襲與滿臣同之故川楚之役將士爭先用命皆　上之厚澤所感也

將欽

今傳奇家演楊椒山寫本時見其旁有鬼哭初不見於史策按明史御史將欽劾劉瑾時曾夜聞鬼哭云云蓋即欽事演劇者以椒山名重故附會之也

忠臣狎妓

自古忠臣義士皆不拘於小節如蘇子卿娶胡婦胡忠簡公狎黎女皆載在史策近偶閱范文正公眞西山公歐陽文忠公諸集皆

有贈妓之詩數公皆所謂天下正人理學名儒然而不免於此可知粉黛烏裙固無妨於名教也因偶題詩云希文正氣千秋在歐九才名天下知至竟二公集具在也皆有贈女郎詞

李巨來夙慧

李侍郎紱性聰慧少時家貧無貲買書乃借貸於鄰人每一翻繹無不成誦偶入城市街衢鋪店名號皆默識之後官翰林庫中舊藏有永樂大典公皆讀之同僚取架上所有抽以難公無不立對人皆驚駭後典試江南闈中卷幾萬本公皆披示鉛華紛披無不中肯實近世文人所不逮也

劉文定

劉文定公綸武進人少時家貧窶曾至絶食嘗以竹烟筒乞烟草於鄰家鄰人誚曰烟艸消食勿多吸也公笑受之後受知尹文端公首薦博學宏詞張文和公喜其文穎鋭既讀其詩至可能相對語關關句曰眞奇才也因擢第一後致位宰相本朝漢閣臣不以科目進者惟公一人而已

劉武進相公

劉武進相公於義性剛毅受憲皇知曾佩征西將軍印屢破準夷時人榮之乾隆中公年已七十餘奏事養心殿跽跪良久立時誤踏衣袂仆倒公體素肥壯加以御座高聳因之暴薨上甚惜之傅文忠公出告人曰劉相公今死得其所矣時人以爲笑

談

權臣奢儉

世之論人者莫不以奢爲驕汰以儉爲美德者然大臣臧否自當論其大節初不在奢與儉也汾陽王姬妾數十人寇萊公蠟淚成堆卒爲名臣秦檜之不着黄衫王安石之囚首垢面非不儉朴然終不免爲小人此史策之尤著者近日某閣臣歷任封圻簠簋不飭其家奢汰異常輿夫皆着毳毦之衣姬妾買花日費數萬錢嘗操演士卒有司某適餽銀五萬某揮散軍士略無吝色至於和相則賦性吝嗇出入金銀無不持籌握算親爲稱兌宅中支費皆由下官承辦不發私財其家姬妾雖多皆無賞給日飱薄粥而已然

二公貪婪如出一轍初不以奢儉易其行也

周文恭公語

周文恭公煌任武政時語旭亭師云今天下惟川陝楚豫甲兵甚少其地當中原腹心道路險阻一旦有盜賊竊發恐非有司所能辦者欲見　上陳奏經略會以病去官不果行後川楚教匪作亂果以兵勢單弱不及防備遂使蔓延九載始定公言不幸而中也

滕鄉勇

滕鄉勇嘉瓚辰州人苗匪叛時公同弟兄數人糾合鄉兵屢破賊寨苗人憚之謂曰滕爺爺傅文襄王倚爲左右手甚寵信之公爲之畫策指視苗洞山川險易如指掌間苗人憚之聞公兄弟他出

夜中潛兵圍宅全家被害兄弟甚憤激請兵於王會王疾甚他將忌公勇略不與一卒且調撤其鄉兵公乃率兄弟某支身入苗洞力殺數十人遂被害事聞於朝　上甚惋惜贈雲騎尉世襲其家云

八大家

滿洲氏族以瓜爾佳氏直義公之後鈕鈷祿氏宏毅公之後舒穆祿氏武勳王之後納蘭氏金台吉之後董鄂氏溫順公之後輝發氏阿蘭泰之後烏喇氏卜占泰之後伊爾根覺羅氏某之後馬佳氏文襄公之後爲八大家云凡尙主選婚以及　賞賜功臣奴僕皆以八族爲最云

文體

汪鈍翁先生有云昌明博大盛世之文也煩促破敗衰世之文也顛倒紕謬亂世之文也後生爲文豈可昧於辭義效於經旨專以新奇可喜驀然自命作家倘亦曾南豐所謂亂道朱晦翁所謂文中之妖與文中之賊是也乃知文章盛衰關乎世道今幸値右文之世而近日學者多以割裂古書剿襲成語以爲博雅而課士者復多取之誠亦過矣惟辛酉科王韓城掌北闈一洗前人陋習專以清醖爲主而落第者反謷嗸不休亦可笑矣

權臣同列

自古權臣擅國必以簡默易制之人引爲同列以爲事無肘掣抑

且炫己之長如楊國忠之於韋見素盧杞之於關播蔡京之於何執中等秦檜之於楊愿段拂溫體仁之於張四知等無不皆然惟蔡確與溫公共相嚴嵩徐華亭先後同列後皆爲其所制近日和珅相時首相爲阿文成公遇事輙相梗軋後阿公薨乃引其戚蘇公（凌阿）同相遂肆無忌憚矣閣中惟王偉人相公素與之忤後珅會鞫時首坐即韓城也故知古今奸臣如出一轍亦勢不容已也

三王絶技

國朝自入關後日尙儒雅天潢世胄無不操觚從事如紅蘭主人敬亭主人皆屢見漁洋雜著諸書矣乾隆中簡儀親王品行端醕崇尚理學其剛直可匹薛文清政治可匹王陽明殆有過者愼靖

王詩筆清秀擅名畫苑可與北苑衡山把臂入林近日成親王爲今上之兄端醇儒雅書法擅長論者謂　國朝自王若霖下一人而已三王皆以屏藩之貴涉獵文翰轉非佔畢之士所可及者信所謂天資非人力也

書賈語

自于和當權後朝士習爲奔競棄置正道黠者詬詈正人以文已過迂者株守考訂訾議宋儒遂將濂洛關閩之書束之高閣無讀之者余嘗購求薛文清讀書記及胡居仁居業録諸書於書坊中賈者云近二十餘年坊中久不貯此種書恐其無人市易徒傷貲本耳傷哉是言主文衡者可不省歟

本朝理學大臣

本朝崇尚正道，康熙雍正間理學大臣頗不乏人，如李安溪之方大，熊孝感之嚴厲，趙恭毅公之鯁直，張文清公之自潔，朱文端公之吏治，田文端公之清廉，楊文定公之事君不苟，孫文定公之名冠當時，李巨來傅白峰之剛於事上，高文定公、何文惠公之寬於待下，鄂西林之勳業偉然，劉諸城之忠貞素著，以及邵中丞基、胡侍郎之煦儒雅，蔡聞之太傅、傅龍翰敏之篤學，甘莊恪汝來之廉，顧河帥琮之剛，陳海甯史溧陽之端方，陳桂林尹文端之政績，完顔偉、張師載二河帥之治河，楊勤恪公錫紱之理學，皆揚名於一時，誰謂理學果無益於國也。

滿洲二理學之士

近日士大夫皆不尚友宋儒雖江浙文士之藪其仕朝者無一人以理學著轉於八旗之士得二人焉一爲松尚書筠蒙古人雖不以科目進然品行廉能立朝不苟和珅當國時嘗與之抗　純皇篤任之居家好理學程朱之書終日未嘗離手性孝友其叔某虎而冠者也侵佔其田日相詬詈雖公官至六卿而其叔驅使之無異奴隸嘗命手執炊公笑受之而已人有代不平者公曰倫常在焉何可非也其孝友也如此其一爲唐水部嵩齡滿洲人戊辛巳進士曾任兗沂道少時以才能稱老而歸於理學曰聊足以自懺耳理學之書無不具在余嘗借觀之公驚曰君狂誕之士而乃肆

業及此耶蓋予素以清狂著也二公雖官階出處不同然於舉世不爲之時尙能篤於伊洛非知道之君子不能爲也

古長城

自木蘭北數百里有土堆巍然東至郭羅斯西抵準夷界蜿蜒數千里屯戍墩堠猶有存者土人云古長城也按始皇前未聞築長城者豈天地自然之界以限中外耶抑果疏仡禪通所築也然則始皇之見亦爲愚矣

海道

按宋史徽宗遣馬政報書於金當時云艱難險阻始達其國云云按金時已據會甯今　盛京諸地俱爲所有宋使自登州航海可

朝發而夕至何艱難之有豈政不識海道故紆其路與抑記事家之附會也

侍衛教場

國朝最重騎射凡羽林虎賁之士其退直之暇嘗較射於教場中即明内操地也鑲黄旗在皇城東北隅臨御河正黄旗在聞華寺後正白旗在小南城即明南内地也

異姓王

本朝罕有以異姓封王者　國初孔有德尚可喜耿仲明以泛海來歸封孔爲定南王耿爲靖南王尚爲平南王吳三桂以請兵功封平西王揚古利以世臣故追贈武勳王孫可望來歸封義王黄

芳度以殉節贈忠勇王然皆不世其爵惟傳康安以征苗薨於軍特贈嘉勇郡王其子德麟現襲貝勒蓋曠典也

直恪公厚德

舒直恪公諱超鐸滿洲望族也曾歷任西安涼州安西黑龍江諸處將軍 純皇篤任之嘗曰滿洲世族未忘舊習者惟某一人而已公性直篤任西安時其前將軍杜賴性貪鄙屢扣糧餉至自製餅餌令軍士以重價購之公至三日立劾其貪士卒快之任西安提督金礦事發牽連數百人獄未決公竟命釋之僚屬有請之者公曰金礦窄不容足安可容數百人盜者必獲重寶以遠颺奚累及無辜也後盜果於他境獲之任黑龍江將軍奏開倭市許開墾

諸疏夷民便之有餽蔘者公笑曰吾日啖數升自能强健安用是物爲也因取小蔘啖之曰已領命矣然其味甚苦無所取也人笑其朴亦可覘其廉矣

索家奴

索相當權時性貪黷一時下屬多以賄進然多謀略三逆叛時公料理軍書調度將帥皆中肯要吳逆患之乃密遣刺客刺之公正秉燭治軍書見一脩髯偉貌者立其傍問曰汝得非吳王刺客乎客長跪頫首公曰然則取吾頭客曰若果害公早取公首領去不待公命也吾至良久見公批示軍機咸如身至其地料理軍書竟夕不寐誠良相也某雖愚豈敢刺賢相因反接請死公笑揮之去

次日乃投公邸中執奴僕役甚恭公驅使無不如意後公下獄客潛入獄饋飲食及公伏法客料理喪殮事畢痛哭而去不知所終按公此事可比張魏公然張以忠貞立朝名播後世公乃苞苴不禁致干國紀反有負於客所望矣

王西莊復明

王光祿鳴盛家居時目已瞽者數年後遇高郵醫曾某以金針撥其翳雙目復明趙甌北曾以詩傳其事云

山舟書法

梁山舟同書文莊公子也官侍讀卽引疾歸善書法遠近馳名日本朝鮮諸國貢使爭以重價購之論者謂近日善書者劉石庵相

公朴而少姿王夢樓侍讀豔而無骨翁覃溪撫摹三唐面目僅存汪時齋謹守家風典型猶在惟公兼數人之長出入蘇米筆力縱横渾如天馬行空汪文端張文敏後一人而已

勇健軍

雍正中西虜未靖　上號召天下壯士得數千人其最者能開二十石弓以鳴鏑射其胸鏜然而返又能開鐵胎弓及舉刀千斤者號勇健軍命史文靖公司之屯巴里坤以備不虞後西夷來朝始罷此軍故當時盜賊稀少四海靖謐論者謂　帝善於牢籠勇士不使其爲非也

車騎營

雍正中　上命九卿籌禦西夷之策岳威信公獻車營法其製仿邱濬舊制稍加損益凡車廣二尺長五尺用一夫推輦而四夫護之五車爲伍二十五車爲乘百車爲隊千車爲營行以載糗糧軍衣夜則團聚爲營戰時兩隊居前專司冲突三隊後以隨之其餘五隊則團護元戎以防賊入切戰並具圖以進　上命滿洲護軍習之號車騎營後北征時屢以車師取勝然其制嚴重難以連行和通之敗轍亂旂靡道路壅塞士卒多有傷損論者歸咎車戰遂廢其營然此役乃將帥驕慢悞墮賊計未必皆車騎之咎也故存其圖以待後之用者

一車圖

卒　卒
車夫車將
卒　卒

伍圖

車　車
車
車　車

乘圖（隊營仿此）

伍　伍
伍
伍　伍

營居圖

隊　左隊　隊
後護　後隊　主帥　前隊
隊　右隊　隊

營居車圖

車車車車車車車車車車車車車車車車車車車車車車車車車車車車車車車車車車

後軍帳
左帳　主帥帳　右帳
前軍帳

戰圖

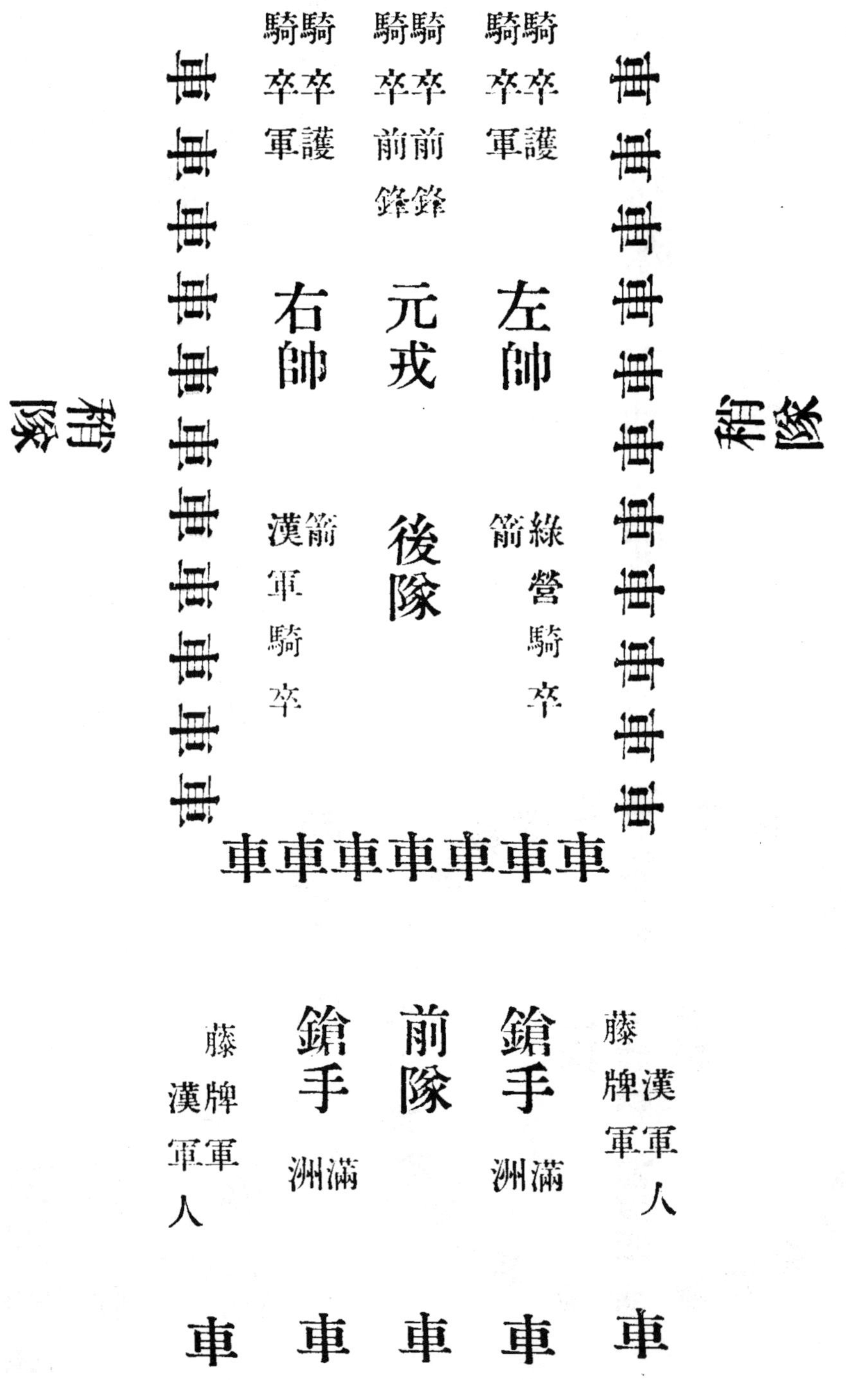
稍隊
車車車車車車車車車車
騎卒護
騎卒軍
騎卒前鋒
騎卒前鋒
騎卒護
騎卒軍
車車車車車車車車車車
稍隊
左帥
元戎
右帥
綠營騎卒
箭
後隊
箭
漢軍騎卒
車車車車車車車
漢軍人
藤牌軍
鎗手
滿
洲
前隊
鎗手
滿
洲
藤牌軍
漢軍人
車
車
車
車
車

帝王入獄

傳奇家演帝王未興時多有入獄受困苦者按古今惟漢宣帝少時以巫蠱繫獄賴丙吉護之以免光武少時曾與李軼詞訟於嚴尤陳宣帝流入西魏繫禁多年此外更無他帝王繫獄也

宮女四萬

按開元時後宮女官多至四萬久禁不放亦奢汰極矣按　本朝定例從不揀擇天下女子惟八旂秀女三年一選擇其幽嫻貞靜者入　後宮及配近支宗室其餘者任其自相匹配　後宮使令者皆係内務府包衣下賤之女亦於二十五歲放出從無久居禁内者誠盛德事也

索明二相博古

索額圖明珠並相時權勢相侔互相仇軋後索以事伏法明爲郭制府琇所劾罷天下快之然二相皆有絕技索好古玩凡漢唐以來鼎鑊盤盂索相見之無不立辨貞贋無敢欺者明相好書畫凡其居處無不錦卷牙籤充滿庭宇時人有比以鄴架者亦一時之盛也

宋人後裔

兩漢以下惟宋室最爲悠久雖屢遭變遷其業猶存即亡國後其後裔亦未有遭酷毒者按野史謂元順帝爲天水苗裔事雖暗昧未必無因也近日董鄂冶亭制府考其宗譜乃知其先爲宋英宗

越王之裔後爲金人所遷處居董鄂以地爲氏數百年之後尚有巍然興者何盛德之至也

三年喪

自漢文帝短喪後歷代帝王皆蹈其陋惟晉武帝魏孝文唐德宗宋孝宗四君絕意行之然武帝終惑杜預之議孝文妄尊篡逆之婦唐德宗空鶩虛名宋孝宗感慕私恩皆未得其正故後世亦無述者惟我　純皇孝摯性成力阻浮議使千載之陋更於一旦今上復能繼述前美恪遵先志實爲三代後之第一美談也

四布衣

乾隆中　上特開四庫全書館延置羣儒劉文正公薦邵學士晉

涵于文襄公薦余學士集周編修永年戴東原檢討震於朝上特授邵等三人編修戴爲庶吉士皆監修四庫書時人謂之四布衣云

本朝從祀

自明嘉靖間增祀孔廟兩唐諸儒及宋元明三代無不具列本朝罕有繼者惟乾隆初增祀陸稼書閣學一人而已按國家右文之代名儒輩出如名臣湯文正公李文貞公孫文定公楊文定公朱文端公之崇尚儒道下者之如李紱方苞之於理學顧炎武胡渭毛奇齡朱彝尊惠棟任啟運江永顧棟高等之於窮經極一時之盛乃有言職者從未議及何也

明非亡於黨人

近日訾議理學者皆云明人徒知講學不知大體以致亡國何不察之甚也按明末君主昏庸貂璫擅政其國之勢已岌岌不保者數矣賴臣下克明大義遇事敢言以彌縫其過失不然如英宗之被虜武宗之游蕩神宗之昏昧其政皆足以亡國而國未遽亡者未必非諸君子保障之功迨至魏閹擅政誅戮賢臣殆無免者然後寇勢日熾中原土崩與東林諸君子何與焉及夫唐桂諸王奔竄海上其勢萬無可救者而諸臣日謀恢復蹈死如飴是明人之報主亦云至矣而今猶嘆咏不已者何哉

三分書

乾隆中　上既開四庫全書館分發京師諸處甲辰春　翠華南幸念江浙爲藝林之藪其天府秘本多有貧士難購辦者因命續錄三部分置揚州大觀堂之文滙閣鎮江口金山寺之文宗閣杭州聖因寺之文瀾閣俾江浙士子得以就近觀摩謄錄實藝林之盛事也

摺子

自明太祖後立通政司凡內外章奏皆須於其司掛號後始能達入九重故權相多以其私人專主其任凡言路稍有動作無不先知故使讜言正論多有泄漏以致被罪者如嚴嵩之於趙文華是也　憲皇帝夙知其弊乃命內外諸臣凡有緊密事務改用摺奏

專命奏事人員若干以通喉舌無不立達　御前初無轇轕數百年之弊政於是始革通政司惟掌文書而已無曩日之權也

圖爾泰

康熙中有滿洲科臣圖爾泰者葉河巨族也與明珠同族初不善其所爲嘗劾奏滿臣權重漢之六部九卿奉行文書而已滿人謦咳之下無敢違者殊非立政之體以忤當日權臣謫黑龍江公素尙理學於戍所自置周程四先生祠朝夕禮拜人爭笑其迂亦可以覘其行矣

朝鮮廢君

明人十六朝小紀中曾紀朝鮮王李琮篡弑其叔惲事朝鮮嗣王

力辯其誣具載於池北偶談中今明史依達其詞亦無明文然吾邸屬有韓氏者其譜言先世明璉爲朝鮮武臣爲惲所任用後李悰因淫於宫闈據奪大位囚惲於某島中以石灰矐其目韓氏盡被族誅惟其始祖雲與其弟霓星夜逃竄幾被擒獲凡三月始至盛京投誠　太宗義其忠於所事因授輕車都尉世襲云云則是小紀所載未必盡誣也

將軍

古有伏波樓船諸將軍名號未有以將軍爲官名者　國初四方未定多有以重臣佩諸將軍印將勁旅屯戍者後遂沿爲滿人總兵之名號惟察哈爾烏魯木齊及天津水師稱都統餘皆稱爲某

處將軍秩一品視提督上　盛京初名內大臣後亦改今名云

世祿品級祿米

本朝沿三代之制設立勳爵以待有功有古世祿之寵而不畀以權使功臣之後安享太平而無敗壞決裂之患實法三代而有勝者焉初定公侯伯名位歷級有九子男以下以國語稱之乾隆初允御史舒赫德請改子男等名號公位視三公冠珊瑚服斗牛補襲次二十有四祿米六百石侯伯服與公同侯次二十伯次十八祿米四百石子位視正一品服麒麟歲祿三百石次十六男位視正二品次十祿米二百石輕車都尉位視正三品次八祿米百石騎都尉位視正四品次五祿米五十石雲騎尉視正五品次三

祿米六十石凡位八級二十有一品位釐然使功臣之胄有所瞻養較邁漢唐之制遠矣　國初以開創勳者不論階次咸世襲罔替其順治九年後封者始以次爲沿革其間有功業偉然　上特命視開國元臣世襲罔替者蓋異數焉乾隆中　純皇特念陣歿殉難諸臣其後裔官一人賜曰恩騎尉位視正七品世襲罔替亦曠古未有之澤也

三詔

國初世爵與職任官員無異每逢　恩詔輒晉其秩故有以子男而躐至公侯者爵位未免濫觴康熙中議準凡三詔所加者皆遞減至其本封故近日檔案皆有三詔遞減之語卽此者也三詔者

謂入關定都及　世祖親政詔也

岳威信始末

岳威信公佩撫遠大將軍印以入　覲命提督紀公成斌權其篆會準夷入寇擄馬駝萬餘紀不時奏乃爲總督查郎阿所發遂褫岳公爵置紀於法然嘗聞老卒有云岳既入朝也紀以滿人强勁因以駝馬命副叅領查廩領卒萬人驅牧廩性懦葸畏邊地寒因以馬駝付偏裨以五十人放牧而已卒衆避寒山谷間日置酒高會挾娼妓以爲樂會準夷入寇偏裨報廩廩笑曰鼠盜之輩不久自散因按兵不往及馬駝被擄廩聞信乃先棄軍去過曹總兵勷壘呼曹救之曹性卞急因率兵往爲其所敗單騎而奔賴樊提督

建　卒本標卒追之轉戰七晝夜始却其敵虜見紀公皆委罪於曹勤紀笑曰滿人之勇固如是耶將收縛斬之會岳公至紀告其故岳公驚曰君今族矣滿人爲國舊人黨類甚衆吾儕漢臣豈可與之相抗以干其怒也因解虜縛以善諭之因皆委罪於曹斬之以徇而以捷聞虜乃恨公入次骨會查郎阿巡邊故虜戚也虜因嬌控岳公諸不法事以及紀公掩敗爲功諸狀查故怒岳公因誣實其言以聞　上大怒斬紀公於營置岳公於詔獄而虜官固如故也嗚呼　世宗之於岳公君臣之際可謂至矣因誣一滿人卑賤者乃使青蠅之讒爲禍若爾持國柄者可不省歟

阿文成公用兵

乾隆辛丑夏撒爾回民叛　上命阿文成公征之時阿文成公視中年決口工未即趨赴　上命和相往攝其篆和固自負其才欲於公至前先時驅滅乃刻期進師卒爲所敗又所調至將帥俱不爲所用和每發一議衆輒沮之亦不能難也及公至和出迎公問其失機狀和赧然曰將帥皆傲慢不爲吾用公請試之公曰然則斬耳和復問進兵狀公笑不答令諸將帥於次日晨集轅前公每呼一將入輒命和坐其側公有所調撥及命屯戍處其人輒應如響如是者數和坐上甚恚憤公部署畢問和曰諸將初不見其慢倘方劍不知誅誰之頭也和戰慄無人色公乃命和即日銜命歸和於是恨公入次骨故終身與之齟齬蓋搆釁於此也

義僕

乾隆乙卯宜制府綿總督陝甘時好盤詰私販凡回疆屯戍官吏私往來販至者盡被所獲立正典刑有故巡撫某貪吏也以罪戍邊使其僕李七往來販玉事發李挺身自認謂主人初不知情大吏脅以三木李執辭如初因論李大辟罪某奪俸而已及被刑日李尚謂人曰奴代主戮是其分也初無悔心嗚呼公以宗戚之近而爲商賈之行乃使其僕銜寃地下今雖華袞顯然不及死者多矣

衣衣道人

乾隆初宗室樸公某任安徽按察使時有畫士年九十餘相貌偉

然自號衣衣道人杜公善遇之嘗談及京都道人言之井井杜怪問之道人泫然淚下曰某本滿人初屬某滿洲將軍從征吳逆某將軍以軍降某恥爲其下故乘夜潛出遂流落江湖間以賣畫爲活因言當日滿洲諸將自尚善貝勒一路外皆懷二心有欲舉襄陽以北降者賴蔡制府毓榮持之以免故屯兵岳州城下八年不戰諸將皆閉營壘擁諸婦女逸樂而已後幸吳逆冥誅其黨自潰又聞東西兩路屢次奏捷始不得已進兵按東路爲先良親王西路爲馬文襄公及賊平後諸將皆蒙上賞而東西兩路反有以敗亡致罪者良可慨也杜亦憤懣故入都後屢舉以告人云

清甯宮

國初　列聖皆以儉朴開基天聰間雖卜都　盛京然其宮殿制度率皆草創　清甯宮爲　列聖　后燕寢處其壁間懸以篝燈純皇曾紀以詩仰見　祖宗勤儉之風譬夫陶復陶穴可並駕而驅矣

純皇愛民

純皇憂勤稼穡體恤蒼黎每歲分命大吏報其水旱無不見於翰墨地方偶有偏災即命開啓倉廩蠲免租稅六十年如一日甘肅大吏以冒賑致罪後甘省復災近臣有以前事言者　上曰朕甯可冒賑不使子民有所枵腹也後諸詞臣有以　御製詩錄爲簡册進者今朱相國珪祇錄　上紀詠水旱豐歉之作名孚惠全書

以進　上大喜賜以詩扇告近臣曰儒者之爲固不同於衆也

理藩院

理藩院古典屬國官也　國初建置故上林舊址初置蒙古尚書一人侍郎二人秩視六部同漢院判一人秩三品滿蒙郎中員外主事若干人漢知事四人主事二人經歷二人故朱竹垞集中有贈宋院判云云蓋漫堂尚書曾任是官也後康熙中漢員盡裁去惟藩員獨存司蒙古内外部落諸務分司六曰旗籍前後司録勳賓客理刑後改旗籍後司曰柔遠賓客曰王會録勳曰典屬又特設徠遠以司回部遂析爲七旗籍專掌内四十八部落疆域襲封譜族旗制諸典故各析部族畛域勿使侵佔其台吉有分析者以

加其賦人丁滋蕃滿百者許改官屬以督之其滋畜牛羊諸物視其土之寒暖可種植者許其自率蒙古人丁以耕容留漢人及以貨易土者戒之凡諸侯有襲封者先許以辨其嫡庶考其德行然後授以印綬其弱小者擇族人之忠正者護其印既冠而後納之三歲修其譜牒辨其貴賤勿許冒賤爲貴以良爲莠每旗設都統一人秩二品副車二人秩三品命諸侯自選其宰之良者授之而部臣歲課其政令有不職者易暴戾者罪之并飭其諸侯爲王會司掌朝貢會盟聘享武備諸政令藩王凡充補近侍者歲一朝餘則三歲一朝各於歲終分班入覲分其名位給以廩膳凡朝郎官領入大內位宗室王公下朝見如儀元旦上元復如之歲朝　上

宴諸藩於　紫光閣郎官領進自陽澤門入宴於階次奏樂拜謝
如儀翌日宗室王公序以享之將歸辭謝於　乾清門禮臣宴享
如儀賞賚有差貢則視其土之所宜黍禾皮幣以及牛羊諸物部
臣受貢翌日寓其使於署中俸幣則視宗室王公之半有勳業者
加之各部落有荒饉者部長捐金以救乏則告於方伯請賑於朝
凡使入許以驛傳視其途而賚之國有大喪則集諸藩王奔訃入
次舉哀如儀典屬司掌外尼堪四部落北入瀚海西絕羌戎凡青
海西藏諸土屬焉各分視其畛域奠其土宇教以德化理其政績
旗制會盟咸如內藩屯戍將帥士卒食其屯用乏則請餉濟之每
歲閲武本司員二人往視之其技良者賚其部長兵仗弱者示以

罰焉柔遠司掌外盟諸部朝覲宴享聘納諸儀尼堪諸長四歲一朝薄海諸長三歲一朝篤本西藏諸部長不限以年五歲請命於朝許則覲之貢期尼堪三歲一貢西藏間歲一貢各視土之所宜尼堪貢馬駝羊羯諸物西藏青海貢藏香氆氌馬駝其享使頒賚如內藩焉徠遠司掌回部疆土分封朝會聘享諸政嘉峪關外回部有十曰吐蕃曰丕占曰沙蘭曰昆辰曰鄯顏曰班曰武始曰韓幹曰葉羌曰和闐盡統屬之其舊疆建諸王二咸如蒙古諸藩餘則置伯克司之伯克者回中長吏也各視秩有差三年考其政績優者褒以幣賚劣者付屯戍大吏治之戶口丁數皆藏其籍三載更之回俗以十爲數計一帕得中土五石有奇錢曰普兒皆委伯

克以司鑄焉田賦以種爲則官田什取其五次者什二民田十一有常賦焉關稅三十取一皮幣二十取一其畜産餘物各視其多寡以征之歲貢各視土之所宜厥貢皮幣果蓏金刀毛毯以歲終納焉俸幣視秩授以田土以代俸薪長吏三百畝中士百畝下士八十畝丁二十五畝有其屯戍伯克均其糧以差之外藩如布特韓薩安集延愛烏罕諸屬國皆置譯使以通其語朝聘宴享悉如朝鮮琉球儀制理刑司掌蒙古諸刑名自斬絞外罪止鞭朴不及流徙而以牛馬作贖刑焉罰數維九牛三馬六遞以加之窮者貰之富者倍之猗歟北人自秦漢後匈奴突厥遞雄其部漢唐主不能與抗乃至和親納幣含垢忍辱以求旦夕之安而寇警邊烽又

環然至矣至若　本朝威德偉然氈廬月窟之長無不匍匐庭除
爭爲臣僕故　列聖裂土封之世畀其守作我藩服朝聘宴享比
隆三代王者守四夷固如是也豈漢唐孱弱之主所能及哉

八旗之制

我　國家以神武開基　龍興之初建旗辨色用飭戎行始建兩
翼其後歸附日衆乃析爲八以本部所屬者爲滿洲蒙古部落而
遷入者爲蒙古明人爲漢軍合爲二十四旗制度備焉每旗制都
統一人副都統二人參領五人佐領以百丁爲率無定官而每以
驍騎校一人隸之鑲黄正黄居都北址次兩白次兩紅次兩藍皆
四周星拱以環　禁城凡城池衙署倉庫皆以驍騎馬兵守之各

於　禁門外置公廳都統副都統更番直夜以備不虞火災則各往救之出境者不預焉　禁城災則並往視怠者絀之　皇上巡狩則增街衢之守俗名街堆子　歸則撤之每三歲編審戶口稽其幼壯除其逃亡書版藏於戶部其有冒充濫入以及隱匿不報者罪其有司焉閲選秀女以三年爲率屆期戶部移文造籍申選有隱匿不報者罪之旗人有所逃亡遞申刑部以督捕焉大閲士卒　皇上親御甲胄巡閲營隊八旗將士簡精蓄鋭集於演所肅聽軍令陣法漢軍火器左翼四旗以次而東西上右翼四旗以次而西東上每旗鹿角二十步卒八十八引旗四人長槍手二十鹿角傍列礮十鳥鎗百籐牌百礦夫三十人御礮車夫百人纛十執纛卒三

十小旗二十負旗將士二十紅旗二十麾旗二金五鼓一金夫十海螺五每旗參領三散秩官十驍騎校十每翼都統二副都統每旗各一滿洲火器營左翼四旗在漢軍左翼左右翼如之鳥鎗夫百二十人護軍百二十人總統五人每旗纛二執纛四海螺十人金五鼓一委傳宣官八人金下麾旗者揚旗鼓聲大作鹿角夫前進分隊而立籐牌卒跳舞作斬虜狀分合如法三作而退鼓聲一進鳥鎗夫列隊而進鎗聲齊發聲亂聲虛之地子落者罪之麾旗者落旗金聲初奏鎗聲頓止俄而擂鼓如前麾旗者揚旗鎗進如前如是者九連環鎗作滿洲前鋒護軍乘馬者自兩翼出彼此奔馳烟霧冲天三軍作冲圍狀呼聲如譁盤旋者數鎗止乃已金聲

再奏八旗驍騎卒衝陣而出海螺畫角齊奏旌旗耀日隊伍整暇傳宣官呼收兵者三軍士咸頓首歡呼再叩而退兵部臣告禮成

上還御營翌日賞賚有差每歲春秋咸集於仰山窪村（在德勝門外十里）簡練如儀惟將士衣素服不着戎冑以別之演試火器礮石歲以春秋用兵臣奏請　欽命大臣同漢軍都統演礮於蘆溝橋八旗以次演之及牌者有賞否則罪之軍政五載一舉行有四一操守曰廉平貪二才能曰長平短一騎射曰優平劣一年歲曰壯中老以次定賞罰焉故其紀律詳明守職綦重仿周禮遂人之制舉而爲官出而爲伍凡力能舞勺者無不持殳執鋭爲王禦侮其較前代養撫市井之徒而徒縻費　國帑得失不啻倍蓰矣但承平

日久休養生息甲兵有額而生齒浩繁加以奸宄之徒冒濫其籍故使閒者日衆不事生業不無窮匱雖　國家屢有厚賚難以博濟其衆若在　朝公卿有爲　國家計久遠者宜仿周禮寓兵於農之策開墾塞上閒田以及　京畿旗税官地使其各事南畝生有定業三時務農暇以講武　國家若有所調遣可朝呼而夕至則其體恤耆舊之制益昭然從厚矣

駐防

古人云千里持糧士有飢色則知調撥之兵非惟緩不救急抑徒糜費國帑疲勞士卒故　國家駐防之兵最爲良制盡選虎賁勁旅屯戍四方督其操練嚴其律令使四方稍有不靖自可驅除不

須遠方調撥以悞時日如近日河南寶豐教匪時有不靖當時河南鎭兵皆調撥殆盡賴開封士卒從馬中丞慧裕往相攻討立時翦滅亦其制之一效也

吳廷楨

吳太史廷楨爲諸生時以詩鳴世宋漫堂尚書喜之　聖祖南巡嘗迎　駕於郊宋漫堂指以奏曰此吳中才子也　上因命扶上御舟當面　御試以　聖駕巡幸爲題限江韻吳應聲曰龍舟彩鷁動旗幢　聖主巡方至越邦　上問侍臣曰舟至何處對曰已至吳江公乃續曰民瘼關心忘處所侍臣傳語到吳江　上笑曰卽景生情眞才子也因　欽賜舉人

賜奠

國家篤念舊臣凡陪塋　福　昭諸陵王公諸功臣　翠華臨幸
必　賜奠焉以寵耆舊之臣先烈王入關後始薨逝故未陪塋
昭陵乾隆戊戌春　純皇帝念王首創義舉功冠諸臣因特行
賜奠禮於園寢中哀慟久之　賜詩以旌其功實曠典也

配享

國家有大勳勞歷顯中外者皆行配享　太廟禮蓋古祀於旂常
之遺意也西廡功臣爲揚武勳王額宏毅公費直義公圖昭勳公
圖忠義公馬文襄公蒙古超勇親王鄂文端公張文和公傅文忠
王福文襄王兆文襄公諸人東廡諸王　國初惟以武功郡王等

四人配享蓋以其絕嗣故也雍正中增祀怡賢親王乾隆戊戌
上特念開創諸王功業偉著未得與斯享因命增祀禮烈王及睿
忠王鄭獻王豫通王肅武王克勤毅王諸王於東廡中亦一時曠
典也

郊勞

國家厚待功臣以振士心凡有將帥凱旋歸者　列聖皆行郊勞
之禮康熙中先良親王之平耿逆安和親王之定兩湖貝子彰泰
之平滇南凱旋時　上皆親幸蘆溝橋以郊勞之乾隆己巳傅相
公恒平金川歸　純廟特築壇于黃新莊以旌其功後兆文襄公
惠平回部歸阿文成公平定兩金川歸　上亦行是禮云

拉總憲神力

拉總憲卜敦董鄂氏滿洲望族也有勇力能彎十力弓左右射善詩文不加點頃刻數篇以及外國番語無不畢具眞奇人也性剛直立朝不苟嘗忤某相國因遠戍西藏會藏王叛公殉於難事見前卷兹不復載

呼延碑

乾隆中大臣收復西藏烏魯木齊築城郭時掘得漢裴岑破呼延碑字體完善遠勝曹全夏侯諸搨本石逾千載尚未剝落眞奇物也紀曉嵐尚書曾藏一通罣以示人云

書法

余素不善書人爭嗤之深以爲恥然明王鳳洲尚書素不善書嘗自云吾目有神吾腕有鬼近時紀曉嵐尚書袁簡齋太史皆以不善書著名按晉史武帝疑太子不慧召東宮官領而以尚書疑事命其判決賈氏乃命張泓代對而太子手書以呈武帝稱善按惠帝愚闇世所罕見乃能手書決辭以對筆畫端楷可知然則善書亦何足貴也

葉副將

葉副將清臨清人洊至本協副將王倫之變公嘗抱疾與知州秦公震鈞同守其城凡十餘旬賊人嘯聚甚多晝夜圍之公應時堵禦患痢疾勢甚委頓秦公嘗勸其休息公曰吾聞均之死也與其

死疾甯死於賊遂帶疾從軍賴大兵雲集其城獲全公卒以疾死

上甚憐之

畢制府

畢制府沅庚辰狀元歷任兩湖總督性畏懦無遠略教匪之始畢受相國和珅指不以實入告致使蔓延日久九載始靖人爭咎之姚姬傳先生至曰戮畢沅之屍庶足以謝天下其受謗也若此然好儒雅廣集遺書敬重文士孫淵如洪稚存趙味辛諸名士多出其幕下嘗歲以萬金遍惠貧士人言宋牧仲後一人信不虛也

湖北謠

畢公任制府時滿洲王公福甯爲巡撫陳望之淮爲布政三人朋

比爲奸畢性迂緩不以公事爲務福天資陰刻廣納苞苴陳則摘人瑕疵務使下屬傾囊解橐以贈然後得免時人謠曰畢不管福死要陳倒包之語又言畢如蝙蝠身不動揺惟吸所過蟲蟻福如狼虎雖人不免陳如鼠蠹鑽穴蝕物人不知之故激成教匪之變良有以也今畢公死後籍沒其產陳爲初頤園所劾罷惟福甯尚列仕版人皆恨之

八大王

蘇州閶門外有八大王祠神像鬚眉偉然着　本朝衣冠有風疾者禱之輒愈俗名箭風八大王云係　國初王公孤舟招撫其土土人疑爲奸細鑿舟斃之後知其情因建祠以祀之按　國初下

江南時雲屯席捲所向無前初未有王公死其地者或云蓋偏裨之將偶被所害土人不知以爲王公建祠以祀理或然歟

土國寶

土國寶者明太湖盜也　國初歸降洪文襄公以其人敏捷因薦授蘇州巡撫性殘暴一時搢紳故老無不被其害者又因抗糧案株連生員數百盡行斥革震動一時後又交通鄭氏欲以地叛爲制府麻文僖公勒吉所知因撤取其兵馬糧餉盡赴江甯然後露章劾之國寶偵知欲逃城門已閉因夫婦縊死鐘樓中外快之

王逑菴書

己未夏吳中有杖責諸生之獄今得王逑菴少司寇與平恕書文

甚逌勁故具載之書云達晤經時伏稔執事興居安豫弟以　鼎湖大故徧訇入都前日始回吳下備知諸生獲罪深爲駭異諸生寒士居多求貸於富戶乃事理之常伊等或以教課爲業或以筆墨爲生無力償還亦其常分賴有父母師保之責正宜加之憐惜或代爲寬解或再爲分限俾得從容措繳即使伊語言粗率亦何至不能稍貸乃至朴責寒士以媚富戶實無情理此非該令平日與富戶交結往來受其餽賂即係意存庇奸爲事後得錢之計情事顯然不待推求而可見諸生之不平則鳴有何足怪惟是時承審之員非該令平日結納之上司即係狼狽爲奸之寅好通臬將赴湖南不顧其後而撫軍初蒞新任以至四出查拏牽連數十掌

嘴鎮項凌辱不堪成何政體當今律令內從未有生員借貸不還遂致責革之條若以聚衆爲名亦當視其應聚與否耳漢時太學生舉幡闕下見於漢書不一唐之太學生爲陽城而聚集宋之太學爲李綱而聚集至周朝瑞等爲趙汝愚而聚集史册載之不一而足以爲美談蓋凡事必先定其是非如諸生理屈詞窮糾衆以挾制縣令重懲之宜也若縣令先以挾私違制則人有同心豈能默爾一呼百應籲告上臺以求利斷自無不可斯時即宜告承審各員研究富戶平日與該令有無交結何以討好如此果無他故然後科以性情兇暴違制擅責之咎仍另爲該生起限寬緩清還諸生自必欣然而散何至成此大獄使士民重足而立也往在京

中那繹堂司空言宜撫軍爲人仁厚劉竹軒倉塲亦言其老成精
細及昨過蘇相見謙和恭敬抑然自下實有古賢臣風範特其時
兩司未到獄案已定而執事又無一言救正縱地方官之所欲恣
其蹂躪此必非撫軍之本意也今者荷蒙　皇上坐照如神洞燭
其違例擅責之由降　旨再飭制軍研審制軍居心公正未必謂
然然成事不説是否覆盆能白尚未可知倘執事以繫鈴者解鈴
則日月之更民皆仰之矣弟此次進京仰見　皇上典學右文而
王韓城劉諸城二相國以及石君冢宰繹堂司空贊翊　熙朝愛
才好士力持大體恐承　旨之下于此亦不慊然弟見數十年來
小省學政職分本微奉督撫如上司與州縣相結納甚至幸其嘑

爾蹴爾之助娩婀唯諾殊爲可耻若夫江浙學差皆三品以上大員出膺任使地分既高卓然自立故遇有諸生品行不端者斥之學業不進詞章不工者令廣文夏楚之其餘則是曰是非曰非所以重人才而勵廉耻今執事久以詞林雅望洊受　主知兼旦夕入贊綸扉惟是扶持士類主張名教庶可與石君諸公相見耳至近來州縣所以魚肉諸生其意蓋在立威威立而諸生箝口結舌則庶民何敢出而爭控是以獄訟之顛倒徵收之加耗無所不至比者言路大開江南漕政横征重歛已一一仰叨　聖鑒故制府亦力爲振作今冬定作清漕之局但州縣或有陽奉陰違倍收多取恐生監連名訐告而州縣指爲鬨堂鬧事者甚多未知執事可

能究其是否俟案定而後量加董戒抑或如此案不科州縣之失而即科諸生之罪若使仍助其燄而長其氣則吏治之壞不知伊於何底也弟陳臬三司且於大理寺都察院刑部三法司均爲堂上官所見生監控告之案不勝枚舉然未見有人因其抗令而右袒之至於此者弟與緣事諸生並無門生故舊之雅誼一至蘇州即知此案已　上聞並荷　聖明指摘所以不辭饒舌者實以此案追債事輕關於士氣者大而關於將來漕弊者尤大且爲執事風節所關夙叨世好度無肯效忠告之誼者故忘其愚戇用布區區如或以規爲瑱則韓文公之諍臣論歐陽公之與高若訥及與杜祁公論石介書取而研之可也其文亦眞可與韓歐諸文並傳

而不朽矣

世俗之論

世俗鄙夫之論似是而非足有關於風化岳中丞之廉正余嘗記吳人所作岳青天歌以美之矣今有某散騎見余記譏之曰岳公木偶人耳受其下屬欺罔不知省察又更張禺筴報銷之政重使苛擾閭閻受其災害烏得爲廉吏哉余曰子何不察之甚也夫正人之過如日月之蝕非不韜匿其光然而久之其光華仍照耀於天下也況自古正人貽笑於後人者亦復不少如子産之智尚受紿於校人黄霸不識鶡鷄皇甫嵩以董卓爲正人袁粲失計於劉秉房杜以蕭瑀爲俗學魏元忠薦郭霸富鄭公以王安石爲君子

胡安國之附秦檜眞西山有一鍋麵之謠皆不失爲君子又何獨岳公哉況當時督撫不尙廉而尙才故使貪婪之風遍於天下奸民因之搖動至今流毒未遠反覆思之實堪切齒而岳公獨能自守時人頗非笑之岳公不顧至今　天子力革其弊天下守臣始稍有自好者由是其風始革獨是岳公於舉世不爲之時而慨然爲之亦豪傑之士也縱使有所過失諸君子宜代爲隱匿之不暇何況岳公清貞剛介其過未必若斯之甚今吾子不備責往日之貪婪者而責岳公緦緦之過亦見其自比於貪墨之吏設淫詞而助之說也某赧顔而退

嘉慶初年督撫

今上親政之始政治維新一時督撫罔非正人如岳中丞輩已詳載於前其他大吏亦皆卓然一時今因某公之論故詳載之長公麟覺羅氏中乙未進士撫吳中時廉名素著嘗私行街市間以察下吏賢否首清漕政下屬抗之公斥其最貪者力持其議故吳民至今賴之嘗忤和相遣戍伊犁數年　今上召入　命爲陝甘總督陳公大文會稽人成辛卯進士乾隆中歷撫兩粵以能吏名今上初政首調山東其省大吏屢非其人吏治廢弛貪汚遍野公至日別清漕務首劾貪吏三十餘員公性深嚴凡下屬叩見皆溫顏以對談論良久然後正色申之曰汝某政事貪賄若干予皆悉知若不速改余劾章已定草矣故下屬咸畏之故閧傳曰山東民

不反而官反之言亦可覘公之爲人矣覺羅吉公慶　武功郡王某世孫性溫厚長者初撫齊越諸邦雖無所施爲去後民輒思之每於署中構屋三間不采不琢僅庇風雨室中惟設長几一椅十數宋儒書數册而已凡判事見客起居飲食無不於其室中他屋皆封鎖之其儉朴也如此今任兩廣總督加協辦大學士高公書麟文恪公晉之子也首擢安徽巡撫有善政　純皇帝最喜之加兩江總督以忤和相故貶謫西域數載　今上親政首擢浙閩總督再調雲貴劾罷前督富綱人謂仁者之勇其弟副憲公廣興以劾和珅擢官屢劾大吏公不喜其所爲嘗於　上前告之後調兩湖總督屢奏大捷嘗於炎暑中奔馳山谷間堵剿教匪不使入境卒

以是搆疾薨　上甚悼惜之以一等男世其家汪公志伊桐城人以縣令起家累任至福建巡撫皆以廉著嘗　陛見熱河公惟乘一轍車東襆被於其中後隨二奚奴而已往來都邑數十人皆不知其爲封疆大吏也請客惟用二簋不事口腹又嘗疾天下廢講宋儒因刊幼學儀節之書皆總括濂洛之書爲之人爭目爲怪物書制府特與之甚契後易以某制府情性不適因引疾去人爭惜之台公布蒙古人初任戶部銀庫郎中時和相專權補者皆以貲進故任意貪縱侵盜官項又勒索運餉外吏經年累月不時兌納公至日與員外郎和公德盟諸庫神積弊爲之一清人以爲瑞云後任廣西巡撫粵西儲糧虧缺甚多公調停數年倉庾充牣下僚

爭慶公性廉明而不外顯嘗不喜制府吉公之沽名太甚與之牴牾時人有疑之者余曰韓范上殿爭之如虎蜀洛二黨訖如寇讎然均不失爲君子亦可定二公之品矣初公彭齡萊陽人初任御史劾彭參政元瑞兄子冒充吏員事彭公爲之罷官時言路久閉無敢與大員忤者公毅然疏入人謂之鳴鳳朝陽云江西巡撫陳淮性貪婪又信任南昌令徐午人爭怨之其民謠云江西地方苦遇見陳老虎大縣要三千小縣一千五過付是何人首縣名徐午公即並其謠劾之陳爲之罷官任雲南巡撫前撫江蘭虎而冠者公又劾罷之逾年以親老陳情改補京職後任巡撫爲伊桑阿任黔撫時即以貪婪著又冒銅仁苗洞功績入境後勒索沿路供用

滋擾下屬公已去任聞之歎曰均爲天子大臣豈可以去官故
卽目覩下民受害而棄之不顧又露章劾之上震怒以手書獎
公而賜伊自盡滇民大悅吳公熊光常熟人初任軍機時以才能
著純皇帝與今少司農戴公衢亨特擢卿貳和相以非己保薦
故改補外吏今上親政首擢河南巡撫時豫省重遭景安倭什
布之虐盜賊遍野民不聊生公至之日爲之定保甲聚鄉勇堵禦
盧氏東境不容一賊犯邊處之數載豫省安堵如故士民賴之今
遷兩湖總督王公秉韜漢軍人以縣令起家累遷潁州守丁巳春
教匪突至光州去潁州甚近豫省大吏皆畏葸閉關任其寇飽颺
去公慨然曰均爲天子守臣豈可以疆域故致遺害於衆也因

同提臣定公柱團結鄉勇數千戰於境上定公故知兵軍容甚整公復勵以忠義之言助其糧餉屢破賊壘賊甚畏之踉蹌而去豫省賴之以安朱石君司農時守皖撫甚器重之　今上親政首薦爲奉天府尹有德政今任南河道總督公性方正不好沽名長制府麟汪中丞志伊皆以廉名著公輒不喜其爲人嘗曰長三汪六皆名過於實者奚足爲貴也荆公道乾介休人性直朴爲縣令時嘗着敝衣冠獨步上轅絜應手出人爭笑之不顧也以朱石君薦代其爲安徽巡撫雖無所更張而下屬畏之不敢干以非道請客惟用五簋飯脫粟而已後以疾去官人爭惜之阮公元儀徵人家世任武職惟公以科甲著自釋褐至卿貳甫五年好博學羣經諸

子無不通貫尤精爾雅小學諸書以朱石君薦任浙江巡撫前中丞以貪名著而公易以寬和下屬相慶以爲吏生溫台盜賊充斥公與提臣李長庚設法捕之其風稍戢性和靄而能守正不阿嘗有縣令欲謀美缺以賄干其父某代爲之請公謝曰元未仕時此身本屬父母今承乏爲 天子大吏豈可以私犯義絕不允其請云 上待之甚厚每批其摺嘗卿之而不名云

嘉慶初年諫臣

今上卽位首下求言之詔故一時言官皆有丰采指摘朝政改如轉圜雖其間不無以妄言獲咎者然其補益良多矣故列名於後

廣公泰滿洲人 下詔時泰同廣興首先應詔參劾和珅奸慝諸

款即時伏法人爭快之今任內閣學士蔣公攸銛漢軍人嘗劾外省貪吏宜降革者李奉翰景安秦承恩諸人因之先後獲罪外省吏治爲之更張實自攸銛發也副憲公瑚圖靈阿宜制府綿子也性豪邁不屑小節　今上親政公首條關稅鹽務諸弊又請却納貢獻停止捐納一時皆懍其丰采云馬公履泰仁和人　今上親政履泰首論湖督景安畏縮偷安老師縻餉之罪安爲之罷職又論湖北教匪奸民宜除難民宜撫諸條　上盡從之繼公善滿洲人雖爲和相所引無所依附時繙譯科場皆近臣子弟藉以進身頂冒傳遞之弊繁不勝言言官以其傷衆無敢言者但括取文場弊聒瀆不休惟善首論繙譯諸弊塲務始嚴公後遷太僕卿八旗

士卒畜養馬匹多有冒領其餉飼者十不二三出牧時蹈番使以金帛爲蒙古所哂善復犯衆怒言之其弊遂清滿人恨入切骨至驗馬日衆悞以戴菔塘璐爲善毆之幾斃事聞首謀者伏誅今遷盛京禮部侍郎張公鵬展廣西人任御史時頗爲敢言嘗陳奏出師八弊政皆中窾要刑部郎中金光悌素便佞專擅一時諸堂官多包庇之後遷光祿少卿猶戀戀其司職鵬展劾請離任其略云以　天子之刑部而金光悌一人專擅二十餘年其餘司官皆出門下故使比昵爲姦無阻之者良可慨也　上遽允其請人爭快之和公靖額滿洲人以繙譯起家而素重文士滿洲舉人舊例三科後始簡選小京官人多缺少致多壅塞非歷科三十餘年不能

入仕反不若漢人大挑之捷徑靖額深憫之因陳請同漢人例一體選授縣令百年弊政一旦改之人爭頌其德云衛公（謀）濟源人成辛巳進士年七十餘始爲諫官福文襄王康安雖屢立戰功然所歷封疆苞苴廣進沒後復膺重典未免濫觴　今上責那繹堂司空　諭旨有福康安歷任封圻簠簋不飭之語因備論王貪婪諸狀不宜配享　太廟子孫享其非分之榮　上雖未允其請一時之公論與之周公（栻）甯夏人初論外省大吏多有參劾屬員初無劣跡恐悃愊無華之人不得上司之歡心以致被劾者衆請嗣後照大計例許其付咨引　見則其員之賢否自難逃　聖明洞鑒之中可使大吏專擅之習爲之稍減　上允其請庚申夏彭芸

楣尙書入內落馬昏仆朱石君司農因以己輿載出故事　大內無特旨不容車轎出入栻因劾之其略云朱珪無無君之心而有無君之迹云云又溫藩司承惠冒以鄉勇功爲己功又依附畢撫秦承恩致使武闗有失亦附劾之當時雖奉　嚴旨未數月石君輿夫有闖禁門故毆傷守者　上切責之嘗曰周栻之言甚正殊堪嘉也沈公琨歸安人江蘇生員之獄巡撫宜興庇護屬員又信任管門家人致使苞苴日進特造嚴刑以詘告者有小夾棍頭腦箍諸名目又於　國喪中任意演劇無所忌憚琨皆一一陳之乃罷興職逾歲　上欲巡幸盛京琨復上疏阻之亦見稱一時云蕭公芝漢陽人久淹詞館及用御史年已七十餘上疏奏端正風俗

反朴還純以天道人心啟沃　上聞其文洋洋數千言皆有關於政治一時翕然稱之王公（甯煒）山東人嘗上疏言　上之用人行政宜習其素不可因其有人保舉遽加陞用如金光悌黎兆登等非不有人薦用然攷核其實殊有未稱者云游公（光繹）福建人曾上疏言今大臣未盡和衷武備未盡整飭願效魏元成十思疏以裨治化　上獎之後滿漢某侍郎因公爭憤　上曰游光繹之言不爲無見殊屬可嘉後以劾黃公（永沛）罷職人爭惜之

苗氏婦

乾隆戊午春和相妻死發殯於朝陽門外一時王公大臣無不往送余亦從衆而行比至車馬壅阻因飯於農家逆旅苗姓有老婦

云觀君容止必非不智者今和相驕溢已極禍不旋踵奈何趨此勢利之途以自傷其品也余赧顏以退不踰年和相果敗卒應其婦之言嗟夫當和相擅權時一時貴位無不仰其鼻息視之如泰山之安初欲終身以賴之者乃其智反不若一村婦識也

舒太夫人

滿洲舊俗凡所婚娶必視其氏族之高下初不計其一時之貧富有時惑於勢利之見以致以賤凌貴以高就下人多恥之然至感其義行與之聯姻初不計其品之高下此古人所難能於吾外祖母舒太夫人見之太夫人姓馬氏爲文襄公曾孫女直恪公嫡配也初感吾邸趙護衛之義護衛名赫紳事見前卷欲爲吾表兄某聘其孫女

吾母以其爲家君僚屬故爲之代辭太夫人曰吾雖貴族然能與忠義之士結爲親誼其榮多矣奚必計其族之貴賤也卒訂其婚生子某齠齡已入學舒氏雖世出名臣然罕以科第進者人皆以爲太夫人盛德之報云

紀曉嵐

北方之士罕以博雅見稱於世者惟曉嵐宗伯無書不讀博覽一時所著四庫全書總目總滙三千年間典籍持論簡而明修詞澹而雅人爭服之今年已八十猶好色不衰日食肉數十斤終日不啖一穀粒眞奇人也

明用度奢費

明代歲入帑金不過數百萬然其國用十倍於今九邊月餉半飽私囊六部耗費多不可計其宮殿一切鳩工取材皆倍於今乾隆中重修明長陵啟其寢殿護板皆以生銅鑄之又康熙中通溝澮其溝皆以巨石築之其中管粗數尺皆生銅所鑄也又西什庫中尚餘宮人鞋數十箱皆以珠寶飾之其糜費也若此故迨至末年國帑匱乏致借餉於朝臣良有以也而不知者尚造蜚語言內庫財帑豐盈莊烈帝靳之不賞軍士何其僻也

噶禮母

康熙中兩江總督噶禮滿洲人貪婪一時家貲巨萬營造金絲帳以眠其母以其母素奉佛家畜女尼數百而其母暱其少子初不

喜禮之所爲會禮與張清恪公伯行互相叅劾　聖祖初頗右禮乃置張公詔獄而吳民素服張公從行者數千人爭至　暢春園代爲張公請命　上益厭張之沽名會問安於　孝惠章皇后宮禮母固　后近戚　上遇之不及避　上因詢其子所爲何以與張齟齬故其母乃言其子貪狀且言張之冤讉　上怫然曰其母尚耻其行其罪不容誅矣因置禮於法而復起用張公後其母貧窶以織紝爲生其族之無知者咸歸怨之時諺曰噶禮之母爲禍之祖云

方靈皋之直

方靈皋先生受　世宗知以罪累而致卿貳性剛戇遇事輒爭嘗

與履恭王同判禮部事王有所過當公輒怒拂袖而爭王曰禿老子敢若爾公曰王言如馬勃味王大怒入奏 上兩罷之公往謁查相國其僕恃相公勢不時稟公大怒曰狗子敢爾以杖叩其頭血涔涔下其僕狂走告相公相公迎見公云君爲天子輔臣理宜謙冲恭敬款待下僚豈可縱豪僕以忤天子卿貳公慢多矣卒拂然去查長揖謝之乃已後復至查邸其僕望之走曰舞杖老翁又來矣其憚公若此公立朝甫一載政事多有匡裨嘗密薦來相公保魏尚書廷珍方敏慤公觀承顧河帥琮方中丞世儁於朝後皆卒爲名臣而世人皆以文士待公初不知其直鯁故表出之

青樓

近日皆以靑樓目爲娼妓之所按南史齊武帝興光樓上施靑漆世人謂之靑樓東昏侯云武帝不巧何不純用琉璃是靑樓乃帝王之室未可以名賤者之居也

應制詩

近日有滿洲某制府初非科目進身韻語非其所長自以爲善又好擬和應制諸題目人爭笑之自不覺也鐵冶亭保嘗與戲曰兄詩殊勝少陵某尙謙謝冶亭徐曰少陵應制之詩無如此之多也

庚子火災

乾隆庚子城南火災燬焚數千家延及城樓雉堞經月乃已或言火災之先有賣菜傭夢一人告曰京師當有火災汝視某火神廟

額字如朱即其期矣某日往視其守者詢知因暗塗豖血以戲之次日果有是災人皆以爲妄言按淮南子云歷陽有老嫗頗行仁義有兩書生過之告曰此國當沒於湖嫗視東城門有血便走上山勿反顧也嫗數往視門吏問之嫗對如其言東門吏殺雞血以塗其門明日嫗早往視便走上山國沒爲湖然則古即有此事也

孫文靖

孫文靖相公士毅卒時余嘗作四律輓之或有譏譽非其人者因焚其稿近讀東坡集見有輓韓絳詩三首備推其人按絳爲王荊公所引世人呼爲護法沙門初非端士而蘇公褒之如此可見先輩之忠厚也嗟夫文靖雖有交結權要殞師安南之咎然其遇事

明斷下屬震畏當其時貪吏如李侍堯輩布滿天下而公獨以廉著每出巡輕車減從不擇飲食嘗郵傳至江西時余業師程蓉江先生爲縣令往謁之公即呼與對食惟蔬食數簋而已又連劾巴延三富勒渾二滿洲貪吏皆時人之所難能者余嘗比之明周忱胡宗憲信非阿諛反有勝於絳也

黑經

喇嘛有呪詛之術凡蒙古有所爭鬥必令其徒誦之時有驗者名曰黑經然其掌壇番僧往往自斃蓋邪術也按漢武帝嘗命丁夫人祀祠以詛大宛匈奴北史天竺有婆羅僧善呪詛人魏太武嘗用之蓋即此術之濫觴也夫以堂堂之國不能以威德勝人而欲

仗區區之異術以壓其敵其志亦鄙矣

蘇州街

乾隆辛巳　孝聖憲皇后七旬誕辰　純皇以　后素喜江南風景以年邁不宜遠行因於萬壽寺旁造屋仿江南式樣市廛坊巷無不畢具長至數里以奉　鑾輿往來游行俗名曰蘇州街云

甘莊恪

甘莊恪汝來吴江人少任淶水令有德政時有　御前侍衛某往放御鷹蹂躪田苗公即命鎖至庭大杖數十大吏聞之驚曰某令瘋耶因共劾之　聖祖笑曰不畏强梁眞民父母也因擢其官後遷至吏部尚書乾隆初　純皇堅意復三年喪諸臣莫詳其制公

時任禮部依據經注叅定大禮繁儉當理後皆遵之後暴薨於署同事者爲相公訥親因親送其喪歸訥先入見老嫗縫紉於庭訥悞以爲奴婢因呼曰傳語夫人相公暴薨於署矣婦愕然曰汝爲誰訥備告其故老婦汪然大泣始知即夫人也訥因問有餘貲否夫人曰有啟囊出銀八金曰此志書館月課俸也俸本十六金相公儉計日以用此所餘半月費也訥因感泣代以衣衾殮之歸奏於 上 上亦感動命內務府代理其喪入賢良祠

書光顯寺戰事

雍正庚戌敗軍之事余既詳書於前卷矣今閱先外祖行述乃知光顯寺大捷之事其謀乃發出於一偏帥因詳書之以誌往事初

富爾丹之既敗也虜勢日張無敢攖其鋒者因闌入喀爾喀界時超勇親王策凌遠屯他戍酋帥利其厚貲欲擄其游牧其副曰彼爲盟長北藩之最强者若激其怒以遏吾歸諸顔難生還也酋長不從乃破其寨擄其妻孥驅牛羊數萬以行因南犯大青山當是時先脩親王屯歸化城順承郡王屯賀蘭山互相犄角聞警先脩王調宣大二鎭卒整旅以待事聞　世宗命大學士馬爾賽佩撫遠大將軍印一等侯李杕副之率精卒數萬人遏其歸路虜酋知有備因而南擄諸蒙古無敢拒者敗亡者數部落時超勇王聞警趨歸知其妻孥已被擄倉卒計無所出適先外祖舒穆祿直恪公諱綽爾鐸以理藩院侍郎轉餉至彼超勇王因謁之告其故且欲

奔訴於朝直恪公笑曰余素以豪傑待王今乃知王直匹夫耳夫蒙古諸藩以王爲最　朝廷方恃以辦賊今雖妻孥失陷然其勁卒尚存王若統卒諸部盡力向敵遏其歸路則可一戰成功然後妻孥可全疆域可復　朝廷則必旌王之功厚賚以酬其勞其收功遠矣今若不顧大計單騎歸　朝諸將帥不明王心必以王爲敗僨收付廷尉按律定科吾恐漠北諸部不復爲王有也超勇王感激歎曰君言良是男兒一腔血當爲諾顔倒也因反旆以向敵諾顔者蒙古所謂君也直恪公復命使謁順承王乞出師以相助超勇王聞之益用命其護衛某能日行千里嘗立高峯上拱手作鵰立狀賊人不覺王因命其潛入賊營悉知其虛實然後檄調諸

部落蒙古兵得三萬人王曰賊衆三十萬以一誅十可以禦敵矣乃會順承王請其孱弱滿軍以行順承王簡其精鋭付之超勇王笑曰吾所以請王師者欲以其餌敵也不然王師縱强焉能禦彼百戰之師哉乃易孱弱以行日行三百里至光顯寺王笑曰其險已爲吾據賊雖百萬可成擒也寺左阻河右山衆請王登山據險王曰賊知吾據要害若自上游以渡吾軍反不易成功也因命諸滿軍背水而陣諸蒙古軍於河北而已率勁旅萬人伏於山側且屬諸將曰聞胡笳聲即率以進部署始定賊衆果大至見我背水軍盡滿洲卒其酋笑曰前日敗亡之餘復敢與鬥囚僕可增額矣其副曰策凌人傑也今吾已破其部落彼豈甘心於吾而吾往來

數千里並未見其禦敵恐彼駐師於此以遏吾歸也酋笑曰彼國之制從無以外藩將滿兵者彼烏敢在此哉因卒衆越險以進滿師皆披靡棄甲沿河而走虜衆適追掠間聞陣作胡笳聲須臾旌旗遍滿山谷間王倏作蒙古語曰策凌在此阻君之行因卒衆從右山下馳如風雨王擲帽於地曰不破賊不復冠矣其軍無不一當百爭先用命谷中之尸可踏而行也賊狼狽渡河以逃河北諸蒙古將聞笳聲結隊以進復半渡以擊之虜衆大潰其副戰死酋帥卒數百人騎白駱駝陰夜以遁河水盡爲之赤王從容於馬上彈琵琶唱胡曲以歸先是馬爾賽之師屯於烏蘭城以爲虜不復經此因日置酒高會置軍事於不理李杕故馬戚惟其言是用及

諸路捷書至其軍士咸欲出師立功馬屢止之復聞賊哨騎至諸將復請命曰吾奉命屯戍於此未奉命退賊也諸將士銜刀斫柱間有泣者李杕以鞭揮之曰守吏緊閉其關其越出者吾以軍令斬之諸將益憤傅閣峯尙書鼐時以偏裨從軍慷慨言曰相公奉命遏賊歸路今逆賊天亡其魄豕突於此正男兒殺賊立功時奈何緊閉其關任其颺去坐失機宜也因率本部斬關而出馬不得已始下令追賊時虜已遠去適副都統達爾濟受先修王節制追至馬愳以爲虜師因命軍士擊之兩軍互多傷損然後知之乃收兵歸託辭爲賊行速急難以追及入告賊竟得從容去奏入 世宗大怒因斬馬爾賽於軍李杕長流塞外超勇王等論功封賞有

差虜帥歸告其主曰南朝大有人在策凌謀勇兼備未可攖其鋒也然後虜酋始歛兵戢衆微吐和意　上復遣傅閣峯尚書鼐阿文勤公克敦往諭其間和議乃成事詳傅閣峯事茲不復載越十年超勇王薨於軍　純皇帝念其勳勞命配享　太廟蒙古王公以勳勞侑享　廟廷者王一人而已嗟夫當是時諸大將坐擁强兵者不下十數莫不養寇自重不肯禦敵幸而直恪公籌畫於前超勇王奮激於後乃始摧挫其鋒和議始成若非馬爾賽之閉關縱寇則其酋可擒其部可滅不待夫日後其國內亂自相敗亡歷二十年之久始克收復其土也

章嘉喇嘛

國家寵幸黃僧並非崇奉其教以祈福祥也祇以蒙古諸部敬信黃教已久故以神道設教藉仗其徒使其誠心歸附以障藩籬正王制所謂易其政不易其俗之道也然亦有聰慧之士生其間者如章嘉國師者西甯人俗姓張少聰悟熟悉佛教經卷　純皇帝最優待之性直鯁　上嘗以法司案卷令師判決師合掌曰此國之大政　皇上當與大臣討論非方外之人所敢預也又寺與某相國鄰師惡其爲人卒不與之往來其尤著者爲折服哲敦番僧叛謀之事故詳載之乾隆乙亥阿逆之謀既露（事詳前卷）誠勇公命喀爾喀親王額林沁伴之入覲額中途泄其謀故縱阿去　上震怒賜額自縊故事元太祖裔從無正法者諸部蠢動曰成吉斯汗後

從無正法之理因推其兄哲敦國師爲主勢多叵測師時扈從木蘭　上以其事告之師曰　皇上勿慮老僧請折簡以消逆謀因夜作札備言　國家撫綏外藩恩爲至厚今額自作不軌故　上不得已施之於法乃視蒙古與内臣無異之故非以此盡疑外藩有異心也如云元裔卽不宜誅若宗室犯法又若之何况吾儕方外之人久已棄骨肉於膜外安可妄動嗔相預人家國事也遣其徒白姓者日馳數百里旬日始達其境哲敦已整師刻日起事聞白至嚴兵以待坐胡床上命白匍匐而入白故善游說備陳其事顛末哲敦已折服更讀師札乃善諭白歸其謀乃解夫蒙古素稱强盛歷代以全力禦之尚不能克師乃以片紙立遏其奸亦可嘉

也師守戒甚嚴晚年病目能以手捫經典盡識其字人爭異之亦彼教中篤行之士也或言師有奇術因造諸怪誕不經之事以歸之則非余所敢知也

江陰口談之誣

國初豫通王下江南時所至摧朽拉枯無不立下惟江陰城守推典史閻公應元爲之拒守九十餘日　大兵四集然後破之夫以卑員末秩能於萬不可爲之時乃欲堅守臣節誓死不降亦可憫也乃近日江陰口實謂閻公守城時　大兵屢爲所敗至於三王九將盡被所害云按　國初並無親藩隕傷即滿洲諸大將亦未有殉節于江陰者蓋當時偏裨之將偶爲所傷士人欲彰其功故

爾張大其詞初不知閻公之忠在於百折不回初不計其謀略之疎密也近日劉圃三祀閻典史文亦有云遂使南頓舊臣幾傷賈復濠梁諸將先殞花雲諸語亦沿其悞故詳辨之

毛文龍之殺

袁崇煥之殺毛文龍其事甚寃世儒以崇煥後死可憫故爾掩飾其過至謂毛文龍果有謀叛諸狀非深知當日之事者也文龍守皮島多年雖有冒餉抗據諸狀然其兵馬强盛將士多出其門本朝佟張二將盡爲彼害使留之以拒　大兵不無少補崇煥乃不計其大事冒昧誅之自失其助遂使孔定南諸將陰懷二心反爲　本朝所用此明代亾國之大機豈可因其後日之死乃遂掩

其過也或曰毛文龍嘗求陳眉公（繼儒）作文陳邀以重價毛靳不與陳深恨之乃備告董文敏言毛不法專擅諸狀董信之崇煥爲董門生任遼撫時嘗往謁董董以陳語告袁袁故決意爲之然則明代之亡亾於善書者手也

兆武毅公

徐英公選將必用方面大耳曰以彼之福成我之功史策爭笑其誣然果有恃其福命而成功者如耿恭終返玉門之道渾瑊不荷吐蕃之枷載在史册近日如兆武毅公（惠）果其人也公白氏 孝恭仁皇后族孫 王師定伊犁時公以偏裨從事會將軍策凌玉保等先後褫職 命公權護其印未逾月四衛特部受阿逆指揮

四部齊叛欲擒公獻於阿逆公先時知時所帥惟蒙古兵二千官軍數百而已諸將震懼永相國（貴）時在其軍曰均之死也與其束手待斃何若全師以歸且戰且行不過逾月可抵邊境（時以烏嚕木齊爲鎮邊）皇上念戰士之苦未必盡施於法（先是永將軍常以退兵伏法）縱受斧鉞不昧狐死首邱之義士卒猶可得而生也公尚猶豫曰永將軍殷鑒不遠不如繼班鄂二公於地下可也都統莽阿難老將也掀髯笑曰將軍休怯若以阿難獨當殿隊可保諸君生入玉門公從其言莽率本部百人殿隊於後有追兵至輒爲莽所敗夾鋒矢間賊爭畏之曰無敵修髯將軍轉戰數十日虜賊漸遠公欲屯營休息士卒莽曰我兵惟餘十日糧而去邊境尚數千里若使糧盡兵散

強敵追至何以禦之因日馳數百里卒入內境官兵未損一人上大喜云介子耿恭不過如是因封公武毅伯　賞賚無算復命公佩定西將軍印往剿回部時雅將軍爾哈善以遲緩致罪公乃輕騎直入至阿克蘇爲賊所困公因臨黑水而陣先是鄂參贊實嘗阻公曰我兵逕路生疎豈可冒險直入倘敵人夾以攻我雖欲生還不可得也公不聽至是鄂公曰致使全師受困誰之咎也若聽實言焉得至此公慚甚因命勇士數十人各懷羽檄突圍而出抵阿克蘇二人而已舒文襄公時屯阿克蘇因立命諸將往救豆提督斌高總兵天喜石都統三泰先後往救皆沒於陣石爲賊獲縛諸高竿命石降石罵曰　天朝世臣安肯屈膝醜虜以求旦夕

之生哉大罵不絕賊因用礮擊之猶聞其厲聲云時糧已絕鄂公實等先冲圍死軍士咸煮鞍革以全其生懸伏山谷間以救其飢賴富將軍德率偏師自小道入賊不爲備因得冲隊以入殺賊無算公復率殘兵自內攻之人各用命遂解其圍振旅而歸公先後兩遭危患皆死生不容髮間竟得保全其身歸膺高爵非其福澤豐厚曷以致此也

蔣生

年大將軍羹堯鎮西安時廣求天下才士厚養幕中蔣孝廉衡應聘而往年甚愛其才曰下科狀頭當屬君也蓋年聲勢赫濯諸試官皆不敢違故也蔣見其自用威福驕奢已極因告同舍生曰年

公德不勝威其禍立至吾儕不可久居於此其友不聽蔣因作疾發辭歸年以千金爲贐蔣辭不受因減半與之乃受而歸未逾時年以事誅幕中皆罹其難年素奢侈費用不及五百者不登諸簿故蔣辭千而受百者此也

袁子才江賦

袁子才先生性聰慧滑稽一時黄文襄公督兩江時袁爲屬員黄本惡儒者謂先生曰子號子才以才子自命歟先生曰然黄曰然則命汝頃刻爲文可乎先生曰能請公命題黄厲聲曰江賦復請限字曰一萬復請限時曰三時先生砥墨濡毫筆不加點凡奇誕字盡加水旁須臾而就公故武夫因傾倒曰汝果名不過實也

憲皇用鄂文端

鄂文端任內務府時　憲皇時龍潛藩邸嘗有所請公拒之曰皇子宜毓德春華不可交結外臣　上心善其言及卽位首　召公入其戚友以故嫌故代爲公憂　上見公卽諭曰汝以郎官之微而敢上拒　皇子其守法甚堅今任汝爲大臣必不受他人之請托也因立授江蘇布政使不十年超登首揆

碩制府

碩制府色　兆文襄公姪也歷任四川總督有賢聲色白皙寡血色身頎而長亭亭如玉樹俗呼曰泥塑天官云

姚制府

姚制府啟聖從先良親王平耿逆有功隨園文集載其任南海令前官有虧空數萬公盡任之解其因使去而已鑄十萬彈往謁先良王王與之語大奇之因檄兩廣有司均其所虧云云余聞姚氏子云公爲虧空事已罷官解送歸旗抵揚州暫寓於兩淮商程氏家次早公起沐面程氏子窺其貌偉然語其父曰某縣令非久在人下者昨聞其爲前官代認虧空罷斥吾家廣蓄貲財何不可借彼以償　國帑使彼得復其官他日必獲其報也其父從之公因得復官會先良王南征公與吳伯成巡撫興祚舊識故因吳爲介紹以見王王乃重委任之及後大用以十倍償程氏子程氏因而致富與袁記有所牴牾因筆記之

施青天

施漕帥世綸有權術任京兆尹時金吾帥託公和諾以寵幸冠一時轎前常擁八騶施遇諸塗乃拱立道旁長揖以俟之託驚駭下轎問之施忽厲聲曰　國制非王公不設騶馬吾以爲諸王至此拱立以俟孰意其爲汝也欲立劾之託謝之乃已同時于襄勤公成龍二公皆名盛一時俗呼曰施青天云

錢南園

乾隆中因御史王蓋羅暹春先後劾大臣獲咎故諫官皆緘默無言轉相戒誨錢南園灃深惡之曰國家設立諫官原欲拾遺補闕今諸臣皆素餐尸位致使豺狼徧野而　上不知安用諫官爲哉

乃陳奏山東巡撫國泰諸貪婪不法及　國帑虧空事　上震怒命劉石庵相公往彼審訊盡得其實乃置泰於法立遷公官爲通政副使時謂之鳴鳳朝陽後以事鐫級再補言官時和相擅權朝中自立私寓不與諸公共坐公立劾之謂　國家所以設立衙署蓋欲諸臣共集一堂互相商搉佞者既明目共視難以挾私賢者亦集思廣議以濟其事今和珅妄立私寓不與諸大臣同堂辦事而命諸司員傳語其間即有所私弊諸大臣不能共知雖欲參議無由而得恐有自作威福攬權之漸請　皇上命珅拆毀其寓遇事公同辦理無得私自處判疏入　上嘉其言即　命公入軍機以監之逾年公暴卒　上甚悼惜之

荆州礮

丙辰冬賊犯荆州時屯卒皆遠調兵力甚寡副都統勒福日夜守之勢甚急尹太守乃於城中掘得大礮數十皆康熙甲寅所鑄銅雖繡澁猶可施用礮聲所至賊立奔潰其圍遂解按康熙中順承王德爾錦守荆州聞吴逆兵至踉蹌而歸蓋當時所鑄者恐以資吴故埋瘞於地下何期百餘年後猶爲我兵所得用致使垂破之城危而復安亦有天意存也

稗史

稗史小説雖皆委巷妄談然時亦有所據者如水滸之王倫平妖傳之多目神已見諸歐陽公奏疏及唐介記王漁洋皆詳載居易

錄矣近有盛世鴻圖雜劇演曹彬南征故事謂南唐有妖道某能使藥迷宋將自相殘殺語雖怪誕不經按北史魏冀州沙門法慶以妖詞惑衆與李歸僞作亂自號大乘王又合狂藥令人服之父子兄弟不復相識以殺害爲事後爲刺史元遙所破然亦有所託也

季教諭

韓旭亭師言江陰有季教諭性怪誕語多不經旭亭師好游覽山水季謂之曰君何時遇虎豹乃作其小餐也其鄉有耆英會季曰何所謂耆英謂之風燭會可也又戲作討海寇檄或有謂非宜者季曰人安得縛向菜市口鋒刃過頸爽如冰霜以爲快也按北史

劉居士爲千牛備身不遵法度每大言曰男兒要當辮髮反縛遽蔡上乃知古今竟有此怪誕人也

謝薌泉

謝薌泉侍御性豪宕嘗蓄萬金遨遊江浙間拋棄殆盡嘗曰人生貴適意耳銀錢常物何足惜也與余交最善嘗屢戒余之浮妄躁進余慹服之嘗曰君子之交可疏而厚不可傾蓋之間頓稱莫逆其交必不久也嘉慶初和相當權時其奴隸抗縱無禮無敢忤者公巡南城遇其妾兄某馳車衝騶從公立命擒之杖以巨杖因焚其轂人爭快之王給諫鍾健希和相意劾罷公官管御史世銘笑曰今日二公各有所失有問之者答曰謝公失官王公失名失官

之患不過一身失名之患致傳千古矣　今上親政復特　召爲
祠部主事

嘯亭續錄卷一

汲修主人著

純皇后之賢德

孝賢純皇后富察氏文忠公之姊也性賢淑節儉上侍　孝聖憲皇后恪盡婦職正位中宮十有三載珠翠等飾未嘗佩戴惟插通草織絨等花以爲修飾又以金銀線索緝成佩囊殊爲暴殄用物故歲時進呈　純皇帝荷包惟以鹿羔毧毬緝爲佩囊仿諸　先世關外之製以寓不忘本之意　純皇每加敬禮後從　上東巡崩於德州舟次　純皇帝深爲哀慟故於文忠父子恩寵異常實念　后之德也

大雩

本朝　列聖憂勤民瘼每於雨澤愆期必敬謹設壇祈禱乾隆七年　特旨每歲巳月擇日行常雩禮如冬至郊壇之制　皇帝躬詣行禮所用敬衣旗幟皆皂色以祈甘霖速降常雩既舉如未得雨先祈天神地祇太歲三壇次祈社稷遣官各一人皆七日一告祭各官咸齋戒陪祀如仍不雨還從神祇等壇祈禱如初旱甚乃大雩　皇帝躬禱昊天上帝於　圜邱不設鹵簿不除道不作樂不設　配位不奠玉不飲福受胙三獻樂祇用舞童十六人衣元衣爲八列各執羽翳歌　純皇帝御製雲漢詩八章餘儀與常雩同祭後雨足則報祀之所以感格　蒼穹軫念農業實爲自古所

未有也

御營制度

凡　列聖每歲秋獮木蘭巡幸直省除近畿數處建　行宫外其他皆駐蹕牙帳名曰　御營亦崇尚儉朴兼不忘本之意也定制護軍統領一人率其屬預往相度地勢廣狹同武備院卿司幄及工部官設立　行營中建　帳殿御幄繚以黄漆木城建旌門覆以黄幕其外爲網城正南暨東西各設一門正南建正白東建鑲黄西建正黄護軍旗各二東西門側三設連帳旌門領侍衛内大臣率侍衛親軍宿衛網城門八旗護軍統領率官兵宿衛又外八旗各設帳房專委官兵禁止喧譁　御營之前扈從諸臣不得駐

宿東四旗在左翼西四旗在右翼均去　御營百步扈從人等各按翼駐宿皆北上最前爲王公次大臣侍衛其次大小官員扈從人等皆按旗分品秩安立行帳　御前大臣內府官員人役均駐北面去行營二里外前鋒營相形勢設卡倫於路左右各豎飛虎旗幟以爲偵哨以禁行人之諠囂者其中頓營或一或二各視途之遠近焉

祫祭捧帛爵用近支王公

乾隆中　純皇帝念　宗廟執事禮宜盡用近支宗室駿奔襄贊以聯本支百世敬迓　神庥之意故命歲暮　太廟祫祭凡捧帛執爵諸執事官皆用　聖祖以下宗支諸王公將軍充之　特賜

花翎以優寵焉視明代惟使齷齪黃冠數人濫充助祭者眞超越其制多矣

太廟用王府中太監

乾隆八年　純皇帝以　太廟中司香太監爲太常寺召募悉皆庸悍老稚　宮府所不收留之輩借以充數不足以昭誠敬故命自　仁皇帝以下王公府中各交太監二名以備　廟中司香洒掃復賞給七品首領一員以司其屬不惟下聯宗室之情而各王公皆選青年潔淨者充之奔走　廟廷以昭明禋之禮典甚鉅也

十五善射

國初定制選王公大臣以及滿洲武官中之善射者十五人充
禁庭射者　賞戴花翎凡　皇上御射皆侍其側　命射則遞射
之名十五善射云

曲宴宗室

每歲元旦及上元日　欽點　皇子　皇孫等及近支王貝勒公
曲宴於　乾清宮及　奉三無私殿皆用高椅盛饌每二人一席
賦詩飲酒行家人禮焉

廷臣宴

每歲上元後一日　欽點大學士九卿中之有勳勤者宴於　奉
三無私殿名廷臣宴其禮一如曲宴宗室禮蒙古王公皆預是宴

蓋以別燕毛行葦之義也

茶宴

乾隆中於元旦後三日　欽點王大臣之能詩者曲宴於　重華宮演劇賜茶仿栢梁制皆命聯句以紀其盛復當席　御製詩二章命諸臣和之後遂以爲常禮焉

山高水長殿看煙火

乾隆初定制於上元前後五日觀煙火於　西苑西南門內之山高水長樓樓凡五楹不加丹堊前平圃數頃地甚爽塏遠眺西山如髻出苑墻間渾如圖畫是日申刻內務府司員設　御座於樓門外凡宗室外藩王貝勒公等及一品武大臣　南書房　上書

房軍機大臣以及外國使臣等咸分翼入座圃前設火樹棚外圍以藥欄　上入座賜茶畢凡各營角伎以及㑇㑔兜離之戲以次入奏畢　上命放瓶花火樹崩湃插入雲霄洵異觀也膳房大臣跪進果盒頒賜　上方絡繹不絕凡侍座者咸預焉次樂部演舞燈伎魚龍曼衍炫曜耳目伎畢然後　命放煙火火繩紛繞砉如飛電俄聞萬爆齊作轟雷震天逾刻乃已　上方回宮諸大臣以次歸邸時已皓月東升光照如晝車馬馳驟塞滿隄陌洵昇平盛事也

除夕上元筵宴外藩

國家威德遠被大漠南北諸藩部無不盡隸版圖每年終諸藩王

貝勒更番入朝以盡執瑞之禮　上於除夕日宴於　保和殿一二品武臣咸侍座新歲後三日宴於　紫光閣上元日宴於　正大光明殿一品文武大臣皆入座（禮詳前卷內務府定制中）典甚鉅也

大蒙古包宴

乾隆中廓定新疆回部哈薩克布魯特諸部長爭先入貢　上宴於山高水長殿前及避暑山莊之萬樹園中設大　黃幄殿可容千餘人其入座典禮咸如　保和殿之宴宗室王公皆與焉　上親賜巵酒以及新降諸王貝勒伯克等示無外也俗謂之大蒙古包宴嘉慶八年　今上以三省教匪告蒇亦循例舉行焉

賜福字

定制　列聖於嘉平朔謁闡福寺歸　御建福宮開筆書福字箋以迓新禧凡　內廷王公大臣皆遍　賜之翼日　上御乾清宮西暖閣　召賜福字之臣入跪　御案前　上親揮宸翰其人自捧之出以誌　寵也其　內廷翰林及　乾清門侍衛皆　賜雙鈎福字蓋　御筆勒石者也其餘　御筆皆封貯　乾清宮於次歲冬間　特賜軍機大臣　御前大臣數人謂之　賜餘福云

賜荷包燈盞諸物

定制歲暮時諸王公大臣皆有　賜予　御前王大臣皆　賜歲歲平安荷包一燈盞數對及福橘廣柑遼東鹿尾猪魚諸珍物無算外廷大臣擇其　聖眷優隆者亦　賜荷包一皆佩於貂裘衿

領間泥首　宮門前以示　寵眷蓋堂廉之間情意歡洽渾如家人父子實一代之美制也視諸前朝高座深宮寄耳目於宵小罄欬之際誅夷立逮者眞不啻霄壤間也

派吃跳神肉及聽戲王大臣

定制　大內於元旦次日及仲春秋朔行大祭　神於坤甯宮欽派內外藩王貝勒輔臣六部正卿吃祭　神肉　上面北坐諸臣各蟒袍補服入西嚮　神幄行一叩首禮畢復向　上行一叩首禮合班席坐以南爲上蓋視　御座爲尊也司俎官捧牢入各實銀盤膳部大臣捧　御用俎盤跪進以髀體爲貴司俎官以臂肩臑骼各盤設諸臣座前　上自用御刀割析諸臣皆自臠割遵

國俗也食畢　賜茶各行一叩首禮　上還宮諸臣以次退出是晚各　賜糕餈酏醬各攜歸邸至上元日及　萬壽節皆　召諸臣於同樂園聽戲分翼入座特　賜盤餐肴饌於禮畢日各　賜錦綺如意及古玩一二器以示　寵眷焉

大戲節戲

乾隆初　純皇帝以海內昇平命張文敏製諸院本進呈以備樂部演習凡各節令皆奏演其時典故如屈子競渡子安題閣諸事無不譜入謂之月令承應其於內庭諸喜慶事奏演祥徵瑞應者謂之法宮雅奏其於　萬壽令節前後奏演羣仙神道添籌錫禧以及黃童白叟含哺鼓腹者謂之九九大慶又演目犍連尊者救

母事析爲十本謂之勸善金科於歲暮奏之以其鬼魅雜出以代古人儺祓之意演唐元奘西域取經事謂之昇平寶筏於上元前後日奏之其曲文皆文敏親製詞藻奇麗引用內典經卷大爲超妙其後又命莊恪親王譜蜀漢三國志典故謂之鼎峙春秋又譜宋政和間梁山諸盜及宋金交兵徽欽北狩諸事謂之忠義璇圖其詞皆出日華遊客之手惟能敷衍成章又抄襲元明水滸義俠西川圖諸院本曲文遠不逮文敏多矣嘉慶癸酉　上以教匪事特命罷演諸連臺上元日惟以月令承應代之其放除聲色至矣

端午龍舟

乾隆初　上於端午日命內侍習競渡於福海中皆畫船簫鼓飛

龍鷁首絡繹於鯨波怒浪之間蘭橈鼓動旌旗蕩漾頗有江鄉競渡之意每　召近侍王公觀閱以聯上下之情　今上親政後亦屢循舊制觀之然每以雨澤愆期罷演者多矣

御前大臣

本朝鑒明弊政不許寺人干預政事命内務府大臣監之然　内廷事務每乏統領之人　仁皇習知其弊特設御前大臣皆以内廷勳戚諸臣充之無定員凡　乾清門内之侍衛司員諸務皆命其統轄每　上出宮巡幸皆命其櫜鞬扈從代宣　王言名位優重仿兩漢大將軍之制而親誼過之初尚命軍機大臣代攝今上親政後特分析其職而體制尤爲釐正初無王公兼攝者乾

隆中　命喀爾沁固山貝子札爾豐阿兼之其後蒙古藩臣遞攝其職嘉慶初　上特命睿恭王及定莊二王兼之實曠典云

紅絨結頂冠

國朝定制　皇上燕服宮中冠紅絨結頂冠凡　皇子　皇孫皆以是爲禮服甚屬尊重近支王貝勒得　上賜者許常冠戴輔臣間有　賜者皆不敢戴惟張文和公蒙　特旨許元旦日冠戴時以爲非常之榮成王嘗戲謂余曰吾帽冠祇値清錢百文然勝汝輩數百金之頂多矣時紅寶石頂價甚昂故王以爲戲云

金黃蟒袍

定制　皇子服金黃蟒袍諸王　特賜者始許服用乾隆初諸王

蒙　賜者過半實稱一時之盛及其末年惟定怡二王　特賜之時以爲榮　今上親政後惟榮恪郡王蒙　賜服焉

香色定制

古之東宫皆服絳紗袍蓋次明黄一等　國初定制　皇太子朝衣服飾皆用香色例禁庶人服用其後儲位久虚漸忘其制近日庶民習用香色至于車幃巾帨無不濫用有司初無禁遏者亦未習典故故也

朝服龍團

定制惟　皇上御服朝衣於腰闌下前後繡龍團各四諸王以下皆用素緞數則以爲辨别近日南中所繡朝服衣料無論品級皆

用龍團各四初無以素褶沽者余常購市料服之成王見而責曰君素稱守禮者亦濫爲服用耶先輩之知定制若此

四團龍補褂

舊制親王服四正龍補服郡王服二正二行龍補服乾隆中傅文忠公以爲與　御服無別乃奏改親王服二行龍二正龍補服郡王服四行龍補服以爲定制諸王有　特賜四正龍者許服用焉異姓初無　賜四團龍者雍正中年大將軍（羹堯）　特賜四正龍補服不久即以驕敗乾隆中傅文忠公以椒房優寵兆文毅公（惠）以平定西域功阿文成公（桂）以平定兩金川功福文襄王（康安）以平定臺灣功皆　賜四團龍補服孫文靖以入安南功　賜之未

浹旬即以潰兵聞遂繳還成命焉惟文忠公每入署辦事及其家居仍用公爵補服以示謙云

大臣賜紫

國初諸勳臣以開創大功　賜紫者不乏其人乾隆中閣臣則傅文忠(恒)福文襄王(康安)阿文成(桂)和相(珅)勳戚則福駙馬(隆安)福尚書(長安)超勇親王(拉旺多爾濟)海超勇(蘭察)皆　賜紫色輿服嘉慶中慶文恪公(桂)德繼勇(楞泰)額威勇(爾登保)以平定三省教匪功亦　賜紫焉

宗室公賜紫

舊制親郡王用金黃輿服貝勒貝子用紫色輿服宗室公與大臣

同乾隆五十二年　特賜宗室鎮國公輔國公紫色輿服其未入八分公仍舊制云

賜朝馬

明制諸朝臣皆左右長安門步行至午門從無賜禁門騎馬者故閣臣沈鯉扶病入掖坦屨至顛仆爲時人所憐云　國朝定制王貝勒貝子皆乘馬入　禁門至　景運門下騎諸大臣一仍明制乾隆中　上念諸臣待漏入直每遇風雪徒步數里甚爲顛蹶因特許諸閣臣乘馬入　内以示榮寵嘉慶己巳　上特旨諸大臣年逾七十者　賜肩輿入直尤爲曠典云

黄馬褂定制

凡領侍衛內大臣　御前大臣侍衛　乾清門侍衛外班侍衛班領護軍統領前引十大臣皆服黄馬褂凡　巡幸扈從　鑾輿以爲觀瞻其他文武諸臣或以大射中侯或以宣勞中外　上特賜之以示　寵異云

花翎藍翎定制

凡領侍衛府官護軍營前鋒營火器營鑾儀衛滿員五品以上者皆冠戴孔雀花翎六品以下者冠戴鶡羽藍翎以爲辨别王府頭等護衛始許冠戴花翎餘皆冠戴藍翎云

親郡王賜三眼花翎

親郡王貝勒爲宗臣貴位向例皆不戴花翎惟貝子冠三眼孔雀

翎公冠雙眼孔雀翎以爲臣僚之冠乾隆中順承勤郡王泰斐英阿以充前鋒統領故向　上乞花翎　上曰花翎乃貝子品制諸王戴之反覺失制傅文忠代奏某王年幼欲戴之以爲美觀　上始許之因並賜　皇次孫今封定王者三眼翎曰皆朕之孫輩以爲美觀可也由是親郡王屢有蒙　恩賜者嗣後　純皇帝欲定五眼花翎爲親郡王定制爲和相所阻未果行云

雙眼花翎

國初勳臣功績偉茂多有　賜雙眼花翎者乾隆中　賜雙眼花翎者閣臣爲傅文忠公恆尹文端繼善兆文毅惠舒文襄赫德于文襄敏中阿文成桂和相珅福文襄康安孫文靖士毅勳臣爲富

勤勇德伊將軍勒圖海超勇蘭察永制府保覺羅制府吉慶和制府琳嘉慶中得賜者閣臣爲保文恪甯慶文恪桂勒相公保勳臣爲明叅政亮額經略爾登保德繼勇楞泰那制府彥成惟彭軍門承堯王軍門得祿以綠營將佐得雙眼花翎之賜尤爲寵遇優隆以樾之不肖於九齡時即蒙純皇帝賜雙眼花翎實爲千古榮遇至今思之猶感激涕零云

外官　賜花翎

定制外任文臣無　賜花翎者乾隆中方敏慤觀承官直隸制府時　聖眷頗優以古北口大閱故公特乞　賜花翎　上笑曰若爾侏儒狀亦愛花翎耶因　特賜之嗣後外任督撫屢有蒙　恩

賜者惟劉文正公督陜時　特賜花翎公回京時即日繳還　上亦優容不加厚責也

賜奠

國家寵待臣僚遇有勳績昭著者飾終之典有　上親臨賜奠者亦有特遣　皇子大臣代賜者代不乏人惟乾隆戊戌　上念先烈親王開創功特往園寢　賜奠嘉慶丙子　今上念朱文正公傅導功　親往其墓　賜奠皆一時曠典云

賜宅羅經被

本朝王大臣有薨沒者　上特賜宅羅經被被以白綾爲之刋金字番經於其上時得　賜者以爲寵幸蓋即古人賜東園秘器類

也

賜宅

定制漢員皆僑寓南城外地勢湫隘凡賃屋時皆高其値京官咸以爲苦又聚集一方人情誣諉勢所不免　列聖咸知其弊故漢閣臣多有　賜第内城者如張文和　賜第護國寺胡同蔣文肅　賜第李公橋裘文達　賜第石虎胡同劉文定　賜第皁成門大街劉文正　賜第東四牌樓汪文端　賜第汪家胡同梁文定　賜第拜斗殿董太保　賜第新街口皆一時之榮遇也

清字經館

乾隆壬辰　上以大藏佛經有天竺番字漢文蒙古諸繙譯然其

禪悟深邃故漢經中咒偈惟代以翻切並未譯得其秘指清文句意明暢反可得其三昧故設清字經館於西華門內　命章嘉國師經理其事達天蓮筏諸僧人助之考取滿謄錄纂脩若干員繙譯經卷先後凡十餘年大藏告蕆然後四體經字始備焉初貯經板於館中後改爲　實錄館乃移其板於　五鳳樓中存貯焉

石經

漢靈帝時立五經石碑於白虎觀蔡邕等爲之校刊其碑經魏晉之亂盡皆湮沒唐開成中刻九經文於國學至今傳千餘年字皆漫漶失眞又間有明人補刊者字體惡劣實無足觀雍正中有生員蔣衡字湘帆者善書法立志書十三經十餘年乃成於乾隆初

上之　特賜國子監學正藏其書於　大内乾隆庚戌　上念衡
尊經之功未忍磨滅乃命刊其書於太學中乙卯春告成筆力蒼
勁燦然兩廡間士大夫過者無不摩挲賞鑑焉

千叟宴

康熙癸巳　仁皇帝六旬開千叟宴於　乾清宫預宴者凡一千
九百餘人乾隆乙巳　純皇帝以五十年開千叟宴於　乾清宫
預宴者凡三千九百餘人各　賜鳩杖丙辰春　聖壽躋登九旬
適逢　内禪禮成開千叟宴於　皇極殿六十以上預宴者凡五
千九百餘人百歲老民至以十數計皆　賜酒聯句百餘年間
聖祖　神孫三舉盛典使黄髮鮐背者歡飲　殿庭視古虞庠東

序養老之典有過之無不及者實熙朝之盛事也

宗室宴

乾隆甲子　上宴王公及近支宗室百餘人於豐澤園更其殿名惇敍殿以示行葦燕毛之意乾隆壬寅普宴宗室於乾清宮凡三千餘人極爲一時之盛嘉慶甲子　今上遵循舊制復宴近支宗室百餘人於惇敍殿　賜酒賦詩其聯句詩爲成王所擬書詞翰並妙抒寫一時盛典如繪非他詞臣所擬者之可及也

北郊齋宮

自明嘉靖中更定祀典分祀天地北郊因循未建齋宮　純皇帝念祀典甚鉅未可二郊異宜因建北郊齋宮規模一如南郊然後

二郊之制始備乾隆己巳　上宿齋宫以天時暑熱從者多有暍者因仍舊制齋於　内宫體恤臣僚故也其後齋宫爲更衣别殿不復　駐蹕焉

親禱

康熙中孟夏間久旱　上虔誠祈禱由　乾清門步禱南郊諸王大臣皆雨纓素服以從南未至天橋四野濃雲驟合甘霖立降乾隆己卯　上因旱屢禱於　三壇　社稷雨不時降乃步禱於南郊次夕澍雨普被歲仍大稔　上詠喜雨詩以誌之　二聖軫念農食惟艱甘屈萬乘之尊爲民請命其於桑林之責千古若合符節也

射布靶

國家以弧矢定天下凡八旗士大夫無不習勩弓馬殊有古風每歲　上狩木蘭前將派往扈從王公大臣文武官員等習射於出入賢良門　上親閱之以定優劣其中三矢以上者優賚有差今上自甲戌春命八旗護軍前鋒營每旗揀選善射者百人上親閱視其中優者立爲擢陞歲以爲常大有安不忘危之意然周制有大射燕射賓射之別今每春習射及秋獮前習射有古人燕射之意至於春秋大射之儀尚未之備余立朝時每爲言官等言之初未有入奏者然此大禮終必有議及之日也

文臣射鹿

每歲射布靶時漢大臣官員有能射者亦許與及　上每特賜花翎以旌獎之趙謙士侍郎每歲貫侯屢爲文臣之冠　上甚嘉之戴文端公衢亨任修撰時隨從木蘭嘗射鹿以獻　純皇帝大悅曾賦天章以紀其事焉惟江曉香中丞蘭於習射時甫彎弓其鞢崩壞弓矢盡落於地　上大笑時謂之江三丟云

奏事處

國朝鑒明季科臣紛囂每致政務叢脞特設立奏事處遴選六部內務府司員之能書寫者爲奏事官十年一爲更易統屬於　御前大臣又命　御前侍衛一員總統其事凡外庭章奏許其傳達蓋以其官職卑末不敢壅滯耳目至於露奏本章仍令六科傳遞

以符舊制仿周官小臣致命之意也

奏蒙古事侍衛

舊制選六班蒙古侍衛中之熟諳蒙古語者與奏事官同事專奏外藩王公呈奏事件　國語謂之卓親轄蓋以其語言氣習與之相近易通曉其意指亦柔遠人之一道也

常朝

自後唐明宗改入閣儀爲百官五日候起居之制歷代相沿以爲鉅典本朝　列聖憂勤政事凡離宫燕寢無不披覽奏章召對大臣堂廉之際甚爲通達然相沿古制凡王公將軍六曹冗員無政事之責者於每月五日朝集於午門前朝服坐班　上駐蹕大内

日王公皆於　太和門坐班侍衛　賜茶始散　上駐蹕園中時王公則同百官坐班午門外科道官輪班察核不至者立劾之時謂之常朝云

萬壽節

本朝萬壽節王公大臣文武職官等咸蟒袍補服於黎明時排班圓明園之　正大光明殿前三品以下者排班於出入賢良門外　上龍袍珠冠入座鴻臚官唱排班引導宣贊一如大朝儀　上受賀畢始還宮如遇　上幸木蘭時諸王大臣則齊集午門外遥祝　萬壽云

本朝祧廟之制

自商周時尊契稷爲始祖歷代相沿各追崇四親帝號供奉太廟而開創之君反居其下至親盡廟祧時太祖始正南向之位非歷有百年其典不備如唐之憲懿宋之僖宣屢經罷復渾如兒戲識者譏之本朝　太祖肇基東土撫有寰區追崇　原皇帝四聖神主即安奉於　太廟後殿遇四時祭享　遣親王一人爲之攝祭元旦　萬壽節日特遣官致祭每歲祫祭時則命覺羅官恭捧四聖神主合祭於　太廟中禮成仍安奉於　後殿焉時享之時既不預　九廟之數復不壓　高皇帝南向之尊實祭典之良制百世宜遵奉者焉

薦新

月令季春之月天子始乘舟薦鮪於廟方氏云王必乘舟而後薦新所以示親漁也今　奉先殿每月薦新仍沿明制而　列聖秋獮木蘭凡　親射之鹿獐必驛傳至京薦新於　奉先殿即月令王親漁之意也

射牲

古禮王祭於廟親射牲以獻今　坤甯宫跳神儀凡牲入　上迎出戶俟牲進　上隨入跪視庖人執鸞刀以屠割畢方叩頭興即古射牲之遺意也

皇后入廟之制

古制后先帝崩則祔祀於廟設位於其姑下然遇行祫祭之禮動

多闕礙至明世宗預祧仁宗以方后入祔益非法矣　本朝定制凡　后先　帝崩時則奉安　神主於　奉先殿夾室中俟　大行皇帝崩後始一同入廟如　孝敬憲皇后　孝賢純皇后　孝儀純皇后皆沿是制有勝於古制多矣

壽皇殿

壽皇殿在景山門內正北殿凡九室重簷金楹一如　太廟之制供奉　列聖御容　上遇元旦歲暮及　聖誕忌辰之日皆行親謁禮凡諸　皇子　皇孫及近支親郡王皆從行禮其旁　永思殿卽　列聖苫廬地凡瞻謁日必於　永思殿傳膳辦事蓋亦示孺慕之意也

安佑宮

安佑宮在　圓明園西北隅朱扉黃甍一如　寢廟之制內供奉
仁皇帝　憲皇帝　純皇帝三聖神牌　上於臨御園中日行
瞻謁禮每年四月八日率領諸　皇子近侍拜謁其朔望薦熟徹
饌一如生時禮皆隸內務府大臣承辦即古原廟之制也

皇史宬

皇史宬在東華門外迤南與普度寺相近蓋明南內地也殿廡七
楹扉牖楹楣以石代之內貯金漆櫃數十蓋古人金匱石室之意
凡　列聖實錄　玉牒　聖訓皆藏其中設旗員年老者八人守
之地甚嚴密余於丁卯冬奉迎　純皇帝實錄曾一至其地嘗聞

徐崑山先生述聞李穆堂侍郎言其中藏全分永樂大典較今翰苑所貯者多一千餘本蓋即姚廣孝解縉所修初本繕寫精工非隆慶間謄本之所能及惜是日怱怱瞻禮不得從容翻譯未審是書尚存與否也

皇上日閱實錄

列聖於每早盥沐後即敬閱　列朝實錄一卷自巡狩齋戒外日以爲常雖寒暑不間也聞覺羅侍讀榮昌言其書皆收貯內閣大庫內每前一日中書舍人啟鑰取書用黃綾袱包裹外用楠木匣盛貯次早同奏章送入一日寓直者偶忘啟鑰同事以爲次早可及遂不獲開五更時　上已遣小內侍索取余是日承値乃匆匆

啟庫取菁未及盛匣　上已催促者再矣亦可覘　聖主之勤於法　祖也

喜起慶隆二舞

國家肇興東土舊俗所沿有喜起慶隆二舞凡大燕享選侍衛之猨捷者十八咸一品朝服舞於庭除歌者豹皮褂貂帽用　國語奏歌皆敷陳　國家憂勤開創之事樂工吹簫擊鼓以和舞者應節合拍頗有古人起舞之意謂之喜起舞又於庭外丹陛間作虎豹異獸形扮八大人騎禺馬作逐射狀頗沿古人儺禮之意謂之慶隆舞　列聖追慕　祖德至今除夕上元筵宴皆沿用之以見當時草昧締構之艱難也

武官乘轎

舊制武官一品皆乘轎　純皇帝以滿洲大員皆宜夙習勞勤不可躭於安逸故將都統將軍提督等乘轎之制盡行裁革惟領侍衛内大臣例無明文然向率以諸王大學士兼之未有單銜者故皆因循乘轎惟英誠公阿克棟阿一人初無他官以家室貧乏不能豢養輿夫故獨乘車以行後超勇王拉旺多爾濟以足疾喀爾沁貝勒丹巴多爾濟以受重創故皆　特旨賜轎繼其位者爲科爾沁郡王索諾木多布齋科爾沁貝勒鄂爾哲依圖皆因循坐轎丙子冬　上特旨罷斥仍交部嚴議焉自是武臣無乘轎者矣

鷹狗處

鷹狗處向在東華門內長街設總統二人以侍衛兼之豢飼　御前鷹狗以備蒐獮之用其牧人皆以世家子弟充之許其蟒袍緯帽爲執事人中之品最高者　今上壬戌以其非急務不宜蓄於禁垣內因　命遷於東安門內長房其職事爲之稍賤衆視爲冗員焉有吾宗宗室瑔巖侍衛薩彬圖者素好與文士交及兼鷹狗總統因書鷹狗處少卿銜帖投刺於翰苑家衆爭笑之

上虞備用處

定制選八旗大員子弟中之獧捷者爲執事人司　上巡狩時扶輿擎蓋捕魚罟雀之事名曰上虞備用處蓋以少年血氣僨張故令習諸勞勩以備他日干城侍衛之選實有類漢代羽林之制而

精鋭過之蓋善於寵馭近侍之制也

虎鎗處

定制選各營中將校精鋭者演習虎鎗之伎凡巡狩日相導引上大獵時其部長率伎勇者十人入深林密箐中覔虎蹤跡凡猛獸出其部長排槍以伺虎躍至猛健先以槍刺其胸仆之謂之遞頭鎗然後羣槍林至其頭槍者賞賚優渥故人思効命焉　純皇帝定制凡殺虎時爲虎齕斃及被創者照軍營殉難受傷例賜恤焉

御鎗處

乾清門侍衛中選火器精熟者數十人爲　御鎗處　巡幸時日

相導引其長服黃緣紅馬褂餘者皆紅緣白馬褂以爲辨别凡
上合圍時皆下騎執火器翼列扈從以防猛獸奔突　上用御火
鎗擊獸時則爭相貳副焉舊時郊行免其相從近自癸酉之變後
凡郊社大祀皆服蟒袍以扈　蹕焉

善撲營

定制選八旗勇士之精練者爲角抵之戲名善撲營凡大燕享皆
呈其伎或與外藩部角抵者爭較優劣勝者　賜茶緡以旌之
純皇最喜其伎其中最著名者爲大五格海秀皆　上所能呼名
氏有自士卒拔至大員者蓋以其勇摯有素也和相當軸時令巡
捕營將士亦選是伎其後文遠皐甯任金吾時以其賤卒不宜近

上前因奏罷之人稱其識大體云

嚮導處

定制凡　上巡狩時預遣大臣率各營將校之深明輿圖者往勘程途凡　御蹕尖營相去幾許及橋梁傾圮道塗蕪濘者皆令有司修葺名曰嚮導處先是獲是差者皆爲美選沿路苞苴肆意徵索稍不滿意則以修治道塗爲名凡墳墓隴畝任其蹂踐有司畏之如虎罔敢稍拂其意後　純皇帝知之將其最暴者懲治數人然後其風稍歛焉

蒙古醫士

定制選上三旗士卒之明正骨法者每旗十人隸　上駟院名蒙

古醫士凡 禁廷執事人有跌損者咸 命其醫治限以日期報愈逾期則懲治焉齊息園侍郎墜馬傷首腦涔涔然蒙古醫士嘗以牛脬蒙其首以治之其創立愈故時有秘方能立奏效非岐黃家所能及者近最著名有覺羅伊桑阿者以正骨起家至於鉅富授其徒法先將筆管戕削數段令徒包紙摩挲皆使其節合接如未破者然後如法接骨皆奏效焉

批本處

國初鑑明季秉筆太監專擅弄權之弊特簡滿翰林官一員滿內閣侍讀一員滿中書舍人六員在內廷行走專司批發之責凡本章大學士票擬上經 上批覽畢即交該處用清字批示然後交

付內閣學士恭錄　聖旨發抄故機宜愼密從無敢遲滯删改者實當代之善政俗謂之紅本云該處行走人員皆許掛珠用紅雨襜帽每遇歲時　內廷賞賜咸預其列以示榮云

翻書房

崇德初　文皇帝患國人不識漢字罔知治體乃命達文成公海翻譯國語四書及三國志各一部頒賜耆舊以爲臨政規範及定鼎後設翻書房於　太和門西廊下揀擇旗員中諳習清文者充之無定員凡資治通鑑性理精義古文淵鑒諸書皆翻譯清文以行其深文奥義無煩注釋自能明晰以爲一時之盛有戸曹郎中和素者翻譯絶精其翻西廂記金瓶梅諸書疏櫛字句咸中綮

肯人皆爭誦焉

上書房

本朝鑒往代嫡庶爭奪之禍永不建儲　皇子六齡卽入　上書房讀書書房在　乾清宮左五楹面北向近在　禁籞以便　上稽察也雍正中初建　上書房命鄂文端張文和二公充總師傅二公入　諸皇子皆北面揖二公立受之實從古帝王乞言之制也當時師傅皆極詞臣之選故　列聖學問淵博固皆天縱亦一時師保訓迪力也定制卯入申出攻五經史漢策問詩賦之學禁習時藝恐蹈舉業弇陋之習日課詩賦雖窮寒盛暑不輟皆崇篤實之學其較往代皇子出閣講讀片刻卽歸徒以爲飾觀者眞不

晉霄壤分也其　圓明園書房在　勤政殿東屋凡三進地宇幽邃有　純皇帝御書先天不違中天立極後天不老三扁額時呼爲三天云

南書房

唐宋優重詞林最爲清秘凡制誥草麻外一切機務皆與商榷故其品爲高要明代設翰林院於東長安門外視之與部院等坐耗俸貲毫無一事惟以爲入閣之階故大拜後不嫻政事動爲胥吏所欺如周道登不識情面二字鄭以偉有窮於數行之嘆安問其燮理之道也　本朝自　仁廟建立南書房於　乾清門右階下揀擇詞臣才品兼優者充之康熙中　諭旨皆其擬進故高江村

之權勢赫奕一時　仁廟與諸文士賞花釣魚剖晰經義無異同堂師友故一時卿相如張文和蔣文肅厲尚書廷儀魏尚書廷珍等皆出其間當代榮之　列聖遵依　祖制寵眷不衰爲木天儲材之要地也

如意館

如意館在啟祥宮南館室數楹凡繪工文史及雕琢玉器裱褙帖軸之諸匠皆在焉乾隆中　純皇萬幾之暇嘗幸院中看繪士作畫有用筆草率者輒手教之時以爲榮有繪士張宗蒼以山水擅長仿北宋諸家無不畢肖　上嘉其藝特賜工部主事實爲一時之盛其他如陳孝泳徐洋輩皆以文學優長或　賜舉人一體會

試或以外郡佐雜陞用亦各視其才具也

廷寄

列聖天縱聰明凡　詔諭外吏剴切機宜輒中窾要恐傳抄後有所洩漏反使幹臣難以施爲故一時機密事件皆　命軍機大臣封緘嚴密由驛傳遞名曰　廷寄向列封面標軍機首揆名姓自阿文成公沒後　純皇帝嫌涉專擅命改爲軍機大臣等寄云每月兵部將所寄封數及寄外任何人名目彙奏一次蓋亦杜大臣有所私請託實一代之良法較諸前代綸音未降而輿隷咸聞者眞不啻霄壤之别也

上諭館

本朝　列聖家法相承　諭旨頒自樞府或每　諭萬言或日數
旨　綸綍式昭積累繁富恐有所遺漏故特立　上諭館設主
事二人筆帖式若干人專司恭錄　清漢　諭旨每數月後彙奏
一次交起居注收藏　特簡閣臣二人綜理其事眞遠勝往代惟
命詞臣視草誥制又以駢體膚闊陳陳相因所謂依樣畫葫蘆者
眞無濟于實事也
國史館
國初沿明舊制惟修　列聖實錄附載諸勳臣於内祇履歷官階
而已康熙中　仁皇帝欽定功臣傳一百六十餘人名曰三朝功
臣傳藏於内府雍正中修八旗通志諸王公大臣傳始備然惟載

豐沛世家其他中州士族勳業茂著者仍缺如也其所取材皆憑家乘秉筆詞臣又復視其好惡任意褒貶如開國名臣何溫順公和理費直義公英東等諸傳其文寥寥數則而如蔡綏遠毓榮蘇侍郎拜幾至萬言皆剿竊碑版中語也　純皇帝夙知其弊於乾隆庚辰　特命開國史館於東華門內重簡儒臣之通掌故者司之將舊傳盡行刪薙惟遵照　實錄檔册諸籍所載詳錄其人生平功罪案而不斷以待千古公論眞修史之良法也後又重修王公功績表傳恩封王公表蒙古回部王公表傳等書一遵是例焉嘉慶庚申　上復命補修　列聖本紀及天文地理諸志乘儒林烈女等傳附之一代之史畢具矣其續錄者以十年爲則陸續修

之以爲萬禩之計也

本朝欽定諸書

列聖萬幾之暇乙覽經史爰命儒臣選擇簡編親爲裁定頒行儒宫以爲士子仿模規範實爲萬目之巨觀也今臚列其目於右

經部　易經通注四卷　日講易經解義十八卷　御纂周易折中二十二卷　御纂周易述義十卷　日講書經解義十三卷　欽定書經傳説彙纂二十四卷　欽定詩經傳説彙纂二十卷　御纂詩義折中二十卷　欽定周官義疏四十八卷　欽定儀禮義疏四十八卷　欽定禮記義疏八十二卷　日講禮記解義二十卷　日講春秋解義六十四卷　欽定春秋傳説彙纂三十八

卷　御纂春秋直解十六卷　御注孝經一卷　御纂孝經集注
一卷　日講四書解義二十六卷　御纂律呂正義五卷　御纂
律呂正義後編一百二十卷　御定康熙字典四十二卷　欽定
西域同文志二十四卷　御定音韻闡微十八卷　欽定同文統
韻六卷　欽定叶韻彙輯五十八卷　欽定音韻述微一百六卷
史部　欽定明史三百六十卷　御批通鑑輯覽一百二十卷
御定通鑑綱目三編四十卷　開國方略三十二卷　御定三
逆方略　親征平定朔漠方略四十八卷　平定金川方略三十
二卷　平定準噶爾方略前編五十四卷正編八十五卷續編三
十三卷　平定兩金川方略一百五十二卷　臨清紀略十六卷

蘭州紀略　石峯堡紀略　臺灣紀略　平定廓爾喀紀略
平苗紀略　平定三省教匪紀略　辛酉工賑紀略　太祖高皇
帝聖訓四卷　太宗文皇帝聖訓六卷　世祖章皇帝聖訓六卷
聖祖仁皇帝聖訓六十卷　世宗憲皇帝聖訓三十六卷　高
宗純皇帝聖訓三百卷　上諭內閣一百五十九卷　硃批諭旨
三百六十卷　欽定明臣奏議二十卷　欽定宗室王公功績表
傳十二卷　欽定蒙古回部王公表傳六十卷　欽定八旗滿洲
氏族通譜八十卷　欽定勝朝殉節諸臣錄十二卷　御定月令
輯要二十四卷　大清一統志五百卷　欽定熱河志八十卷
欽定日下舊聞考一百三十卷　欽定滿洲源流考二十卷　欽

定皇輿西域圖志五十二卷　皇淸職貢圖九卷　欽定盛京通志一百卷　詞林典故八卷　續詞林典故　卷　欽定歷代職官表　卷　欽定大淸會典一百卷　新定大淸會典　卷
大淸會典則例一百八十卷　新定大淸會典則例一百八十卷　欽定續文獻通考二百五十二卷　欽定皇朝文獻通考二百六十二卷　欽定續通志一百四十四卷　欽定皇朝通志一百卷　欽定皇朝通典二百卷　幸魯盛典四十卷　萬壽盛典一百二十卷　欽定大淸通禮四十卷　南巡盛典一百二十卷
皇朝禮器圖式二十八卷　國朝宮史三十六卷　續國朝宮史　卷　欽定滿洲祭神祭天典禮六卷　八旗通志初集二

百五十卷　八旗通志二集　卷　大清律例四十七卷
欽定天祿琳琅十卷　御製詳鑑闡要二十卷　子部　御撰資
政要覽三卷後序一卷　聖諭廣訓一卷　庭訓格言一卷　御
製人臣儆心錄一卷　御製日知薈要一卷　御定孝經衍義一
百卷　御定內則衍義十六卷　御纂性理精義十二卷　御纂
朱子全書六十六卷　御定執法成憲八卷　欽定授時通考七
十八卷　欽定醫宗金鑑九十卷　御定歷象考成四十二卷
御定歷象考成後編十卷　御定儀象考成三十二卷　御製數
理精蘊五十三卷　御定星歷考源六卷　欽定協記辨方書三
十六卷　欽定佩文齋書畫譜一百卷　祕殿珠林二十四卷

石渠寶笈四十四卷　續石渠寶笈　卷　錢錄十六卷　欽
定西清古鑑四十卷　欽定西清硯譜二十四卷　御定古今圖
書集成五千二百卷　欽定淵鑑類函四百五十卷　御定駢字
類篇二百四十卷　御定分類字錦六十四卷　御定子史精華
一百六十卷　御定佩文韻府四百四十二卷　御定韻府拾遺
一百十二卷　御注道德經二卷　集部　聖祖仁皇帝初集四
十卷二集五十卷三集五十卷四集三十六卷　世宗憲皇帝文
集三十卷　高宗純皇帝樂善堂全集三十卷御製文初集三十
卷二集四十卷餘集二卷　御製詩初集四十四卷二集九十四
卷三集一百卷四集一百二十卷五集一百四十卷餘集　卷

今上皇帝味餘書室集　卷御製文初集　卷御製詩初集
卷二集　卷　御定全唐文五千卷　御選古文淵鑒六
十四卷　御定賦彙一百四十卷外集　卷補遺二十二卷
御定全唐詩九百卷　御定佩文齋詠物詩選四百八十二卷
御定歷代題畫詩類一百二十卷　御選四朝詩二百九十二卷
御定全金詩七十四卷　御選唐詩三十二卷　御選唐宋文
醇五十卷　御選唐宋詩醇四十七卷　皇淸文穎一百二十四
卷　續皇淸文穎　卷　欽定四書文四十一卷　御定歷代
詩餘一百二十卷　御定詞譜四十卷　御定曲譜十四卷

嘯亭續錄卷二

汲修主人著

韓旭亭

旭亭先生寄子尚書公家書余已載前卷矣先生少貌岐嶷目炯如電喜作谿刻語使人莫能禁受嘗過相士云公之貌如黃閣學孫懋當早貴恐不永年耳先生深自改易立功過格以自警凡利衆濟人事皆勉力爲之乾隆庚寅客京邸嘗大病夢人語曰汝發憤改過造化已延汝壽矣及病愈貌和藹有識之者云非復當年形狀矣老年遠遊燕粵吳越身愈輕健如三四旬人然甲戌春壽八十經　上賜匾旌之越二歲無病終實近世之罕見也憶丙午

間師嘗設席余邸因余性卞急諄諄相戒以己身爲譬喻不啻再三然余終以暴戾致愆至今思之深有愧師教也

張雲汀

張雲汀名賓鶴浙江餘杭人性豪宕不覊小節詩學杜韓其七古蒼凉勁健尤入少陵之室以詩客禮恰諸邸與嵩山叔交甚篤先王喜其才而誚其品嘗曰使雲汀讀宋儒一篇書其怪僻當不至是嘗與先王飲於清流激湍飛觴醉月之候裸落於席人爭笑之而先生不顧也後以落拓卒於京邸怡王訥齋主人嘗刊其詩以行世亦甚憐其才也

黄雅林

黃雅林初名俊字石咸遼陽人爲明青州太守某後崇德癸未大兵破青州太守殉節其子孫遂流落寓籍　陪京云先生學問淵博矜才使氣醫卜藝術之書無不周覽時時述稗官家言聞者絕倒自以其名不雅馴遂易名顒以癡者自居蓋俗謂癡呆者謂之大頭云亦好奇士也詩畫仿鄭板橋有意矯俗反使性靈汩沒先恭王甚惜其才華不由正軌時有詩文就之商榷先生輒加抨擊酒酣耳熱賓主喧嗔聲驚四座先恭王每以山精野狐目之然平時未嘗不嘉其忠告交誼仍如故也館於甯邸時貝勒永福已襲封先生督責甚嚴時有倨色先生勃然曰爾冠則　朝廷貴爵爾身猶吾弟子也命免冠重責數十至長跽謝罪乃已其古道如此

尤水村

尤水村名蔭儀眞人善繪事詩宗放翁間有淸新之句弱冠入都從先恭王之遼瀋往返數千里有出塞詩一卷皆蒼凉弔古之作袁簡齋太史曾序而行之先生性放曠不屑小節用濃墨作黑竹琅玕百尺頗有淩雲之勢江鄉諸鹽客多珍重之名與王夢樓相埒晚年寄跡釋道於内典頗精熟年八十餘始卒

超勇親王

余向記超勇王光顯寺戰績於前卷今於其嗣王處得王家乘其功尚有未詳處故補書之王先世爲元太祖第四子後裔居喀爾喀賽因諾音部康熙中準噶爾台吉噶爾丹勢强侵喀爾喀四部

盡爲所破王時弱冠負祖母單騎叩關降　仁皇帝憐之置宿衛授輕車都尉爵　賜第京師尚純慤長公主至洊封郡王雍正中遣歸游牧九年征準噶爾時王請從征　上從之命從順承王駐察汗河傅爾丹既僨師於和通淖爾見前卷賊衆追蹂闌入內境順承王擁兵不救王慷慨曰使虜騎充斥大軍敗亡安用將帥爲也因率本部卒迎賊於鄂登楚勒時賊勢鴟張赤幟遍野王曰此未可以力爭因命其部將巴海夜入賊壘以致師王伏精鋭於林莽間巴海率哨騎奔賊大隊賊衆追之伏起王吹角於隊我兵無不一當百轉戰竟日賊倉卒遇大敵不及備遂爲我兵所殲王陣擒賊首二皆百戰渠魁賊帥小策零墮騎裸身跨白駝遁漠南肅清

時謂北征第一戰功云逾年復有光顯寺之戰王威名鎮漠北虜騎震懾不敢復南牧矣及　純皇帝即位授王定邊左副將軍鎮烏里雅蘇台傅閣峯尚書歸定和議（見前卷）　上命王會議虜使哈柳至强辯士也謁王於京邸哈柳詭王曰聞王漠北有營帳奚必居於京邸王曰　國家都於此我隨　君而居即爲吾土喀爾喀乃藩部若人有園囿然何足道也柳又言王幼子思歸（見前卷）欲傳致之王慨然曰公主所育爲吾嫡長其餘孽何足齒及汝部縱放歸吾其請於　皇上必戮於宗也哈嗒然退王復面奏　純皇帝曰今北虜挾臣子以爲重臣若許之適足以長其驕心恐無益於國事况此不肖子不卽殞滅赧顏偷生無足存也　上詔獎之比

之樂羊云復　命王脩書答之和議乃成庚午王薨於軍遺表請歸祔公主園寢　上惋惜之命配享　太廟及賢良祠外藩得預侑食者惟王一人蓋異數也嘉慶甲戌禮部尚書成甯以王爲外藩故撤賢良祠神牌於後殿事聞　今上震怒立褫成職蓋猶念王之勳也其孫拉旺多爾濟頗有祖風尚和靜公主掌宿衛四十年所領將卒無不感激用命以忠醇持躬和相當權時諸王大臣盡交其門而王獨與之梗　今上甚爲優眷癸亥春有陳德之逆客爾喇貝勒丹公某已爲所刺傷王以手捘其腕德莫能支遂被擒其勇力可知也余以罪廢時王面詰某貴臣曰禮王何罪公乃羅織至此使宗藩斥革如發蒙振落吾儕外臣何足道也貴臣赧

然退王因於歲首謝病歸藩憤悒而薨余與王素之締交乃情摯若此深有感於心也劉文清公嘗比王爲金日磾余以其謹愼寡過處有類霍大將軍日磾尙非其匹實爲　朝廷重臣也王薨之夕有大星隕於西北訃至恰如其期亦一異也

褚筠心

褚筠心先生廷璋長洲人爲沈文慤公弟子少時與趙舍人文哲曹學士仁虎等結社號吳門七子詩宗盛唐無宋元卑靡之習嘗修西域同文志諳習新疆古蹟所作西域詠古諸詩音律尤蒼涼合格先恭王嘗曰近世不爲袁趙所惑者惟筠心一人而已性直梗和相秉權時先生以其非科目中人不以先輩待之和相慊然

以考事中之改官部曹先生終身不謁銓選曰此膝不爲權臣屈也嘗賞鑑余詩文臨歸時余題四律贈行先生即日挑燈和之其末作玉胡蝶詞尤多規勸余心感其言然性紆緩多爲人所愚任湖南學政歸以宦囊開凶肆以其利溥人爭笑之而先生不顧也

甯秀生有髭

納蘭侍衛甯秀爲太傅明珠曾孫生時有髭數十莖羅羅頤下年弱冠顏貌蒼老宛如四五十人未三十即下世其家因之日替亦一異也

張漢潮渡漢江

嘉慶戊午夏教匪張漢潮自秦竄入楚境勢甚猖獗楚督景安畏

懦遠避武昌賊如風飄豖突無所抵攔漢潮欲渡漢江以窺全楚時漢陽最爲富饒市廛毗連數十里甲於天下聞警商賈驚避有老賈某祈於關帝廟會大風驟起飄泊賊人舟楫斃於江者如鶩也漢潮亦落水得拯因狼狽返秦中自是不敢東下逾年乃爲明參政亮所擒當時假使賊得濟蹂躪江淮其禍不可問矣信夫國祚昌熾水伯得以默爲佑護也

稗事數則

乾隆末定王屢攝金吾印信正陽門外火災延及民居王馳救之有娼家避火羣立巷口粉白黛綠者數十人王不識詫曰是家女子何若是之多也人爭笑之

陳春淑副憲性梗直敢言滿朝以怪物目之廣賡虞侍郎嘗謂余曰仕途以我與王暨陳副憲爲三怪殊爲憤懣余笑曰吾今日誠爲周處矣蓋狎以廣爲虎陳爲蛟也後春淑降官編修嘗路遇余余降輿立市間語移時輿夫皆詫私語曰是何侘傺老翁而王爲之謙遜若此余聞之笑謂傔者曰非轎夫不能道此語也

張靖逆（秉樞）言乾隆中有某散秩大臣嘗侍班而冠纓忽斷不及縫紉恐　上出見之乃以下僚破事筆於頸下綸之如纓然人傳爲笑柄云

宗室鎭國公（永玉）嘗饋蒸鵝於順義侯田公（國榮）閽人誤以蒸鴨告之田詫曰吾年已老從未見此巨鴨也後食始知之

有某公家素貧得　上賜人參票喜極過望感激涕零是日　上祀雩壇某不及伺　上回宮乃於天橋路側泥首稱謝成王笑曰自有　郊祀以來從未有在此叩首者某公此舉恐橋神亦有所驚訝也

曹劍亭之劾和相家奴劉全余已載前卷或有訾之者曰公嘗狎暱某伶童後爲全所奪故公啣怨劾之後廿餘年花曉亭侍御杰之劾鹺賈查有圻侵冒　國課人復以此語歸之甚矣不樂成人之美若此

甘嘯嵒先生運源爲忠果公曾孫幼師劉海峯書畫精絕詩文上宗七子殊有豪氣爲旗籍文士之冠然不甚工楷書有某大臣延

其書寫奏牘先生以靈飛經法爲之某公大怒擲之門外曰甘某名望若爾乃其書法尙不如吾部曹胥吏之端楷也

哈軍門攀龍爲將軍元生子元生隨鄂文端公征苗有功軍門子國興復以勇健著三世擁旄時人榮之公爲回屬素禁豕肉外祖舒直恪公名見上卷任西安將軍時與公甚善嘗請會食哈公每嫌蒸羊品味不佳異日庖人潛以豬肉託羊饌哈食之甚美褒奬備至初不覺異味也

張文和公晚年頗以謙抑自晦每遇啟事者至動云好好一日有閣中胥吏請假公問何事曰適聞父訃信公習爲常亦云好好舍人等皆掩袂笑而公未覺也

褚筠心學士於庚寅科同國學士柱典試江西國故文理庸劣而不許褚同定一卷乃自爲批閱同時全閣學魁與邊學士繼祖典試浙江全故疎懶終日不閱一卷任邊選中時人諺曰全虧邊繼祖裏住褚廷璋云蓋北人呼虧裏與魁國同音也

成王性滑稽遇事喜作反語自言直樞庭時嘗 召見 上適閱明叅政亮捷報 命王閱之王習爲常奏此戰惜未護渠首使張漢潮得擒明亮始爲佳事 上正色曰若是則不佳矣王始省悟免冠叩謝出

賡閣學泰滿洲人中己酉孝廉以貲深歷顯職面目臃腫人爭厭之與人言習語可不是三字人以賡可不呼之宗室輔國公晉隆

性稽滑一日於坐中驟問賡曰今日天氣甚寒賡習以可不應之又云君觀某大臣貌可作龍陽否賡亦漫應之爲某大臣所責至跪謝乃已

明副軍泰甯夏駐防人以功績洊至副都統人多粗踈一日帶領引　見時明司鑲黃旗漢軍其都統爲榮恪郡王王又兼攝領侍衛內大臣故事領侍衛府階最高故先入　殿明覲王卽偕入定制一品官皆賜坐　上命之坐衆大臣叩頭謝明亦隨之叩坐如儀爲　上詫之明始知悞免冠謝罪卽日罷之

王文靖

王文靖熙宛平人爲文簡公崇簡子少年登第　章皇帝喜曰公

輔器也然當草創之際非習國書無以濟大事乃命供奉內廷

上親爲之教習淸文兼習釋典與孫學士承恩廡文僖公勒吉

日侍西淸　上登遐時　命公與文僖同撰　遺詔因授　顧命

康熙中正首揆吳逆叛其子應熊因尚主故留京師時莫敢言公

首劾之其疏要語云不斬應熊無以寒老賊之胆云云　仁皇帝

乃正應熊之罪時人快之公家訓云祭墓無以牲牢惟以蔬果代

之人有言其過儉者公曰今以宰相祭墓誠爲太儉然日後子孫

儕於庶人時則易於措辦若敖氏之鬼不至於易餒也人服其言

薨之日都城士民皆往送喪爲之罷市其感人也如此

查初白

國初詩人以王施宋朱爲諸名家查初白慎行繼以蘇陸之調著名當時其詩句亦頗俊逸峭勁視西厓義門諸公自爲翹楚公以晚年入翰林嘗隨　駕木蘭褻衣襜服行山谷間　仁皇帝望而笑曰行者必查某也其風度如此晚年家居以弟嗣庭獄緹繫入京　憲皇帝閱其詩曰查某每飯不忘君杜甫流也因免其罪焉

先恭王之正

先恭王性剛直某相國當權時與余邸爲姻戚先生惡其人與之絕交又當時譽鄂文端公相業先生頗不以爲然曰居相位者當有相度西林偏袒鄉黨非持平天下之道也素喜劉文正裘文達曹文恪諸公每訓樾必以諸城爲式文恪薨王親臨其喪壬戌冬

路過三河旅店見壁有文達詩挑燈屬和涔然淚下其眞摯也如此又善料事甲午秋王倫叛於壽張率黨北上圍臨清勢甚洶惡王笑曰賊不西走大名南下淮揚而屯兵於堅城之下此自敗之道也逾旬果爲舒文襄公所滅又石峯堡回民叛時王曰西北用兵當決水道使其涸守自斃後阿文成公果用其計以破賊當緬甸用兵時王嘗咎其不用火攻後槤見明參政亮述先王言公曰當時吾嘗屢言於文忠叔奈蠻地匝月無風難以施行亦天意耳又與先王言不謀而合也

張夫子

明監軍張公春於大凌河被擒見　太宗不屈　上挽弓欲射之

先烈王諫曰此人既不懼死奈何殺之以成其名　上從之命達文成厚養之公獨處蕭寺中聚徒課讀一時開創名臣如范忠貞甯文成輩皆曾執經受業者也居數年卒　上厚葬之時人比之文中子教授河汾諸徒所以啟唐之基也自古欵待勝國忠臣莫之能及既能全彼之忠又不傷我之德以元世祖之戮文文山視我　文皇殊有愧也滿大臣某入都後告明臣某曰汝國有一張夫子而不知用反爲我國教育英才誠可惜也余嘗讀明臣奏疏至有毀公爲李陵衛律者眞所謂顚倒黑白矣

海神祠

瀛臺中有海神祠塑明內官像三人祀之傳即熹宗於南海覆舟

時拯帝所溺斃者帝封三人爲河神因立祠以祀之按當時正人君子爲魏閹所害者指不勝屈其遼左奢安殉死諸公如王三善張銓等亦頗有人帝罔知憐恤乃煦煦於溺死之閹璫亦可謂厚其所薄矣

佟昭毅

佟昭毅公巴篤理爲忠正公養正之族姪 國初時隨忠正來歸從征朝鮮北京遵化大淩河諸戰皆有功天聰甲戌爲明曹忠果文詔所害 文皇甚惜之贈三等昭毅伯世其家近日大宗伯永慶是其裔也因思北周時有斬齊將高敖曹者周人歲賜其帛至周亡猶未已曹忠果乃能摧斬大將實爲明將中難能者莊烈帝

不惟不賞其功乃反以恇怯論戍吳興化（甡）屢救之不報賞罰顛倒若此欲國不亡烏可得乎

吳六奇

吳六奇浙人少負大志家奇貧落拓乞食冬日袒身行市中英爽如故查孝廉（伊璜）奇其人嘗加周恤公深感之後仕粵西桂王時嘗有功至總兵官投誠　本朝隨尚平南（可喜）屢擒海寇有功洊至提督孝廉嘗以與修僞史故株連獄中幾不能免死公特疏爲之解救卒白其寃因聘查至粵中厚爲贈賮以歸其署中有峻石高數丈查愛之摩挲撫惜因醉題縐石次日遂失石及抵家石挺立其庭中蓋吳潛使人運至矣今越中傳爲佳話云

郭尙書

郭尙書四海納蘭氏爲金台吉之後即明所謂海西部落也以文蔭康熙間屢任膴仕嘗以宗伯兼攝司寇數年亦異數也然聞其多權術任科道時有以賄進者公於夏日皮冠重裘圍爐斗室中見之繼乃仍登白簡其人反噬公詰其謁見時日其人言衣冠居處狀衆以爲必無之理乃脫身事外亦巧宦之極者也

趙恭毅

趙恭毅申喬登第後以古道自居人爭猒之公託疾歸嘗買妾媵其家故宦族女以負債故賣之公覘知之慷然曰吾奈何乘人之急以汚其節馮𢌞之舉不可爲之繼乎乃立送女歸家事漸聞於

朝　仁皇帝知之曰此古誼之士也公聞　命出涕至公卿以薦直著任司寇時廉邸伶人殺人欲倩公出其罪公謝曰　天子之法不能爲王屈也　憲皇帝重其人　登極後屢獎譽之以爲人臣之式云

費襄莊之殺活佛

費襄莊公之平噶爾丹（事見上卷）久炫耀於人耳目公嘗隨　仁皇帝之番僧寺番僧之號活佛者見　上頗倨傲公即揮刃斬之　上尤其行公曰番僧雖尊亦人臣也豈可使其倨於　君父前亂我國法使其果有異術則臣抽刀時伊早令伽藍輩按捺不延頸待戮矣人爭服其言

百菊溪制府

百菊溪齡張姓內務府人成壬辰進士館選編修嘗領署事阿文成公見曰公輔器也異日功名當不在老夫下其後官階蹭蹬翱翔科道者二十餘年公頗熱中觖望韓旭亭師嘗曰大器晚成公無須躁進也　今上親政後立擢山東按察使不數載遂至封疆

公性聰察遇事敏幹賞識人材如朱白泉廉使溫臬使承志皆拔自微員故人樂爲之用以集大勳其再任粤東時百姓匍匐庾嶺以迓其轟蓋恨其來遲也時海盜充斥連檣百艦出沒波濤間人莫敢攖公任溫朱二公入盜艦中說匪首張保降保觀望未果朱覘知其妻鄭一嫂頗勇健保素畏之乃以賧賚百萬饋之曰百公

良吏非前誘降以邀功者時不可失也溫山右人故年少美麗遂潛入鄭寢中解衣酣寢誘鄭以薦枕焉鄭氏因慷然曰同輩中幾見有白首賊耶縱微公至妾亦解甲降矣乃說保曰吾所以贅汝者以汝有丈夫氣也今察之非知時事者向來海上諸雄所以能肆掠者蓋因督臣懦弱不敢卒攖其鋒今百公健吏反前所爲必欲盡殄滅其黨類以報　天子今不及早稽首軍門則其兵朝暮下汝輩儼如薤粉妾不欲同君盡也請自今始斷其褵袂各行其志可也保畏懼因同鄭降公復督率將帥攻烏石二匪礮石驟發二匪艇皆傾覆海水爲之色赤粤東洋匪盡殲實海上第一功也事　聞加公宮保銜賜雙眼花翎朱溫諸公賞賚有差公貌岐嶷

面如削爪雖談笑間而凛然有忿狀使人望生畏心初任封疆以廉直自矢下民以包龍圖比之逮夫名譽既彰乃頓改初節搜求苞苴動以鉅萬聞其爲江南制府時每出巡閱後車數十乘徵收珍錯海物至數百桶之多他物稱是又以重賄交結權要偵探秘旨然後傳會迎合故人莫敢攖其鋒鋭初頤園大司馬素不直公所爲因巡察江南時露疏劾之　上命重臣往查虧帑公左右阻袒初卒以不實罷職人頗不滿公所爲也嘗爲御史吴雲蓼劾終莫能害丙子冬以勞瘵死　上下詔褒寵之繼以諱災爲松相公所劾始罷其貪黷焉

李仲昭

李御史仲昭番禺人少生海隅洞知鹽筴利弊長蘆鹽課有易稱之弊每引浮數百斤以致壅滯難消動損　國課又有鹺賈查氏富逾王侯交結要津人莫敢攖故鹺政日見疲弊公補官甸日即露章劾之枚舉其弊　上大怒　命留京王大臣審訊咸皆引服查有圻論戍其餘降革有差人爭快之未逾年公卒以調取文卷故爲臺長所劾罷歸其中奧援未易知也

李鴻賓海疆之禍鴻賓實爲兩廣總督時貪而縱之致令該夷肆行無忌養癰貽患自鴻賓始也

李御史鴻賓新建人成辛酉進士館選改官御史時值林清之變公上數疏皆言　朝廷利弊洞中窾要　上嘉其直言立擢河東副總河漢員陞遷之速未有及者公亦感激用　命其年運河淤

壅微山湖蓄水盡涸糧艘壅滯公立率下屬疏瀹上流湖水通暢船隻得以濟運實近年之罕見者逾年丁母艱歸

勒相公

勒相公保溫相國福之子也溫以木果木僨事公統師時盡反父政待綠營士卒頗優厚與文士論交誼如石殿撰韞玉石太守作瑞輩皆收羅門下馬軍門瑜忠壯公全弟鎮將國銳爲全子公皆與之論世誼故人皆樂爲之用惟滿兵切恨入骨己未之役幾受青蠅之害賴繼起者僨事公乃復擁旌旄與額經略等先後殺賊川楚教匪爲之盡殲公之力也公短小精悍善恢諧飲酒賞賚頗豐遇人投其所好抗卑得宜人喜與之交在軍中不喜談兵嬉笑

如常日而寄心膂於將帥使其各盡所長又力持堅壁清野之策故賊人無所擄掠以底敗亡入閣後益歛鋒芒日事飲宴以取要人之歡遇知大體者亦加禮貌實多智士也然數任封圻簠簋不飭在蜀數年民不堪命致有蜀督賦之謠見胡柏坪之彈章又性卞急責奴隸多酷虐有致斃者所使令皆優伶致喜怒爲若輩所操亦嗜聲色之過也

金司寇

金司寇光悌安徽含山人性谿刻外貌剛果心實陰險任刑部司員時惟以酷虐爲政濟其貪婪阿文成公爲其所紿以爲豪吏頗任信之和相理部務時立斥其柄人爭快之嘉慶初和既僨事公

卿交章薦之金亦廣爲交結使衆延譽於朝張通政鵬展曾露章劾之不能傷也洊至江西巡撫入爲司寇既持大柄倚胥吏爲耳目任意周內罪名有輦金幣賄者雖入大辟立爲昭雪否則酷虐猶如故也故使司員朋比爲奸文成公所貽良法更改無餘至今猶爲烈也有市賈冀姓者其妻私御車人隨之逃匿爲冀某所偵獲因以重賄賂金金援奴姦主妻律皆擬斬決諸大臣欲調停其說金曰泰山可移此案不可改也濡毫立定其讞二人皆戮於市未浹月其子暴卒金於途中遇鬼連稱悔之無及於輿中泥首者再舁之歸尸已僵矣後事聞於朝　上曰光悌信死晚矣因屢舉其事以誡刑官焉

許壯烈

許壯烈世亨成都人先世回民公以行伍起家征金川時以功洊至專閫阿文成公頗器之曰武臣中識大義者惟許某一人而已任廣西提督會安南國王黎維祁爲其鄰清化主阮光平所逐叩關請兵其時孫文靖公士毅爲廣督自負將材主意用兵公曰蠻夷相攻王者不治一旦兵連禍結未易已也孫不聽其言乃率領兩廣諸鎮兵伐之阮光平初不意王師至又所率兵寡因回清化調兵孫公遽以大捷聞入黎城據其王宮飲酒賦詩不以賊爲意公諫曰吾兵深入重地自應慎重況光平未戰遽退恐有不測宜及其未至振旅入關上計也孫曰介冑之士爾何知也及光平復

率師至維祁驛棄國走賊勢洶湧孫茫然失措欲以身殉公叩馬諫曰公爲大臣若有所傷有關國體世亨一介武夫受　上知遇位至擁旄以身殉國可也因令諸將護孫公入關獨率數百人赴敵盡歿焉光平遂尾追文靖至富良江將及我師總兵尚公維升平南王裔也少年勇鋭因率兵禦之轉戰竟日尚手戮數十人甲盡毀焉以後援不及因撫劍歎曰丈夫死綏志也然不死大敵而亡於小醜未果盡吾之勇聊以洗先世之耻可也因自剄死孫公遂撤江橋狼狽率殘卒入關總兵張朝龍李化龍亦先後死焉所有錙重甲仗盡爲敵獲事聞　純皇帝以公爲知大體甚加惋惜封壯烈伯祀昭忠祠其子軍門公文謨以侍衛擢至福建提督川

楚之役亦以勇健世其家焉

張總兵

張總兵芝元川中人少爲小校隸宋總兵元俊麾下宋撫恤甚厚公感其德後宋公以枉獲罪侘傺而卒其二子皆遣戍公復隨明參政亮征大金川有番僧某爲賊偵凡軍中事無不洩漏公進言明將軍曰軍中機宜動爲賊覺兵家大忌也今番僧某受我封號乃陰爲賊諜非翦除之則賊無滅日矣明公偉其言會大風雪乃命公率數十人故爲出差狀投宿寺中公故通番語自取囊中脯鮓與僧寮煮酒痛飲情甚歡洽番僧皆醉飽眠去公出寺聚柴焚之風火酷烈番僧輩皆爇死賊諜乃斷後公屢立戰功洊至參將

丙申春金川平凱旋時公書宋總兵戰狀抱一册哭陳軍門阿文成公訊之公曰非宋公芝元無以致此敢不報其大德况宋公所以獲罪者乃觸怒闔帥羅織其愆　天子不知其功也故令陳其戰績乞公轉奏於　朝若猶以功微罪重則賞罰出自　朝廷芝元心無憾矣文成公笑曰壯士也因代爲奏　聞邀　恩赦其子歸人皆以爲宋公知人公能報德云辛亥冬廓爾喀再亂擒擄札什倫布公率數百孱卒轉戰山崖中時大雪彌漫山谷皆平而公手揮大刀指揮番卒皆感激用命卒禦賊歸巢孫文靖公曰達賴喇嘛之杵轉不如張總闔之刀靈也時人傳爲笑談公以勞瘁卒傳文襄王奏於　朝　上甚悼惜之

成知州

成州牧（善）滿洲人以筆帖式洊至冀州知州時甘肅道員蔣全迪以冒賑伏法子孫皆遣戍其妻孥流離失所嘗覓食直隸至州界其妻病旅店中因賣其媳爲奴公買其媳歸成婚日憐其娜嫋羞澁詢知其家世慨然曰等爲外吏豈可幸其患難辱及家室安知吾子孫輩他日不至此也因立遣還並厚贈貲囊送其妻媳歸籍士人爭頌其德焉

劉文清語

乾隆末和相當權最尚奢華凡翰苑部曹名輩無不美麗自喜衣圭袍褶式皆內裁其衣冠敝陋悃幅無華者人皆視爲棄物時劉

文清公故爲敝衣惡服徜徉班聯中曰吾自視衣冠體貌無一相宜者乃能備位政府不致隕越者何也寄語郎署諸公亦可以醒豁矣時人爭服其言

佛典屬

蒙古典屬佛爾卿額順義王俺答裔也其祖錫拉被擄至隸 上駟院牧馬 仁皇帝於內苑閱馬見其竟日無怠容曰此金日磾儔也因擢侍衛 憲皇帝御極廉親王允禩等覬覦大位拉公首發逆謀 憲皇帝悅之擢內大臣其子孫皆膺膴仕公其長孫也年十六即擢宿衛嘗擎蓋於馬上假寐悞驚 御騎 純皇帝惡之以貴臣子不即責徜徉 禁闥三十餘年未逾一級公性滑稽

作謔語時　上最喜贊禮郎多有至大位者公曰蝴蟬輩亦足貴耶某雖不肖實能揣摩其調秋娘縱老猶可獻倚門技也因與擢其選　上大喜曰爾亦能作是耶立擢鴻臚卿未逾年授副都統時和相擅權　旨未時下有賀之者公告人曰余之陞擢猶弈者反着其子尚未定也人爭笑之　今上時洊至理藩院尚書公素不信佛謂世無輪迴事病革時呼子孫環列榻前衆以爲有遺囑公忽張目曰此時目前尙無一鬼至是終無鬼矣寄語世人莫信浮屠説也語罷瞑目逝是臨終尙作笑柄也

劉鳳誥

劉少保鳳誥江西人中己酉探花殿試日天已昏黑公文尚未就

衆監試大臣欲逐之出常宗伯青曰此生書法極秀勁可給燭使終篇榜發擢高第公於常公終身執弟子禮人爭與之公性豪宕少假館蔣司馬元益宅蔣公喜其俊雅欲納爲壻久之公嘗使酒詈僕夫蔣公曰非大器也因善遣之洊至吏部侍郎與修　高宗實錄告成加太子少保近日貳卿加宮銜者惟公一人人爭羨之督學浙江以嚴酷馭士子爲言官所劾謫戍黑龍江時將軍有賀表命公代撰表至　上謂近臣曰此劉鳳誥筆也其文愈佳於昔可謂窮苦始工也未久放歸田里按北魏時高聰以罪遣戍瀛洲代州牧爲奏章魏孝文帝曰北州乏文士此必高聰之筆古今事時相同若此

德尙書

德尙書瑛姓通顔覺羅氏滿洲望族也年六十餘始擢太常寺卿又二十年洊至戸部尙書已八十餘矣與朱文正王文端等作五老會時人榮之公貌淸癯性儉朴廉潔位至司徒家不能具駟馬人比之公孫宏以其剛毅勝之嘗入直樞庭其下屬告人曰其他費不具論卽四時衣冠之費我公卽未能具也其淸貧也若此後以失察胥吏罷官至今年九十餘身猶健云

帽頭氈帽

余少時見士大夫燕居皆冠便帽其製如暖帽而窄其簷其上用紅片錦或石青色緣以臥雲如葵花式頂用紅絨結頂後垂紅縵

尺餘無老少貴賤皆冠之惟老翁夏日畏早涼用青緞縫紉襯涼帽下如今帽頭狀初不以爲燕服也至於氈帽尚沿明式皆農夫市販之服人皆賤之近十餘年盛行帽頭蟠金線組繡其上至有用明珠寶石嵌者如古弁製惟頂用紅絨結頂稍異古耳士大夫皆冠之至春秋間徜徉市衢欲求一紅纓綴冠者未易見也至氈帽則以細毯爲之簷用紫黑色或有綴金線蟠龍以爲飾者非復往日粗野之製爲士大夫冬日之燕服往日便帽之製不復覩矣

明參政

明參政亮金川孝感諸戰功已詳前録矣其少時尚履懿親王郡主夫婦勃谿王頗厭之王母　定太妃薨奉移之　東陵秋間道

路積潦昇夫皆憚行公時襄事因以巨杖擊昇夫自先行泥淖中昇夫乃娓娓從命往行數日隊仗整肅如行軍焉王大喜曰誠吾佳壻也他日可爲名將是公少時舉止已不凡矣又公入闈鄉試

純皇帝偶問傅文忠公曰汝家有與試者無文忠以公對　上曰世家子奚必與文士爭名因擢藍翎侍衛　命從征西域公甫出闈即忽忽就道亦一異也公雖以武功顯然嫻文墨吟小詩善寫墨竹故屢歷文階人不以爲過也

劉清

本朝用人不以資格故朱衣客以道員用總兵官見漁洋池北偶談然皆　國初開創之際近百餘年未見以文員改武者劉松齋

淸以縣吏起家著靑天名屢征川楚山東敎匪皆有戰功公性粗率喜嗜樗蒲於文吏坐使酒罵座喜與士卒共飲譃初乏方面之威儀又以揮霍貧乏之故頗有簠簋不飭之舉屢遭躓蹶　今上悉知其人因功高寬貸之丙子秋以山東鹽運使改登州總兵官公大喜過望曰老臣得以盡其職矣　命下之日舉朝咸以　上用人得宜因材器使云

小說

自金聖歎好批小說以爲其文法畢具逼肖龍門故世之續編者汗牛充棟牛鬼蛇神至士大夫家几上無不陳水滸傳金瓶梅以爲把玩余以小說初無一佳者其他庸劣者無足論卽以前二書

論之水滸傳官階地理雖皆本之宋代然桃花山既爲魯達由代郡之汴京路何以三山聚義時反在青州北京之汴不過數程楊志奚急行數十日尚未至又紆至山東鄆城何也此皆地理未明之故一百八人原難鋪排然亦必各見圭角始爲著書體裁如太史公漢興諸王侯是也今於魯達林冲輩詳爲鋪敘至盧俊義關勝輩乃天罡著名者反皆草率成章初無一見長處又於馬麟蔣敬等四五人屢見疊出初不能辨其眉目太史公之筆固如是乎至三打祝家庄後文字益加卑鄙直與續傳無異此善讀書人必能辨别者金瓶梅其淫褻不待言至敘宋代事除水滸所有外俱不能得其要領以宋明二代官名羼亂其間最屬可笑是人尚未

見商輅宋元通鑑者無論宋金正史弇州山人何至謭陋若此必爲贋作無疑也世人於古今經史略不過目而津津於淫邪庸鄙之書稱贊不已甚無謂也

考據之難

本朝諸儒皆擅考據之學如毛西河顧炎武朱竹垞諸公實能洞徹經史考訂鴻博其後任翼聖江永惠棟等亦能祖述淵源爲後學津梁不愧其名至袁簡齋太史趙甌北觀察詩文秀雅蒼勁爲一代大家至於考據皆非所長隨園隨筆中載宋太宗高梁之敗中遼人弩箭以崩雖本王銍默記然太宗自幽州敗歸後二十餘年始崩弩箭之毒焉能若是之久況默記所載狄武襄跋扈韓魏

公擅權至以司馬溫公之劾王廣淵乃授執政之指直與胡紘之劾眞魏可同傳矣其踳駁不一而足奚可據爲典要至趙甌北簷曝雜記以湯若望南懷仁至乾隆中猶存其言直同囈語未審老叟何以昏憒若此亦著述中一笑柄也

明人論先烈王

嘗讀全謝山鮚埼亭集載明人夏吏部允彝言曰東國乃能恪遵成命推讓其弟又能爲之扞禦邊圉舉止與聖賢何異其國焉得不興蓋謂先烈王讓國事也其時傳聞異辭尚不知先王擁戴文皇出於至誠　高皇帝初無成命也董崇如與友人書云東國部主雖老其子某雄鷙非常才略不出曩霄公之下將來邊警尚

未已也是二人為明臣僕乃推尊烈王至此當時神武英略洵可知矣

定數

太平廣記載唐張文瓘居中書數年未能食一堂餐以為命蹇余自乙丑襲封至乙亥十載間凡　朝廷大燕會及　內廷聽戲等嘉禮皆未曾預已巳　今上五旬萬壽余適丁內艱不得與逢盛典自今思之曷勝垂涎感歎其命之蹇應與文瓘同也

海超勇盜馬

海超勇公蘭察從征西域金川臺灣諸戰功超封五等為近日武臣之冠値　內廷時與蒙古巴林郡王巴圖相善二人皆有駿驥

匽　蹕木蘭王欲以己馬易公騎公不許王曰余夜間使人盜去公勿瞋也公第瞧之曰大佳晚間王果使人往竊見駿馬獨立荒原齕草因潛捕之前土窟中一健夫執馬韁伏其內蓋公預爲之備也因大呼曰寄語汝王吾公行當竊王馬矣使者歸告王命防閑嚴密夜半忽聞帳外大呼盜馬者乘馬遁矣俄而萬帳齊呼捉賊如山岳崩勢王馬皆驚逸出棧及追轉而名駿已失蓋公潛至王帳後使從者羣呼及防者出視而公乘馬行矣事雖猥瑣亦一兵機也次曉二人相見歡飲竟日王卒以馬贈公蓋深服其智也按太平廣記柴紹弟盜馬事與公正同古今豪傑皆未可繩以法度也

郭汾陽逼娶妾

嘗讀劍俠傳崑崙奴盜紅綃事其人曰當朝一品再造社稷語實爲郭令公無疑義按紅綃曰家本良家爲主君逼娶爲妾至今心猶耿耿故願隨崔生潛逃諸語事雖出于稗官家不足深稽可見當時法網之寬故人樂爲盡力雖如汾陽勤慎尙有小德出入之舉而世人並未以爲非豈若後世人情囂悍雖行如曾史稍有不當則浮議蜂起利害隨之其功業安得建樹也

元裔之多

自古勝國之裔以元裔爲最優順帝之嫡支雖爲額森所滅喀爾喀四部落乃元太祖第四子塔斯之裔族牒昭然其他科爾沁巴

林奈曼敖漢諸部落皆元太祖昆弟之胄今悉列爲藩封又回部中尚有元裔按元史其長子　封於絶域去中國萬餘里其地似今俄羅斯然則元之世澤延長較諸江干乞食三王同戮者不可同日語矣按蒙古藩封中惟喀爾沁土默特二部落姓烏梁哈爲元大將阿朮後今杜稜郡王邸中尚存譜牒嗣王曾命余爲序故知之甚詳今元裔薄之曰係漢人王姓簒竊其地非蒙古裔者誣衊之談也

本朝待外國得體

列聖柔遠綏邦撫安華夏皆得操縱之道喀爾喀四部落及杜爾伯特土爾扈特等歸降時皆不去其汗名蓋以其地處遐荒不足

與較今旣仍其名號異日即稍有梗化亦不有傷　國體所謂蠻夷相攻王者不治較諸前代爭欵市之名受吾祖之給者其得失信何如也又俄羅斯國未通貢表故彼此關會不用　詔旨惟令理藩院行文於其瑪玉斯衙門如有司咨牒之狀實得中國馭夷大體勝於富鄭公之爭多寡使宋室於契丹早行此制烏有燕雲連兵之禍哉

二逆少子

阿逆叛時其妻子爲舒文襄公所擒事見前卷其少子某年甫周晬純皇帝憐之命永錮監中年至四十餘尚未出獄不識牛馬之形狀嘉慶甲子乙丑間始卒獄中皆推爲祭酒焉又回部霍集占之

子某　賜傅文忠宅爲奴文襄王委任之招攬事權頗爲殷富回部王公輯瑞至者叩拜其門某坐受之主僕之禮儼如也

諳達

國朝定制凡　皇子六齡入學時遴選八旗武員弓馬　國語嫻熟者數人更番入衞教授　皇子騎射名曰諳達體制稍殺於師傅蓋古保氏之責按明順義王俺答卽爲小王子之保氏故衆相沿稱之初非其名明人不知甘受其紿亦弇陋之一端也近皆選東三省人充補雖其弓馬純習然人率皆舉止獷野衆素輕之朱文正公晚年信道自言曾拜純陽爲師命柳仙偵察卽世所謂柳魅者公敬禮視呂祖稍殺時皆以爲荒謬成王忽曰然則爲朱先

生之柳諳達矣衆皆粲然

榮恪郡王

王諱緜億榮純親王子也純王少時　國語騎射嫻習爲　純皇帝所鍾愛欲立儲位純王早薨王少失怙恃溺於聲色身體孱弱至中年無日不病或對人終日不復接談　今上令王　乾清門行走以習勞勩然其疾終不愈也性聰敏善書法誦古今經史出口如瓶瀉水余嘗以荀子淮南鴻烈解諸書詢之王背誦嫻熟然亦未見王常讀書也遇大節侃侃不苟癸酉之變王時扈從聞警或猶泄泄然王泫然出涕曰　上爲吾輩何人即以親誼論之猶當代分其憂況　萬乘之尊乎因進諫請　上速回京中以靜人

心　上首肯之即日　迴鑾因重視王曰朕姪輩惟綿億有骨肉情也寵眷日優王逾年以勞瘵薨　上悼惜之

陳壽山

陳處士松字壽山天長人性豪宕善繪事少游楚不遇入京客余邸中先恭王甚喜其人日與壽山談置其畫不論可也先生繪事少師板橋諸派故頗爲人所訾議然善畫松嘗於夕照寺壁間畫大松數株枝榦長數十尺夏日觀之謖謖有聲如身立深山中人爭愛之以先生終身筆墨惟此爲最云淹蹇以終年未五十其妻孥流落客邸先恭王厚爲恤養至今猶存年已八十餘蕭蕭白髮亦可憫也

顧星橋

顧太守宗泰長洲人少爲諸生時喜聲望築月滿樓招延賓客飲酒賦詩無暇日爲沈文慤公弟子故詩筆清雋尙沿正宗强仕後始登甲第偃蹇紛署廿餘年壯志不爲稍衰客余邸與余最善有詩賦相商榷先生必爲忠告亦渞朴之士也然性喜躁進以巧宦自目序余詩稿書官階至三十餘字旭亭師笑曰今世兼攝事者自和相下卽星橋歟其熱中也如此晚年負債山集一麾出守衆債帥日集其門如市卒乘弃棧車潛逃出京人爭以爲笑柄至粤東後以結習致罪制府劾免其官歸吳門後貧苦益堅寄食友人以卒先生初以文慤致通聲氣及文慤被論後先生惟恐牽連逢

人告曰沈公非我之師亦稍爲背德矣

本朝富民之多

本朝輕薄徭税休養生息百有餘年故海内殷富素封之家比户相望實有勝於前代京師如米賈祝氏自明代起家富逾王侯其家屋宇至千餘間園亭瓌麗人遊十日未竟其居宛平查氏盛氏其富麗亦相彷然二族喜交結士大夫以爲干進之階故屢爲言官彈劾致興獄訟不及祝氏退藏於密也懷柔郝氏膏腴萬頃喜施濟貧乏之人呼爲郝善人　純皇帝嘗駐蹕其家進奉　上方水陸珍錯至百餘品其他王公近侍以及輿儓奴隸皆供食饌一日之餐費至十餘萬云王氏初爲市販弄童後以市帛起家築室萬

間招集優伶躭於聲色近日其家已中落然聞其子弟云器皿變置猶足食五十載其他可知矣亦皆極一時之盛也

麻狀元

本朝順治壬辰始許滿洲子弟廷試與民籍另置一榜頭場四書文二道二場論一道而已麻文僖公爾吉中廷試首名人爭呼爲麻狀元今其宅猶存人呼爲狀元街云其後停試至癸丑復開科即與民籍貢士同榜如今制云

王文肅

王文肅公安國性剛毅操守廉潔雖屢歷膴仕其貧寠如故也每早登朝家不舉火偕幼子同輿往公入內堂餐市餅餌數枚令其

子坐輿中食之充飢而已履懿王與之善嘗佽助之公辭不受曰忝在九列不敢與王有所交結也其子侍御念孫以彈和相著聲望喜講水利屢任河員卒以河決罷官今少宗伯引之乃公孫也

陳文肅

本朝漢閣臣率以耆儒碩德始獲登庸故歷黃扉無不白髮駸駸者惟陳文肅大受以大考受　上知其參政時去釋褐甫十載人爭羨之公性剛峭岐嶷偉貌善吏事歷任封圻以廉敏稱職諸下屬畏如神明莫敢欺詐然多谿刻恩怨分明睚眦之仇必報有道員明公福者伊文端公孫也爲公門生任粵東糧儲道公之兩粵制府時明公適丁艱歸遇諸水程明公具刺謁公公適假寐閽人

不時逥明公慨然揚帆去及稟欲見之而明已行公心恚其事至粤中摭拾明浮收糧米案劾之明因致大辟後數十年其子輝祖卒以貪婪伏誅衆皆以爲公苛刻之報云

王功偉

王功偉富順漢軍人性迂拘學問弇陋除四子書時文外他書籍莫覩也然直朴頗明大義見有人受奴隸欺者必從旁證之屢遭人怨詈先生不顧也自以爲善陶猗之術屢開市店貲財爲人紿盡而先生自以爲倍獲人前津津道之其志終不衰也以致落魄布衣敝袍尚不能給訓課蒙童以爲餬口計繩床土銼終日書聲喧聒不已而先生不以爲厭也嘗病眩暈恒恐蹩於道途每出行

必小紙書其姓名居址以防顛仆余笑謂曰昔劉伶荷鍤自隨今先生之骸骨惟以不歸於田廬是虞何其不達也若此先生亦無以對也後卒以貧困終

嘯亭續錄卷三

汲修主人著

明史稿

向聞王横雲明史稿筆法精善有勝於館臣改錄者近日讀之其大端與明史無甚出入其不及史館定者有數端焉惠宗遜國事本在疑似之間令王本力斷爲無凡涉遜國之事皆爲删削不及史臣留程濟一傳以存疑也永樂以藩臣奪國今古大變王本於燕多恕辭是以成敗論人殊非直筆然則吳濞劉安輩亦足褒耶不及史臣厚責之爲愈至於李廷機與沈權沈一貫畢自嚴與陳新甲同傳未免鸞梟並棲殊無分晰不如史臣之分傳也周溫二

相爲戕削國脉之人乃不入奸臣傳而以顧秉謙齷齪輩當之亦未及史臣本也其他謬戾處不可勝紀後史臣皆爲改正蓋首創者難工繼述者易善也惟三王本紀較史本爲詳然其事跡今已見欽定通鑑輯覽亦無庸贅敘至於奏牘多於辭令奇蹟罕於庸行則二史病處相同殊有愧於龍門惟視宋元二史爲差勝也

曉屛相公

鄒曉屛叅政炳泰無錫人登科後不登權要之門徜徉詞館者三十年以貧深得躋卿貳好古書畫收藏甚富嘗得化度碑宋搨本至質衾裯以易歸嘗告余曰他人以如山金帛乃易贋物滿架閣不及余數金之眞也立朝不苟洊至冢宰與胡合菴圖理爭兵部

銓選事直言侃侃胡莫能奪卒以見謫余是日遇公於九松山古寺中公歷言胡變法故曰吾年已及衰尚戀戀此位何爲當以去就爭之不可使　朝廷之法自我壞也余欽服其言以爲有古大臣風　上亦重其品望誕日　賜内府梨園部曲以榮之然性多疑忌苛待下屬嘗於政事堂謂銓部選君曰汝部中皆賣法之人何面目入此堂也以致激怒闔部司員皆欲挂冠去賴同事者勸諭乃止故僚屬嗟怨不以實告兼京兆數載致延林清之變而公尚不知也是日踉蹌入　朝履聲橐橐然向人語曰事出倉皇我亦無法措置昏然坐軍機處階上默無一語衆皆笑之卒以是免官歸時囊無貲裝至賣書畫以行聞法時帆言公所著午風堂叢

談皆載近日士大夫嘉言懿行頗爲富溢近所刊本皆割裂故書爲之實無足取也公善吟詩體裁正宗頗有隨州青邱遺趣實近日公卿輩所罕能也

和相見縣令

右安門外野寺僧人言和相權盛凡入都謁選爭以謁見爲榮有山東歷城令某入都求見和一面以誇耀於同寅以二千金賄其閽者於和相歸邸時長跽門前自呈手版和相於輿中呵曰縣令是何蟲豸亦來叩見耶時傳以爲笑柄

質莊王義犬

質莊王嘗畜小犬名蘋婆頗馴順解識人意王薨犬不食三日斃

亦一異也

伊總憲

近日宗室中洊列卿貳者多不稱其職任如祿相公宜中丞其彰明較著者繼起爲伊總憲冲阿爲豫良王猶子以資深致大員初無所表見於世甲戌秋任總憲甫數十日忽奏檢拾無名揭帖有滑縣民某首告京師有林清逆黨欲於萬壽節起事闌入神武門之語舉朝駭然至期闃無其事人多疑之穆司馬彰阿告余曰吾儕家長稱觥之期其子弟僕長尙預戒同事勿以不祥事見知今萬壽令節伊公以惑亂人語入告何其舛也余首肯其言又聞中城副指揮史作霖夢蛟言前期伊公巳至公署園中並無

應奏事件若預爲引避者次早即有揭帖之事又其宅隱僻甫爲總憲何以訐者即詳其居址官職殊堪駭惑或云伊素好左道嘗引扶鸞邪術之人寓其宅中其跡隱秘莫可詳也以是見謫烏里雅蘇台將軍人心大快未逾年復以奧援授理藩院尚書初不愜公論也

胡桂畫

內府伶官胡桂善繪事仿董北苑黃鶴山樵諸家酷肖嘗作長城雪霽圖見　純皇帝御製詩中其子九思亦善繪事通書翰拜法時帆祭酒爲師客質邸以文墨自娛嘗作小詩淸雋可喜較之時帆實入室弟子也

闞槐

闞司馬槐浙江人家巨富以貲爲中書貲緣成進士初未嘗能文翰也拜傅額駙隆安爲師自相誇耀人爭鄙之亦自以爲能繪事凡歲時貢畫數百幅以供　內庭糊壁復餽遺諸內侍故其值房中槐畫爲多時中書盛公敦崇亦善繪事故人誚之曰闞花盛樹歲朝胡蓋三人所長也晚年跛足尚復戀棧嘗同余　召見乾清宮槐蹩躠上階成司馬書謂余曰吾若有其家貲早罷官歸去尚復阻後進之路何爲也槐乃以貧窶自居冬日服單襜衣室不舉火謝鄰泉侍御往拜之延之坐土銼上窓不糊紙寒威凜然謝笑曰余雖年邁然不以此殘軀陪君爲凍餒鬼也而槐初不怍然但

謝貧乏而已

圖文襄公厚德

圖文襄公平察哈爾川陝戰功余已詳載前卷矣幼時聞先外祖母舒太夫人言太夫人爲公曾孫女公掌刑曹時與姚端恪公同定律例將明代酷法盡皆删除奏釋死囚長枷匣牀以免獄卒淩虐又燬明代鎮撫司酷刑如呂公絛紅繡鞋諸虐具以免後人效法當時翕然頌德至今馬姚二氏簪纓不替有所由來汝小子其勗諸今余以虐刑治强暴致罹刑網靜思罪愆眞有愧先外祖母慈訓也

劉全母

和相家奴劉全幼時爲人執鞭家甚貧乏至冬月着單衫觳觳有

聲和相攬權時甚爲倚任屋宇深邃至百餘間曾爲曹劍亭所彈劾士大夫不肖者爭與之結姻眷有萼山楚濱之風其母甚賢慧及全富時其母必日索腐豉下餐曰昔日思此而不易得今雖豪富敢忘舊日景況耶故全受稟母教罔敢干犯國法其子某甚不肖致有南郊私斃人命事以遭刑誅而全母卒以善終

王西莊之貪

王西莊未第時嘗館富室家每入宅時必雙手作摟物狀人問之曰欲將其財旺氣摟入已懷也及仕宦後秦誘楚謙多所乾沒人問之曰先生學問富有而乃貪吝不已不畏後世之名節乎公曰貪鄙不過一時之嘲學問乃千古之業余自信文名可以傳世至

百年後口碑已沒而著作常存吾之道德文章猶自在也故所著書多慷慨激昂語蓋自掩貪陋也

鐵冶亭尚書

余束髮與冶亭尚書交已廿餘年喜其詩才俊逸議論今古是非侃侃正論以爲有古大臣風範後聞其歷任督撫以傲戾稱考核下屬往往因苞苴多寡定其優劣又袒庇科目頗蹈明人惡習乃因王伸漢之獄謫貶西域　召用未逾年又以在西域時濫斃人命致遣戍吉林頗詫其言行不符乃至若是後聞人言當癸酉秋林清之變時公獨　召對盡述閹宦不軌之謀又發十七日夜之事（見前卷）故　上從其言搜捕逆黨頗急太監楊進忠造刀逆謀又

爲其門生御史陸泌曹恩繹所劾發致閹宦恨之切齒造諸蜚語
上聞適遇西域之咎重遭重譴公嘗選八旗諸耆舊詩數十卷
頗爲繁富任齊撫時進呈　上御製序以寵之　賜名曰熙朝雅
頌集頒行天下

玉閬峯侍郎

治亭弟閬峯司馬玉保詩才敏捷過於其兄品高雅不趨聲聞
純皇帝時惡八旗詞林學問弇陋特　親試之擢公兄弟二人衆
以軾轍郊祁比之公學淹博嘗讀武經諸書自以爲知兵臺灣之
役傅文襄王海超勇公膺上賞公以藍鹿洲平臺紀略示余曰昔
廷珍以七日擒巨冦甫蔭一輕車都尉今二公竭天下之力以成

其功不及藍氏多矣川楚教匪叛時公欲請纓自薦爲人阨止上知其才欲擢爲晉撫有公鄰某公先以貲賄和相因薦其資格較玉某爲深　上從和言故公有詩曰春風先已入鄰家之句其家復遭婦道不職終日勃谿因鬱鬱成疾寄居治亭園庭以沒人爭惜之

蔣元亭侍郎

蔣元亭侍郎予蒲少司空元益子也父子同居九列時人榮之公好講辟穀術朱文正公引爲入室弟子又以釋迦杜下之道異致同功故合釋道二學著書立說時人頗以爲恬靜然躁進取急於名利凡要津當道無不交接其人稍蹉跎即厭棄如敝屣嘗與其

徒某於秘室談道有聽之者皆容成御女之術及奔競要津秘訣耳畢子筠孝廉深惡之曰元亭之倡邪說與川楚教匪何異況假元漠之言以爲終南捷徑何其舛也余以畢子爲知言後卒以師事僧人王樹勳爲石御史承藻所劾罷躊躊歸去久之乃死

熊鉛山司寇

熊鉛山司寇枚江西人少中戊子解元屢任封疆以懦弱名下吏多擨揄之年六十餘始登九列壬戌科主會試總裁於闈中擬墨文字荒疎不堪入目有文王亦人耳之句爲琑毬子傳爲笑柄紀曉嵐批其文曰中有一團渾穆之氣亦譏其不中軌也公以江西名儁自居晚年文字何以荒謬至此也

陸大司馬

陸司馬宗楷少年科目居大司成任垂三十年　純皇帝召見憐其衰老數年中立擢大司馬嘗問之曰卿年遲暮自揣精力尚能衡文柄乎公對曰臣任司成時日課國學生乃自文章堆中匍匐出者殊不以爲苦也　上笑頷之

彭氏科目之盛

余素惡扶雞之事以爲假鬼神以惑衆爲王者所必誅故律置之重典良有以也然姑蘇彭氏素設文昌神雞壇南畇先生以孝友稱其孫大司馬公復中元魁祖孫狀元世所希見司馬之子紹觀紹升紹咸其孫希鄭希洛希曾其曾孫蘊輝皆成進士今司寇公

希濂復登九列科目之盛爲當代之冠豈眞獲梓潼之佑耶抑別有所致之也

鮑雙五侍郎

鮑雙五侍郎桂星雖以妄言失職然其人性伉爽未第時爲淶水方氏主計臣出入百萬計無遺筴方氏賴之以富爲中州學政督課士子最勤五更時即朝服坐堂皇校閱文字以河南士風多弇陋故命題多以典故考詁以誘士子勉於學問誦讀其敘中州試牘有云士子弇陋不已必至有懷挾代倩之弊而　國法隨之矣語雖激烈亦見其苦心也癸酉秋任湖北學政時聞林清亂慷慨就道數日急驅至京時滑縣道梗公主僕數人直摩賊壘而過嘗

曰吾既以身許　國豈可畏禍紆行以干名義也途中上疏調劑兵食語多裨益　上採行之故滑縣之成功較速公之策居多公爲余之畏友丁夘冬余邸既遭回祿公每勸宜急修葺以存　國體至丙夜修書洋洋數千語以責之又余挾優過其寓公拒不納其嚴厲也若此

陶珏卿

余素狎優伶屢爲吴春麓侍御鮑雙五司空所斥心甚慚恧若輩迎歡賣笑雖其常態然亦有深知大義者如陶珏卿名雙喜江都人貌雖齊李蔡然性多伉爽才敏捷頗可人意侍母最孝凡所得纏頭任母蕩費惟恐不得其歡余每放言妄論伊必阻止曰此招

禍之媒也卒應其言伊於奉母外其所蓄貲財多周濟貧窶曰同爲世人何忍見其流離也後余以暴戾致愆乃株連及珏卿入獄數旬日夜長號思母聞者哀之因以瘐死亦若輩中之翹楚也

慶丹年相公語

丹年相公三世調梅古今罕覯性和平居樞府數十年初無過失舉趾不離寸跬人比之王岐公憶其初　賜雙眼花翎時緩步出神武門風度安翔衆譽之曰世罕見此和平風度所以載厚福也癸酉秋林清之亂公年垂八十抱疾於邸踉蹌坐肩輿入內昏然坐　順貞門階下終日無所指揮人有告其變者尙從容曰此語自何所聞若輩安敢如此横逆人爭笑之卒以是致仕歸逾二

年薨於邸謚文恪

姚姬傳先生

先恭王善持衡天下士乙亥夏朱子潁南遊攜姚姬傳詩至邸先恭王曰此文房冬郎之筆異日詩壇宿秀也不十年先生成進士改官刑部郎中持法嚴正劉文正公甚倚任之會文正公薨先生乃移疾歸里掌文教者四十餘年古文遒勁簡鍊類歸震川而雅澹過之年八十餘庚午重赴鹿鳴　賜四品章服又數年始卒論者以其品望爲桐城第一流云

楊升庵詩

嘗讀楊升庵集海估引云海估帆乘鯨浪飛𩗗宫夜取萬珠璣翻

身驚起蛟龍睡血汚青泠竟不歸偃月堂空罷舞塵靖安坊冷怨佳人芙蓉蓮子隨他去不及當年石季倫乃譏夏文愍之詞蓋桂洲居相位時亦復貪婪倨傲原非賢佐不過爲分宜所陷死非其罪人多憫之今鳴鳳記演河套劇居然黄髮老臣可與葛氏姚宋並列者亦未免過褒也

福文襄王夫人

福文襄王夫人姓阿顏覺羅氏總督明公山女也性爽伉遇事多決斷配文襄王廿餘年封疆案牘嘗爲佐理安南國王阮光平既歸降　純皇帝欲其來朝以贖其罪而阮畏　天朝法不敢親至文襄王憂之夫人曰此相公禍福關頭使光平不親至何以歸報

君命因呼使臣吳俊入署隔簾與之商榷久之曰吾儕雖裙釵輩敢以此頭保光平不死務須招其至粵以彰　君德吳故善辭令馳入安南力說光平以夫人辭告之光平始入覲　純皇帝大悅頒優賚之以歸夫人之力也文襄王薨後夫人持家數十年以嚴厲稱閨門整肅人爭慕之

明太傅家法

余嘗育奴子英魁爲納蘭氏之舊僕言明太傅珠於康熙中既爲郭華野所劾曰勳名既不獲樹立長持保家之道可也因廣置田產市買奴僕厚加賞賚按口賙以銀米冬季賜以綿布諸物使其家給充足無事外求立主家長司理家務奴隸有不法者許主家

者立斃杖下所逐出之奴皆無容之者曰伊於明府尙不能存何況他處也故其下愛戴罔敢不法其後田產豐盈日進斗金子孫歷世富豪至成公安時以倨傲和相故攖於法網乃籍沒其產有天府所未有者良可惜也因思權奸保家其才故有過人者所以能歷百年而不敗也

蔡葛山相公

蔡文端公新文恪公世遠姪也文恪爲　純皇帝藩邸舊學故上待公尤厚公性端慤理學傳世爲安溪正脉故雖以過失屢遭上嚴旨而敬禮猶如故也爲　上書房總師傅三十餘年諸皇子皆敬憚之乙巳春　予告歸里諸　皇子賦詩送行時人比

之疏傳庚戌秋入京祝　嘏　上謂和相等曰今歲王會圖愼勿使蔡新見之恐其諫章卽至也其爲　上所重至此余幼聞先恭王言嘗自灤陽返遇公於途公立降輿先王止之公曰某非爲王降輿也乃正襟北面恭請　聖安畢然後相見其大節不苟如此年九十餘始薨於家實昇平人瑞也

王鴻緒

王尚書（鴻緒）之左袒廉王余已詳載矣（見前卷）近讀其明史稿於永樂篡逆及姚廣孝茹瑺諸傳每多恕辭而於惠帝則指摘無完膚狀蓋其心有所陰蓄不覺流露於書故古人不使奸人著史以此王司徒之言未可厚非也

朱文正宅湫隘

涑水紀聞載宋臣楊礪爲眞宗東宮官即位拜樞密副使病甚帝幸其第所居在隘巷中輦不能進帝因降輦步至其第慰勞甚至按朱文正公薨時　上親往弔門不容　御輿入　上步至其靈前哭之甚哀古今　聖君賢臣如出一轍也

性情之偏

余性情褊急嘗爲質恪郡王所箴曰兄至衆叛親離時始信弟言之不謬也余嘗以爲過激之談今終以暴戾致愆深悔不從其語然古以郭汾陽盛德卒因暴怒杖死判官張譚陳執中爲宋相以無道虐死婢子三人迎兒年方十二累行笞撻窮冬髀縛絶其飯

食攣囚至死爲趙清獻所劾漢相魏相以撻斃婢子故爲趙廣漢所究治皆歷見諸史册諸公皆當世名卿賢相其過失如此之甚終未以此罷斥何况懲治强暴法雖奇刻究未致斃乃使光王封爵自余而失深有所愧耻也

古史筆多緣飾

余素怪前代正人君子名節隆重指不勝屈近時人材寥寥何古今之不相及若此嘗與畢子筠孝廉談及子筠曰君泥諸史册語故視古今異宜不知　本朝人才之盛爲前代所不及　先朝無論已即以目下人才論如王文端之持正朱文正之博雅松相公之高談理學岳少保起蔣勵堂攸銛之廉名素著戴文端百菊溪

之才鋒敏捷慶冊年相公董太保之和平謙讓額經略德將軍之戰功克捷楊軍門遇春之宣勞西北王提督得祿之揚譽東南李壯烈長庚穆忠果克登布之忠節強忠烈克捷李太守毓星之死事汪瑟菴廷珍吳山尊鼐鮑雙五桂星之文學擬之前代人才有過之無不及者使史筆有所潤飾皆一代名臣也余韙其言近讀王文正筆記丁鶴相言古今所謂忠臣孝子皆未足深信乃史筆緣飾欲爲後代美談耳言雖出於奸邪未必無因而發也

報應之爽

宋時章惇少時私人之妾爲人所掩踰垣而出誤踐嫗婦爲婦所訟贖銅乃免其後爲政苛虐卒有嶺南之行近有某相公少時貌

甚美麗嘗奸於大姓宅其僕憤極欲刺殺之幸悞中帽乃免其後
高朗令終爲一代之賢臣吁亦異矣

盜賊之訛

聞見錄載相傳黃巢不死時溥之誅乃自髠爲僧張全義見於洛
南禪寺號雪竇禪師有自題小照詩云猶憶當年草上飛鐵衣脫
盡挂僧衣天津橋上無人識獨倚闌干看落暉紀曉嵐灤陽續錄
亦辯魏閹不死阜城乃假緼貌似者以代之袁簡齋又言李闖不
死九宮山爲某寺和尚曾有見其遺像者云余按黃巢閹闖罪惡
通天雖醢誅之未盡人快奈何轉爲隱諱務以考終歸之未審執
筆者是何心也又雍正中平恪郡王北征時有僧人贈王劍𧜟書

闖字羣亦以爲李逆不死余以必係賊人遺物爲愚蠢僧人所獲獻之以邀厚賚耳未必李逆果成佛也惟明惠帝世以爲出亡又唐王被擒後有言脱逃至五指山爲僧之語乃遺民未忘故主之意無論眞僞猶有取焉

舒文襄公末節

余舅氏舒文襄公少任御史時極言天下利弊當時號爲鐵漢後内任金吾外掌軍旅皆以剛正見稱故劉文正公力挽爲相及居首揆鋒芒日斂殊蹈模稜之習王倫之役復逞軍威多殺無辜又上疏言禁民間私蓄火器爲言官所糾比以奏皇銷兵云然川楚之役初有欲招撫者以致賊人蔓延日熾反不如公之除莠務盡

之善又火器之烈自古所無自明中葉始入中國賴　本朝化治昇平故猶未盡其害若六朝五代之際使有是器以烈燄攻城邑吾民鮮孑遺矣蓋公之智慮深遠亦未可厚非也

年大將軍先兆

年大將軍賜第在宣武門內右隅其額書邦家之光及年驕汰日甚有識之士過其第哂曰可改書敗家之先蓋以字形相似也未逾時年果僨事

朱文正公之直

朱文正公在　講帷時以羽翼　今上故忤某貴臣後其輿人毆傷官兵某貴臣因嗾護軍統領某重劾之以洩前憤賴　上優待

公惟治其輿人罪然謂侍臣曰師傅所當優禮者至其輿人務須以法治也後未逾時貴臣即獲罪侘傺以終統領家以中構之私殺傷其子統領亦以他事刻免蔣香杜孝廉笑謂余曰朱相公果能驅使黄巾力士陰譴伊二家耶余曰即使朱公眞有其術以伊素日品行亦必不爲其天報之不爽耳蔣以余言爲然

夜談隨録

有滿洲縣令和邦額著夜談隨録行世皆鬼怪不經之事效聊齋志異之轍文筆粗獷殊不及也其中有記與狐爲友者云與若輩爲友終爲所害用意已屬狂謬至陸生楠之事直爲悖逆之詞指斥不法乃敢公然行世初無所論刻者亦僥倖之至矣

松相之謫

松相公自癸酉秋出鎮伊犂又復三載丙子秋始歸　朝任　御前大臣以直梗稱丁丑夏畿輔亢旱　上下詔求言公上疏諫阻東巡　上以其故違　祖制應置重典念其平日廉直以二品銜謫爲察哈爾都統其疏云臣某跪奏爲恭讀　硃筆諭旨惶恐焦急敬瀝微忱事竊臣昨日仰蒙　召見命閱　御製望雨省愆說畢臣隨赴軍機處衆官公同捧讀之下萬分慚悚跼蹐不安兹因順天府所屬缺雨以致我　皇上引咎自責　宵旰憂勤天時稍釋深戒臣工因循疲玩復　諭及癸酉九月之變誠如　聖諭旱象甚可畏也如臣忝列首揆僅知趨走爲勤實有應得之愆若

徒以虛言塞責不惟辜　恩負職亦恐天理難容因念　皇上於
來年諭　盛京恭謁　列祖陵寢以告成平典禮攸關固不宜緩
又以連年河流順軌漕運迅速各直省普慶豐收原可舉行鉅典
唯今夏亢旱尤甚上天昭示獨在三輔之區臣愚以爲　皇上展
敬之誠已荷　列祖　列宗在天昭格伏思十七年臣奉差奉天
查勘　陵寢工程沿途曾見旂民頗形艱窘是以於十九年春間
由新疆曾經恭摺奏請　皇上緩諭　盛京荷蒙　諭允自去年
八月臣入都之後日侍　天顏屢蒙　諭及二十三年恭謁　祖
宗陵寢彼時臣以連年雨暘時若收成豐稔固應舉行斯典今
乃三輔旱象已成或係　祖　宗眷佑昭示景象暫停舉行以爲

蘇息岐豳父老之意未可知也臣不揣冒昧恭摺密陳是否有當
伏乞　睿鑒臣無任惶恐慚悚之至謹奏

詩文澁體

宋子京詩文瑰麗與兄頡頏其新唐書好用僻字澁句以矜其博
使人讀之胸臆間格格不納殊不爽朗近日朱笥河學士詩文亦
然余嘗謂法時帆祭酒云讀新唐書及朱笥河集如人害噎膈症
實難舒暢也法公爲之大笑

服飾沿革

國初尚沿明制套褂有用紅緑組繡者先良親王有月白繡花褂
先恭王少時猶及見之今吉服用紺素服用青無他色矣花様康

熙朝有富貴不斷江山萬代歷元五福諸名目又有暗紋蟒服如宮制蟒袍而却組繡者余少時猶服之袍褂皆用密線縫紉行列如繪謂之實行袖間皆用熨摺如線滿名爲赫特赫今惟蟒袍尚用之他服則無矣又燕居無着行衣者自傳文忠征金川歸喜其便捷名得勝褂今無論男女燕服皆着之矣色料初尚天藍乾隆中尚玫瑰紫末年福文襄王好著深絳色人爭效之謂之福色近年尚泥金色又尚淺灰色夏日紗服皆尚棕色無貴賤皆服之褻服初尚白色近日尚玉色又有油綠色　國初皆衣之尚沿前代綠袍之義　純皇帝惡其黯然近青色禁之近世無知者矣近日優伶輩皆用青色倭緞漳絨等緣衣邊間如古深衣然以爲美飾

奴隷輩皆以紅白鹿革爲背子士大夫尚無服者皆一時所尚之不同也

貴臣之訓

定例　坤甯宫祭　神胙肉皆　賜侍衛分食以代朝餐蓋古散福之意有貴臣領侍衛者因訓其屬曰居家以儉爲要君等朝餐既食胙肉歸家慎勿奢華晚間惟以糟魚醬鴨啜粥可也某侍衛應曰侍衛家貧不能購此珍物某公乃語塞其生長富貴不知閭巷之艱難若此可知何不食肉糜之言洵非虚也又誡同族少年曰在外慎勿胡亂行走少年性黠因故爲不解狀某公赧顔良久曰所謂嫖妓等事是矣少年曰我輩外間皆名宿娼也一堂鬨然

明相國

丁丑夏松相公以久旱策免拜明亮政爲首揆公於乾隆丙子丁丑間即從征西域久擁旌節董太保居政府廿餘年視公猶爲後進年已大耋乃登台席自渭濱釣璜之後實爲再見信昇平人瑞也按宋喬行簡亦八十餘始入政府不久即免未足稱也

安三

明太傅擅權時其巨僕名安圖最爲豪横士大夫與之交接有楚濱萼山之風其子孫居津門世爲鹺商家乃巨富近日登入仕版有外典州牧不肖宗室至有與其連姻眷者亦數典忘其祖矣

明春二公論戰

人臣死綏古今通誼然必有濟於國始爲可貴若如趙括邱福之徒非不輿尸殉死不爲世所重也聞明相公言木果木之戰海超勇公實預其事甫交綏海公即大呼曰軍氣頽敗此潰師之兆也吾馬首欲東諸君努力衝圍悉會師於美諾可也因策馬歸故身不預難其後卒以滅敵蓋留身有待也春將軍寗亦世代擁旄者言對敵如角觝然稍覺勢異即放手再與之撲不然必顛仆矣自古如邲鄢之役九節度之敗皆師老之故也二公皆久經軍旅者其置論乃如是此與楊存中舍淮守江之論相似非親身經歷者必以其言爲懦矣

朱檢討題詞

朱檢討（天保）諫立東宮事余已載之矣近於崇效寺觀拙菴和尚紅杏圖小照康熙中詞林如王漁洋朱竹垞輩率皆題詠公題七絕一首詩亦雋逸可喜乃知其別字鶴田也因怱怱閱看未得抄錄其詩心殊覺悵惘也

譎諫

聖祖既廢理邸揆敍王鴻緒輩恐其復立招禍因造諸蜚語以聞
仁皇帝怒欲置王於重典衆莫敢諫領侍衛內大臣婁公（德納）
仁皇近侍也年已耄善解人主意時　上自暢春園還宮欲明頒
詔旨公先日燕見日聞護軍統領某得暴疾肉盡消瘦已骨立矣某公素以體胖著者次早　上入宮某統領佩刀侍　神武

門豐偉如故　上詰公公笑曰可知人言未可信也體之豐瘠乃現於外者尚訛傳至此何況暗昧事哉　上首肯其言立罷其詔云

流俗之言

避暑録話載宋時流俗言甚喜而不可致者云如獲燕王頭蓋當時以取燕爲急務也雍正中嘗與準夷搆兵里巷鄙自矜伐者必曰汝擒得策王至耶何自誇張若此蓋謂策旺拉布坦也余少時聞老嫗婦猶言及之可見準夷鴟張一時非　純皇帝之神武安能翦滅其國夷爲郡縣其　威德勝於宋代不啻霄壤之别矣

置歲不用閏法

宋沈括夢溪筆談載置歲法言每歲以十二氣爲一年更不用十二月直以立春爲孟春之一日驚蟄爲仲春之一日歲歲齊盡永無閏餘如此則四時之氣常正歲政不相凌奪日月五星亦自從之如此則算術豈不簡易端平上符天運無補綴之勞云按泰西之法本以日紀歲初無置閏之法入中國後始增置閏之條括當時聲教不通乃其論與西法暗合亦精於算律矣

牧菴相國

牧菴相公長麟景祖翼皇帝裔也成乙未進士以部曹洊至督撫性聰敏歷任封圻以廉明稱任吳撫時擒獲强暴禁止奢侈嘗私行市井間訪察民隱每就食於麵館吳人傳爲美談撫晉時和

相覬覦上公之爵乃因市人董二誣告逆匪王倫潛匿晉省某家和相因公　陛見至京握手　宮門柳下囑託再三曰無論其眞僞務坐爲逆黨吾與公偕得　上賞矣公至晉訪之皆無實據某實董仇家故欲傾陷公慨然曰吾髮垂白奈何滅人九族以媚權相也因坐董二以誣告大忤和相意後因閩中事牽連謫戍西域蓋爲之報復也　今上親政後　召入歷任閩陝諸制府後以母老入都參知政事以目眚致仕久之乃卒余嘗與公直宿　禁中問其私行余以節鉞大員小民皆所熟識恐無濟於實事公曰吳中風俗狙詐故欲其知吾私行以警衆也余服其言公亦晳修髯偉貌言語雋雅坐談竟日使人忘倦人亦樂與之交然性好奢華

置私宅數千廈毗連街巷鐵冶亭冢宰嘗規之公曰吾久歷外任亦知置宅過多但日後使此巷人知有長制府之名足矣亦善爲拒諫也任司寇時比昵某尚書故治廣賡虞侍郎之獄頗急又悞判巫蠱事致傷多人頗爲人口實云

李賡芸之死

李公（賡芸）江蘇奉賢人成庚戌進士歷任郡縣以廉能稱屢登薦牘時以爲天下清官第一累遷至閩藩時汪公（志伊）爲閩制府汪故老吏以布粟起家矯爲廉潔嘗刋小學規範諸書行世李公素輕之嘗乘新轎入督府汪公訓之曰奢者必貪君初爲方面大員愼勿美於服飾蹈往昔窠臼也公憤然曰芸雖不肖爲　天子大

吏稍飾輿服誠不爲過實恥效布被脫粟之平津侯以欺罔　朝廷也汪公心銜其語會有改教縣令朱履中訐公受其陋規及其僕黃元索詐贓錢數百元皆係相沿舊規汪公乃露章劾之命福州守涂以輸羅織其獄涂希汪意私具狀逼公畫諾公不服以輸拍案厲聲詬之日夜鍛鍊不休公怫然入寓懷寃狀自縊死事聞

上命侍郎熙公昌王公引之往鞫其獄閩中士大夫爭伏　欽差寓門以鳴公寃汪公不得已引疾致仕熙王二公乃力反其獄事聞　上震怒褫汪公及巡撫王紹蘭職涂以輸以迎合故遣戍黑龍江復　命荷校三月於戍所公寃乃白閩中鄉紳復建公祠於省中春秋胙蠁以報其德云余向不識汪公素聞其廉名心甚

折服辛未夏會汪於　靜明園柳陰下聽其談吐矯飾頗不愜意然震其名亦未敢加輕薄又聞王河帥秉韜云長三汪六皆矯名之士未足爲貴心嘗疑之後遇牧菴叅政於朝悉知其人於汪公終有所惑不意終身之名敗於末路亦可以戒仕途之矯詐者矣

刑部郎官

乾隆末福文襄王征廓爾喀時有刑部郎中某以薦擢召見上問福康安海蘭察二人外間聲名如何某應聲曰外間咸服二人將略比古羅成敬德也上笑遣之出阿文成公悔之告於人曰老夫以某相貌豐偉故登薦牘孰意爲熟諳小説人也人傳爲笑柄云

阿爾稗畫

舒穆祿武勳王之姪都統公譚泰以武勇聞大兵下江南時曾射江甯太平門洞穿其扉人服公勇後坐事誅其孫少冢宰公阿爾稗幼育溧陽相公家精於繪事蓋譚公與陳相比昵故也曾以畫虎著名賞鑒家寶之以比僧繇龍云又繪西域貢獅圖見紀文達灤陽消夏錄中今於秀峰主人庭上見公畫鷹怒目炯裂勁翮鋒稜有風雲扶摶之勢信非他人所可及也

煤駝御史

憲皇帝時求諫甚切凡滿漢科道皆令輪班奏事如曠職者立加罷斥有滿洲御史某奏禁賣煤人毋許橫騎駝背以防顛越 上斥其官時傳以爲笑柄謂之煤駝御史云

國朝別裁集

沈歸愚宗伯選　國朝詩別裁集進呈　御覽　純皇帝以其去取紕繆　令內廷詞臣更爲刪定行世然其中猶有未及改者如閨秀畢著紀事詩乃崇德癸未饒餘親王伐明自薊州入邊其父戰死故詩有薊邱語非死流寇難也當其時海宇未一不妨屬詞憤激歸愚選入已爲失於檢閱而　內廷諸公仍其紕繆此與商輅續綱目滁州之戰書明太祖爲賊兵同一笑柄又黃子雲詩以舒穆祿少宰阿爾稗爲元人蓋野鴻未登朝籍故引證或有所錯悞而詞臣輩亦沿其失何其舛也

吳制府

吳公達善任楚督時擒捕江洋大盜甚夥已載之前卷矣近聞其鄉人言有童子竊葱數莖爲肆人告發公卽請　王命誅之人皆以爲過當公曰數歲童子卽兇殘若是俟其成立爲大盜無疑義矣其嗜殺也若此又聞其父爲西安駐防家甚富嘗牟利於主算者主算者算盡錙銖其父猶以爲未足主算者艴然曰然則一本萬利莫讀書若也其父恍然悅服因延名師督課嚴肅故公昆仲者以科第起家至今爲巨族云

胡合菴

胡合菴太宰任楚撫時有下僚進謁以事爲公訓責下僚請罪自稱糊塗該死者再公以犯其嫌名因曰糊塗又復無禮此所以宜

責也其人始悟人傳爲笑柄云

晝晦

戊寅春雨澤稀少狂風日起浴佛日余結伴遊萬壽寺時天氣晴和熱甚着單衫猶覺揮汗午後黑雲由東南來風沙霾暗余卽驅車歸甫入室猶未解衣天頓昏黑室中燃燭始能辨物至逾時頃火雲四起天漸明朗而暴風愈甚竟夕乃已亦一異也聞市廛車馬沸喧路人皆不敢行有老嫗佝僂爲風吹斃者又有遺失幼孩者一時傳爲談柄云

孫文正取四城

嘗讀孫徵君夏峯集中孫高陽相公行狀載崇禎庚午收復永平

四城頗多偉績以爲訣墓之文例多溢美近讀八旗通志乃知當時　文皇帝雖東歸所留守者皆一時勇將謀士如圖雄勇公賴圖果毅公爾格范文肅公文程及勞薩葉臣等俱在圍中高陽能以新集烏合之兵力攖其鋒使諸名將棄城遠去實一時之奇捷較之韓蘄王大儀鎭岳武穆朱仙鎭之功有過之無不及者明莊烈帝乃視爲泛常僅廕一錦衣指揮其後因淩河之役立加罷斥眞賞不酬功矣然則亡國非不幸也

法時帆諺語

某司空督學中州時好出搭題以防剿襲之弊致經文多割裂法時帆學士心惡其行其後某復督學楚中往辭法公公多所奬譽

某心喜悅及臨行時時帆送至中庭曰楚中有一故交代爲諉誰可乎某詢其姓氏時帆曰孔孟二夫子著述已千載請公愼勿將其文再行割裂也聞者撫掌

睿忠王致史閣部書

純皇帝嘗閲睿忠王傳以其致明史忠正公書未經具載回札因命將内閣庫中所貯原稿補行載入以備傳世眞　大聖人之所用心初不分町畦也嘗聞法時帆言忠王致書乃李舒章雯捉刀答書爲侯朝宗方城之筆也二公皆當時文章巨手故致書察時明理答書義嚴詞正不惟頡頏一時洵足以傳千古亦有賴忠王閣部二人之名節昭著故也

洛翰

高皇帝創業之初有洛翰者本劉姓中原人以傭至遼初給事於建州頗勤儉有勇力　高皇帝賞識拔爲侍衛覺羅龍某叛時陰夜懷刃入　高皇帳公覺以手格之四指皆落卒衛　上以出後猶能執鋭禦敵　高皇帝嘉之倚如左右手卒於起義之前故不得預五大臣之列今其裔隸内府聞先恭王言王若霖太史曾爲公作行狀手書鐫以行世惜未覩其本也

侍衛結銜之悮

國朝定制凡　御前朝夕侍側者名　御前侍衛其次曰　乾清門侍衛無論王公武大臣侍衛等皆充之其六班值宿者統名領

侍衛府侍衛以分等級近日武進士改充侍衛者其門榜皆書御前侍衛相沿成習實爲僭妄余爲散秩大臣時曾屢向侍衛處主事等言之令其回堂飭禁彼皆以爲不急之務未即更正不知實爲紊亂官階也近讀錢辛楣詹事所作許提督成麟神道碑亦誤書爲　御前侍衛公爲當代考据名家乃亦未諳　本朝典故何也

魏栢鄉相公

國初名臣二魏公世人多以蔚州爲巨擘今觀二公家乘蔚州初爲馮銓所重雖云座主究係比昵匪人後又以海昌株連罷官及復　召後以撤藩事請誅明米二公乃蹈袁盎故轍又以地震請

誅索相以應災咎亦有違宋景之心至吳逆叛時首建招撫之策有七旬苗格之語雖曰持重幾悞國事尤非大臣之所用心至栢鄉相公居諫垣時首劾張縉彥爲明莊烈復仇其後屢劾劉正宗陳之遴諸閣臣爲　章皇帝所引重至請罷吳三桂居滇南一疏尤爲預測奸謀其要語曰滇黔蜀粤地方邊遠今將滿兵遽撤恐一旦有變有鞭長莫及之虞再荆襄爲天下腹心請設滿兵駐防以一重臣督之無事控制邊區以消奸宄窺測之心有事驅除以通四方水陸之道之語尤爲卓識使當時用其言可無三逆同叛之禍其相業勝蔚州多矣

乾隆初年督撫

純皇帝初政時擢用滿洲諸臣爲封疆大吏皆極一時之盛若簡儀親王尹文端公黃文襄公等事已具載矣其他如那公蘇圖以武臣起家歷任七省制軍薨日家無擔石其撫苗一疏議論宏遠預識末年紅苗之亂尤爲卓見吳春麓侍御嘗讀其疏謂余曰那公初無赫赫名乃能深慮至此反勝黔督名將多矣時黔督爲張公廣泗以知兵著也馬公爾泰爲費直義後裔任兩江閩省諸制府亦以廉謹稱職策公楞爲果毅公裔性剛毅頗爲僚屬所怨然識見明敏卒爲世重雅公爾圖明醫理嘗侍　孝聖憲皇后醫藥爲　純皇帝所倚重其任河南撫時亦以廉潔著其請罷祀田制府文鏡一疏世多稱之傅公德清貞剛介素談程朱之學爲徐文

定楊文定二公所賞識任豫撫時前撫臣王士俊以苛酷爲民所怨公下車時立更其制懽聲遍野有三月魯治之稱去任時萬民挽車泣送擁塞閭巷實皆干城楨幹之選不負　上委任之專也

元初人物之盛

余以三代之下人品醕正可繼美商周者惟東漢及元初而已却特氏起自沙漠一時所用將相如耶律文正楊中令惟中之相業許文正竇學士默姚文憲樞之文學劉太保秉中之謀畫商孟陽挺郝伯常經之剛直廉中書弟兄之忠梗史丞相天澤伯右相顏之戰功張都統宏範李統制恒阿太尉朮之勇略率皆拔出一時者較諸褒鄂房杜功業相似而醕茂過之豈趙中令曹武惠所能

企及蕭曹徐常輩之機詐齷齪者更無論矣其後漸染澆俗尊用國人致使至元仁政頽敗而喪亡隨之亦自貽伊戚也

李御史

乾隆初李御史慎修德州人身軀傴僂而敢言直諫上於上元夜賜諸王公大臣觀火戲公嘗諫阻之以爲玩物喪志上喜吟詩公亦諫恐以摛翰有妨政治上韙其言見御製詩注中上嘗召見曰是何渺丈夫乃能直言若此公奏曰臣面陋心善上大笑又當時以錢貴故諸大臣議變法制公上疏阻之歷舉前代之政洋洋萬言已預料近日錢價偁貴之弊矣

滿洲跳神儀合於禘祭

余攷滿洲跳神儀書前卷矣近聞宗老云其南嚮陪祀正中位爲祀　始祖之莫知名者故俗呼神位爲祖宗版良有以也按古董子云禘者禘其所自出也禘禮上溯遠祖旁及毁廟與今滿洲所祀者殊多相似然則跳神禮儀實沿古明堂之舊制益有徵矣

自鳴鐘

近日泰西氏所造自鳴鐘表制造奇邪來自粤東士大夫爭購家置一座以爲玩具　純皇帝惡其淫巧嘗禁其入貢然至今未能盡絶也按唐書天文志云渾天銅儀立木人二於地平其一上置鼓以候刻刻至一刻則自擊之其一前置鐘以候辰辰至一辰亦自擊之皆於櫃中各施輪軸鈎鍵關鑰交錯相持置於武成殿前

以示百官然其制作亦有所仿矣

史書氏族

魏收作北魏書所有名公巨卿皆以氏族類序世系釐然至其人無足載者亦必書其官爵有類譜牒誠非史例然拓跋一代氏族賴茲以傳今人猶可溯其門第金元二代修史者昧於是例故其傳記踳駁多所遺落致有速不台一人二傳之悞見譏於後當時若用魏氏之例烏能舛亂至是哉後之修史者所宜知也

轉菴和尚

近讀吳留村遺稿與轉菴和尚書實有裨於史官故詳載其事和尚俗姓孫名旭餘姚人嘗中順治丁酉武乙科家甚豪富君喜施

予鄉人咸感其惠有盜邱甲聚不逞者數百人肆爲閭閻之害邑令不敢攖君慨然曰目覩鄰里受害而不爲之救援非夫也因選强弓利矢命壯丁負韛夜攻其巢咸射殺之獨邱甲潛逃隱恨次骨時海禁森嚴君素慕鄭延平知兵嘗謂人曰今之人豪惟海上鄭公蓋用明太祖獎王保保語邱甲挾𢀶語訟諸邑中邑令亦素有嫌隙因誣君通海上置諸獄中君素勇健夜毀梏踰垣出匿某上舍家久之亡走滇南會吳逆叛僞將軍韓大任招致帳下甚爲賞鑒曰奇男子也會大任屢寇萍鄉爲安親王軍所阻吳逆促其師期大任爽然曰吾竭力以事吳王何相迫若是之急君聞其語大悅曰此丈夫報國時也因說大任曰將軍之事吳王亦至矣爲

之闢地攻城戰無不克數月之間招徠數郡未聞王有尺素之詞爲之獎譽今一旦偶慫師期即肆意辱詈儼然以奴隸待之今天下兵戈方始其慢士已如此逮夫大業既成吾恐君家鐘室之禍復有見于今也韓爲之色沮會先良王遣姚制府往招撫大任遲疑未决君復進曰今　大清恢復閩越事業已成吳王之敗在於目睫將軍何尙作兒女之態致有失機宜也大任乃從招撫先良王承制表授道銜君慨然曰吾本　朝廷赤子不幸陷于非罪不得已逃諸賊藪今得返歸鄉井復爲　盛世之氓吾志已伸敢以縲囚之軀有汚章甫之榮也哉因辭職不受久之薙髮爲僧居杭州侶雲庵號轉菴和尙年八十餘始逝亦近代奇人也

王奮威

惠定宇精華注載王奮威進寶之下保甯賊將據邑不降公披襟曰何不射我賊衆愕然公因說以順逆賊人開關延入井里不驚曰此仁義將軍也近閱唐書馬北平之下長春宮賊亦引弓不射王知有降意因令其西拜朝廷賊人因斬李懐光以降古今名將之相同也若此

佛言須彌山

佛經言須彌山高數萬由旬日月繞山週行爲其峯影所蔽遂分晝夜其言與歐羅巴之術不同然泰西之法因天度地以分度數今南北兩極實有徵驗非佛氏荒誕可比蓋經文盛於六朝其時

何承天輩皆言蓋天之術故闍黎輩剿襲其説未必果出於佛言也貝勒存齋主人永珔言今日之翻譯經典即如南人學習國語祇能彷彿大概至其曲轉微妙處終有一間未達者眞有識之言也

和相後裔

和致齋當權時赫奕一時其賜死後門楣衰替其子豐紳殷德號天爵善小詩俊逸可喜尙和孝公主初賜貝子品級因父獲罪降散秩大臣中年慕道與方士輩講養生術余每嬉侮之卒以是致喘疾號數旬死年未交不惑也相公弟制府和琳有子名豐紳伊綿號存谷初襲宣勇公嗣降襲其祖廕一等輕車都尉善堪

與貴家爭延致之間有驗者以抑鬱故飲酯酒近婦人卒以勞瘵終去其弟沒未數年也惟餘一幼子年甫四齡云

名臣論議

余幼讀邱文莊言以海運爲必可復可省國家經費無算後見陳瑄十議乃知明成祖原欲復海運以其害多利少乃罷其役又向以當復肉刑若以髠治罔上以刵治軍律以刖治盜以劓治貪可歲免死百餘人嘗執此論與韓桂舲司寇辯詰韓莫能答近讀宋臣杜純傳王安石時欲復肉刑先議以刖減盜死罪純論曰利慾所在勢莫能遏今以死懼之歲犯刑者猶不減千人若以刖代死罪人知不死犯者益衆是誘民爲非也安石乃罷其議可見古人

見識宏遠非吾輩所及也

湯義仍製曲

湯若士四夢其詞雋秀典雅久已膾炙人口矣近讀唐書始知明皇東巡陝州守進百寶牙盤及綵舫獻伎乃韋堅事吐蕃信唐間諜誅殺悉囉囉丞相乃蕭嵩事皆載在正史若士取材於玆託爲盧生夢中事蹟以眞爲幻亦可喜也

以羊運糧

乾隆末廓爾喀用兵時和制府（琳）督糧餉以久戰荒徼艱於轉運公乃命驅羊負米以濟軍食人服其智按金史承安中北邊準卜叛命丞相襄征之賊人遁路既遼遠僉患乏食之虞完顔安國曰

人得一羊可食十餘日不如驅羊以追之襄從其言遂擒賊首固
先有行之者矣